용기

기백

결단력

해리 포터 시리즈

읽는 순서:
해리 포터와 마법사의 돌
해리 포터와 비밀의 방
해리 포터와 아즈카반의 죄수
해리 포터와 불의 잔
해리 포터와 불사조 기사단
해리 포터와 혼혈 왕자
해리 포터와 죽음의 성물

라틴어로도 읽을 수 있는 책:
해리 포터와 마법사의 돌
해리 포터와 비밀의 방

웨일스어, 고대 그리스어, 아일랜드어로도 읽을 수 있는 책:
해리 포터와 마법사의 돌

함께 읽을 책
신비한 동물 사전
퀴디치의 역사
(코믹 릴리프와 루고스를 돕고자 출간되었음)
음유시인 비들 이야기
(루모스를 돕고자 출간되었음)

이 세 권은 또한 다음의 시리즈로 출간되었습니다:
호그와트 라이브러리
(코믹 릴리프와 루모스를 돕고자 출간되었음)

일러스트 에디션
짐 케이 일러스트
해리 포터와 마법사의 돌
해리 포터와 비밀의 방
해리 포터와 아즈카반의 죄수
해리 포터와 불의 잔
해리 포터와 불사조 기사단

올리비아 L. 길 일러스트
신비한 동물 사전

크리스 리델 일러스트
음유시인 비들 이야기

혼혈 왕자
2

J.K. 롤링 지음 | 강동혁 옮김

HARRY POTTER & THE HALF-BLOOD PRINCE

First published in Great Britain in 2005 by Bloomsbury Publishing Plc
This edition Published in October 2021
Text © J.K. Rowling 2005
Cover and interior illustrations by Levi Pinfold © Bloomsbury Publishing Plc 2021
Wizarding World is a trade mark of Warner Bros. Entertainment Inc.
Wizarding World Publishing and Theatrical Rights © J.K. Rowling
Wizarding World characters, names and related indicia are TM and © Warner Bros.
Entertainment Inc. All rights reserved.
Korean translation copyright © 2023 by Moonhak Soochup Publishing Co., Ltd.

저자와 일러스트레이터의 저작인격권이 보장되어 있습니다.
이 책에서 등장하는 모든 인물과 사건은 허구이며 실존 인물과 사건을 연상시키는 부분이 있더라도
이는 저자의 의도와 무관합니다.

이 책은 저작권사와의 독점계약으로 ㈜문학수첩에서 출간되었습니다.
저작권법에 의해 한국 내에서 보호를 받는 저작물이므로 무단 전재와 무단 복제를 금합니다.

나의 아름다운 딸 매켄지에게,
잉크와 종이로 된
쌍둥이를 바칩니다.

해리 포터와 혼혈 왕자 17장~30장 … 9

알버스 덤블도어 - 그리핀도르 … 506
마법사 세계의 마법 책들 - 그리핀도르 … 508
    기숙사 에디션 일러스트 by 러비 핀폴드

17장
슬러그혼의 기억

새해가 되고 며칠이 지난 어느 늦은 오후였다. 해리, 론, 지니는 호그와트로 돌아가기 위해 부엌 벽난로 앞에 줄지어 섰다. 학생들이 빠르고 안전하게 학교로 돌아갈 수 있도록 정부가 이번 한 번에 한해서 플루 네트워크를 연결해 주었던 것이다. 위즐리 씨와 프레드, 조지, 빌, 플뢰르는 출근을 했으므로 위즐리 부인만이 작별 인사를 하러 남아 있었다. 작별의 순간이 오자 그녀는 울음을 터뜨렸다. 최근 그녀는 정말이지 아주 작은 일에도 무너져 내렸다. 크리스마스 날 퍼시가 안경에 으깬 다스닙이 흩뿌려진 채 (이 일에 대해서는 프레드와 조지, 지니가 서로 자기가 한 일이라고 주장했다) 집에서 성큼성큼 걸어 나간 뒤로 계속

울다가 말다가 했던 것이다.

"울지 마요, 엄마." 위즐리 부인이 어깨에 대고 흐느끼자 지니가 그녀의 등을 토닥이며 말했다. "괜찮아요……."

"맞아요, 우리 걱정은 하지 마세요." 론은 어머니가 뺨에 아주 축축하고 긴 입맞춤을 하도록 허락하며 말했다. "퍼시 걱정도요. 엄청난 머저리잖아요. 사실 그 인간이 없다고 뭐 대단한 걸 잃어버린 것도 아니잖아요. 안 그래요?"

위즐리 부인은 해리를 끌어안으며 어느 때보다도 심하게 흐느꼈다.

"몸조심하겠다고 약속해 다오……. 말썽에 휩쓸리지 말고……."

"전 항상 그렇게 해요, 위즐리 아줌마." 해리가 말했다. "아줌마도 아시겠지만 전 조용한 삶이 좋아요."

그녀는 울음을 섞어 킥킥 웃더니 물러섰다.

"그럼 얌전히 굴고, 너희 모두……."

해리는 에메랄드색 불 속으로 걸어 들어가 "호그와트!"라고 소리쳤다. 찰나의 순간 마지막으로 위즐리네 부엌과 위즐리 부인의 눈물 젖은 얼굴이 보이더니 불길이 그를 삼켰다. 아주 빠른 속도로 회전하는 가운데 다른 마법사들의 집이 흐릿하게 혈끗힐끗 보이다가 제대로 보기도 전에 시야를 휙휙 벗어났다. 다음 순간 속도가 늦춰지더니 해리는 마침내 맥고나걸 교수의 연구실 벽난로 속에 똑바로 멈춰 섰다. 해리가 난로에서 기어 나오는데도 그녀는 하던 일에서 좀처럼 시선을 돌리지 않았다.

"어서 오너라, 포터. 카펫에 재를 너무 많이 떨어뜨리지 않도록 하고."

"네, 교수님."

해리는 안경을 바로하고 머리카락을 눌렀다. 그때 론이 빙글빙글 돌며 나타났다. 지니까지 도착하자, 세 사람은 맥고나걸 교수의 연구실에서 나와 다 같이 그리핀도르 탑을 향해 걸어갔다. 해리는 지나가면서 복도 창밖을 힐끔 바라보았다. 땅에는 버로의 정원에 내린 것보다도 눈이 더 두껍게 쌓여 있었고 이미 그 너머로 해가 뉘엿뉘엿 지고 있었다. 저 멀리 해그리드가 자신의 오두막 앞에서 벅빅에게 먹이를 주는 모습이 보였다.

"크리스마스 방울." 뚱뚱한 귀부인 앞에 도착하자 론이 자신 있게 말했다. 평소보다 창백해 보이는 뚱뚱한 귀부인은 론의 큰 목소리에 움찔했다.

"아니다." 그녀가 말했다.

"'아니다'라니, 무슨 말이에요?"

"새 암호가 있느니라." 그녀가 말했다. "그리고 부탁이니 소리치지 말거라."

"하지만 우린 학교에 없었잖아요. 새 암호를 어떻게 알 수……?"

"해리! 지니!"

헤르미온느가 다급히 다가왔다. 얼굴은 매우 붉어져 있었고 외출용 망토에 모자, 장갑까지 낀 차림새였다.

"난 몇 시간 전에 돌아왔어. 방금 해그리드랑 벅…… 그러니까, 위더윙스를 만나고 오는 길이야." 그녀가 숨 가쁘게 말했다. "크리스마스 잘 보냈어?"

"응." 론이 곧바로 대답했다. "일이 꽤 많았지. 루퍼스 스크림……."

"너한테 줄 게 있어, 해리." 헤르미온느는 론을 쳐다보지도, 그의 말을 들은 티를 내지도 않고 말했다. "아, 잠깐만…… 암호 알려 줘야지. *절제*."

"바로 그거야." 뚱뚱한 귀부인이 힘없이 말하더니 앞으로 홱 젖혀지며 초상화 구멍을 드러냈다.

"왜 저러지?" 해리가 물었다.

"크리스마스 대 너무 즐겼나 봐." 헤르미온느가 사람들로 가득 찬 휴게실에 앞장서 들어가며 눈을 굴렸다. "자기 친구 바이올렛이랑 같이 일반 마법 교실 복도에 걸린 술 취한 수도사들 그림 속에 있는 와인을 다 마셔 버렸거든. 아무튼……."

그녀는 잠시 주머니를 뒤적거리더니 덤블도어의 글씨가 적힌 양피지 두루마리를 꺼냈다.

"잘됐네." 해리는 곧바로 양피지 두루마리를 풀어 보고 이튿날 밤에 덤블도어와의 다음 수업이 예정되어 있다는 것을 알게 되었다. "할 말이 아주 많은데. 너한테도 그렇고. 좀 앉자."

하지만 그 순간 요란하게 "로-온!" 하며 높은 음으로 부르짖는 소리가 들리더니 난데없이 라벤더 브라운이 돌진해 와서 론의 품에 뛰어들었다. 구경하던 몇몇이 킥킥 웃었다. 헤르미온느가 깔깔 웃더니 말했다. "저쪽에 자리가 있네. 같이 갈래, 지니?"

"아냐, 괜찮아. 난 딘하고 만나기로 했어." 지니가 말했지만 해리는 그녀의 목소리에 그다지 열의가 없다는 것을 알아차리고 말았다. 해리는 론과 라벤더가 입식 레슬링 비슷한 자세로 얽혀 있도록 내버려 둔 채 헤르미온느를 이끌고 다른 탁자로 갔다.

"크리스마스는 어땠어?"

"아, 괜찮았어." 그녀가 어깨를 으쓱했다. "특별할 건 없었어. 로-온네 집은 어땠어?"

"좀 있다가 말해 줄게." 해리가 말했다. "저기, 헤르미온느. 너 혹시 론이랑 화해……?"

"싫어." 그녀가 딱 잘라 말했다. "묻지도 마."

"난 그냥, 혹시 크리스마스가 지나면…….

"500년 된 와인 한 통을 비워 버린 건 뚱뚱한 귀부인이야, 해리. 내가 아니고. 아무튼, 나한테 말해 주고 싶었다는 중요한 소식이 뭐야?"

이 순간 반박하기에는 그녀가 너무 사나워 보였으므로, 해리는 론 이야기는 그만두고 말포이와 스네이프 사이에 오간 이야기들을 모드 전했다.

그가 말을 마치자 헤르미온느는 잠깐 생각에 잠겼다가 입을 열었다. "혹시 달이야, 해리…….

"……스네이프가 말포이를 속여서 계획을 털어놓게 만들려고 도움을 주는 척한 거 아니냐고?"

"음, 맞아." 헤르미온느가 말했다.

"론네 아빠랑 루핀은 그렇게 생각해." 해리가 마지못해 말했다. "하지만 말프이가 뭔가 꾸미고 있다는 사실은 확실히 증명됐잖아. 너도 그건 부정할 수 없을걸."

"그래, 그건 그렇네." 그녀가 천천히 대답했다.

"그리고 말포이는 볼드모트의 명령을 받아서 움직이고 있어. 내가 말한 그대로!"

"흠…… 둘 중 한 명이 실제로 볼드모트의 이름을 말하긴 했어?"

해리는 기억을 떠올리느라 이마를 찌푸렸다.

"잘 모르겠어……. 스네이프가 확실히 '주인'이라는 말을 하긴 했는데, 그게 볼드모트가 아니면 누구겠어?"

"그거야 모르지." 헤르미온느가 입술을 한번 깨물고 말했다. "걔네 아버지려나?"

그녀는 방 맞은편을 바라보았다. 라벤더가 론을 간지럼 태우는 모습조차 눈치채지 못하는 걸 보니 필시 깊은 생각에 잠긴 듯했다. "루핀 교수님은 어떻게 지내셔?"

"별로 좋지 않아." 해리가 말했다. 해리는 늑대인간들 사이에 잠입한 루핀의 임무와 그가 겪고 있는 어려움에 대해 모두 이야기해 주었다. "펜리르 그레이백이라고, 들어 본 적 있어?"

"응, 들어 봤어!" 헤르미온느가 깜짝 놀란 듯 말했다. "너도 들어 봤잖아, 해리!"

"언제? 마법의 역사 시간에? 너도 잘 알겠지만 난 절대로 그 수업을 듣지…….."

"아니, 아니, 마법의 역사 시간 말고. 말포이가 그레이백을 들먹이면서 보긴을 협박했었어!" 헤르미온느가 말했다. "녹턴 앨리에서 말이야. 기억 안 나? 걔가 보긴한테, 자기 집안의 오랜 친구인 그레이백이란 자가 보긴이 일을 얼마나 진행했는지 확인할 거라고 했잖아!"

해리는 입을 쩍 벌리고 그녀를 바라보았다. "잊어버렸어! 하지만 이걸로 말포이가 죽음을 먹는 자라는 게 증명된 셈이야. 그게 아니라면 어떻게 그레이백하고 연락하면서 뭘 하라 마라 할 수 있겠어?"

"진짜 꽤 수상하긴 하네." 헤르미온느가 숨죽여 말했다. "다만……."

"아, 왜 이래." 해리가 짜증을 내며 말했다. "이건 빼도 박도 못하는 일이야!"

"뭐…… 말포이가 허세를 부렸을 가능성도 있지."

"믿을 수가 없다, 너 진짜." 해리가 고개를 설레설레 저으며 말했다. "누가 맞는지 두고 보자. 방금 그 말 취소하게 될 거야, 헤르미온느. 마법 정부처럼. 그래, 난 루퍼스 스크림저랑도 한판 붙었어……."

나머지 저녁 시간은 두 사람 모두가 마법 정부를 욕하면서 평화롭게 흘러갔다. 론이 그랬듯 헤르미온느도 정부가 지난 1년 동안 그 온갖 일을 겪게 해 놓고 이제 와서 해리에게 도움을 청하는 게 뻔뻔하다고 생각했다.

새로운 학기는 다음 날 아침 6학년들에게 뜻밖의 즐거움을 주면서 시작되었다. 지난밤 휴게실 게시판에 커다란 공고문이 나붙은 것이다.

순간이동 수업

현재 17세거나 8월 31일 이전에 17세가 되는 학생들은 마법 정부 순간이동 강사가 제공하는 12주간의 순간이동 수업을 받을 수 있습니다. 참가를 원하는 학생은 아래에 서명해 주세요.

비용: 12갈레온

해리와 론은 공고문 앞에 모여 북적거리면서 이름을 적어 넣는 아이들 사이에 끼었다. 론이 깃펜을 꺼내 헤르미온느 다음으로 이름을 막 적으려던 참에 라벤더가 그의 뒤로 몰래 다가와 두 손으로 슬쩍 그의 눈을 가리더니 높은 목소리로 말했다. "누구게, 로-온?" 해리가 돌아보니 헤르미온느는 어느새 성큼성큼 멀어져 가고 있었다. 해리는 론, 라벤더와 함께 낙고 싶은 마음이 전혀 없었으므로 헤르미온느를 쫓아갔지만 놀랍게도 초상화 구멍을 지나 겨우 몇 걸음 걸어갔을 때 론이 귀가 새빨개진 채 언짢은 표정으로 그를 따라왔다. 헤르미온느는 한 마디도 하지 않고 속도를 높여 네빌과 함께 걸어갔다.

"그래…… 순간이동이네." 론은 방금 일어난 일에 대해 언급하지 말라는 뜻을 아주 명백하게 밝히는 투로 말했다. "분명 재미있을 거야. 그치?"

"모르겠어." 해리가 말했다. "직접 하면 좀 나을지도 모르겠다. 덤블도어 고수님이 날 데리고 순간이동 했을 때는 별로 즐겁지 않던데."

"그래, 넌 해 봤지. 깜빡했네. 난 시험을 한 번에 통과해야 돼." 론이 불안한 표정을 지으며 말했다. "프레드랑 조지는 그랬거든."

"그래도 찰리는 덜어지지 않았어?"

"응, 하지만 찰리는 나보다 덩치가 크잖아." 론은 고릴라라도 된 것처럼 양팔을 앞으로 뻗었다. "그래서 프레드랑 조지도 그 일을 물고 늘어지진 못했어……. 어쨌든, 찰리 앞에서는……."

"실제 시험은 언제 볼 수 있는 거야?"

"열일곱 살이 되자마자. 그러니까 나한테는 3월이지!"

"그래, 하지만 여기서는, 이 성 안에서는 순간이동을 할 수 없어……."

"그게 중요한 게 아니잖아? 다들 내가 언제든 순간이동을 할 수 있다는 걸 알게 될 거라고."

순간이동을 기대하며 흥분하는 사람은 론만이 아니었다. 그날 하루 종일 앞으로 있을 수업에 관한 이야기가 사방에서 들려왔다. 마음대로 사라졌다가 다시 나타날 수 있다면 선택의 범위가 아주 넓어질 테니까.

"얼마나 멋지겠어. 그냥 이렇게 할 수 있다면……." 셰이머스가 사라지는 것을 표현하면서 손가락을 탁 튕겼다. "내 사촌 퍼거스는 그냥 나를 짜증 나게 만들려고 이 짓거리를 해. 내가 곧 복수할 테니 어디 두고 봐……. 더는 단 한 순간도 평화로울 수 없을 테니까……."

행복한 미래에 대한 상상에 빠진 나머지 그는 조금 지나친 열정을 담아 마법 지팡이를 튕겼고, 그 바람에 그날 일반 마법 수업 목표대로 깨끗한 물을 퐁퐁 솟아나게 만드는 대신 호스로 뿜는 것 같은 물줄기를 쏴 버렸다. 물줄기는 천장에 부딪쳐 튕겨 나오더니 플리트윅 교수의 얼굴을 정통으로 맞혔다.

플리트윅 교수는 다법 지팡이를 한 번 휘둘러 몸을 말리고 셰이머스에게 깜지를 쓰게 했다("나는 막대기를 휘두르는 개코원숭이가 아니라 마법사입니다"). "해리는 벌써 순간이동을 해 봤대." 론이 약간 겸연쩍어하는 셰이머스에게 말했다. "덤…… 어…… 누가 데려갔었대. 동반 순간이동인 셈이지."

"우아!" 셰이머스가 나지막이 소리쳤다. 그와 딘, 네빌은 순간이동이 어떤 느낌인지 듣기 위해 머리를 좀 더 가까이 기울였다. 그날 내내 해리는 순간이동의 느낌을 설명해 달라는 6학년들에게 포위당했다. 그는 순간이동이 얼마나 불편한지 말해 주었지만 그들은 모두 멈칫하기보다 경이감을 느끼는 듯 보였고, 해리는 그날 저녁 8시 10분 전까지도 자세한 질문에 답하고 있었다. 그는 결국 도서관에 책을 반납하러 가야 한다고 거짓말을 했다. 덤블도어와의 수업에 늦지 않게 빠져나오려면 어쩔 수 없었다.

덤블도어의 연구실에는 등불이 밝혀져 있었고 초상화 속 역대 교장들은 액자 안에서 조용히 코를 골고 있었다. 이번에도 펜시브가 책상 위에 놓여 있었다. 덤블도어는 두 손으로 펜시브 양쪽을 잡고 있었는데, 오른손은 어느 때보다도 시커멓게 불에 그을린 것 같은 모습이었다. 그 손은 전혀 치료되지 않은 것처럼 보였고 해리는, 아마 백 번째는 되는 것 같은데, 무엇이 덤블도어에게 그토록 특이한 부상을 입혔는지 궁금했지만 굳이 묻지 않았다. 덤블도어는 해리도 언젠가 알게 될 거라 했고 어쨌거나 해리에게는 달리 의논하고 싶은 주제가 있었다. 하지만 해리가 스네이프와 말포이에 대해 말을 꺼내기 전에 덤블도어가 먼저 입을 열었다.

"크리스마스 때 마법 정부 총리를 만났다는 이야기를 들었다만?"

"네." 해리가 말했다. "저한테 감정이 별로 좋지 않을 거예요."

"그래." 덤블도어가 한숨을 쉬었다. "총리는 나에 대한 감정도 그리 좋지 않다. 괴로운 일이지만, 해리, 주저앉지 말고 계속 싸워야 한다."

해리가 씩 웃었다.

"스크림저는 제가 마법사 사회에 정부가 훌륭하게 대처하고 있다고 말해 주길 바랐어요."

덤블도어가 미소를 머금었다.

"그건 원래 퍼지의 생각이었단다. 재임 기간이 끝날 무렵 자기 자리를 지키려고 발버둥 치던 와중에 널 만나려고 했지. 네가 자기를 지지해 주길 바라면서 말이다."

"작년에 그런 짓을 해 놓고요?" 해리가 화를 냈다. "엄브리지가 호그와트에서 그 난리를 쳐 놨는데도요?"

"내가 코닐리어스에게 그럴 가능성은 전혀 없다고 말했지만, 퍼지가 그 자리를 떠난 뒤에도 그 생각만큼은 사라지지 않았다. 스크림저도 임명되고 몇 시간 지나지 않아서 나를 찾아와 너와의 단남을 주선해 달라고 하더구나."

"그래서 다투신 거군요!" 해리가 불쑥 내뱉었다. "《예언자일보》에 실려 있었어요."

"《예언자일보》도 가끔씩은 진실을 보도하기 마련이지." 덤블도어가 말했다. "어쩌다 그래서 문제지만 말이다. 그래, 우리가 말다툼을 한 건 바로 그 때문이었어. 루퍼스가 결국은 너에게 접촉할 방법을 찾은 것 같구나."

"스크림저는 제가 '머리끝부터 발끝까지 덤블도어의 사람'이라고 비난했어요."

"아주 무례하구나."

"저는 맞다고 했는데요."

덤블도어는 뭔가 말하려고 입을 열었다가 다시 다물었다. 해리 뒤에서는 불사조 폭스가 노래하듯 낮고 부드러운 울음소리를 냈다. 해리는 무척 당황스럽게도 덤블도어의 밝은 파란색 눈에 물기가 어리는 듯하다는 사실을 문득 깨닫고 시선을 얼른 무릎으로 내렸다. 하지만 잠시 후 입을 연 덤블도어의 목소리는 상당히 안정적이었다.

"무척 감동적이구나, 해리."

"스크림저는 교수님이 호그와트에 안 계실 때 어디에 가는지 알고 싶어 했어요." 해리가 여전히 무릎을 뚫어지게 바라보며 말했다.

"그래, 그 문제에 대해 심하게 참견하더구나." 덤블도어가 이제는 밝아진 목소리로 말했기 때문에 해리는 다시 눈을 들어도 괜찮을 거라고 생각했다. "심지어 내게 미행을 붙이려고도 했다. 사실 재미있는 일이었지. 돌리시에게 내 뒤를 밟으라고 했거든. 좀 너무하지 않았나 싶더구나. 난 이미 돌리시한테 어쩔 수 없이 저주 마법을 건 적이 있었으니 말이다. 무척 안타까운 일이지만, 다시 한 번 그렇게 했단다."

"그럼 정부에서는 지금도 교수님이 어디로 가시는지 모르는 건가요?" 해리는 이 흥미로운 주제에 관해 더 많은 정보를 얻고 싶어 그렇게 물었지만 덤블도어는 그저 반달 모양 안경 너머로 미소만 지을 뿐이었다.

"그래, 모른다. 그리고 지금은 너도 알 때가 아니란

다. 자, 수업을 시작하자꾸나. 혹시 다른 할 얘기가 있다면…….."

"실은 있어요, 교수님." 해리가 말했다. "말포이와 스네이프에 관한 거예요."

"스네이프 교수님이다, 해리."

"네, 교수님. 그 둘이 슬러그혼 교수님 파티에서 이야기하는 걸 엿들었어요. 사실 제가 그 두 사람을 미행했거든요……."

덤블도어는 무표정한 얼굴로 해리의 이야기를 들었다. 해리가 말을 마쳤을 때 그는 잠깐 동안 침묵하다가 입을 열었다. "이런 얘기를 해 줘서 고맙다, 해리. 하지만 이 생각은 머릿속에서 제쳐 두는 게 좋겠다. 굉장히 중요한 일은 아니라는 생각이 드는구나."

"굉장히 중요한 일은 아니라고요?" 해리가 믿을 수 없다는 듯 반복했다. "교수님, 제 얘길 이해하신 게……?"

"그래, 해리. 비범한 지능이라는 축복을 받은 덕분에 난 네가 해 준 이야기를 모두 이해했다." 덤블도어가 조금 날카로운 목소리로 말했다. "심지어 내가 너보다 더 많은 걸 이해했을 가능성도 고려해 보거라. 다시 한 번 말하지만, 내게 이런 일들을 털어놓아 준 것은 고맙다. 하지만 네가 한 이야기 중에서 나를 불안하게 만들 만한 것은 하나도 없다는 점을 다시 확실히 해 두마."

해리는 부글부글 끓어오르는 침묵 속에 앉아 덤블도어를 노려보았다. 지금 무슨 일이 벌어지고 있는 걸까? 이 말은, 덤블도어가 정말로 스네이프에게 말포이가 무슨 일을 꾸미고 있는지 알아보도록 지시했다는 뜻일까? 그렇다면 방금 해리가 전한 모든 얘기를 스네이프에게서 이미 들었다는 건가? 아니면 방금 들은 소식 때문에 사실은 걱정이 되지만 그렇지 않은 척하는 걸까?

"그러니까, 교수님." 해리는 자신의 목소리가 예의 바르고 침착하게 들리길 바라며 말했다. "교수님은 지금도 확실히 믿고 계시는……?"

"그 질문에 대해서는 이미 인내심을 갖고 대답해 왔다." 덤블도어는 그렇게 말했지만 그의 목소리에는 더 이상 인내심이 깃들어 있지 않았다. "내 답은 변하지 않았다."

"내가 보기엔 아닌 것 같은데." 어떤 교활한 목소리가 말했다. 피니어스 나이젤러스는 그냥 잠든 척만 하고 있었던 게 분명했다. 덤블도어는 그의 말을 못 들은 체했다.

"그럼 해리, 이제 진도를 나가야겠구나. 오늘 저녁에는 너와 이야기할 더 중요한 문제들이 있단다."

해리는 반항심을 느끼며 앉아 있었다. 덤블도어가 화제를 돌리지 못하게 막으면, 말포이에게 불리한 주장을 고집스럽게 계속 내세우면 어떻게 될까? 해리의 마음을 읽기라도 한 것처럼 덤블도어가 고개를 저었다.

"아, 해리, 이런 일은 너무도 자주 일어난단다. 둘도 없는 친한 친구 사이에서도 말이야! 서로가 자기가 할 말이 상대방이 하려는 말보다 더 중요하다고 생각하는 것 말이다!"

"저는 교수님이 하시려는 말씀이 중요하지 않다고 생각하는 게 아니에요." 해리가 딱딱하게 말했다.

"글쎄, 옳은 생각을 했구나. 이건 정말이지 중요한 이야기니까." 덤블도어가 힘차게 말했다. "오늘 저녁 너에게 보여 줄 기억이 두 가지 있다. 둘 다 굉장히 어렵게 얻은 거고, 두 번째 기억은, 내 생각엔 내가 수집한 것 중에서 가장 중요한 기억이란다."

해리는 아무 말도 하지 않았다. 그는 자신이 털어놓은 비밀이 받은 푸대접에 여전히 화가 났지만 더 말대꾸를 해 봤자 얻을 건 아무것도 없었다.

"자." 덤블도어가 낭랑한 목소리로 말했다. "오늘 저녁에 우리가 만난 건 톰 리들의 이야기를 계속하기 위해서다. 지난 수업에서는 그자의 호그와트 시절이 막 시작되기 직전에 수업을 마무리했지. 넌 그자가 자신이 마법사라는 말을 듣고 흥분한 일, 나와 함께 다이애건 앨리에 가는 것을 거부한 일, 이어서 내가 학교에 입학한 뒤에는 도둑질을 하지 말라고 경고했던 일도 기억할 게다. 뭐, 학기가 시작되자 톰 리들이 왔다. 허름한 로브를 걸친 조용한 소년이 다른 1학년들과 함께 기숙사 배정을 받으려고 줄을 섰지. 그는 기숙사 배정 모자가 머리에 거의 닿자마자 슬리데린에 배정됐다." 덤블도어는 검게 변한 손으로 머리 너머에 꼼짝 않고 놓여 있는 아주 오래된 기숙사 배정 모자를 가리키며 말을 이었다. "그 유명한 기숙사 창립자가 뱀들과 대화할 수 있었다는 사실을 리들이 알게 되기까지 얼마나 걸렸는지 나는 모른다. 어쩌면 바로 그날 저녁에 알게 됐을지도 모르지. 이 정보는 톰 리들을 흥분시키고, 그 자신이 중요한 사람이라는 생각을 더욱 증폭시켰다. 하지만 톰 리들이 슬리데린 휴게실에서 뱀의 말을 하는 것을 보여 주면서 다른 슬리데린 학생들을 겁먹게 하거나 감탄하게 했을지는 몰라도, 정작 교직원들은 그런 얘기를 한 마디도 듣지 못했다. 겉으로는 오만함이나 공격적인 성향을 전혀 드러내지 않았거든. 비범한 재능을 가진 잘생긴 고아인 그는 도착한 순간부터 자연스럽게 교직원들의 관심과 동정심을 얻었다. 그는 예의 바르고 조용하고 지식에 목말라 하는 것처럼 보였다. 대부분이 그에게 호감을 느꼈지."

"고아원에서 처음 본 그자가 어땠는지 다른 교수님들한테 말해 주지 않으셨나요?" 해리가 물었다.

"그래, 말하지 않았다. 후회하는 기색을 전혀 보이지 않기는 했지만 리들이 예전 행실을 반성하고 새 삶을 살기로 결심했을 가능성은 여전히 열려 있었으니까. 나는 리들에게 그 정도 기회는 주기로 했단다."

덤블도어는 잠시 말을 멈추고 재촉하듯 해리를 바라봤다. 해리가 뭔가 말하려고 입을 열었던 것이다. 신뢰할 만한 가치가 없다는 것을 보여 주는 압도적인 증거에도 불구하고 사람을 믿는 덤블도어의 성향이 다시 한 번 드러나고 있었다! 그런데 그때 해리의 기억에 뭔가가 떠올랐다.

"하지만 교수님은 정말로 그자를 믿으신 건 아니죠? 그자가 저한테 말했단 말이에요……. 일기장에서 나온 리들이 '덤블도어는 다른 교수들만큼 나를 좋아하지 않는 것 같았다'고 했어요."

"그 애를 믿을 만한 사람이라고 여기지는 않았다고만 해 두자꾸나." 덤블도어가 말했다. "나는 이미 말했듯 그 애를 가까이서 지켜볼 작정이었고, 그래서 그렇게 했단다. 처음 관찰만으로는 얻은 게 많았다고 할 수 없겠구나. 리들은 내게 매우 방어적이었다. 자신의 진정한 정체성을 발견하고 짜릿해진 나머지 나에게 너무 많은 걸 말했다고 느낀 게 분명했지. 다시는 그 정도로 뭔가를 드러내지 않으려고 주의했지만, 흥분해서 흘린 얘기나 콜 원장이 내게 털어놓은 이야기를 다시 주워 담을 수는 없었어. 그러나 그 애는 내 수많은 동료 교사들을 매혹시켰듯 나를 매혹시키려 들지는 않았다. 그 정도 분별력은 갖추고 있었던 게지. 학년이 올라가면서 리들은 헌신적인 친구 무리를 얻게 됐다. 친구라고 부르는 이유는, 그보다 나은 단어가 없어서야. 하지만 이미 말했듯 리들이 그중 누구에게도 애착을 느끼지 않았다는 건 의심할 여지가 없어. 이 무리는 성안에서 일종의 어두운 매력을 발휘했다. 온갖 잡스러운 무리였지. 보호를 원하는 약자들과 영예를 나누고 싶어 하는 야심가들, 좀 더 세련된 방식의 잔혹함을 쾨여 줄 수 있는 지도자에게 끌리는 악당들이 섞여 있었단다. 달리 말하면, 그들이 죽음을 먹는 자들의 전신이었던 셈이다. 그리고 실제로 그중 몇 명은 호그와트를 떠나 최초의 죽음을 먹는 자들이 됐지. 리들의 엄격한 통제를 받았기 때문에 그들은 대놓고 잘못을 저지르다가 발각된 적이 한 번도 없었다. 그래도 그들의 호그와트 7학년 시절은 수많은 추악한 사건들로 점철되었지. 단 한 번도 그들과 그 사건을 확실하게 연관시킬 수는 없었지만 말이다. 물론 그중 가장 심각한 사건은 비밀의 방이 열린 것이었고 그 결과 여학생 한 명이 목숨을 잃었다. 너도 알다시피 애꿎은 해그리드가 그 죄를 뒤집어썼지. 호그와트 시절의 리들에 대한 기억은 그다지 많이 찾아낼 수 없었단다." 덤블도어가 말라비틀어진 손을 펜시브에 얹으며 말했다. "당시에 리들을 알았던 사람들 중에서 그에 대해 이야기할 준비가 된 이들은 별로 없으니 말이야. 다들 너무 겁에 질려 있지. 내가 알아낸 것들은 그자가 호그와트를 떠난 뒤에 관한 기억으로, 힘겨운 노력을 기울여 찾아낸 것이란다. 나는 이 기억들을 얻기 위해 속임수를 걸어 말을 하도록 만들 수 있는 몇 안 되는 사람들을 추적하고, 오래된 기록을 뒤지고, 머글들과 마법사 목격자들을 탐문해야 했다. 내가 설득할 수 있었던 사람들 말에 따르면 리들은 자기 혈통에 집착했다더구나. 물론 이해할 수 있는 일이지. 그자는 고아원에서 자랐으니, 당연히 자기가 어쩌다 그곳에 가게 됐는지 알고 싶어 했을 거다. 그자는 트로피 전시실의 상패들에서, 오래된 학교 기록에 남아 있는 반장 명단에서, 심지어 마법사의 역사에 관한 책에서 톰 리들 1세의 흔적을 찾으려는 헛된 노력을 했던 것 같다. 결국 그자는 자기 아버지가 결코 호그와트에 발을 들인 적이 없다는 사실을 인정해야 했지. 나는 그자가 톰 리들이라는 이름을 영원히 버리고 볼드모트 경이라는 정체성을 취하면서 예전에는 경멸의 대상이었던 어머니의 가문을 조사하기 시작한 것이 그 시점이었다고 믿는다. 너도 기억하겠지만, 볼드모트는 죽음이라는 인간 특유의 부끄러운 약점에 굴복했다는 점으로 볼 때 어머니가 마법사였을 리 없다고 생각했다. 그가 따라야 할 것이라고는 '마볼로'라는 이름 하나뿐이었단다. 그자는 고아원을 운영하던 사람들에게 듣고 그것이 어머니의 아버지 이름이라는 것을 알고 있었지. 마침내, 마법사 가문들에 대한 오래된 책들을 공들여 조사한 끝에 그자는 살아남은 슬리데린의 후계자들이 존재한다는 사실을 알게 됐다. 열여섯 살이 되던 해 여름, 그자는 매년 돌아갔던 고아원을 떠나 곤트 성을 가진 친척들을 찾으러 나섰다. 그럼 해리, 이제 일어서서……."

덤블도어가 자리에서 일어났다. 그는 이번에도 빙빙 도는 진줏빛 기억으로 가득 찬 크리스털 병을 들고 있었다.

"이걸 수집한 건 아주 큰 행운이었단다." 그는 희부옇게 빛나는 물질을 펜시브에 부으며 말했다. "경험하고 나면 너도 내가 왜 이런 걸을 하는지 이해하게 될 게다. 자 그럼, 가 볼까?"

해리는 돌 대야로 다가가 얼굴이 기억의 표면 아래로 가라앉을 때까지 가만히 몸을 구부렸다. 아무것도 없는 곳으로 끝없이 떨어지는 익숙한 기분이 들더니 다음 순간 그는 캄캄한 어둠 속 더러운 돌바닥에 내려섰다.

그곳이 어디인지 알아보기까지 몇 초가 걸렸고, 그때쯤에는 덤블도어도 그의 옆에 내려서 있었다. 곤트의 집은 이제 이루 말할 수 없이 더러워져 있었다. 해리가 여태껏 보았던 어떤 곳보다도 더러웠다. 천장에는 두꺼운 거미줄이 쳐 있고 바닥은 찌든 때로 뒤덮여 있었다. 식탁 위에 꾸덕꾸덕해진 냄비가 쌓여 있었는데, 그 속에는 곰팡이가 슬고 썩어 가는 음식이 들어 있었다. 빛이라고는, 눈도 입도 보이지 않을 만큼 머리카락과 턱수염이 무성한 한 남자의 발밑에 놓인 나부끼는 촛불 빛뿐이었다. 그 남자는 벽난로 앞 안락의자에 축 늘어져 있었다. 해리는 잠깐 그가 죽은 건 아닐까 고민했다. 하지만 그때 세차게 문을 두드리는 소리가 들렸다. 남자는 움찔하며 깨어나더니 오른손으로 마법 지팡이를, 왼손으로는 칼을 쥐었다.

문이 삐걱거리며 열렸다. 문 앞에는 구식 등불을 든 한 소년이 서 있었다. 해리는 단번에 그를 알아보았다. 키가 크고 창백한 얼굴에 검은 머리카락을 가진 잘생긴 소년, 10대 시절의 볼드모트였다.

돼지우리 같은 집 안을 천천히 둘러보던 볼드모트의 눈이 안락의자에 앉은 남자를 발견했다. 그들은 한동안 서로를 바라보았다. 뒤이어 남자가 비틀거리며 똑바로 섰다. 발밑의 수많은 빈 병들이 쨍그랑거리며 방 저쪽으로 굴러갔다.

"너!" 남자가 소리쳤다. "**네놈이!**"

그러더니 그는 마법 지팡이와 칼을 높이 쳐든 채 비틀비틀 리들에게 돌진했다.

"멈춰."

리들이 뱀의 말로 말했다. 남자가 급하게 미끄러져 멈추면서 식탁에 부딪치는 바람에, 곰팡이 슨 냄비들이 요란한 소리를 내며 바닥으로 떨어졌다. 남자는 리들을 뚫어지게 바라보았다. 둘이 서로를 찬찬히 살피는 동안 긴 침묵이 흘렀다. 남자가 먼저 그 침묵을 깼다.

"네가 그 말을 한다고?"

"그래." 리들이 말했다. 그는 등 뒤에서 문이 홱 닫히도록 내버려 둔 채 집 안으로 들어왔다. 해리는 두려움이라고는 전혀 찾아볼 수 없는 볼드모트의 그런 태도를 분하지만 인정해 주지 않을 수 없었다. 볼드모트의 얼굴에는 단지 혐오감과, 어쩌면 실망일지도 모르는 감정만이 드러나 있었다.

"마볼로는 어디에 있지?" 볼드모트가 물었다.
"죽었다." 상대방이 말했다. "오래전에 죽었을걸?"
리들은 얼굴을 찌푸렸다.
"그럼 넌 누구지?"
"나는 모핀일걸?"
"마볼로의 아들?"
"그럼, 당연하지……."

모핀은 리들을 더 잘 보려고 더러운 얼굴에서 머리카락을 쓸었다. 해리는 그가 오른손에 마볼로의 검은 돌 반지를 끼고 있는 것을 보았다.

"나는 네가 그 머글인 줄 알았지." 모핀이 속삭였다. "그 머글이랑 정말 똑같이 생겼네."
"무슨 머글?" 리들이 날카롭게 물었다.
"내 여동생이 좋아했던 머글, 길 건너 커다란 저택에 사는 그 머글." 모핀이 말했다. 갑자기 그는 자기 앞 바닥에 침을 퉤 뱉었다. "너는 그 자식이랑 똑같이 생겼어. 리들 말이야. 하지만 그자는 이제 나이가 들었을 텐데. 아닌가? 이제 생각해 보니까 그자는 너보다 나이가 많아……."

모핀은 현기증을 느끼는 듯하더니 살짝 비틀거렸다. 그는 여전히 몸을 지탱하기 위해 식탁 가장자리를 쥐고 있었다.

"그놈이 돌아왔어. 봐 봐." 그가 멍청하게 덧붙였다.

볼드모트는 모핀을 재 보듯 빤히 바라보았다. 볼드모트가 좀 더 가까이 다가와서 말했다. "리들이 돌아왔다고?"

"아, 리들은 내 여동생을 버렸어. 그런 일을 당해도 싸지, 쓰레기와 결혼하다니!" 모핀은 또다시 바닥에 침을 뱉었다. "내 여동생은 도망치면서, 제기랄, 집을 털어 갔어! 목걸이는 어디 있지? 응? 슬리데린의 로켓 말이야!"

볼드모트는 대답하지 않았다. 모핀은 다시 분노를 터뜨렸다. 그가 칼을 휘두르며 소리쳤다. "우리 명예를 더럽혔어, 내 여동생이, 그 더러운 것이! 그런데 넌 누구냐? 왜 여기 들어와서 그 모든 일을 캐묻는 거지? 다 끝난 일 아닌가? 다 끝났다고……."

그는 약간 비틀거리며 시선을 돌렸다. 볼드모트가 앞으로 움직였다. 부자연스러운 어둠이 내리더니 볼드모트의 등불과 모핀의 촛불을 껐다. 모든 것을 꺼 버렸다…….

덤블도어의 손이 해리의 팔을 움켜쥐었다. 그들은 다시 현재로 날아가고 있었다. 한 치 앞도 볼 수 없는 그 어둠을 겪고 나니 덤블도어 연구실의 그 부드러운 황금빛에도 눈이 부실 지경이었다.

"저게 다예요?" 해리가 즉시 물었다. "왜 어두워진 거예요? 무슨 일이 있었던 거죠?"

"그 이후로는 모핀이 아무것도 기억하지 못하기 때문이란다." 덤블도어가 해리에게 다시 앉으라고 손짓하며 말했다. "다음 날 아침에 일어났을 때 모핀은 바닥에 홀로 누워 있었다. 마볼로의 반지가 사라져 있었지. 한편, 리틀 행글턴 마을에서는 가정부 한 사람이 대저택의 응접실에 시체 세 구가 쓰러져 있다고 소리소리 지르며 큰길을 달려가고 있었다. 톰 리들 1세와 그의 어머니, 아버지의 시체였지. 머글 당국은 혼란에 빠졌단다. 내가 아는 한, 그 사람들은 지금까지도 리들 가족이 어떻게 죽었는지 모른단다. 아바다 케다브라 저주는 보통 아무런 흔적도 남기지 않으니까. ……예외가 내 앞에 앉아 있긴 하다만." 덤블도어는 고갯짓으로 해리의 흉터를 가리키며 덧붙였다. "반면 우리 정부에서는 그것이 마법사에 의한 살인이라는 사실을 곧바로 알아차렸다. 그들은 리들 저택 맞은편 계곡에 전과가 있는 머글 혐오주의자가 살고 있다는 것도 알았지. 살해당한 사람들 중 한 명을 공격해 이미 한 차례 수감된 적이 있는 머글 혐오주의자 말이다. 그래서 정부는 모핀을 소환했단다. 그들은 베리타세룸이나 레질리먼시를 써서 모핀을 취조할 필요가 없었다. 모핀이 그 자리에서 살인을 인정하고 오직 범인만 알 수 있는 자세한 정보를 술술 내뱉었으니까. 그는 그 머글들을 죽인 게 자랑스럽다고, 그 오랜 세월 동안 기회만 노리고 있었다고 말했다. 그가 마법 지팡이를 내놓자 곧바로 그것이 리들 가족을 죽인 무기라는 게 밝혀졌지. 모핀은 사람들이 아즈카반으로 끌고 가는데도 저항하지 않고 가만히 있었다. 그가 신경 쓰는 것이라고는 아버지의 반지가 사라졌다는 사실뿐이었어. '그걸 잃어버리다니 아버지가 날 죽일 거야.' 그자는 자신을 체포한 사람들에게 끊임없이 그렇게 말했다. '그 반지를 잃어버리다니 아버지가 날 죽일 거야'라고 말이야. 그가 다시 입을 열고 한 말은 그것밖에 없는 것 같더구나. 그는 마볼로의 마지막 유물을 잃어버린 것을 슬퍼하면서 남은 생을 아즈카반에서 보냈고, 아즈카반 성벽 안에서 목숨이 다한 다른 불쌍한 영혼들과 나란히 감옥 옆에 묻혔다."

"그러니까 볼드모트가 모핀의 마법 지팡이를 훔쳐 가서

쓴 건가요?" 해리가 다시 허리를 펴고 앉으며 말했다.

"그래." 덤블도어가 말했다. "우리에게 이 사실을 보여 줄 기억은 없지만 나는 무슨 일이 일어났는지 확실히 알 것 같구나. 볼드모트는 자기 외삼촌에게 기절 마법을 건 다음 그의 마법 지팡이를 들고 계곡을 가로질러 '길 건너 커다란 저택'으로 갔다. 거기에서 그는 마법사 어머니를 버린 머글 남자를 죽이고 덤으로 머글 조부모까지 죽임으로써 쓸모없는 리들의 마지막 핏줄을 지우고 단 한 번도 자기를 원하지 않았던 아버지에게 복수했다. 그런 다음 곤트 오두막으로 돌아가 삼촌의 머릿속에 가짜 기억을 심는 복잡한 마법을 걸고 모핀의 마법 지팡이를 의식 잃은 주인 옆에 놓아둔 뒤, 그가 끼고 있던 낡은 반지를 챙겨서 떠난 게다."

"그럼 모핀은 그 일이 자기 짓이 아니라는 걸 영영 깨닫지 못했나요?"

"그래." 덤블도어가 말했다. "방금 말했듯이 모핀은 자랑스러워하면서 모든 걸 자백했단다."

"하지만 이 진짜 기억이 내내 남아 있었잖아요!"

"그렇단다, 하지만 그자에게서 이 기억을 끄집어내는 데는 고도로 숙련된 레질리먼시 마법이 필요했지." 덤블도어가 말했다. "게다가 모핀이 이미 죄를 자백했는데 누가 그 자의 머릿속을 더 뒤져 보겠니? 하지만 나는 모핀의 인생 마지막 몇 주 동안 그를 한 차례 면회할 기회를 잡을 수 있었단다. 그 당시 나는 볼드모트의 과거에 대해 최대한 많은 것을 알아내려 애쓰고 있었거든. 나는 이 기억을 어렵게 끌어냈다. 이 기억 속에 뭐가 담겨 있는지 보고 나서는 모핀을 아즈카반에서 석방시키는 데 활용하려 했지. 하지만 모핀은 정부에서 결정을 내리기 전에 죽고 말았단다."

"하지만 볼드모트가 모핀한테 그런 짓을 한 걸 어떻게 정부에서 모를 수 있죠?" 해리가 화를 내며 물었다. "볼드모트는 그때 미성년자였잖아요. 아닌가요? 저는 정부가 미성년이 쓴 마법을 탐지할 수 있는 줄 알았는데요!"

"네 말이 맞다. 정부는 마법을 탐지할 수 있지만, 그 마법을 쓴 사람이 누군지는 알 수 없어. 네가 공중부양 마법을 걸었다며 정부에서 너를 추궁했던 일을 너도 기억할 거다. 그건 사실……."

"도비가 쓴 거였죠." 해리가 신음했다. 그 부당함이 아직도 가슴에 사무쳤다. "그러니까 미성년 마법사라도 성인 마법사가 있는 집 안에서 마법을 쓰면 정부가 알 수 없다는 거예요?"

"누가 마법을 썼는지는 확실히 알 수 없지." 덤블도어는 화가 나서 어쩔 줄 몰라 하는 해리의 얼굴을 보며 살짝 미소 지었다. "정부는 집에 있는 동안에는 마법사 부모가 자식들을 관리할 거라고 믿고 있거든."

"말도 안 되는 소리네요." 해리가 쏘아붙였다. "무슨 일이 일어났는지 좀 보세요. 모핀이 어떻게 됐는지 보시라고요!"

"나도 같은 의견이다." 덤블도어가 말했다. "모핀이 어떤 인간이었든 그는 그런 식으로, 자기가 저지르지도 않은 살인으로 비난을 받으며 죽어 마땅한 사람은 아니었다. 한데 시간이 늦어지고 있구나. 헤어지기 전에 다른 기억도 봐 주었으면 좋겠다……."

덤블도어가 안주머니에서 또 다른 크리스털 병을 꺼내자 해리는 곧바로 입을 다물었다. 이것이 덤블도어가 수집한 것 중에서 가장 중요한 기억이라고 말했던 게 떠올랐기 때문이다. 그 내용물이 좀처럼 펜시브에 비워지지 않는 것이 눈에 띄었다. 약간 엉겨 있는 것 같기도 했다. 기억이 상한 걸까?

"오래 걸리지는 않을 거다." 마침내 병을 비운 덤블도어가 말했다. "네가 알아차리기도 전에 돌아오게 될 거야. 그럼 다시 한 번 펜시브로 들어가자꾸나."

또다시 은색 표면 아래로 떨어져 내린 해리는 이번에는 어떤 남자 바로 앞에 내려섰다. 해리는 대번에 그를 알아보았다.

그 사람은 훨씬 젊은 시절의 호러스 슬러그혼이었다. 해리는 대머리가 된 슬러그혼의 모습에 너무 익숙해져 있어서인지, 숱 많고 반짝이는 밀짚 색깔 머리카락을 가진 슬러그혼의 모습을 보자 꽤 혼란스러웠다. 이미 정수리에 갈레온 크기만큼 머리카락이 빠져 빛나고 있었지만, 그래도 머리에 초가지붕을 얹은 것처럼 보였다. 지금보다 훨씬 덜 무성한 그의 콧수염은 적갈색을 띤 금빛이었다. 해리가 알고 있는 슬러그혼만큼 통통하지는 않았지만, 화려하게 수놓은 조끼의 황금색 단추들이 몹시 팽팽하게 당겨져 있었다. 그는 작은 두 발을 두꺼운 벨벳 쿠션에 얹어 놓은 채 편안한 윙백 안락의자에 앉아 한 손에는 작은 와인 잔을 쥐고 다른 손으로는 설탕에 절인 파인애플 상자를 뒤적거리고 있었다.

덤블도어가 옆에 나타나자 해리는 주위를 둘러보고 자신들이 슬러그혼의 연구실에 서 있다는 사실을 알아차렸다. 슬러그혼 주위에는 대여섯 명의 소년이 더 딱딱하거나 낮은 의자에 앉아 있었다. 다들 10대 중반으로 보였다.

해리는 단번에 리들을 알아보았다. 그는 그 소년들 중에서 가장 잘생겼고 가장 여유로워 보였다. 그의 오른손은 의자 팔걸이에 태연하게 놓여 있었다. 해리는 움찔하며 그의 손에 끼워진 황금색과 검은색으로 된 마볼로의 반지를 보았다. 그는 이미 자기 아버지를 죽인 뒤였다.

"교수님, 메리소트 교수님이 은퇴하신다는 게 사실인가요?" 리들이 물었다.

"톰, 톰. 나는 알더라도 말해 줄 수 없다." 슬러그혼이 리들을 향해 설탕이 잔뜩 묻은 손을 나무라듯 흔들며 말했다. 하지만 눈을 살짝 찡긋하는 바람에 꾸짖는 효과는 줄어들었다. "정말이지 어디서 그런 정보를 얻는지 궁금하구나, 녀석. 여느 교직원보다 더 많은 걸 알고 있으니, 원."

리들이 씩 웃었다. 다른 소년들이 웃음을 터뜨리며 선망의 눈빛으로 그를 바라보았다.

"알아선 안 되는 걸 알아내는 불가사의한 능력에, 주요 인사들을 대하는 그 신중한 처세하며…… 어쨌든 파인애플은 고맙구나. 정확히 맞혔어. 이건 내가 가장 좋아하는 거란다."

몇몇 소년이 킥킥 웃는 가운데 아주 이상한 일이 일어났다. 방 전체가 짙은 하얀색 안개로 가득 찼던 것이다. 해리의 눈에는 옆에 서 있는 덤블도어의 얼굴밖에 보이지 않았다. 그러더니 안개 속에서 슬러그혼의 목소리가 부자연스러울 만큼 크게 울려 퍼졌다. "······큰일 날 거다, 얘야. 내 말 명심해라."

안개는 나타났을 때처럼 갑자기 사라졌다. 하지만 아무도 그에 대해 이야기하지 않았고 방금 이상한 일이 일어난 것 같은 표정들도 아니었다. 당황한 해리는 주위를 둘러보았다. 그때 슬러그혼의 책상에 놓여 있던 작은 황금 시계가 11시를 알렸다.

"이런 세상에, 벌써 시간이 이렇게 됐나?" 슬러그혼이 말했다. "이제 가 보는 게 좋겠구나, 얘들아. 그렇지 않으면 모두 난처해질 거야. 레스트레인지, 내일까지 작문 숙제를 제출하거라. 안 그러면 방과 후 징계예요. 너도 마찬가지고, 에이버리."

아이들이 줄지어 나가는 동안 슬러그혼은 안락의자에서 몸을 일으켜 빈 잔을 들고 책상으로 걸어갔다. 하지만 리들은 여전히 남아 있었다. 해리는 그가 슬러그혼과 단둘이 있고 싶어서 일부러 꾸물거렸다는 것을 알았다.

"서두르려무나, 톰." 돌아서서 그가 아직도 남아 있는 것을 확인한 슬러그혼이 말했다. "취침 시간이 지났는데 침실 밖을 돌아다니다가 걸리고 싶지는 않겠지? 게다가 넌 반장이기도…….."

"교수님, 여쭤볼 게 있는데요."

"그럼 물어봐야지, 얘야. 물어보려무나."

"교수님이 혹시 알고 계시는지 궁금했습니다. 그…… 호크룩스에 대해서요."

이번에도 그 모든 일이 되풀이되었다. 짙은 안개가 연구실을 가득 채워서 슬러그혼의 모습도, 리들의 모습도 전혀 보이지 않았다. 오직 곁에서 평온하게 미소 짓고 있는 덤블도어만 보였다. 그러더니 좀 전과 마찬가지로 슬러그혼의 목소리가 울려 퍼졌다.

"나는 호크룩스에 대해서 아무것도 모르고, 안다 하더라도 말해 주지 않을 거다! 당장 여기서 나가! 다시는 내 앞에서 그 얘기를 꺼내지 말거라!"

"자, 이게 다란다." 해리 옆에서 덤블도어가 차분하게 말했다. "갈 시간이구나."

해리의 두 발이 바닥에서 떨어졌다. 잠시 후 그는 덤블도어의 책상 앞 깔개 위에 내려섰다.

"이게 다예요?" 해리가 멍하니 물었다.

덤블도어는 이것이 가장 중요한 기억이라고 했지만 해

리는 뭐가 그렇게 의미심장하다는 건지 알 수 없었다. 갑자기 안개가 낀 것과 아무도 그것을 눈치채지 못한 것처럼 보인다는 사실이 이상한 건 알겠지만, 그 외에는 리들이 질문을 던지고 답을 듣는 데 실패했을 뿐 아무 일도 벌어지지 않은 것 같았다.

"너도 눈치챘겠지만" 하고, 덤블도어가 책상 뒤로 가서 앉으며 말했다. "이 기억은 조작됐다."

"조작됐다고요?" 해리도 자리에 앉으며 물었다.

"확실해." 덤블도어가 말했다. "슬러그혼 교수가 자기 기억을 조작한 게다."

"하지만 왜요?"

"왜냐하면, 내 생각이다만, 슬러그혼 교수가 자기 기억에 부끄러움을 느끼기 때문이지." 덤블도어가 말했다. "그는 자신이 좀 더 좋게 비춰지도록 기억을 재구성하려고 했다. 나한테 보여 주고 싶지 않은 부분을 지우면서 말이야. 너도 눈치챘겠지만 그 작업은 매우 어설프게 이루어졌다. 결국은 잘된 일이지. 대체된 내용 아래 아직 진짜 기억이 있다는 사실을 보여 주니까. 자 그래서, 처음으로 숙제를 내주마, 해리. 슬러그혼 교수를 설득해서 진짜 기억을 폭로하게 만드는 게 너의 임무다. 그 기억이 틀림없이 우리가 얻은 것 중에서 가장 핵심적인 정보가 될 게다."

해리는 그를 빤히 쳐다보았다.

"하지만 교수님, 당연히······." 그는 가능한 한 공손한 목소리로 말하려고 애썼다. "제가 필요하지 않으실 텐데요. 레질리먼시를 쓰실 수도 있고······ 베리타세룸이나······."

"슬러그혼 교수는 그 두 가지 모두를 예상할 수 있는 굉장히 뛰어난 마법사다." 덤블도어가 말했다. "그는 불쌍한 모핀 곤트보다 오클루먼시에 훨씬 숙련되어 있고, 계속되는 내 강압적인 요구에 이런 어이없는 수정본을 내놓은 이후로 베리타세룸 해독제를 가지고 다니지 않는다면 그게 더 놀라운 일일 테지. 그래, 나는 슬러그혼 교수에게서 억지로 진실을 끌어내는 건 어리석은 일이라고 생각한다. 이점보다는 해가 더 많을지도 모르지. 슬러그혼 교수가 호그와트를 떠나는 건 바라지 않으니 말이다. 하지만 모든 사람이 그렇듯 슬러그혼 교수에게도 약점이 있고, 나는 너야말로 그의 방어를 뚫을 수도 있는 유일한 사람이라고 믿는다. 그 진짜 기억을 확보하는 건 대단히 중요한 일이란다, 해리. 얼마나 중요한지는 진짜 기억을 본 다음에야 알 수 있을 게다. 잘 자거라."

갑작스러운 작별 인사에 조금 놀란 해리는 재빨리 자리

에서 일어났다.

"안녕히 주무세요, 교수님."

그는 연구실 밖으로 나가 문을 닫으면서 피니어스 나이 젤러스가 말하는 소리를 똑똑히 들었다. "나는 저 꼬마가 자네보다 그 일을 더 잘 해낼 거라그 생각하는 이유를 모르겠는데, 덤블도어."

"나도 당신이 알 거라고는 생각하지 않았습니다, 피니어스." 덤블도어가 대답했고 폭스가 또 한 번 노래하듯 나직한 울음소리를 냈다.

18장
깜짝 생일 선물

 다음 날, 해리는 론과 헤르미온느에게 덤블도어가 어떤 임무를 맡겼는지 털어놓았다. 물론 헤르미온느가 론을 경멸 어린 눈길로 한 번 쳐다보고 나면 더 이상 그와 함께 있으려 들지 않았으므로 각각 따로 전했다.

 론은 해리가 슬러그혼을 설득하는 데 아무 문제도 없을 거라고 봤다.

 "널 좋아하잖아." 아침 식사 시간에 그가 달걀프라이를 포크에 찍어 들고 흔들며 말했다. "네가 부탁하는 일은 아무것도 거절하지 않을 거야. 안 그래? 귀여운 마법약 왕자인데. 그냥 오늘 오후 수업이 끝나고 남아서 물어봐."

 하지만 헤르미온느는 좀 더 비관적인 관점을 가지고 있

었다.

"덤블도어 교수님도 알아낼 수 없었다면 슬러그혼 교수님은 실제로 무슨 일이 있었는지 숨기려고 단단히 작정한 상태일 거야." 쉬는 시간, 눈 내리는 인적 없는 교정에 서서 그녀가 나직한 목소리로 말했다. "호크룩스라…… 호크룩스…… 난 들어 본 적도 없어."

"못 들어 봤다고?"

해리는 실망했다. 그는 호크룩스가 뭔지에 대해 헤르미온느가 단서를 줄 수 있을지도 모른다고 생각했던 것이다.

"고난도 어둠의 마법이 틀림없어. 그게 아니라면 볼드모트가 왜 알고 싶어 했겠어? 내 생각에 그 정보를 얻는 건 어려울 것 같아, 해리. 슬러그혼 교수님한테는 아주 신중하게 접근해야 할 거야. 전략을 짜 봐."

"론은 그냥 오늘 오후 마법약 수업이 끝나고 교실에 남아서……"

"아, 뭐, 로-온이 그렇게 생각한다면 그렇게 해야지." 그녀가 대번에 언성을 높이며 말했다. "하기야, 로-온의 판단이 틀린 적이 한 번이라도 있었니?"

"헤르미온느, 제발 좀……"

"*싫어!*" 그녀는 버럭 화를 내더니 발목까지 잠긴 눈밭에 해리를 혼자 두고 쿵쿵거리며 가 버렸다.

해리, 론, 헤르미온느 셋이서 책상을 같이 써야 한다는 사실만으로도 요즘 마법약 수업 시간은 괴롭기 짝이 없었다. 그 와중에 오늘은 헤르미온느가 어니와 더 가까이 앉으려고 책상 끝으로 솥단지를 옮겨 가서는 해리와 론 둘 다 못 본 척했다.

"너는 뭘 잘못했냐?" 론이 헤르미온느의 새침한 옆얼굴을 바라보며 해리에게 중얼거렸다.

하지만 해리가 답할 겨를도 없이 슬러그혼이 교실 앞에서 조용히 하라고 소리쳤다.

"조용, 조용히 하거라, 얘들아! 자, 빨리. 오늘 오후에는 할 일이 아주 많아! 골팔로트의 세 번째 법칙에 대해서 얘기할 수 있는 사람……? 물론 그레인저 양이겠지!"

헤르미온느는 숨 쉴 틈도 없이 술술 읊었다. "골팔로트의세번째법칙에따르면혼합독약의해독제의총량은구성성분각각에대한해독제의총량과같거나그이상입니다."

"정확하다!" 슬러그혼이 활짝 웃으며 말했다. "그리핀도르에 10점! 자, 골팔로트의 세 번째 법칙이 사실이라고 전제하면……."

해리는 골팔로트의 세 번째 법칙이 사실이라는 슬러그

혼의 말을 그대로 받아들일 생각이었다. 무슨 뜻인지 전혀 이해가 가지 않았기 때문이다. 해리뿐만 아니라, 헤르미온느를 제외한 누구도 그 뒤에 이어진 슬러그혼의 설명을 따라가지 못하는 듯했다.

"……그 말은 즉, 물론 스카핀의 드러내기 마법으로 마법약의 구성 성분을 제대로 파악하는 데 성공했다 하더라도, 우리의 주된 목표는 구성 성분 각각에 대한 해독제를 선택하는 비교적 간단한 일이 아니라 어떤 성분이 첨가됐는지를 찾아내서 그 성분이 연금술적인 과정에 의해 개별 요소들을 어떻게 변화시키는지……."

론은 해리 옆에서 입을 반쯤 벌리고 앉아 새 《고급 마법약 제조》에 멍하니 낙서를 하고 있었다. 론은 수업 내용이 이해가 안 될 때 헤르미온느가 곤경에서 구해 줄 거라는 기대를 더 이상 할 수 없다는 사실을 자꾸만 잊어버렸다.

"……그러므로" 하고, 슬러그혼이 말을 마무리했다. "너희 모두 나와서 내 책상에 놓여 있는 유리병들을 하나씩 가져가길 바란다. 수업이 끝나기 전까지 병 속에 든 독약의 해독제를 만들어야 한다. 행운을 빌어 주마. 보호용 장갑 끼는 것 잊지 말고!"

헤르미온느는 다른 학생들이 일어나야 할 때라는 걸 알

아차리기도 전에 디미 의자에서 일어나 슬러그혼의 책상에 반쯤 다다라 있었고, 해리와 론과 어니가 책상으로 돌아왔을 때는 벌써 유리병의 내용물을 솥단지에 쏟아 넣은 뒤 불을 피우고 있었다.

"이번에는 왕자가 널 도와줄 수 없어서 안됐다, 해리." 그녀가 허리를 펴며 밝은 목소리로 말했다. "이건 원리를 이해해야만 해낼 수 있는 과제거든. 요령도, 속임수도 소용없어!"

짜증이 난 해리는 슬러그혼의 책상에서 가져온 유리병의 코르크 마개를 뽑았다. 독약은 요란한 분홍색이었다. 해리는 그것을 솥단지에 쏟아붓고 불을 피웠다. 다음에는 뭘 해야 할지 아주 희미하게조차 떠오르지 않았다. 그는 론을 힐끗 보았는데, 그 역시 해리가 한 모든 일을 따라 한 다음인지라 멍청한 표정으로 서 있기만 했다.

"왕자가 아무것도 안 써 놓은 거 확실해?" 론이 해리에게 속삭거렸다.

해리는 믿음직스러운 《고급 마법약 제조》를 꺼내 해독제에 관한 장을 펼쳤다. 거기에는 헤르미온느가 토씨 하나 틀리지 않고 읊은 골팔로트의 세 번째 법칙이 그대로 적혀 있었지만 그것이 무슨 의미인지 이해할 수 있게 설명한 왕자의 필기는 단 한 글자도 보이지 않았다. 왕자는 헤르미온느처럼 그 말을 이해하는 데 아무 어려움이 없었던 것 같았다.

"없어." 해리가 우울하게 말했다.

헤르미온느는 솥단지 위로 열심히 마법 지팡이를 휘두르고 있었다. 안타깝게도 그들은 헤르미온느의 주문을 따라 할 수 없었다. 그녀는 이제 무언 주문 마법을 거는 솜씨가 너무나 좋아져서 주문을 소리 내어 외울 필요가 없었던 것이다. 하지만 해리와 론은 어니 맥밀런이 솥단지 위에 대고 "스페시알리스 리빌리오"라고 중얼거리는 것을 유심히 듣고 얼른 그를 따라 했다.

해리는 겨우 5분 만에 이 수업에서 가장 뛰어난 마법약 제조가라는 명성이 무너지고 있음을 깨달았다. 오늘 수업에서 처음으로 교실을 둘러보고 나선 슬러그혼은 평소처럼 기쁘게 소리칠 준비를 하고 기대감에 차서 해리의 솥단지 안을 들여다봤다가 달걀 썩는 냄새에 기겁을 하고 쿨럭쿨럭 기침을 하면서 다급히 머리를 뒤로 젖혔다. 헤르미온느는 그 이상 우쭐할 수가 없는 표정이었다. 그녀는 마법약 시간마다 해리보다 뒤처지는 것을 무척 분하게 여겼다. 이제 그녀는 자신의 마법약에서 희한하게도 열 가지로 분리되어 나온 마법약 성분들을 각각 크리스털 병에 담고 있었다. 해리는 그 짜증 나는 광경을 보지 않으려고 혼혈 왕자의 책으로 고개를 푹 숙인 채 필요 이상으로 힘주어 몇 페이지를 넘겼다.

그리고 긴 해독제 목록 위에 휘갈겨 쓴 문장을 보았다.

그냥 목구멍에 베조아르를 밀어 넣으면 된다.

해리는 이 문장을 잠시 바라보았다. 오래전에 베조아르에 대해 들어 본 적이 있지 않나? 첫 번째 마법약 수업에서 스네이프가 베조아르를 언급하지 않았나? '베조아르는 염소의 위에서 채취한 돌로, 그걸 쓰면 대부분의 독이 듣지 않게 된다.'

이것은 골팔로트와 관련된 문제의 답이 아니었고, 스네이프가 아직도 마법약 교수였다면 해리는 감히 그런 일을 할 엄두조차 못 냈을 것이다. 하지만 지금은 최후의 수단이라도 써야 할 순간이었다. 그는 비품 저장고로 달려가 그 안을 뒤졌다. 그리고 유니콘 뿔과 말린 허브 뭉치 같은 것들을 밀치며 뒤진 끝에 마침내 가장 안쪽에서 '베조아르'라고 적혀 있는 작은 종이 상자를 찾았다.

슬러그혼이 "다들 2분 남았다!"라고 소리친 순간 해리는 상자를 열었다. 안에는 쪼그라든 갈색 덩어리 대여섯 개가 들어 있었다. 그것들은 진짜 돌이라기보다는 말린 콩팥처럼 보였다. 해리는 그중 하나를 집어 들고 상자를 다시 저장고에 넣은 뒤 서둘러 솥으로 돌아왔다.

"시간…… **다 됐다!**" 슬러그혼이 다정하게 외쳤다. "자, 어떻게들 했나 보자! 블레이즈…… 넌 뭘 줄 테냐?"

슬러그혼은 천천히 교실을 돌아다니며 다양한 해독제들을 살펴보았다. 슬러그혼이 도착하기 전에 몇 가지 재료를 더 병에 쑤셔 넣고 있는 헤르미온느를 제외하고 과제를 마무리한 사람은 아무도 없었다. 론은 완전히 포기한 채 자신의 솥단지에서 뿜어 나오는 썩은 내를 들이마시지 않으려 애쓰고 있었다. 해리는 제자리에 서서 살짝 땀이 밴 손에 베조아르를 쥐고 기다렸다.

슬러그혼이 마지막으로 그들의 탁자에 도착했다. 그는 어니의 마법약에 대고 코를 킁킁거리더니 얼굴을 찌푸리며 론의 솥으로 넘어갔다. 그러더니 론의 솥 앞에 한순간도 더 머물지 않고 살짝 구역질을 하면서 재빨리 물러섰다.

"그리고 너는, 해리." 그가 말했다. "뭘 보여 줄 테냐?"

해리는 베조아르를 손바닥에 올려놓은 채 손을 내밀었다.

슬러그혼은 10초 정도 그것을 내려다보았다. 해리는 순간 슬러그혼이 자기에게 소리를 지르려는 줄 알았다. 그때, 슬러그혼이 고개를 홱 젖히고 웃음을 터뜨렸다.

"녀석, 배짱 한번 좋구나!" 그는 베조아르를 가져가 학생들이 볼 수 있도록 들어 올리며 우렁우렁한 목소리로 말했다. "아, 네 어머니랑 똑같아……. 뭐라고 할 수가 없겠구나……. 베조아르라면 확실히 이 모든 마법약의 해독제 역할을 할 테니!"

헤르미온느는 얼굴은 땀에 젖고 코에는 재가 묻은 채 잔뜩 화가 난 표정이었다. 그녀 자신의 머리카락 한 움큼을 포함해 쉰두 가지의 내용물로 이루어진 헤르미온느의 해독제가 반쯤 완성된 채 슬러그혼 뒤에서 천천히 부글거리고 있었지만 슬러그혼의 눈에는 해리밖에 보이지 않았다.

"베조아르는 혼자 생각해 낸 거니, 해리?" 그녀가 이를 악물고 물었다.

"이거야말로 진정한 마법약 제조가에게 필요한 독창성이지!" 해리가 대답할 겨를도 없이 슬러그혼이 기쁜 듯 말했다. "어머니와 똑같구나. 릴리도 마법약 제조에 대해 직관적으로 이해하곤 했지. 틀림없이 릴리의 재능을 물려받은 거야……. 그래, 해리, 맞다. 베조아르를 갖고 있다면 그걸로 통할 게다……. 하지만 베조아르가 모든 독에 듣는 건 아니고 상당히 희귀하기 때문에 해독제를 혼합하는 방법을 아는 건 여전히 가치 있는 일이지."

이 교실에서 헤르미온느보다 더 화난 것처럼 보이는 유일한 사람은 말포이였는데, 해리는 그가 고양이 토사물처럼 보이는 뭔가를 뒤집어쓴 것을 보고 기분이 좋아졌다. 하지만 둘 중 한 사람이 해리가 아무것도 하지 않고 수업에서 최고의 학생이 되었다는 사실에 분노를 표시하기 전에 종이 울렸다.

"짐 챙길 시간이구나!" 슬러그혼이 말했다. "대놓고 뻔뻔스럽게 군 것에 대해서 그리핀도르에 10점 더 주마!"

그는 여전히 키득거리며 지하 감옥 교실 앞 자신의 책상으로 어기적어기적 돌아갔다.

해리는 가방 싸는 데 시간을 많이 들이면서 늑장을 부렸다. 론도, 헤르미온느도 교실을 나가면서 그에게 행운을 빌어 주지 않았다. 둘 다 화가 난 표정이었다. 마침내 해리와 슬러그혼 둘만이 교실에 남았다.

"자, 어서 가거라, 해리. 다음 수업에 늦겠다." 슬러그혼이 용 가죽 서류 가방의 황금 걸쇠를 탁 닫으며 다정하게 말했다.

"교수님." 해리는 그렇게 말하며 어쩔 수 없이 볼드모트를 떠올렸다. "뭐 좀 여쭤보고 싶은데요."

"그럼 물어봐야지 애야. 물어보려무나."

"교수님이 혹시 알고 계시는지 궁금해서요. 그…… 호크룩스에 관해서요."

슬러그혼은 순간 굳어 버렸다. 그의 동그란 얼굴이 움푹 꺼지는 듯했다. 그는 입술을 핥더니 쉰 목소리로 말했다. "뭐라고 했니?"

"호크룩스에 관해서 아시는 게 있는지 여쭤봤습니다, 교수님. 그게……."

"덤블도어가 시켰구나." 슬러그혼이 속삭였다.

그의 목소리는 완전히 달라져 있었다. 더 이상 다정하지도 않았고, 충격을 받아 겁에 질려 있었다. 그는 가슴 주머니에서 손수건을 꺼내 땀이 맺힌 이마를 훔쳤다.

"덤블도어가 너한테 그…… 그 기억을 보여 준 게야." 슬러그혼이 말했다. "그렇지? 맞지?"

"네." 해리는 거짓말하지 않는 게 최선이라고 즉석에서 판단하고 그렇게 다답했다.

"그래, 물론 그렇겠지." 슬러그혼이 여전히 하얗게 질린 얼굴을 손수건으로 문지르며 조용히 말했다. "뻔해…….

글쎄, 그 기억을 봤다면 말이다, 해리, 너도 내가 아무것도 모른다는 걸 알 게다. *아무것도……*." 그는 이 단어를 힘주어 반복했다. "호크룩스에 대해서 말이야."

그는 용 가죽 가방을 집어 들고 손수건을 다시 주머니에 쑤셔 넣은 뒤 지하 감옥 교실 문으로 성큼성큼 걸어갔다.

"교수님." 해리가 절박하게 말했다. "전 그저 기억이 좀 더 있을지도 모른다고……."

"그래?" 슬러그혼이 말했다. "그럼 네가 틀린 거란다. **틀렸어!**"

그는 마지막 말을 내지르고는 해리가 다른 말을 할 겨를도 없이 지하 감옥 교실을 나가며 문을 쾅 닫아 버렸다.

해리가 이 재앙에 가까운 면담 이야기를 했을 때는 론도 헤르미온느도 전혀 동정하는 기색을 보이지 않았다. 헤르미온느는 여전히 해리가 과제를 제대로 하지 않고 칭찬받은 일에 열을 내고 있었다. 론은 해리가 자기에게 베조아르를 슬쩍 건네주지 않은 것에 분노했다.

"우리 둘 다 그렇게 했으면 그냥 멍청해 보였을 거야!" 해리가 짜증이 깃든 목소리로 말했다. "들어 봐, 슬러그혼을 구워삶아야 하잖아. 볼드모트 얘기를 하려면 말이야. 아, *정신 좀 차려!*" 그가 분통을 터뜨리며 덧붙였다. 론이 볼드모트라는 이름을 듣고 화들짝 놀랐기 때문이었다.

실패도 실패지만 론과 헤르미온느의 태도에도 화가 난 해리는 이어지는 며칠 동안 다음에는 슬러그혼에게 뭘 해 봐야 할지 고민했다. 그는 당분간 슬러그혼이 해리가 호크룩스에 대한 것은 모두 잊어버렸다고 생각하도록 행동해야겠다고 결심했다. 공격을 재개하기 전에, 거짓으로 안전하다는 느낌을 받도록 그를 꾀어내는 게 최선이었다.

해리가 다시 질문하지 않자 마법약 교수 슬러그혼은 원래 그를 대하던 애정 어린 태도로 돌아갔고, 그 문제는 머릿속에서 치워 둔 것처럼 보였다. 해리는 그의 단출한 저녁 파티 중 하나에라도 초대받기를 기다렸다. 이번에는 퀴디치 훈련 일정을 다시 잡아야 하더라도 받아들일 작정이었다. 하지만 안타깝게도 그런 초대장은 오지 않았다. 해리는 헤르미온느와 지니에게도 확인해 봤지만 둘 중 누구도 초대장을 받지 못했고, 그들이 아는 한 다른 사람들도 마찬가지였다. 해리는 이것이 슬러그혼이 겉으로 보이는 것처럼 지난 일을 잘 잊어버리는 사람이 아니며 해리에게 질문을 던질 기회를 더 이상 주지 않기로 작정했다는 뜻인지 궁금했다.

한편, 호그와트 도서관은 난생처음으로 헤르미온느를

실망시켰다. 그녀는 너무도 충격받은 나머지, 베조아르로 속임수를 썼다며 해리에게 화가 나 있다는 사실까지 잊어버렸다.

"호크룩스에 대한 설명은 단 한 줄도 찾지 못했어!" 그녀가 말했다. "단 한 줄도! 제한구역에도 들어가 보고, 심지어 소름 *끼치는* 마법약을 끓이는 법을 알려 주는 가장 *끔찍한* 책들까지 찾아봤는데 아무것도 나오지 않았어! 내가 찾을 수 있었던 건 《극도로 사악한 마법들》이라는 책의 서문에서 찾아낸 이 말뿐이야. 잘 들어봐. '마법적 발명 중 가장 사악한 호크룩스에 관해서는 입에 담아서도, 안내를 제공해서도 아니 된다.' 아니, 이럴 거면 왜 얘기를 꺼내는 거야?" 그녀가 짜증스럽게 낡은 책을 탁 덮자 책은 유령처럼 울부짖었다. "아, 시끄러워." 그녀는 톡 쏘아붙이며 책을 다시 가방에 집어넣었다.

2월이 되자 학교 주변의 눈이 녹으면서 차갑고 을씨년스럽고 축축한 날씨가 찾아왔다. 자줏빛이 도는 회색 구름들이 성 위에 낮게 걸려 있고, 싸늘한 비가 끊임없이 내려 잔디밭을 미끄러운 진창으로 만들었다. 그 결과, 다른 과목 수업과 겹치지 않도록 토요일 아침으로 예정되었던 6학년 학생들의 첫 순간이동 수업은 교정이 아니라 대연회장에서 열리게 되었다.

　해리와 헤르미온느가 대연회장에 도착해 보니(론은 라벤더와 함께 와 있었다) 식탁이 치워져 있었다. 비가 높은 창문을 두드려 댔고 마법이 걸린 천장은 머리 위에서 어둡게 소용돌이쳤다. 학생들은 각 기숙사를 담당하는 맥고나걸, 스네이프, 플리트윅, 스프라우트 교수 등과 정부에서 나온 순간이동 강사로 짐작되는 왜소한 남자 마법사 앞에 모여 섰다. 그 마법사는 투명한 속눈썹에 이상할 정도로 창백했고 머리카락은 드문드문했으며 한 줄기 바람으로도 날려 보낼 수 있을 것처럼 실체가 없는 듯한 분위기를 풍기고 있었다. 해리는 계속 사라졌다가 다시 나타나는 일이 어떤 식으로든 그의 실체를 약화시킨 것인지, 아니면 사라지길 바라는 사람에게는 이런 부서질 것 같은 몸이 이상적인 건지 궁금해졌다.

　"안녕하세요." 학생들이 모두 도착하고 담임 교수들이 조용히 하라고 소리치자 정부 마법사가 말했다. "내 이름은 윌키 트와이크로스입니다. 나는 정부 순간이동 강사로, 앞으로 12주 동안 여러분을 가르칠 거예요. 그 시간 동안 여러분이 순간이동 시험에 대비하도록 도움을 줄 수 있기를 바랍니다."

"말포이, 조용히 하고 집중해라!" 맥고나걸 교수가 소리쳤다.

모두가 뒤를 돌아보았다. 말포이의 얼굴이 칙칙한 붉은색으로 물들어 있었다. 그는 잔뜩 화가 난 얼굴로, 속삭거리며 말다툼을 벌이고 있었던 듯한 크래브에게서 떨어졌다. 해리는 재빨리 스네이프를 힐끗 바라보았다. 그 역시 못마땅한 표정을 짓고 있었는데, 해리는 그것이 말포이의 무례함 때문이라기보다는 맥고나걸 교수가 자기 기숙사 학생을 꾸중했기 때문이라는 강한 의심이 들었다.

"……그때쯤이면 여러분 중 많은 수가 시험을 치를 준비가 돼 있을 거예요." 트와이크로스는 아무런 방해도 받은 적 없다는 듯 말을 이었다.

"여러분도 알겠지만 호그와트 안에서는 보통 순간이동으로 나타나거나 사라지는 게 불가능해요. 하지만 교장 선생님께서 여러분이 연습할 수 있도록 딱 한 시간 동안 오직 이 대연회장에 한해서 그 마법을 해제해 주셨어요. 이 대연회장 벽 바깥으로는 순간이동을 할 수 없다는 사실을 명심하길 바랍니다. 그건 어리석은 시도가 될 거예요. 이제 모두 앞에 1.5미터 정도 공간을 두고 서도록 하세요."

학생들이 흩어져서 서로 부딪치고 다른 사람들한테 자

기 자리에서 비키라고 소리 지르는 등 한바탕 밀치락달치락하는 상황이 벌어졌다. 담임 교수들은 학생들 사이를 돌아다니며 그들을 줄 세우고 말싸움을 막았다.

"해리, 너 어디 가?" 헤르미온느가 물었다.

하지만 해리는 대답하지 않았다. 그는 재빨리 학생 무리를 헤치고 나아갔다. 플리트윅 교수가 서로 앞에 서고 싶어 하는 몇몇 래번클로 학생에게 자리를 정해 주면서 꽥꽥거리는 곳을 지나고 후플푸프 학생들을 재촉해 줄 세우던 스프라우트 교수를 지난 끝에 그는 어니 맥밀런 옆을 피해 간신히 맨 뒤쪽, 말포이 바로 뒤에 자리를 잡을 수 있었다. 말포이는 해리와 1.5미터쯤 떨어진 곳에 서서 한바탕 소동이 일어난 틈을 타 불만 어린 표정을 짓고 있는 크래브와 말싸움을 이어 가고 있었다.

"얼마나 더 길어질지 모르겠다고. 알았어?" 말포이는 해리가 바로 뒤에 서 있는 것을 모른 채 크래브에게 쏘아붙였다. "생각보다 오래 걸린단 말이야."

크래브가 입을 열었지만 말포이는 그가 무슨 말을 할지 짐작한 듯했다.

"야, 내가 무슨 일을 하든 그건 네가 알 바 아냐, 크래브. 너랑 고일은 그냥 시키는 대로 망이나 봐!"

"나 같으면 망을 봐 주길 바라는 친구들한테 내가 무슨 일을 꾸미는지 말해 주겠다." 해리가 말포이에게만 간신히 들릴 정도의 목소리로 말했다.

말포이가 그 자리에서 휙 돌아섰다. 그의 손이 마법 지팡이 쪽으로 뻗어 갔지만 바로 그때 네 명의 기숙사 담임 교수가 "조용!" 하고 소리쳤고 대연회장은 다시 조용해졌다. 말포이는 천천히 돌아서서 정면을 바라보았다.

"고맙습니다." 트와이크로스가 말했다. "그럼, 이제……."

그가 마법 지팡이를 휘둘렀다. 곧바로 학생들 앞에 나무로 만든 구식 고리가 나타났다.

"순간이동을 할 때 기억해야 할 중요한 것은 3D예요. '목적지(Destination), 확신(Determination), 신중함(Deliberation)'! 1단계는 가고자 하는 목적지에 정신을 단단히 고정시키는 거예요." 트와이크로스가 말했다. "지금은 여러분 앞에 있는 고리 안이 되겠죠. 지금은 부디 그 목적지에 집중해 주길 바랍니다."

모두들 다른 사람도 고리를 들여다보고 있는지 확인하느라 주위를 슬쩍 둘러본 다음 다급히 시키는 대로 했다. 해리는 동그란 고리 안의 먼지투성이 바닥을 뚫어지게 바라보며 다른 것은 생각하지 않으려고 애썼다. 하지만 불가능했다. 말포이가 도대체 무슨 일을 꾸미고 있길래 망을 볼 사람이 필요한 건지 궁금증이 밀려왔던 것이다.

"2단계." 트와이크로스가 말했다. "여러분의 확신이 마음속에 그리고 있는 그 공간을 차지하도록 집중하는 거죠! 그곳에 들어가고 싶다는 열망이 여러분의 정신에서 흘러넘쳐 온몸의 세포 하나하나에 파고들도록 하세요!"

해리는 주위를 슬쩍 둘러보았다. 왼쪽으로 조금 떨어진 곳에서는 어니 맥밀런이 고리를 너무 열심히 응시하느라 얼굴이 벌게져 있었다. 마치 쿼플만 한 알을 낳으려고 힘을 주는 것처럼 보였다. 해리는 웃음을 삼키고 얼른 자신의 고리로 시선을 돌렸다.

"3단계입니다." 트와이크로스가 소리쳤다. "내가 지시하면…… 제자리에서 빙글 돌고, 아무것도 없는 공간 속으로 들어가는 길을 느끼면서 *신중하게* 움직이는 겁니다! 자, 내 지시대로…… 하나……."

해리는 다시 주위를 힐끗 돌아보았다. 이토록 빨리 순간이동을 하라고 할 줄은 몰랐는지 대부분 상당히 놀란 표정을 짓고 있었다.

"둘……."

해리는 고리에 다시 정신을 집중하려 애썼다. 그는 이미

3D가 뭔지도 잊어버렸다.

"⋯⋯셋!"

해리는 제자리에서 빙글 돌다가 균형을 잃고 하마터면 넘어질 뻔했다. 해리만 그런 게 아니었다. 대연회장 전체가 갑자기 비틀거리는 학생들로 가득해졌다. 네빌은 바닥에 대자로 누워 있었다. 한편 어니 맥밀런은 발레를 하듯 발끝으로 빙글 돌면서 고리로 뛰어들고 잠깐 짜릿한 표정을 짓다가, 그런 그를 보고 웃음을 터뜨리는 딘 토머스와 눈이 마주쳤다.

"괜찮아요, 괜찮아요." 트와이크로스가 대수롭지 않다는 듯 말했다. 이보다 더 나을 거라고는 애초에 기대도 안 했던 것 같았다. "고리를 정돈하고 원래 자리로 돌아가세요."

두 번째 시도도 첫 번째보다 나을 게 없었다. 세 번째도 마찬가지였다. 네 번째 시도 때까지 흥미로운 일 같은 건 하나도 벌어지지 않았다. 그때 고통에 겨운 끔찍한 비명 소리가 터져 나왔고 모두가 겁에 질려 뒤를 돌아보았다. 후플푸프의 수전 본즈가 출발 지점인 1.5미터 떨어진 곳에 왼쪽 다리가 아직 남아 있는 상태로 고리 안에서 비틀거리고 있었다.

기숙사 담임 교수들이 그녀에게 몰려갔다. 엄청난 폭음

이 터지고 자주색 연기가 뻐끔 피어오르다가 사라지면서 흐느끼고 있는 수전의 모습이 나타났다. 그녀는 다리를 되찾았지만 무척 겁에 질린 것 같았다.

"분할이라고 해요. 신체 일부가 분리되는 현상이죠." 윌키 트와이크로스가 아무런 감정의 동요도 보이지 않고 말했다. "정신에 확신이 충분히 집중되지 않을 때 벌어지는 일이에요. 목적지에 끊임없이 집중하면서, 서두르지 말고 *신중하게 움직여야* 해요……. 이렇게."

트와이크로스는 앞으로 몇 걸음 나서더니 양팔을 벌리고 제자리에서 우아하게 돌다가 휘날리는 로브 속에서 사라진 뒤 대연회장 뒤쪽에 다시 나타났다.

"3D를 기억하세요." 그가 말했다. "다시 해 보죠……. 하나, 둘, 셋."

하지만 한 시간이 지나도 수전의 분할보다 재미있는 일은 일어나지 않았다. 트와이크로스는 낙담한 것처럼 보이지 않았다. 그는 단지 망토 목깃을 조이며 이렇게 말했다. "다들 다음 주 토요일에 만납시다. 그리고 잊지 마세요. *목적지. 확신. 신중함.*"

그 말을 끝으로 그는 마법 지팡이를 휘둘러 고리들을 사라지게 만든 다음, 맥고나걸 교수와 함께 대연회장을 걸어

나갔다. 곧바로 현관홀로 향하는 학생들의 말소리가 터져 나왔다.

"넌 어땠어?" 론이 황급히 해리에게 다가오며 물었다. "마지막으로 시도했을 때는 뭔가 느껴졌던 것 같아. 발이 약간 얼얼했어."

"내 생각엔 운동화가 너무 작아서 그런 것 같은데, 로-온." 뒤에서 웬 목소리가 들리더니 헤르미온느가 피식 웃으며 성큼성큼 걸어갔다.

"난 아무것도 못 느꼈어." 해리가 말이 끊기지 않은 척하며 말했다. "하지만 지금은 거기에 관심 없어."

"무슨 말이야, 관심이 없다니. 순간이동 배우고 싶지 않아?" 론이 믿을 수 없다는 듯 물었다.

"사실 그렇게 안달할 정도는 아니야. 난 비행이 더 좋거든." 해리는 어깨 너머로 말포이가 있는 곳을 계속 힐끔거리다가 현관홀로 나오자 걸음 속도를 높였다. "저기, 서두르지 않을래? 하고 싶은 일이 좀 있어서……."

론은 어리둥절한 채 해리를 따라 그리핀도르 탑을 향해 뛰었다. 피브스가 5층 문을 꽉 닫아 놓고 자기 바지에 불을 붙이지 않으면 누구도 지나가지 못하게 하겠다는 바람에 잠깐 지체되기도 했지만, 해리와 론은 그냥 발길을 돌려 믿고 쓰는 지름길 하나를 골랐다. 5분도 안 되어 그들은 초상화 구멍을 지나고 있었다.

"그럼 우리가 지금 뭘 하는 건지 말 좀 해 줄래?" 론이 살짝 헐떡이며 물었다.

"올라가서." 해리는 그렇게 말하고 휴게실을 가로질러 남학생 기숙사 계단으로 가는 문으로 론을 이끌었다.

침실은 해리의 기대대로 비어 있었다. 그는 짐 가방을 열고 안을 뒤지기 시작했다. 론은 조바심이 나는 듯 그를 지켜보았다.

"해리……."

"말포이가 크래브랑 고일에게 망을 보게 하고 있어. 방금 크래브랑 말다툼하는 걸 들었거든. 내가 알고 싶은 건…… 아하."

그는 원하는 것을 찾았다. 겉으로는 텅 빈 것처럼 보이는, 네모나게 접은 양피지였다. 그는 그 양피지를 펼치고 마법 지팡이 끝으로 두드렸다.

"나는 못된 짓을 꾸미고 있음을 엄숙히 맹세합니다……. 뭐, 말포이는 그러고 있겠지."

곧바로 양피지 위에 도둑 지도가 나타났다. 성의 각 층 하나하나의 상세한 평면도가 그려져 있고, 성에 사는 사람들을 나타내는 이름표가 붙은 조그만 검은색 점들이 그 위를 돌아다니고 있었다.

"말포이 찾는 것 좀 도와줘." 해리가 다급히 말했다.

그는 침대에 지도를 내려놓고 론과 함께 그 위로 몸을 기울인 채 말포이를 찾았다.

"*저깄다!*" 1분쯤 지나고 론이 소리쳤다. "슬리데린 휴게실에 있어. 봐……. 파킨슨이랑 자비니랑 크래브랑 고일……."

해리는 실망하며 지도를 내려다보다가 곧바로 기운을 차렸다.

"뭐, 이제부터는 계속 이 녀석을 지켜볼 거야." 그가 단호하게 말했다. "그리고 크래브랑 고일에게 망을 보게 해 놓고 어딜 몰래 돌아다니는 걸 보는 즉시, 늘 그랬던 것처럼 투명 망토를 쓰고 가서 걔가 뭘 하는지 알아볼……."

네빌이 뭔가 탄 냄새를 강하게 풍기며 침실로 들어오자 해리는 말을 멈췄다. 네빌은 새 바지를 찾아 짐 가방을 뒤지기 시작했다.

말포이를 잡겠다고 결심했음에도 이후 몇 주 동안은 운이 전혀 따라 주지 않았다. 수업 사이사이 쓸데없이 화장실을 들락거리며 할 수 있는 한 자주 지도를 들여다봤지만 말포이가 의심스러운 곳에 있는 것은 단 한 번도 보지 못했다. 크래브와 고일이 평소보다 더 자주 자기들끼리 성을 돌아다니고 가끔은 텅 빈 복도에 가만히 서 있는 것을 보긴 했지만 이럴 때는 말포이가 그들 근처에 없었을 뿐만 아니라 아예 지도에서도 찾을 수 없었다. 정말 이상한 일이었다. 해리는 말포이가 실제로 교정 밖으로 나갔을 가능성도 한번 생각해 봤지만 성내에 아주 높은 수준의 보안 조치가 이루어지고 있는 지금 어떻게 그게 가능한지는 통 알 수가 없었다. 지도에 찍힌 수백 개의 작디작은 검은 점 사이에서 말포이를 놓치고 있다고 추측할 뿐이었다. 꼭 붙어 다니던 말포이, 크래브와 고일이 각자 따로따로 다니는 듯 보이는 것도 이상하긴 했지만, 한편으로는 나이를 한 살 한 살 먹으면 이런 일들이 벌어지기 마련이라는 생각도 들었다. 론과 헤르미온느가 그 살아 있는 증거라고, 해리는 울적하게 생각했다.

비가 오는 것만큼 바람도 불기 시작한 것을 빼면 날씨는 딱히 바뀌지 않고 2월에서 3월이 되었다. 기숙사 휴게실 전체에 모두의 분노를 일으키는 공고문이 나붙었다. 다음 번 호그스미드 방문이 취소되었다는 내용이었다. 론은 길길이 뛰었다.

"그날이 내 생일인데!" 그가 말했다. "목 빠지게 기다리고 있었단 말이야!"

"근데 그렇게 놀랄 일은 아니잖아?" 해리가 말했다. "케이티한테 그런 일이 있었는데."

그녀는 아직도 세인트 멍고에서 돌아오지 않았다. 그보다 더 걱정스러운 일은 《예언자일보》에 호그와트 학생들의 몇몇 친척을 포함한 사람들의 실종 사건이 추가로 실린 것이었다.

"하지만 이제 내가 기대할 만한 건 그 멍청한 순간이동뿐이라고!" 론이 툴툴거렸다. "거 참 대단한 생일 선물이네……."

수업을 세 번이나 했는데도 순간이동은 여전히 어려웠다. 몇몇 학생이 몸 일부를 분리하는 데 성공했을 뿐이다. 좌절감만 높아졌고, 윌키 트와이크로스와 그가 내세우는 3D를 향한 악감정도 커져서 그를 부르는 수많은 별명이 생겨났다. 그중 그나마 예의를 갖춘 별명이 '개 입 냄새(Dog-breath)'와 '똥 대가리(Dung-head)'였다.

"생일 축하해, 론." 3월 1일, 셰이머스와 딘이 아침을 먹으러 가면서 시끄럽게 떠드는 바람에 잠에서 깬 해리가 말했다. "선물 받아라."

그는 론의 침대로 선물 꾸러미를 던졌다. 꾸러미는 한밤중에 집요정들이 바달했을 게 분명한 작은 선물 더미에 섞였다.

"감사." 론이 잠이 겨운 목소리로 말했다. 그가 포장지를 뜯는 동안 해리는 침대에서 나와, 한 번 쓰고 난 다음에는 항상 숨겨 놓는 도둑 지도를 찾아 짐 가방을 뒤지기 시작했다. 그는 가방 손 물건 절반을 끄집어낸 다음에야 행운의 마법약인 펠릭스 펠리시스 병을 숨겨 놓은 양말 밑에서 도둑 지도를 발견했다.

"좋아." 그는 지드를 침대로 가지고 돌아와 가만히 두드리며 중얼거렸다. '나는 못된 짓을 꾸미고 있음을 엄숙히 맹세합니다." 마침 그의 침대 발치를 지나던 네빌이 못 듣게 할 작정이었다.

"이거 좋은데, 해리!" 론이 해리가 선물한 퀴디치 파수꾼 장갑을 흔들며 기쁜 듯 소리쳤다.

"별말씀을." 해리가 멍하니 말했다. 그는 말포이를 찾아 슬리데린 침실을 자세히 살폈다. "야…… 말포이가 침대에 없는 것 같아."

론은 대꾸하지 않았다. 그는 이따금씩 환호성을 지르며 선물 포장을 뜯느라 너무 바빴다.

"진짜 올해는 끝내주는걸!" 그가 가장자리에 이상한 기호들이 새겨져 있고 시곗바늘 대신 아주 작은 별들이 움직이고 있는 묵직한 황금 시계를 들어 올리며 말했다. "엄마 아빠가 뭘 보내 줬는지 봤어? 와, 내년이면 나도 성인이 되니까……."

"멋지네." 해리는 시계에 눈길을 한 번 주고 지도를 더욱 가까이에서 들여다보며 중얼거렸다. 말포이는 어디에 있을까? 대연회장 안 슬리데린 식탁에 앉아 아침을 먹고 있는 것 같지는 않고…… 본인 연구실에 앉아 있는 스네이프 근처에도 없고…… 그렇다고 화장실이나 병동에 있는 것도 아니고…….

"하나 줄까?" 론이 입안 가득 초콜릿을 물고 솥단지 초콜릿 상자를 내밀며 물었다.

"아냐, 됐어." 해리가 고개를 들며 말했다. "말포이가 또 사라졌어!"

"그럴 리가." 론이 옷을 입으려고 침대에서 내려와 두 개째 솥단지 초콜릿을 입에 밀어 넣으면서 말했다. "가자, 서두르지 않으면 빗속으로 순간이동을 해야 할 거야. 뭐, 그게 더 쉬울지도 모르겠다."

론은 생각에 잠긴 채 솥단지 초콜릿 상자를 지그시 바라보더니 어깨를 으쓱하고 또다시 초콜릿을 집어 먹었다.

해리는 마법 지팡이로 지도를 두드리고 실제로는 성공하지 못했지만 "장난 성공"이라고 말한 뒤 열심히 머리를 굴리면서 옷을 갈아입었다. 말포이가 이따금 사라지는 이유가 분명 있을 터지만 도저히 짐작이 가지 않았다. 그걸 알아내는 가장 좋은 방법은 말포이를 미행하는 것이겠지만 투명 망토를 쓴다 해도 그것은 현실적이지 않은 생각이었다. 수업에, 퀴디치 연습에, 숙제와 순간이동 수업까지 있었기 때문에, 그가 자리를 비운 것을 들키지 않고 온종일 말포이를 쫓아다니는 것은 불가능했다.

"준비됐어?" 그가 론에게 물었다.

침실 문을 향해 반쯤 걸어갔을 때 해리는 론이 꼼짝도 하지 않고 있다는 사실을 깨달았다. 론은 다만 침대 기둥에 기대서서 초점 없는 멍한 얼굴로 빗물에 씻긴 창밖을 내다보고 있었다.

"론? 아침 먹어야지."

"배 안 고파."

해리가 그를 빤히 쳐다보았다.

"방금 배고프다그……."

"뭐, 그래. 같이 내려가자." 론이 한숨을 쉬었다. "하지만 뭘 먹고 싶지는 않아."

해리는 의심스러운 눈으로 그를 자세히 살펴보았다.

"방금 솥단지 초콜릿을 반 상자나 먹어 치웠지?"

"그래서가 아냐." 론이 다시 한숨을 쉬었다. "너…… 넌 이해 못 할 거야."

"됐어, 그럼." 해리는 어리둥절하면서도 돌아서서 문을 열며 말했다.

"해리!" 론이 갑자기 그를 불렀다.

"왜?"

"해리, 못 견디겠어!"

"뭘 못 견뎌?" 해리가 물었다. 이제는 확실히 걱정스러운 마음이 들기 시작했다. 론은 약간 창백했고 금방이라도 토할 것처럼 보였다.

"걔 생각을 멈출 수가 없어!" 론이 쉰 목소리로 말했다.

해리는 입을 쩍 벌리고 그를 쳐다보았다. 이런 말은 예상하지도 못했고, 이런 말을 듣고 싶은지도 확신할 수 없었다. 아무리 친구라도 론이 라벤더를 '라브라브'라고 부르기 시작한다면 해리는 단호한 태도를 취해야 할 것이었다.

"그렇다고 왜 아침을 못 먹겠다는 거야?" 해리는 이 상황에 조금이나마 상식을 주입하려고 아쓰며 그렇게 물었다.

"걔는 내가 존재한다는 것조차 모르는 것 같아." 론이 절망적인 몸짓을 하며 말했다.

"네가 존재한다는 거야 확실히 알지." 해리는 당황해서 말했다. "계속 너한테 키스하잖아?"

론이 눈을 깜빡였다.

"누구 얘기야?"

"너는 누구 얘기 하는 건데?" 이성적인 대화가 점점 불가능해지는 것을 느끼며 해리가 물었다.

"로밀다 베인." 론이 조용히 말했다. 마치 불순물 하나 섞이지 않은 햇살을 받는 듯, 그 말을 하는 론의 얼굴이 환하게 빛나는 것처럼 보였다.

그들은 1분 가까이 서로를 바라보았다. 마침내 해리가 입을 열었다. "장난이지? 장난일 거야."

"내 생각엔…… 해리, 나 그 애를 사랑하는 것 같아." 론이 목이 메는 듯한 목소리로 말했다.

"그래." 해리는 흐리멍덩한 론의 눈과 창백한 얼굴을 더 잘 보기 위해 그에게 다가갔다. "그래…… 웃지 말고 다시 말해 봐."

"난 그 애를 사랑해." 론은 숨이 찬 듯 다시 말했다. "걔 머리카락 봤지? 아주 까맣고 반짝이고 부드러워……. 눈은 또 어떻고? 그 크고 검은 눈은? 게다가……."

"이거 진짜 웃기고 다 좋은데" 하고, 해리가 못 참겠다는 듯 말했다. "장난은 그만하자. 알았지? 그만둬."

해리는 방을 나가려고 돌아섰다. 퍽 하고 뭔가가 오른쪽 귀를 세게 때렸을 때 그는 문으로 두 걸음을 걸어간 참이었다. 해리는 비틀거리며 돌아섰다. 론이 주먹을 뒤로 당긴 채 얼굴을 분노로 일그러뜨리고 있었다. 다시 주먹을 날릴 기세였다.

해리는 본능적으로 반응했다. 그는 주머니에서 마법 지팡이를 꺼내 들고, 자기도 모르게 머릿속에 불쑥 떠오른 주문을 외쳤다. "레비코르푸스!"

다시 한 번 발목이 붙들려 위로 올라가자 론이 소리를 질렀다. 그는 로브를 늘어뜨리며 무력하게 공중에 거꾸로 매달렸다.

"대체 왜 이래?" 해리가 고함을 질렀다.

"네가 걔를 모욕했잖아, 해리! 내 말을 장난이라고 했잖아!" 론이 바락바락 소리쳤다. 피가 머리로 쏠리면서 그의 얼굴이 점점 퍼렇게 질려 갔다.

"미쳤어?" 해리가 말했다. "대체 무슨……?"

그때, 그는 론의 침대에 펼쳐져 있는 상자를 봤다. 순간,

돌진하는 트롤처럼 어떤 깨달음이 그를 덮쳤다.

"이 솥단지 초콜릿 어디서 났어?"

"생일 선물이었거!" 론은 풀려나려고 발버둥 치느라 공중에서 천천히 빙빙 돌면서 외쳤다. "너한테도 하나 먹으라고 했잖아!"

"그냥 바닥에 있는 걸 집은 거지?"

"내 침대에서 떨어진 거야. 됐냐? 날 놔 줘!"

"네 침대에서 뜯어진 게 아니야, 이 멍청아. 이해 못 하겠어? 그건 내 초콜릿이었어. 내가 지도를 찾다가 짐 가방에서 꺼내서 던진 거야. 크리스마스 전에 로밀다가 나한테 준 건데 거기에 사랑의 묘약이 들어 있었던 거라고!"

하지만 론에게는 해리가 한 말 중에서 오직 한 단어만 들린 듯했다.

"로밀다?" 그가 되풀이했다. "로밀다라고 했어? 해리, 너 개 알아? 나 좀 소개시켜 줄 수 있어?"

해리는 매달려 있는 론을 빤히 바라보았다. 이제 론의 얼굴은 엄청난 기대감에 차 있었다. 해리는 웃고 싶은 마음을 간신히 억눌렀다. 한편으로는, 특히 아직도 욱신거리는 오른쪽 귀를 생각하면, 론을 내려 주고 마법약의 효력이 다할 때까지 그가 멋대로 날뛰는 모습을 구경하고 싶은 마음도 있었다……. 하지만 그들은 친구였고 그를 공격할 때의 론은 제정신이 아니었으므로, 해리는 론이 저대로 로밀다 베인에 대한 영원한 사랑을 선포하도록 내버려 둔다면 한 대 더 맞아도 싸다는 생각이 들었다.

"그래, 소개해 줄게." 해리가 재빨리 머리를 굴리며 말했다. "이제 내려 줄게. 알았지?"

그는 론을 바닥에 쿵 떨어뜨렸다(귀가 꽤 아팠기 때문이다). 하지만 론은 활짝 웃으며 벌떡 일어날 뿐이었다.

"걘 슬러그혼 연구실에 있어." 해리는 론을 문으로 이끌며 자신감 있게 말했다.

"왜 거기에 있지?" 론이 허겁지겁 따라오며 불안한 듯 물었다.

"아, 마법약 보충수업을 듣는대." 해리는 아무렇게나 지어냈다.

"나도 같이 들어도 되냐고 물어볼까?" 론이 열의에 차서 말했다.

"좋은 생각이다." 해리가 말했다.

라벤더가 초상화 구멍 옆에서 기다리고 있었다. 미처 예상하지 못한 상황이었다.

"왜 이렇게 늦었어, 로-온!" 그녀가 입을 삐죽거렸다.

"내가 생일……."

"저리 비켜." 론이 조바심을 내며 말했다. "해리가 날 로 밀다 베인한테 소개해 주기로 했단 말이야."

론은 그 말만 남긴 채 초상화 구멍을 나갔다. 해리는 라벤더에게 미안한 얼굴을 하려고 했지만, 등 뒤에서 뚱뚱한 귀부인이 휙 닫힐 때 라벤더가 어느 때보다도 모욕감을 느끼는 표정이었던 것을 보면 그냥 재미있어하는 얼굴이 되고 만 모양이었다.

해리는 슬러그혼이 아침 식사를 하러 갔으면 어떡하나 살짝 걱정했지만 문을 두드리자마자 곧바로 대답이 들려왔다. 슬러그혼은 녹색 벨벳 잠옷과 같은 색깔의 취침용 모자를 쓴 채 눈을 약간 게슴츠레하게 뜬 모습이었다.

"해리." 그가 웅얼거렸다. "찾아오기엔 아주 이른 시간이구나. 토요일엔 보통 늦잠을 자거든……."

"교수님, 주무시는데 정말 죄송합니다." 론이 까치발로 서서 슬러그혼 너머로 그의 연구실을 들여다보는 가운데 해리는 되도록 조용히 말했다. "제 친구 론이 실수로 사랑의 묘약을 먹었거든요. 해독제를 만들어 주실 수 있을까요? 폼프리 선생님한테 데려가야 하지만 위즐리 형제의 위대하고 위험한 장난감 물건은 아무것도 쓰면 안 되거든

요……. 추궁을 당할 수도 있고…….'

"네가 직접 치료제를 만들어 낼 수 있지 않니, 해리. 너처럼 뛰어난 마법약 제조가라면 말이야." 슬러그혼이 물었다.

"어……." 론이 급기야 억지로 연구실 안으로 밀고 들어가려고 팔꿈치로 옆구리를 찔러 대는 통에 해리는 주의가 약간 흐트러져서 말했다. "사랑의 묘약 해독제는 한 번도 혼합해 본 적이 없어서요, 교수님. 제가 제대로 만들었을 때쯤에는 론이 무슨 심각한 짓을 저질렀을지 몰라서……."

때마침 론이 신음하면서 그의 말을 거들었다. "그 애가 안 보여, 해리. 이 사람이 숨겨 놓고 있는 거야?"

"마법약 유통기한이 지난 건 아니지?" 슬러그혼은 이제 직업적인 관심을 갖고 론을 살펴보고 있었다. "오래될수록 약효가 강해질 수 있어서 말이다."

"많은 게 설명되네요." 해리가 숨을 헐떡였다. 그는 이제 론이 슬러그혼을 때려눕히지 못하도록 거의 몸싸움을 하고 있었다. "오늘이 론의 생일이거든요, 교수님." 그가 애원하듯 덧붙였다.

"아, 그래. 그럼 들어오너라. 어서 들어와." 슬러그혼이 마침내 태도를 누그러뜨렸다. "여기 내 가방에 필요한 게 들어 있다. 어려운 해독제도 아니고 말이야……."

론은 후텁지근하고 혼잡한 슬러그혼의 연구실 문을 박차고 들어가다가 술 달린 발받침에 걸려 넘어질 뻔했지만 해리의 목을 잡아 균형을 되찾고 웅얼거렸다. "로밀다는 내가 넘어질 뻔한 거 못 봤겠지?"

"아직 안 왔어." 해리는 슬러그혼이 마법약 재료 상자를 열어 작은 크리스털 병에 몇 가지 재료를 이것저것 한 줌씩 넣는 모습을 지켜보았다.

"다행이다." 론이 열에 들뜬 어조로 말했다. "나 어때 보여?"

"아주 잘생겼다." 슬러그혼이 맑은 액체가 담긴 잔을 론에게 건네며 부드럽게 말했다. "이제 그걸 마시거라. 그 애가 도착했을 때 침착한 태도를 유지할 수 있도록 용기를 북돋는 마법약이란다."

"끝내주네요." 론은 흥분해서 말하더니 요란한 소리를 내며 해독제를 꿀꺽꿀꺽 들이켰다.

해리와 슬러그혼은 그런 그를 지켜보았다. 론은 잠깐 활짝 웃는 얼굴로 그들을 바라보았다. 잠시 후, 그 미소가 아주 천천히 희미해지다가 사라지더니 한껏 겁먹은 표정이 그 자리를 대신했다.

"그럼, 정상으로 돌아온 거지?" 해리가 씩 웃으며 말하자 슬러그혼이 킬킬 웃었다. "고맙습니다, 교수님."

"그럴 거 없다, 우리 해리. 그럴 거 없어." 슬러그혼이 말했다. 론은 큰 충격에 휩싸인 얼굴로 근처 안락의자에 털썩 주저앉았다. "기운을 북돋는 게 필요할 게야." 슬러그혼이 마실 것으로 가득한 탁자를 향해 부산스럽게 걸어가면서 말을 이었다. "버터맥주도 있고 와인도 있단다. 오크나무 술통에서 숙성시킨 이 벌꿀술도 한 병 남아 있고…… 흠…… 덤블도어에게 크리스마스 선물로 주려고 했던 건데…… 아, 뭐……." 그는 어깨를 으쓱했다. "……아무리 덤블도어라도 한 번도 마셔 본 적 없는 걸 그리워할 수는 없겠지! 지금 이걸 따서 위즐리 군의 생일을 축하해 주면 어떨까? 실연의 고통을 몰아내는 데 좋은 술만 한 게 또 없지."

그는 다시 키득거렸고 해리도 거기에 동참했다. 슬러그혼한테서 진짜 기억을 끌어내려던 첫 시도가 참담한 실패로 끝난 이후 그와 이렇게 마주하는 건 이번이 처음이었다. 아마도 슬러그혼의 좋은 기분이 쭉 이어지게 만들 수 있다면…… 오크나무 술통에서 숙성시킨 벌꿀술을 잔뜩 마시면…….

"자, 여기 있다." 슬러그혼이 해리와 론에게 벌꿀술 한 잔씩을 건네며 말하더니 자기 술잔을 들어 올렸다. "자, 생일 축하한다, 랠프……."

"……론이에요." 해리가 속삭였다.

하지만 론은 건배사를 듣지 못한 듯 이미 벌꿀술을 입에 털어 넣고 삼킨 뒤였다.

찰나의 순간, 심장이 한 번 뛰기도 전에 해리는 뭔가가 끔찍하게 잘못되었다는 것을 알았다. 슬러그혼은 알아채지 못한 것 같았다.

"……그리고 행운을 빌어 주마. 네가 더 많은……."

"론!"

론은 잔을 떨어뜨리더니 의자에서 몸을 일으키다 말고 쓰러졌다. 그의 팔다리가 걷잡을 수 없이 경련했다. 입에서는 거품이 흘러나왔고 두 눈은 튀어나올 듯했다.

"교수님!" 해리가 소리쳤다. "어떻게 좀 해 보세요!"

하지만 슬러그혼은 충격에 온몸이 얼어붙은 듯했다. 론이 부들부들 떨면서 숨 막히는 소리를 냈다. 피부는 파랗게 질리고 있었다.

"도대체…… 무슨……." 슬러그혼이 말을 더듬었다.

해리는 낮은 탁자를 뛰어넘어 열려 있는 슬러그혼의 마법약 재료 상자로 쏜살같이 달려가 유리병과 자루 들을 끄집어냈다. 그르렁거리는 론의 끔찍한 숨소리가 방을 가득 채웠다. 그때 해리는 그것을 발견했다. 슬러그혼이 마법약 시간에 그에게서 받아 간, 쪼그라든 콩팥처럼 생긴 돌.

그는 론에게로 다시 달려가 그의 입을 억지로 벌리고 베조아르를 쑤셔 넣었다. 론은 부들부들 떨면서 거친 숨을 한 번 내쉬더니 다음 순간 축 늘어진 채 잠잠해졌다.

19장
뒤를 밟는 집요정

"그러니까, 대체로 론에게는 즐거운 생일이 아니었겠네?" 프레드가 말했다.

저녁이 되었다. 병동은 조용했고 창문에는 커튼이 닫혀 있었으며 등불이 밝혀져 있었다. 론의 침대만 빼면 모두 빈 침대였다. 해리, 헤르미온느, 지니가 론 주위에 둘러앉아 있었다. 그들은 누가 들어가거나 나갈 때마다 안을 들여다보려고 애쓰며 병동의 양쪽 여닫이문 앞에서 하루 종일 기다렸다. 폼프리 선생은 저녁 8시가 되어서야 그들을 들여보내 주었다. 프레드와 조지는 8시 10분에 도착했다.

"우리 선물을 이런 식으로 전해 주게 될 줄은 상상도 못 했다." 조지가 론의 침대 옆 탁자에 포장지로 싼 커다란 선물을 내려놓고 지니 옆에 앉으며 침울하게 말했다.

"그래, 우리는 멀쩡한 론한테 선물 주는 장면을 상상했어." 프레드가 말했다.

"얠 놀라게 해 주려고 호그스미드에서 기다리고 있었는데……." 조지가 말을 받았다.

"오빠들 호그스미드에 있었어?" 지니가 고개를 들며 물었다.

"종코네 가게를 인수할까 생각 중이거든." 프레드가 우울하게 말을 이었다. "호그스미드 지점을 내려고 말이야. 하지만 너희가 주말에 우리 물건을 사러 올 수 없다면 무슨 소용이겠어? 아무튼 지금 그런 건 신경 쓰지 마."

그는 해리 옆으로 의자를 끌어와 론의 창백한 얼굴을 바라보았다.

"정확히 어떻게 된 일이야, 해리?"

해리는 덤블도어와 맥고나걸, 폼프리 선생, 헤르미온느와 지니에게 이미 백번 정도 말한 것처럼 느껴지는 이야기를 되풀이했다.

"……그다음에 내가 베조아르를 목구멍에 밀어 넣으니까 론의 호흡이 조금 편안해졌어. 슬러그혼 교수님이 도움을 청하러 달려갔고 맥고나걸 교수님이랑 폼프리 선생님이 나타나서 론을 여기로 데리고 왔어. 두 분 말로는 괜찮을 거래. 폼프리 선생님은 론이 1주일 정도 여기에 있어야 할 거랬어······. 운향풀 진액을 계속 먹고 있는데······."

"제기랄, 네가 베조아르를 생각해 낸 게 천만다행이다." 조지가 나직이 말했다.

"그 방에 하나 있었던 게 다행이었지." 해리가 말했다. 그 작은 돌을 찾을 수 없었다면 어떤 일이 벌어졌을지 생각할 때마다 오싹했다.

헤르미온느는 거의 들리지 않을 정도로 훌쩍거렸다. 그녀는 오늘따라 온종일 이상할 정도로 조용했다. 그녀는 하얗게 질린 얼굴로 병동 앞의 해리에게 허겁지겁 뛰어와 무슨 일이 벌어졌는지 묻더니, 론이 어쩌다 독을 먹게 됐는지에 관한 해리와 지니의 집요한 대화에는 끼어들 생각도 않고, 면회 허락이 떨어질 때까지 입을 꾹 다문 채 겁먹은 표정으로 그들 옆에 서 있기만 했다.

"엄마 아빠는 어서?" 프레드가 지니에게 물었다.

"이미 한 시간 전에 도착해서 보고 가셨어. 지금은 덤블도어 교수님 연구실에 계시지만 곧 돌아오실 거야."

모두가 자면서 뭐라고 중얼거리는 론을 지켜보는 사이 잠깐 침묵이 흘렀다.

"그러면 그 술에 독이 들어 있었던 거야?" 프레드가 조용히 물었다.

"응." 해리가 곧바로 대답했다. 다른 건 전혀 생각할 수 없었다. 그는 이 문제를 다시 의논할 기회가 생겨서 반가웠다. "슬러그혼 교수님이 따라 줬는데……."

"네가 안 보는 사이에 슬러그혼이 론의 잔에 뭔가를 슬쩍 넣은 건 아닐까?"

"그럴 수도 있지." 해리가 말했다. "하지만 슬러그혼 교수님이 왜 론한테 독을 먹이고 싶어 하겠어?"

"그거야 모르지." 프레드가 이마를 찌푸리며 말했다. "실수로 잔을 헷갈렸을 수도 있다는 생각 안 들어? 너를 노렸던 거지."

"슬러그혼이 왜 해리한테 독을 먹이고 싶어 하는데?" 지니가 물었다.

"그건 몰라." 프레드가 말했다. "하지만 해리한테 독을 먹이고 싶어 하는 사람은 엄청 많지 않겠어? '선택받은 자'니 뭐니."

"그러니까 슬러그혼이 죽음을 먹는 자라는 거야?" 지니가 물었다.

"뭐든 가능해." 프레드가 험악하게 말했다.

"임페리우스 저주에 걸려 있었을지도 몰라." 조지가 말했다.

"아니면 결백할지도 모르고." 지니가 말했다. "술병에 독이 들어 있었을 수도 있잖아. 그 경우에는 아마 다름 아닌 슬러그혼을 노린 거였을 테지."

"누가 슬러그혼을 죽이고 싶어 하는데?"

"덤블도어 교수님은 볼드모트가 아마 슬러그혼 교수님이 자기편에 가담해 주기를 바랐을 거라고 하셨어." 해리가 말했다. "슬러그혼 교수님은 호그와트로 오기 전에 1년 동안 숨어 지냈고……." 그는 덤블도어가 슬러그혼에게서 빼내지 못한 기억을 떠올렸다. "그리고 어쩌면 볼드모트는 슬러그혼 교수님을 제거하고 싶어 하는지도 몰라. 슬러그혼 교수님이 덤블도어 교수님한테 도움이 될 수도 있으니까."

"하지만 넌 슬러그혼이 그 술을 덤블도어 교수님한테 크리스마스 선물로 줄 계획이었다고 했잖아." 지니가 상기시켜 주었다. "그러니까 독을 넣은 사람은 덤블도어 교수님을 노렸을 수도 있어."

"그럼 그 사람은 슬러그혼 교수님을 잘 몰랐던 거네." 헤르미온느가 몇 시간 만에 처음으로 입을 열어 고약한 코감기에 걸린 듯한 목소리로 말했다. "슬러그혼 교수님을 아는 사람이라면 그분이 맛있는 건 자기 몫으로 챙겨 놓을 가능성이 높다는 걸 알았을 테니까."

"헤르……미……느." 론이 갑자기 잔뜩 쉰 목소리를 내뱉었다.

모두 입을 다물고 불안한 듯 그를 지켜봤지만 그는 잠깐 알아들을 수 없는 말을 중얼거린 이후 그저 코만 골기 시작했다.

병동 문이 벌컥 열리면서 모두가 화들짝 놀랐다. 해그리드가 곰 가죽 코트를 펄럭이며 성큼성큼 다가왔다. 그는 머리에 빗방울이 맺힌 채 손에는 석궁을 들고 바닥에 온통 돌고래만 한 진흙 발자국을 남기고 있었다.

"하루 종일 숲에 있었어!" 그가 헐떡이며 말했다. "아라고그 상태가 더 나빠졌거든. 그 친구에게 책을 읽어 주고 있었지. 저녁 식사 시간이 될 때까지 거기 있다가 지금 막 스프라우트 교수님한테서 론 얘기를 듣고 오는 길이다! 론은 좀 어때?"

"나쁘진 않아요." 해리가 말했다. "괜찮을 거래요."

"한 번에 여섯 명 넘는 문병객은 안 돼요!" 폼프리 선생이 사무실에서 다급히 달려 나오며 말했다.

"해그리드까지 여섯 명인데요." 조지가 짚어 주었다.

"아…… 그렇구나……." 폼프리 선생이 말했다. 해그리드의 엄청난 덩치 때문에 여러 명이 들어온 것으로 착각한 듯했다. 그녀는 당황한 기색을 감추려고 얼른 마법 지팡이를 꺼내 해그리드가 남긴 진흙 발자국을 청소했다.

"믿기지가 않는다." 론을 내려다보던 해그리드가 덥수룩한 거대한 머리를 흔들며 쉰 목소리로 말했다. "그냥 믿기지가 않아……. 이 녀석 누워 있는 것 좀 봐……. 누가 이런 아이를 해치고 싶어 한다는 거야? 엉?"

"우리도 바로 그 얘기를 하고 있었어요." 해리가 말했다. "그런데 전혀 모르겠어요."

"누가 그리핀도르 퀴디치 팀에 앙심을 품은 건 아니겠지?" 해그리드가 불안한 듯 말했다. "처음에는 케이티더니 이번에는 론이……."

"누가 일개 퀴디치 팀 선수들을 암살하려 하겠어요?" 조지가 말했다.

"안 들킬 수만 있으면 우드는 슬리데린 애들을 해치웠을지도 몰라." 프레드가 솔직하게 말했다.

"음, 퀴디치 때문은 아니겠지만 두 사건 사이에 연관성은 있다고 생각해." 헤르미온느가 조용히 말했다.

"왜 그렇게 생각해?" 프레드가 물었다.

"뭐, 일단은 둘 다 나름 치명적인 공격이었는데 사람을 죽이진 못했지. 순전히 운이 좋았던 덕분이지만 말이야. 그리고 또 하나, 독약과 목걸이 둘 다 원래 죽이려던 사람한테까지 가지는 못한 것 같고. 물론……." 그녀가 생각 끝에 덧붙였다. "그렇다면 이 일의 배후에 있는 사람이 어떤 면에서는 훨씬 위험한 인물이라고 할 수 있겠지. 목표로 삼은 사람에게 도달할 때까지 몇 명을 끝장내든 상관하지 않는 것 같으니까."

누가 이 불길한 발언에 응답하기도 전에 병동 문이 다시 열리고 위즐리 부부가 황급히 다가왔다. 위즐리 부인은 좀 전에 병동에 들렀을 때만 해도 론이 완전히 회복될 거라는 사실에 안심했을 뿐이었지만 이번에는 해리를 붙들고 꼭 끌어안았다.

"덤블도어 교수님께 네가 베조아르로 론을 살렸다는 얘기를 들었단다." 그녀가 흐느끼며 말했다. "아, 해리. 우리가 무슨 말을 할 수 있겠니? 넌 지니를 구해 주고…… 아서를 구해 주고…… 이번에는 론을 구해 줬어……."

"그런 말씀 마세요……. 전 아무것도……." 해리가 어색하게 우물거렸다.

"지금 생각해 보니까 우리 가족 절반이 너한테 목숨을

빚졌구나." 위즐리 씨가 목이 메는 듯 말했다. "흠, 내가 할 수 있는 말은 호그와트 급행열차에서 론이 너와 같은 칸에 앉기로 한 날이 위즐리 가족에게는 행운의 날이었다는 것뿐이다, 해리."

해리는 이 말에 어떤 대꾸도 할 수 없었다. 폼프리 선생이 문병객은 여섯 명까지만 허용된다고 다시 일깨워 준 것이 반가울 지경이었다. 그와 헤르미온느는 곧바로 자리에서 일어났고 해그리드도 론을 가족과 남겨 두고 두 사람과 같이 가기로 했다.

"끔찍한 일이야." 셋이서 복도를 되짚어 대리석 계단으로 향할 때 해그리드의 턱수염 사이에서 으르렁거리는 듯한 말소리가 흘러나왔다. "그 온갖 새로운 보안 조치를 취했는데도 애들이 계속 다치다니…… 덤블도어 교수님은 말도 못 하게 걱정하고 계셔. 별말씀 안 하시지만 난 알 수 있다고."

"무슨 생각이라도 있으시대요, 해그리드?" 헤르미온느가 절박하게 물었다.

"생각이야 수백 가지가 있으시겠지, 그분 머릿속에." 해그리드가 확고한 어조로 말했다. "하지만 누가 목걸이를 보냈는지, 또 누가 술에 독을 넣었는지는 모르셔. 아셨다면 범인이 바로 잡히지 않았겠냐? 내가 걱정스러운 건……." 해그리드가 어깨 너머를 힐끔 돌아보며 목소리를 낮췄다(해리는 한술 더 떠서 피브스가 있는지 천장도 확인해 보았다). "학생들이 계속 공격당하면 호그와트가 문을 닫을 수도 있다는 거야. 비밀의 방 때의 사태가 다시 벌어지지 않겠냐? 공포가 휩쓸 거고 더 많은 부모들이 아이들을 학교에서 데려가겠지. 그다음에는 이사회에서……."

해그리드는 긴 머리카락의 여자 유령이 평온하게 둥둥 떠서 지나가자 말을 잠깐 멈췄다가 쉰 목소리로 속삭였다. "……이사회에서 학교를 영원히 닫아 버리자는 얘기가 나오겠지."

"그럴 리가요." 헤르미온느가 걱정스러운 얼굴로 말했다.

"그 사람들 관점에서 봐야 돼." 해그리드가 무겁게 말했다. "내 말은, 호그와트에 아이를 보내는 건 항상 약간의 위험을 동반한 일이었잖아? 사고가 일어날 것 같겠지. 미성년 마법사 수백 명을 모두 한데 굴아넣었으니 말이야. 하지만 살인미수는 또 다른 문제야. 덤블도어 교수님이 스네이프 교수한테 화가 난 것도 당연……."

해그리드는 말을 하다 말고 멈췄다. 잔뜩 엉킨 검은 턱수염 위로 보이는 그의 얼굴에 죄책감 어린 익숙한 표정이 떠올라 있었다.

"뭐라고요?" 해리가 재빨리 물었다. "덤블도어 교수님이 스네이프한테 화가 났어요?"

"난 그런 말 안 했어." 해그리드가 말했지만 그의 당황한 표정만큼 많은 걸 말해 주는 것도 없었다. "시간 좀 봐라, 자정이 다 돼 가네. 난 이만……."

"해그리드, 덤블도어 교수님이 왜 스네이프한테 화가 난 건데요?" 해리가 큰 소리로 물었다.

"쉬잇!" 해그리드가 겁먹기도 하고 화가 난 것 같기도 한 표정을 지으며 말했다. "그런 얘기는 큰 소리로 떠드는 게 아니야, 해리. 내가 일자리를 잃었으면 좋겠니? 하긴, 네가 신경 쓸 리가 없지. 너는 이제 마법 생명체 돌보기 수업도 안 듣고……."

"죄책감 느끼게 하려고 하지 마요, 소용없으니까!" 해리가 힘주어 말했다. "스네이프가 무슨 짓을 했는데요?"

"모른다, 해리. 나는 아예 들으면 안 되는 얘기였어! 나는, 그러니까, 요전번 저녁에 금지된 숲에서 나오는데 두 분이 이야기하는 걸…… 뭐, 말다툼하는 걸 우연히 들은 거야. 관심을 끌고 싶지 않아서 숨었는데, 들으려고 한 건 아니지만…… 뭐, 큰 소리로 말다툼하고 있어서 안 듣기가 어려웠어."

"그래서요?" 해그리드가 불편한 듯 커다란 발을 질질 끌기에 해리가 재촉했다.

"뭐…… 난 그냥 스네이프 교수가 덤블도어 교수님한테 너무 많은 걸 당연하게 받아들인다고, 자기는 어쩌면…… 그러니까 스네이프 교수 자신은 이제 그 일을 하고 싶지 않은지도 모르겠다고 말하는 걸 들었을 뿐이야."

"무슨 일요?"

"나도 몰라, 해리. 스네이프 교수는 약간 지친 것 같은 목소리였어. 그게 전부야. 아무튼, 덤블도어 교수님은 스네이프 교수한테 이미 그 일을 하기로 합의하지 않았느냐고 딱 잘라 말했지. 꽤 단호하시더라. 그런 다음에 덤블도어 교수님이 스네이프 교수가 자기 기숙사, 그러니까 슬리데린을 조사하는 일에 대해 뭐라고 말씀하셨어. 뭐, 그거야 전혀 이상할 게 없지!" 해리와 헤르미온느가 의미심장한 눈빛을 주고받자 해그리드가 서둘러 덧붙였다. "기숙사 담임 교수들 모두 목걸이 사건에 대해 조사하라는 요청을 받았으니까."

"네, 하지만 덤블도어 교수님이 다른 담임 교수님들하고 말다툼을 하지는 않았잖아요." 해리가 말했다.

"봐라." 해그리드는 불편한 듯 두 손으로 쥐고 있던 석궁을 비틀었다. 쪼개지는 소리가 요란하게 들리더니 석궁이 두 동강 났다. "네가 스네이프 교수를 어떻게 생각하는지는 나도 알아, 해리. 하지만 괜한 억측은 하지 않았으면 좋겠다."

"조심해요." 헤르미온느가 짤막하게 말했다.

그들이 돌아서자마자 아거스 필치의 그림자가 벽에 불쑥 나타났다. 곧이어 필치가 축 처진 턱살을 덜덜 떨면서 구부정하니 모퉁이를 돌아 나왔다.

"오호!" 그가 말했다. "이렇게 늦은 시간에 침실 밖을 돌아다니다니 방과 후 징계감인데!"

"아니, 그렇지 않아, 필치." 해그리드가 간단하게 말했다. "나랑 같이 있잖아?"

"그렇다고 뭐가 달라지지?" 필치가 몹시 기분 나쁜 투로 물었다.

"제기랄, 난 교수잖아. 이 음흉한 스큅 같으니라고!" 해그리드가 대번에 발끈하며 말했다.

필치가 분노로 가득 차서 심술궂게 식식대는 소리를 냈다. 쥐도 새도 모르게 도착한 노리스 부인이 몸을 비틀며 필치의 앙상한 발목 주위를 빙글빙글 돌고 있었다.

"가라." 해그리드가 입술 한쪽만 벌리며 말했다.

두말할 필요도 없이 그와 헤르미온느 둘 다 얼른 그 자리를 떠났다. 뛰어가는 내내 등 뒤에서 해그리드와 필치의 목소리가 쩌렁쩌렁 울렸다. 그들은 그리핀도르 탑으로 향하는 모퉁이 근처에서 피브스를 지나쳤다. 피브스는 낄낄대고 소리를 지르면서, 고함이 오가는 곳을 향해 신나게 쌩 날아갔다.

"갈등이 있고 문제가 있는 곳에
피브스를 불러 줘요, 두 배로 키워 드릴 테니!"

꾸벅꾸벅 졸고 있던 뚱뚱한 귀부인은 잠을 깨우자 심통을 부리면서도 다행히 앞으로 홱 젖혀졌고, 덕분에 그들은 텅 비어 있는 고요한 휴게실로 들어갈 수 있었다. 다른 아이들은 아직 론 소식을 모르는 것 같았다. 그날 이미 취조를 당할 만큼 당했던 해리는 크게 안심했다. 헤르미온느는 해리에게 잘 자라고 인사한 뒤 여학생 기숙사로 향했다. 하지만 해리는 휴게실에 남았다. 그는 벽난로 앞 의자에 앉아 꺼져 가는 불꽃을 들여다보았다.

덤블도어가 스네이프와 말다툼을 했다. 그가 해리에게 한 그 모든 말에도 불구하고, 스네이프를 완전히 믿는다는 고집스러운 주장에도 불구하고, 덤블도어는 스네이프에게 인내심을 잃고 말았다……. 덤블도어는 스네이프가 슬리데린 학생들을 조사하는 데 최선을 다하지 않는다고 생각했다……. 아니, 어쩌면 단 한 명의 슬리데린 학생, 말포이를 조사하는 일이 아닐까?

덤블도어가 해리의 의구심에 아무런 근거가 없는 척 굴었던 건 해리가 자기 손으로 직접 문제를 해결하려 드는 어리석은 짓을 하는 것을 원치 않았기 때문일까? 충분히 그럴 수 있었다. 덤블도어는 해리가 둘만의 수업이나 슬러그혼에게서 문제의 기억을 끄집어내는 일 외에 어떤 것에도 정신을 팔기를 원치 않았는지도 모른다. 아마 덤블도어는 열여섯 살짜리 들에게 교직원에 대한 의심을 털어놓는 일은 옳지 않다고 생각했을 것이다…….

"거기 있었구나, 포터!"

해리는 깜짝 놀라 마법 지팡이를 준비 태세로 들고 벌떡 일어났다. 휴게실이 비어 있다고 확신했기에 멀찍이 떨어진 의자에서 거대한 사람 형체가 불쑥 일어나리라고는 전혀 생각도 못 했던 것이다. 자세히 보니 그는 코맥 매클래건이었다.

"네가 돌아오기를 기다리고 있었어." 매클래건은 해리가 뽑은 마법 지팡이를 못 본 척하며 말했다. "그러다 잠들었나 봐. 저기, 아까 사람들이 위즐리를 병동으로 데려가는 걸 봤어. 다음 주 시합에 제대로 뛸 수 있을 것 같지 않던데."

해리는 매클래건이 무슨 말을 하는 건지 깨닫기까지 조금 시간이 걸렸다.

"아…… 맞다…… 퀴디치." 그는 마법 지팡이를 청바지 허리띠에 도로 집어넣고 지친 듯 손가락으로 머리를 쓸어 넘기며 말했다. "맞아…… 그때 못 뛸지도 몰라."

"뭐, 그럼 내가 파수꾼을 해야겠네. 그렇지?" 매클래건이 말했다.

"응." 해리가 말했다. "맞아, 그래야겠네……."

해리는 그의 말에 뭐라고 반박해야 할지 도저히 알 수 없었다. 어쨌거나 매클래건이 선발전에서 두 번째로 잘한 건 확실한 사실이니까.

"좋았어." 매클래건이 만족스러운 목소리로 말했다. "그럼 훈련은 언제야?"

"뭐? 아…… 내일 저녁에 있어."

"좋아. 잘 들어, 포터. 우리 둘이 미리 얘기를 해야 돼.

네가 유용하다고 생각할 만한 전술 아이디어가 몇 가지 있거든."

"그래." 해리가 열의 없는 말투로 말했다. "뭐, 그럼 내일 들을게. 지금은 좀 피곤해서……. 나중에 보자……."

론이 독살당할 뻔했다는 소식은 다음 날 빠르게 퍼져 나갔지만 케이티가 공격당한 일만큼 큰 소동을 일으키지는 못했다. 사람들은 사건 당시 론이 마법약 교수의 연구실에 있었고, 곧바로 해독제를 먹어서 실제로 해를 입지는 않았기 때문에 그 일이 단순한 사고였을지도 모른다고 생각했다. 사실 그리핀도르 학생들은 대체로 다가오는 후플푸프와의 퀴디치 시합에 더 많은 관심을 보였다. 그들 중 대다수가 슬리데린과의 시즌 첫 시합에서 중계를 하다가 지니에게 호되게 벌을 받은 후플푸프 추격꾼, 재커라이어스 스미스를 보고 싶어 했기 때문이다.

하지만 해리는 이렇게까지 퀴디치에 관심이 가지 않기도 처음이었다. 그는 급속도로 드레이코 말포이에게 집착하게 되었다. 해리는 틈날 때마다 도둑 지도를 확인하고 가끔씩 말포이가 있는 곳으로 길을 돌아가기도 했지만, 말포이가 일상에서 벗어난 행동을 하는 것을 본 적은 아직까지 한 번도 없었다. 그러나 말포이가 그냥 지도에서 사라져 버리는 그 설명할 수 없는 시간들은 여전히 존재했다…….

하지만 그 일에 대해 생각해 볼 시간은 별로 없었다. 퀴디치 훈련과 숙제에 더해, 이제는 어딜 가든 코맥 매클래건과 라벤더 브라운이 졸졸 따라다니고 있었기 때문이다.

둘 중 누가 더 짜증 나는지 판가름하기는 어려웠다. 매클래건은 론보다는 자기가 팀의 주전 파수꾼에 잘 어울리며 이제는 해리도 자기가 경기하는 모습을 꾸준히 보고 있으니 그렇게 생각하게 될 게 분명하다는 기색을 끊임없이 내비쳤다. 그는 또한 다른 선수들을 열심히 비판하면서 해리에게 여러 가지 자세한 훈련법을 늘어놨다. 해리는 누가 주장인지 그에게 여러 차례 일깨워 줄 수밖에 없었다.

한편 라벤더는 수도 없이 해리에게 쭈뼛쭈뼛 다가와 론 얘기를 했다. 매클래건의 퀴디치 강좌보다도 더 진 빠지는 일이었다. 처음에 라벤더는 론이 병동에 있다는 얘기를 자기에게 전해 줄 생각을 한 사람이 아무도 없었다는 것에 매우 화를 냈다("그러니까, 난 론의 여자 친구잖아!"). 하지만 불행하게도 그녀는 해리가 깜빡 잊고 그녀에게 말해 주지 않은 것도 이제 용서하기로 결심한 듯했다. 그보다는 론의 감정에 대한 깊이 있는 수다를 떨고 싶어 안달했다. 해리 입장에서는 기꺼이 피하고 싶은 굉장히 불편한 경험이었다.

"저기, 차라리 론한테 다 얘기하는 게 어때?" 론이 그녀의 새 정장 로브에 대해 정확히 뭐라고 했는지부터, 해리가 보기에는 론이 그녀 자신과의 관계를 '진지하게' 여기는 것 같은지에 이르기까지 모든 것을 아우르는 라벤더의 유난히 긴 취조 끝에 해리가 물었다.

"뭐, 나야 하고 싶지. 그런데 내가 만나러 가면 론은 항상 자고 있던걸!" 라벤더가 안달하며 말했다.

"그래?" 해리가 놀라서 물었다. 그가 병동에 갈 때마다 론은 늘 완벽히 깨어 있는 상태로 덤블도어와 스네이프의 말다툼 소식에 엄청난 관심을 보이기도 하고 매클래건을 욕하는 일에도 열을 올렸던 것이다.

"헤르미온느 그레인저는 아직도 론을 만나러 가니?" 라벤더가 불쑥 물었다.

"응, 그럴걸. 뭐 둘은 친구잖아?" 해리가 어색하게 말했다.

"친구? 웃기지 마." 라벤더가 코웃음을 쳤다. "론이 나랑 사귀기 시작한 이후로 걘 론이랑 몇 주나 말을 안 했잖아! 그랬는데 이제 와서 화해하고 싶어진 거야. 론이 아주 흥미로운 일을 겪었으니까."

"독살당할 뻔한 게 흥미로운 일이라고?" 해리가 물었다. "아무튼…… 미안, 가 봐야겠다. 저기 매클래건이 퀴디치 얘기를 하러 오네." 해리는 얼른 말한 다음 단단한 벽인 척하는 문을 옆걸음으로 빠르게 지나 마법약 교실로 가는 지름길을 전력 질주했다. 다행히 그곳을 통하면 라벤더도, 매클래건도 그를 쫓아올 수 없었다.

후플푸프와의 퀴디치 시합 날 아침 해리는 경기장으로 향하기 전 병동에 들렀다. 론은 심하게 동요하고 있었다. 폼프리 선생이 론이 너무 흥분할 것을 염려해 시합을 보러 가지 못하게 했기 때문이다.

"그래서, 매클래건은 어떻게 하고 있어?" 그가 긴장해서 해리에게 물었다. 그 질문을 이미 두 번이나 던졌다는 사실은 잊은 듯했다.

"말했잖아." 해리가 인내심을 갖고 말했다. "걔가 세계적인 선수가 되더라도 난 걜 팀에 두고 싶지 않아. 끊임없이 모두에게 이래라저래라 한다니까. 자기가 모든 포지션에서 다른 선수들보다 더 잘할 수 있을 거라고 생각해. 난 걜 내보낼 기회만 기다리고 있어. 그리고 내보낸다는 얘기가 나와서 말인데……." 해리는 자리에서 일어나 파이어볼트를 집어 들며 덧붙였다. "라벤더가 널 보러 왔을 때 자는 척하는 것 좀 그만하면 안 되냐? 걔 때문에 돌겠어."

"아." 론이 쑥스러운 얼굴로 대답했다. "응. 알았어."

"더 이상 사귀고 싶지 않으면 그냥 걔한테 말을 해." 해리가 말했다.

"어…… 그게…… 그렇게 쉬운 일이 아니잖아?" 론이 말했다. 그는 잠시 침묵했다. "헤르미온느가 경기 전에 들르려나?" 그가 아무렇지 않게 덧붙였다.

"아니, 벌써 지니랑 같이 경기장으로 내려갔어."

"아." 론이 뚱한 표정으로 말했다. "알았어. 뭐, 행운을 빈다. 네가 매클러…… 아니, 내 말은, 스미스를 묵사발 내 길 바랄게."

"시도는 해 볼게." 해리가 빗자루를 어깨에 걸치며 말했다. "시합 마치고 보자."

해리는 텅 빈 복도를 서둘러 걸어갔다. 이미 경기장에 나와 앉아 있든 중계장으로 가고 있든 전교생이 밖에 나와 있었다. 창밖을 내다보며 바람이 얼마나 거세게 불지 예측해 보던 그는 앞에서 들려온 소음에 힐끗 눈을 들었다. 말포이가 다가오고 있었다. 그는 여학생 두 명과 함께였는데, 그 애들은 둘 다 시무룩하고 잔뜩 골이 난 표정이었다.

말포이는 해리를 보고 우뚝 멈춰 서더니 전혀 즐거워 보이지 않는 웃음을 짧게 지어 보이고 계속 걸어갔다.

"너 어디 가냐?" 해리가 물었다.

"그래, 조만간 꼭 말해 줄게. 네 일이니까 말이야, 포터." 말포이가 빈정거렸다. "서두르는 게 좋을걸? 다들 '선택받은 주장', '골을 넣은 소년'을 기다리고 있을 테니까. 뭐 요즘은 뭐라 부르는지 모르겠다만."

여학생 하나가 억지로 킥킥 웃었다. 해리가 그녀를 빤히 바라보았다. 그녀는 얼굴을 붉혔다. 말포이는 해리를 밀치고 지나갔고 두 여학생은 종종걸음으로 말포이를 뒤따라 모퉁이를 돌더니 시야에서 사라졌다.

해리는 그 자리에 붙박인 채 그들이 사라지는 모습을 지켜보았다. 화가 머리끝까지 치솟았다. 시합 전에 도착하기에도 시간이 빠듯했다. 그런데 다른 학생들이 모두 학교를 비운 사이에 말포이가 살금살금 돌아다니고 있다? 지금이야말로 말포이가 뭘 꾸미고 있는지 알아낼 가장 좋은 기회였다. 소리 없이 몇 초가 똑딱똑딱 흘러갔고, 해리는 그 자리에 꼼짝 않고 서서 말포이가 사라진 곳을 뚫어지게 바라보았…….

"어디 갔었어?" 해리가 탈의실로 뛰어들어 오자 지니가 물었다. 팀 선수 모두가 옷을 갈아입고 대기 중이었다. 몰이꾼인 쿠트와 피크스 모두 초조하게 방망이로 자기 다리를 두드리고 있었다.

"말포이를 만났어." 해리가 진홍색 로브에 머리를 집어넣으며 그녀에게 조용히 말했다.

"그래서?"

"그래서, 다른 애들은 모두 여기 내려와 있는데 어째서 그 녀석만 여자애 두 명을 데리고 성에 남아 있는 건지 알고 싶었어."

"지금 그게 중요해?"

"뭐, 그거야 모르지." 해리가 파이어볼트를 쥐고 안경을 밀어 올려 바로잡으며 말했다. "그럼, 가자!"

그는 다른 말은 덧붙이지 않고 귀가 멀 듯한 환호성과 야유를 받으며 경기장으로 걸어 나갔다. 바람은 거의 불지 않았고 구름이 드문드문 떠 있었으며 시시때때로 밝은 햇빛이 현란하게 번쩍였다.

"까다로운 조건인걸!" 매클래건이 팀 선수들에게 활기찬 목소리로 말했다. "쿠트, 피크스, 해를 등지고 나는 게 좋을 거야. 너희가 접근하는 걸 상대가 못 보도록……."

"주장은 나야, 머클래건. 애들한테 지시 내리는 것 좀 그만두고 닥치고 있어." 해리가 화를 내며 말했다. "그냥 골대로 가!"

 매클래건이 골대로 향하자마자 해리는 쿠트와 피크스에게 돌아섰다.

 "꼭 해를 등지고 날도록 해." 그는 마지못해 그렇게 말했다.

 그는 후플푸프 주장과 악수한 다음 후치 선생의 호루라기 소리에 맞춰 땅을 박차고 다른 동료 선수들보다 더 높이 날아올라 스니치를 찾아서 경기장을 빠르게 돌았다. 스니치를 일찍 잡는 데 성공하면 성으로 들어가 도둑 지도를 이용해 말포이가 뭘 하는지 알아낼 수 있을지도 모른다…….

 "후플푸프의 스미스가 쿼플을 잡았습니다." 몽롱한 목소리가 교정에 울려 퍼졌다. "당연히 지난번에 중계를 했던 그 스미스가요. 지니 위즐리가 스미스한테 돌진했었는데요, 아마 일부러 그런 것 같아요. 그렇게 보였거든요. 스미스가 그리핀도르에 상당히 무례하게 굴었으니까요. 이제는 그리핀도르를 상대로 경기를 하고 있으니 아마 그런 말을 한 걸 후회하지 않을까 싶습니다. 아, 보세요. 쿼플을 놓쳤네요. 지니가 가져갔습니다. 저는 지니를 정말 좋아해요. 아주 착하거든요."

 해리는 중계석을 내려다보았다. 분명 제정신인 사람이

라면 루나 러브굿에게 중계를 맡기지는 않았을 텐데? 하지만 이 위에 떠 있다 하더라도 그 길고 짙은 금발이나 버터맥주 코르크로 만든 목걸이를 잘못 볼 리 없었다……. 루나 옆에서는 맥고나걸 교수가 살짝 불편한 표정을 짓고 있었다. 이번 중계차 선정에 대해 진심으로 다시 생각하고 있는 듯했다.

"……그런데 저 덩치 큰 후플푸프 선수가 지니한테서 쿼플을 가로챘네요. 저 선수 이름이 기억이 안 나요. 비블이었던가, 아니, 버긴스였나……."

"캐드월래더다!' 맥고나걸 교수가 루나 옆에서 큰 소리로 외쳤다. 관중이 웃음을 터뜨렸다.

해리는 스니치를 찾아 주위를 둘러보았다. 스니치는 흔적도 없었다. 잠시 후 캐드월래더가 득점했다. 매클래건이 지니가 쿼플을 빼앗긴 것에 대해 큰 소리로 화를 내고 있었다. 지니 때문에 커다란 빨간 공이 자기 오른쪽 귀를 지나쳐 날아가는 걸 못 봤다는 것이다.

"매클래건, 네 일에나 집중해. 다른 사람들은 가만히 좀 놔둘래?" 해리가 휙 돌아서서 자기 팀 파수꾼을 마주 보며 소리쳤다.

"너나 잘하시지!" 매클래건이 머리끝까지 화가 나서 벌게진 얼굴로 마주 소리 질렀다.

"그리고 이제 해리 포터가 자기 팀 파수꾼과 말다툼을 벌이고 있어요." 루나가 평온하게 말했다. 아래쪽 관중석에서 후플푸프와 슬리데린 학생들이 하나같이 환호성을 지르며 야유했다. "저런다고 스니치를 찾는 데 도움이 될 것 같지는 않아요. 어쩌면 영리한 계략일지도 모르겠지만요……."

해리는 화가 나 욕설을 내뱉으며 휙 돌아섰다. 그는 다시 경기장을 빙빙 돌면서 날개 달린 조그만 황금색 공의 흔적을 찾아 하늘을 훑었다.

지니와 드멜자가 각각 한 골씩 넣으면서 빨간색과 금색 옷을 입은 아래쪽 응원석에서 환호성을 이끌어 냈다. 그때 캐드월래더가 다시 득점하면서 동점이 됐지만 루나는 알아채지 못한 듯했다. 그녀는 득점 같은 세속적인 일에는 별 관심이 없는 것처럼 보였고, 끊임없이 흥미로운 모양의 구름이라든가 지금까지 퀘플을 1분 이상 소유하는 데 실패한 재커라이어스 스미스가 '패자의 병'인지 뭔지로 고통받고 있을 가능성 쪽으로 관중의 관심을 돌리려 했다.

"70 대 40으로 후플푸프가 앞서고 있다!" 맥고나걸 교수가 루나의 확성기에 대고 소리쳤다.

"벌써요?" 루나가 멍하니 물었다. "아, 보세요! 그리핀도르 파수꾼이 몰이꾼의 방망이를 들었네요."

해리는 공중에 뜬 채 휙 돌아보았다. 아니나 다를까, 매클래건이 피크스의 방망이를 빼앗아 들고, 다가오는 캐드월래더에게 어떻게 블러저를 날려야 하는지 시범을 보여주고 있었다.

"걔 방망이 돌려주고 당장 골대로 돌아가!" 해리가 매클래건에게 돌진하며 고함을 질렀다. 바로 그때, 맹렬하게 휘둘러진 매클래건의 방망이가 블러저에 빗맞았다.

눈이 멀 듯한 격렬한 고통…… 번뜩이는 빛…… 멀찍이서 들리는 비명 소리…… 기나긴 터널을 떨어져 내리는 느낌…….

다음 순간 해리는 무척 따뜻하고 편안한 침대에 누워 있었다. 그는 어두운 천장에 둥근 황금빛을 드리우고 있는 등불을 올려다보았다. 그는 힘겹게 머리를 들었다. 그의 왼쪽에 주근깨가 많고 빨간 머리카락을 가진 낯익은 사람이 보였다.

"문병 고맙다." 론이 씩 웃으며 말했다.

해리는 눈을 깜빡이며 주위를 둘러보았다. 그럼 그렇지, 그는 병동에 있었다. 바깥 하늘 색깔은 짙은 빨간색 줄무늬가 들어간 쪽빛이었다. 시합은 분명 몇 시간 전에 끝났을 것이다……. 말포이를 구석에 몰아넣겠다는 희망도 마찬가지였다. 머리가 이상하게 무거웠다. 그는 한 손을 들어 터번처럼 감은 뻣뻣한 붕대를 만져 보았다.

"어떻게 된 거야?"

"두개골에 금이 갔어." 폼프리 선생이 빠른 걸음으로 다가와 그를 밀어 다시 베개에 기대게 하며 말했다. "걱정할 것 없다. 내가 바로 고쳤으니까. 하지만 하룻밤은 입원시킬 거야. 몇 시간 동안은 무리하면 안 돼."

"밤새 여기 있고 싶지는 않아요." 해리는 몸을 일으켜 앉아 이불을 다시 홱 젖히며 화난 어조로 말했다. "매클래건을 찾아서 죽여 버리고 싶다고요."

"안됐지만 그건 '무리하는 일'에 해당하는 것 같구나." 폼프리 선생은 그렇게 말하고 단호하게 그를 침대에 도로 눕힌 다음 위협적으로 마법 지팡이를 들어 올렸다. "내가 퇴원시킬 때까지 넌 여기 있을 거야, 포터. 안 그러면 교장 선생님을 부를 거다."

그녀는 다시 바쁜 걸음으로 사무실로 돌아갔고 해리는 화가 나서 씩씩거리며 베개에 머리를 파묻었다.

"몇 점 차이로 졌는지 알아?" 그가 이를 악문 채 론에게 물었다.

"뭐, 응, 알아." 론이 미안한 듯 말했다. "최종 점수는 320 대 60이었어."

"끝내주네." 해리가 사납게 말했다. "진짜 끝내줘! 매클래건 이 자식 잡히기만 해 봐……."

"걘 잡고 싶진 않을걸. 덩치가 트롤만 하잖아." 론이 이성적으로 말했다 "개인적으로 혼혈 왕자의 발톱 어쩌고 하는 마법으로 저주 거는 쪽을 추천할게. 하긴 네가 여기서 나가기 전에 다른 선수들이 걔를 처치할지도 몰라. 다들 기분이 별로 좋지 않거든……."

론의 목소리에는 고소한 감정을 억누르는 기색이 역력했다. 무엇보다 매클래건이 시합을 망쳤다는 사실에 전율을 느끼는 게 틀림없었다. 해리는 가만히 누워서 천장에 드리워진 빛을 올려다보았다. 막 치료를 받은 두개골은 정확히 말하면 아프다기보다 약간 물러진 채 붕대로 친친 감겨 있는 느낌이었다.

"시합 중계하는 소리가 여기까지 들리더라." 론이 말했다. 이제는 웃느라 목소리가 떨리고 있었다. "이제부터 루나가 계속 중계를 맡았으면 좋겠어. '패자의 병'이라니……."

하지만 해리는 이 상황에서 웃긴 점을 발견하기에는 아직도 너무 화가 나 있었다. 잠시 뒤에는 론의 코웃음도 잦

아들었다.

"네가 의식이 없을 때 지니가 찾아왔었어." 오랜 침묵 끝에 론이 말하자 해리의 머릿속 상상이 순식간에 과열되었다. 지니가 죽은 듯 누워 있는 해리의 몸을 붙잡고 흐느끼며 그에게 깊이 끌리는 감정을 고백하는 가운데 론이 그들을 축복하는 장면이 빠르게 떠올랐다……. "네가 시합 시간에 겨우 맞춰서 왔다던데. 무슨 일 있었어? 여기서는 일찍 나갔잖아."

"아……." 해리가 마음의 눈으로 토던 장면이 산산이 부서졌다. "맞다……. 말포이가 별로 같이 다니고 싶어 하지 않는 것처럼 보이는 여자애들 두 명이랑 몰래 어디로 가는 걸 봤어. 걔가 다른 애들이랑 같이 퀴디치 경기장에 가지 않은 게 이걸로 두 번째야. 지난번 시합 때도 안 나갔잖아. 기억나?" 해리가 한숨을 쉬었다. "지금 같아서는 그냥 걔를 따라갈 걸 그랬나 싶어. 어차피 망쳤을 시합……."

"멍청한 소리 하지 마." 론이 날카롭게 말했다. "고작 말포이를 미행하려고 퀴디치 시합을 빼먹겠다니. 넌 주장이잖아!"

"걔가 무슨 짓을 꾸미는지 알고 싶어." 해리가 말했다. "이 모든 게 내 머릿속에서만 일어나는 일이라고 말하지

마. 걔랑 스네이프랑 하는 얘기를 엿들은 지금은……."

"네 머릿속에서만 일어난 일이라고 한 적 없어." 이번에는 론이 팔꿈치로 몸을 받치고 일어나 해리를 향해 눈을 찡그렸다. "하지만 한 번에 반드시 한 사람만 무슨 음모를 꾸밀 수 있다는 법칙 같은 건 없어! 넌 말포이한테 점점 집착하고 있어, 해리. 겨우 그 자식 뒤를 쫓으려고 시합을 빼먹을 생각까지 하다니……."

"난 그 자식을 현장에서 잡고 싶단 말이야!" 해리가 답답한 마음에 소리쳤다. "대체 지도에서 사라져서 어디로 가는 거지?"

"모르지…… 호그스미드?" 론이 하품을 하며 내뱉었다.

"그 자식이 지도에 표시된 비밀 통로를 지나가는 건 본 적이 없어. 어쨌든, 내가 알기로 그 통로들은 감시당하고 있기도 하고."

"뭐, 그럼, 나도 모르겠다." 론이 말했다.

둘 사이에 침묵이 내려앉았다. 해리는 머리 위 둥근 등불 빛을 올려다보며 생각에 잠겼…….

해리가 루퍼스 스크림저 정도의 힘만 가지고 있어도 말포이에게 미행을 붙일 수 있었을 것이다. 하지만 불행하게도 해리는 휘하에 오러 여러 명을 거느리고 있는 직업을 갖고 있지 않았다……. 그는 아주 잠깐 D.A. 회원들과 함께 뭔가를 꾸밀까 생각해 봤지만 그래도 아이들이 수업을 빼먹어야 한다는 문제가 남아 있었다. 어쨌든 그들 중 대부분의 시간표는 아직 꽉 차 있었으니까…….

론의 침대에서 낮게 그르렁그르렁 코 고는 소리가 들렸다. 잠시 후 폼프리 선생이 이번에는 두꺼운 가운을 걸치고 사무실에서 나왔다. 잠든 척하기는 식은 죽 먹기였다. 해리는 옆으로 몸을 굴리고, 폼프리 선생이 마법 지팡이를 휘두르자 커튼들이 모두 저절로 닫히는 소리에 귀를 기울였다. 등불 빛은 희미해졌고 그녀는 사무실로 돌아갔다. 문이 닫힐 때 찰칵하는 소리를 듣고 해리는 그녀가 잠자리에 들었다는 것을 알았다.

어둠 속에서 해리는 퀴디치 시합에서 부상을 입고 병동으로 이송된 게 이번으로 세 번째라는 사실을 떠올렸다. 지난번에는 경기장 주위에 있는 디멘터들 때문에 빗자루에서 떨어졌고, 그전에는 대책 없이 무능한 록하트 교수 때문에 팔뼈가 모두 사라져 버렸다……. 지금까지 해리가 당한 것 중에서는 그것이 가장 고통스러운 부상이었다……. 팔뼈 전체가 하룻밤 사이에 다시 자랄 때의 고통이 생각났다. 한밤중 예상치 못한 방문자가 등장했는데도 누그러지지 않던 그 불편함…….

해리는 벌떡 일어나 앉았다. 심장이 두근거렸다. 터번처럼 감긴 붕대가 비뚜름해졌다. 마침내 해결책이 생겼다. 말포이에게 미행을 붙일 방법이 있었다. 어떻게 잊을 수 있었을까? 어째서 진작 이 생각을 하지 못했을까?

하지만 문제는 그를 어떻게 부르느냐는 것이었다. 어떻게 해야 하지?

해리는 머뭇거리며 어둠 속에 대고 조용히 말했다.

"크리처?"

아주 요란한 '펑' 소리가 나더니 옥신각신하는 소리와 꽥꽥대는 비명이 조용한 병동을 가득 채웠다. 론이 소리를 지르며 잠에서 깼다.

"무슨 일……?"

해리는 폼프리 선생이 달려 나올까 봐 얼른 마법 지팡이로 그녀의 사무실 문을 가리키며 "머플리아토"라고 중얼거렸다. 그런 다음 무슨 일이 벌어지고 있는지 더 잘 살펴보기 위해 허둥지둥 침대 끝으로 움직였다.

집요정 둘이 병동 바닥 한가운데를 뒹굴고 있었다. 한 명은 줄어든 고등색 스웨터에 털실로 짠 모자 여러 개를 쓰고 있었고, 다른 한 명은 더럽고 낡은 걸레를 엉덩이 근처에 샅바처럼 매고 있었다. 또 한 번 시끄러운 쾅 소리가 나고 폴터가이스트 피브스가 몸싸움을 벌이는 집요정들 위에 나타났다.

"나는 다 봤지롱, 또라이 포터!" 그는 밑에 펼쳐진 싸움판을 손가락질하면서 못마땅한 듯 말하더니 시끄럽게 낄낄거렸다. "귀여운 생명체들이 옥신각신하는 것 좀 봐. 깨물깨물 퍽퍽……."

"크리처는 도비 앞에서 해리 포터를 욕하면 안 돼요. 절대 안 돼요. 자꾸 그러면 도비가 크리처의 입을 닥치게 만들어 줄 거예요!" 도비가 높은 소리로 꽥꽥거렸다.

"……톡톡 걷어차고, 삭삭 할퀴고!" 피브스가 즐겁게 외치더니 급기야 집요정들의 성질을 더욱 돋우려고 그들에게 분필 조각을 집어던졌다. "쭉쭉 잡아당기고, 쿡쿡 찌르고!"

"크리처는 자기 주인에 대해서 하고 싶은 말을 할 거야, 암 그렇고말고. 하기야 보통 주인도 아니지. 더러운 머드블러드들의 친구라니. 아, 크리처의 가엾은 마님이 아시면 이렇게 말씀……?"

그들은 크리처의 마님이 정확히 뭐라고 말했을지 알 수 없었다. 바로 그 순간 도비가 크리처의 입에 울퉁불퉁한 작은 주먹을 꽂아 넣으며 그의 이를 절반쯤 부러뜨렸던 것이다. 해리와 론 둘 다 침대에서 벌떡 일어나 두 집요정을 억지로 떨어뜨려 놓았지만, 집요정들은 서로를 향한 발길질과 주먹질을 멈추지 않았다. 피브스는 등불 주위를 돌다가 갑자기 휙휙 날아내리면서 새된 목소리로 그들을 부추기고 있었다. "그 녀석 콧구멍에 손가락을 쑤셔 넣어, 코피를 터뜨리고 귀를 잡아당겨······."

해리가 피브스에게 마법 지팡이를 겨누고 내뱉었다. "랭락!" 피브스는 목을 부여잡고 침을 꿀꺽 삼키고는 저속한 손짓을 해 보이면서도 더 이상 말은 하지 못하고 병동에서 휙 날아갔다. 방금 그의 혀가 입천장에 달라붙어 버린 것이다.

"잘했어." 론이 감탄하듯 말하며, 마구 휘둘러지는 도비의 팔다리가 더 이상 크리처에게 닿지 못하도록 그를 공중으로 들어 올렸다 "그것도 혼혈 왕자의 공격 마법이지?"

"응." 해리가 크리처의 쭈글쭈글한 팔을 비틀어 움직이지 못하게 하고 말했다. "좋아, 너희 둘이 서로 싸우는 걸 금지한다! 자, 크리처. 너는 도비랑 싸우지 말라는 명령을 받았어. 도비, 난 너한테 명령을 내릴 권한이 없다는 걸 알지만······."

"도비는 자유로운 집요정이고 도비가 좋아하는 사람이

면 누구한테든 복종할 수 있어요. 그리고 도비는 해리 포터가 원하는 일은 뭐든지 할 거예요!' 쪼글쪼글한 작은 얼굴에서 스웨터 위로 눈물을 줄줄 흘리며 도비가 말했다.

"좋아, 그럼." 해리가 말했다. 그와 론이 집요정들을 놓아주자 둘은 바닥에 내려섰지만 싸움을 계속하지는 않았다.

"주인님이 절 부르셨습니까?" 크리처는 해리가 고통스러운 죽음을 맞길 바라는 기색이 역력한 눈길을 던지면서도 허리를 깊숙이 숙이며 쉰 목소리로 말했다.

"그래, 맞아." 해리가 머플리아토 주문이 아직 듣고 있는지 확인하느라 폼프리 선생의 사무실을 힐끗 보며 말했다. 그녀가 이 소음을 조금이라도 들은 기색은 전혀 보이지 않았다. "너한테 시킬 일이 있어."

"크리처는 주인님이 바라시는 일은 뭐든 할 겁니다요." 크리처는 여기저기 튀어나온 발가락에 입술이 닿을 정도로 몸을 구부렸다. "크리처한테는 선택의 여지가 없으니까요. 하지만 크리처는 이런 주인을 모시는 게 부끄러울 따름입니다요. 그렇고말고요."

"도비가 할게요, 해리 포터!" 도비가 꺅꺅 소리쳤다. 도비의 테니스 공만 한 눈에는 아직도 눈물이 그렁그렁했다. "도비가 해리 포터를 도울 수 있다면 영광일 거예요!"

"생각해 보니까, 너희 둘 모두에게 시키는 게 좋겠어." 해리가 말했다. "좋아, 그럼…… 나는 너희가 드레이코 말포이를 미행해 줬으면 좋겠어."

놀라움과 짜증이 뒤섞인 론의 표정을 못 본 체하며 해리가 말을 이었다. "나는 걔가 어디에 가는지, 누굴 만나고 뭘 하는지 알고 싶어. 너희가 하루 종일 그 애를 쫓아다녔으면 좋겠어."

"네, 해리 포터!" 도비가 곧바로 대답했다. 그의 커다란 두 눈이 흥분으로 반짝거렸다. "만약 일을 망친다면 도비는 가장 높은 탑에서 몸을 던질 거예요, 해리 포터!"

"그럴 필요는 전혀 없어." 해리가 서둘러 말했다.

"주인님께서는 크리처가 말포이 가문의 가장 어린 구성원을 미행하길 원하시는 건가요?" 크리처가 꺽꺽거리는 목소리로 물었다. "크리처가 옛 마님의 순수 혈통 조카손자를 염탐하기를 원하시는 겁니까요?"

"바로 그거야." 해리는 어마어마한 위험을 예견하고 즉시 그것을 사전에 방지할 작정으로 말했다. "그리고 네가 그 녀석한테 말을 흘리는 걸 금지하겠어, 크리처. 네가 하려는 일을 그 녀석에게 알려 주거나, 그 녀석한테 말을 걸거나, 메시지를 적어 보내거나, 아니면…… 아니면 어떤 식으로든 그 녀석하고 접촉하는 것도. 알았어?"

해리는 크리처가 방금 받은 지시에서 구멍을 찾으려 애쓰는 모습을 바라보며 한동안 기다렸다. 잠시 후, 해리에게는 아주 만족스럽게도 크리처는 다시 깊숙이 허리를 숙이며 씁쓸한 분노를 담은 목소리로 말했다. "주인님께서 모든 걸 생각해 내셨으니까요. 크리처는 두말할 것 없이 말포이 가문의 하인이 되는 게 훨씬 좋지만 주인님에게 복종해야 합니다. 암요……."

"그럼 결정된 거야." 해리가 말했다. "정기적으로 보고를 받고 싶은데, 너희가 나타날 때는 내 주위에 사람이 없는지 꼭 확인해. 론이랑 헤르미온느는 괜찮아. 그리고 너희가 뭘 하는지 아무한테도 말하지 마. 그냥 티눈 반창고처럼 말포이한테 딱 붙어 있기만 해."

20장
볼드모트 경의 요구

폼프리 선생이 돌봐 준 덕분에 해리와 론은 완전히 회복되어 월요일 아침이 되자마자 병동을 나섰다. 그리고 이제는 기절하고 독을 먹은 것에 대한 보상을 톡톡히 즐길 수 있었는데, 그중에서도 가장 좋은 것은 헤르미온느가 다시 론과 친구가 되었다는 사실이었다. 헤르미온느는 심지어 그들과 함께 아침 식사를 하러 가서, 그때 지니가 딘과 말다툼을 했다는 소식을 전해 주기도 했다. 해리의 가슴속에서 졸고 있던 괴물이 갑자기 기대에 차서 코를 킁킁거리며 고개를 쳐들었다.

"뭐 때문에 싸웠는데?" 해리가 되도록 아무렇지도 않은 목소리를 내려고 애쓰며 물었다. 그들이 들어선 8층 복도에는 발레복을 입은 트롤 태피스트리를 유심히 살펴보는 조그만 여학생을 제외하면 아무도 없었다. 그녀는 6학년들이 다가오자 겁을 먹은 듯 들고 있던 묵직한 놋쇠 저울을 떨어뜨렸다.

"괜찮아!" 헤르미온느가 얼른 뛰어가서 그녀를 도와주며 다정하게 말했다. "자……." 헤르미온느가 망가진 저울을 마법 지팡이로 톡톡 두드리며 "*레파로*"라고 말했다.

소녀는 고맙다는 말도 없이 그 자리에 붙박인 듯 서서, 그들이 옆을 지나쳐 시야에서 사라지는 모습을 지켜보았다. 론이 그녀를 힐끔 돌아보았다.

"애들이 점점 작아지는 게 틀림없어." 그가 말했다.

"쟤한텐 신경 쓰지 마." 해리가 약간 조바심을 내며 말했다. "지니랑 딘은 뭐 때문에 다툰 거야, 헤르미온느?"

"아, 매클래건이 너한테 블러저를 날렸을 때 딘이 웃었대." 헤르미온느가 말했다.

"분명 웃겼겠지." 론이 객관적으로 말했다.

"전혀 안 웃겼거든!" 헤르미온느가 발끈했다. "끔찍했지. 쿠트랑 피크스가 잡아 주지 않았으면 해리는 아주 심하게 다쳤을 거야!"

"그래, 하지만 그런 걸로 지니랑 딘이 헤어질 필요는 없는데." 해리는 여전히 태연한 목소리를 내려고 애쓰며 말했다. "아니면 아직 사귀나?"

"응, 사귀고 있어. 근데 왜 그렇게 관심을 가져?" 헤르미온느가 해리를 날카롭게 쳐다보며 물었다.

"그냥 우리 퀴디치 팀이 다시 엉망이 되는 게 싫어서 그러지!" 그가 다급히 얼버무렸지만 헤르미온느는 계속 의심스러워하는 눈치였다. 등 뒤에서 어떤 목소리가 "해리!" 하고 부르며 헤르미온느에게서 등을 돌릴 핑계를 만들어 주자 그는 매우 안심했다.

"아, 안녕, 루나."

"널 보러 병동에 갔었어." 루나가 가방을 뒤적거리며 말했다. "근데 네가 퇴원했다더라……."

그녀는 녹색 양파, 얼룩무늬가 있는 커다란 독버섯, 고양이 똥처럼 보이는 것을 론의 손에 잔뜩 올려놓더니 마침내 지저분해진 양피지 두루마리를 꺼내 해리에게 건넸다.

"……너한테 이걸 전해 주래."

해리는 그 작은 양피지가 덤블도어와의 다음 수업을 알리는 초대장이라는 것을 대번에 알아차렸다.

"오늘 밤이네." 그가 양피지를 펼치자마자 론과 헤르미온느에게 말했다.

"지난번 경기 중계 멋졌어!" 루나가 녹색 양파와 독버섯, 고양이 똥을 도로 가져가는 사이 론이 그녀에게 말했다. 루나는 애매하게 미소 지었다.

"날 놀리는 거지?" 그녀가 말했다. "다들 끔찍했다던데."

"아니, 진심이야!" 론이 진지하게 말했다. "그렇게 재미있는 중계는 처음이었어! 그건 그렇고, 이건 뭐야?" 그가 양파처럼 생긴 것을 눈높이로 들어 올리며 덧붙였다.

"아, 그건 거디루트야." 그녀가 고양이 똥과 독버섯을 다시 가방에 쑤셔 넣으며 말했다. "갖고 싶으면 가져도 돼. 난 몇 개 있거든. 꿀꺽 플림피들을 쫓아내는 데 정말 효과가 좋아."

그녀는 그때까지도 거디루트를 쥔 채 킥킥 웃고 있는 론을 뒤로하고 멀어져 갔다.

"있지, 나 쟤가 점점 마음에 들어. 루나 말이야." 다시 대연회장으로 출발하면서 그가 말했다. "정신이 좀 이상하다는 건 알지만 그건 좋은 의미에서……."

그는 갑작스럽게 말을 멈췄다. 라벤더 브라운이 화가 머리끝까지 난 얼굴로 대리석 계단 아래 서 있었다.

"안녕." 론이 긴장한 채 입을 열었다.

"가자." 해리가 헤르미온느에게 나직이 말했고 그들은

두 사람을 지나쳐 가려고 속도를 높였다. 하지만 그러기도 전에 라벤더의 말이 들려왔다. "오늘 퇴원한다고 왜 말 안 했어? 그리고 *쟤는* 왜 너랑 같이 있는 거야?"

30분 뒤에 아침 식사를 하러 나타났을 때 론은 시무룩하면서도 짜증이 는 표정이었다. 라벤더와 나란히 앉기는 했지만, 해리가 보니 둘은 함께 있는 내내 한 마디도 주고받지 않았다. 헤르미온느는 이 모든 것을 거의 의식하지 않는 것처럼 굴었지만 해리는 한두 번 설명할 수 없는 미소가 그녀의 얼굴을 스치는 것을 보았다. 헤르미온느는 하루 종일 유난히 기분이 좋아 보였으며, 그날 저녁 휴게실에서는 심지어 해리의 약초학 작문 숙제를 한번 봐 주겠다고 (달리 말하면, 마저 써 주겠다고) 했다. 여태까지는 단호하게 거부해 온 일이었다. 해리가 론에게 그 숙제를 베끼라고 보여 준다는 것을 알고 있었기 때문이다.

"정말 고마워, 헤르미온느." 손목시계를 확인한 해리는 8시가 다 된 것을 알고 다급히 그녀의 등을 두드리며 말했다. "저기, 난 서둘러야겠어. 안 그랬다간 덤블도어 교수님과의 약속에 늦을 거야."

그녀는 아무 대답 없이 그저 지긋지긋하다는 듯, 해리가 쓴 것 중에서 말도 안 되는 문장 몇 개를 찍찍 그었다. 해리는 씩 웃으며 다급히 초상화 구멍을 나와 교장실로 향했다. '토피 에클레어'라고 말하자 가고일이 옆으로 펄쩍 물러났고, 해리는 나선형 계단을 한 번에 두 칸씩 올라 연구실 안의 시계가 8시를 알리는 순간 문을 두드렸다.

"들어오너라." 덤블도어가 소리쳤지만 해리가 문을 열려고 손을 뻗었을 때 안에서 누가 문을 잡아당겼다. 문 앞에는 트릴로니 교수가 서 있었다.

"아하!" 그녀는 돋보기 같은 안경 너머로 해리를 바라보며 눈을 깜빡이면서 과장된 손짓으로 그를 가리켰다. "그러니까 다짜고짜 저를 연구실에서 쫓아내신 이유가 바로 이거군요, 덤블도어!"

"친애하는 시빌." 덤블도어가 살짝 격앙된 목소리로 말했다. "다짜고짜 쫓아냈다니 말도 안 되는 얘기지만, 해리와 약속이 있었던 건 사실이에요. 그리고 나는 정말이지 더 이상 할 말이 없……."

"잘 알겠어요." 트릴로니 교수가 몹시 상처받은 목소리로 말했다. "제 자리를 빼앗아 가려는 그 짐말을 쫓아내지 않으시겠다면, 그렇게 하세요……. 저의 재능을 좀 더 잘 알아주는 학교를 찾아야겠군요……."

그녀는 해리를 밀치고 나선형 계단 아래로 사라졌다. 그녀가 계단을 내려가다가 발을 헛디디는 소리가 들렸다. 해리는 그녀가 바닥에 질질 끌리는 숄을 밟고 미끄러졌을 거라고 추측했다.

"문 닫고 자리에 앉아 다오, 해리." 덤블도어가 약간 지친 목소리로 말했다.

해리는 그 말에 따라 늘 앉던 덤블도어의 책상 앞 의자에 앉으면서 이번에도 그들 사이에 펜시브가 놓여 있다는 것을 알아차렸다. 소용돌이치는 기억으로 가득 찬 아주 작은 크리스털 병 두 개도 있었다.

"트릴로니 교수님은 아직도 피렌지가 수업을 맡은 게 마음에 안 드나 보네요." 해리가 말했다.

"그래." 덤블도어가 말했다. "알고 보니 점술 수업은 내가 예상했던 것보다 훨씬 골칫덩어리더구나. 나는 그 과목을 공부해 본 적이 없거든. 이제 와서 피렌지한테 이미 추방자 신세가 된 금지된 숲으로 돌아가라고 말할 수도 없고, 시빌 트릴로니에게 나가 달라고 부탁할 수도 없단다. 우리끼리 얘기지만, 트릴로니 교수는 이 성을 나가면 얼마나 위험해질지 전혀 모르고 있으니까. 트릴로니 교수는 자기가 너와 볼드모트에 관한 예언을 했다는 사실을 모르고 있고…… 나로서는 그 사실을 트릴로니 교수에게 알려 주는 건 어리석은 일이라는 생각이 들어서 말이다."

덤블도어는 깊이 한숨을 내쉬더니 말을 이었다. "그러나 교직원 문제는 신경 쓰지 말거라. 우리에게는 의논해야 할 훨씬 중요한 일들이 있으니까. 먼저…… 지난번 수업이 끝날 때 내가 맡겼던 과제는 해냈느냐?"

"아." 해리는 갑자기 말문이 막혔다. 순간이동 수업에 퀴디치, 론은 독을 먹고 그 자신은 두개골에 금이 간 데다 드레이코 말포이가 뭘 꾸미는지 알아내려는 결심까지 더해져, 덤블도어가 슬러그혼 교수에게서 기억을 끌어내 달라고 부탁했던 일을 거의 잊고 있었던 것이다. "그게, 마법약 수업이 끝나고 슬러그혼 교수님한테 여쭤봤는데요, 교수님, 근데, 어, 슬러그혼 교수님이 저한테 말씀해 주실 것 같지 않았어요."

잠시 침묵이 흘렀다.

"알겠다." 덤블도어가 반달 안경 너머로 해리를 바라보며 마침내 그렇게 말했다. 해리는 평소처럼 X레이 촬영을 당하는 것 같은 느낌이었다. "그 문제에 최선을 다했다고 느낀다는 거지? 네가 가진 독창성을 남김없이 발휘했고, 그 기억을 끄집어내는 임무를 위해 마지막 한 방울까지 지혜를 짜냈다고 말이다."

"어……." 해리는 뭐라고 말해야 할지 몰라 머뭇거렸다. 기억을 끌어내려 했던 단 한 번의 노력이 갑자기 부끄러울 정도로 하찮게 보였다. "그게…… 론이 모르고 사랑의 묘약을 먹은 날 제가 론을 슬러그혼 교수님한테 데려갔거든요. 저는 슬러그혼 교수님을 기분 좋게 만들면, 어쩌면……."

"그래서 통했느냐?" 덤블도어가 물었다.

"아뇨, 교수님. 론이 독을 먹는 바람에……."

"……그래서 기억을 끌어내려던 일은 당연히 까맣게 잊어버렸겠지. 가장 친한 친구가 위험에 처했는데 내가 달리 무엇을 기대하겠니? 하지만 위즐리 군이 완전히 회복할 거라는 사실이 분명해진 뒤에는 내가 맡긴 임무로 복귀하기를 바랐다. 그 기억이 얼마나 중요한지 명확하게 설명했다고 생각했지. 사실 나는 너에게 그것이야말로 우리가 가진 모든 기억 중에서 가장 중요한 기억이고 그것이 없으면 우린 시간 낭비를 하는 셈이라는 것을 명심하게 하려고 최선을 다했다."

찌를 듯한 뜨거운 수치심이 정수리에서부터 몸 전체로 퍼져 나갔다. 덤블도어는 목소리를 높이지 않았고 화가 난 목소리로 말하지도 않았지만, 해리는 차라리 그가 소리를 쳤으면 좋겠다고 생각했다. 이 싸늘한 실망감이 무엇보다 괴로웠다.

"교수님." 그가 조금 절박하게 말했다. "그 일에 신경도 안 썼다거나 그런 건 전혀 아니에요. 저는 그냥 다른…… 다른 일들이……."

"신경 쓰이는 다른 일들이 있었다……." 덤블도어가 그 대신 말을 맺었다. "알겠다."

둘 사이에 다시 침묵이 흘렀다. 해리가 덤블도어와 함께하면서 겪었던 것 중 가장 불편한 침묵이었다. 덤블도어의 머리 위에서 아만도 디핏의 초상화가 작게 중얼거리며 코 고는 소리만 들려올 뿐 그 침묵은 끝도 없이 이어질 것만 같았다. 해리는 이상하게 위축되는 기분이 들었다. 연구실에 들어온 뒤로 몸이 약간 줄어든 것 같았다.

침묵을 더 이상 견디지 못하게 됐을 때 해리가 말했다. "덤블도어 교수님, 정말 죄송합니다. 더 노력했어야 하는데……. 정말로 중요한 일이 아니었다면 저한테 해 달라고 부탁하시지도 않았을 거라는 걸 알았어야 했어요."

"그렇게 말해 줘서 고맙구나, 해리." 덤블도어가 조용히 말했다. "그럼, 지금부터는 이 일에 더 높은 우선순위를 매길 거라고 기대해도 되겠니? 그 기억을 얻지 못한다면 오늘 밤 이후 우리의 만남에는 아무런 의미가 없을 게다."

"그렇게 할게요, 교수님. 꼭 얻어 내겠습니다." 해리가 진심을 담아 말했다.

"그럼 지금 당장은 더 이상 그 얘기를 하지 말자꾸나." 덤블도어가 좀 더 다정해진 목소리로 말했다. "대신 지난번 끊긴 데서부터 이야기를 이어 가자. 어느 부분이었는지 기억하니?"

"네, 교수님." 해리가 재빨리 대답했다. "볼드모트는 자기 아버지와 할아버지, 할머니를 죽이고 삼촌 모핀의 짓인 것처럼 꾸몄어요. 그런 다음 호그와트로 돌아와서…… 슬러그혼 교수님한테 호크룩스에 대해 물었습니다." 그는 부끄러움에 말을 웅얼거렸다.

"아주 잘했다." 덤블도어가 말했다. "자, 내 바람일 수도 있겠다만, 너도 아마 우리 모임이 막 시작하던 그때 우리가 추측과 추론의 영역으로 들어가게 될 거라고 했던 말을 기억할 게다."

"네, 교수님."

"너도 동의했으면 좋겠는데, 지금까지는 볼드모트가 열일곱 살이 될 때까지의 행적에 관한 나의 추론에 상당히 견고한 사실적 근거가 있지 않았니?"

해리는 고개를 끄덕였다.

"그러나 이제는 말이다, 해리." 덤블도어가 말을 이었다. "사건들이 더욱 애매하고 이상해진단다. 리들이라는 소년과 관련된 증거를 찾기도 어려웠지만, 성인이 된 볼드모트에 대해 회상할 준비가 된 사람을 찾는 건 거의 불가능하거든. 사실 나는 볼드모트가 호그와트를 떠난 뒤에 어떻게 살았는지 정확하게 이야기할 수 있는 사람이 볼드모트 자신 이외에 단 한 명이라도 남아 있을지 의심스럽다. 그렇지만 너와 나누고 싶은 두 가지 기억이 마지막으로 남아 있단다." 덤블도어는 펜시브 옆에서 은은하게 빛나는 작은 크리스털 병 두 개를 가리켰다. "그런 다음에는 내가 이 기억에서 이끌어 낸 결론이 그럴듯한지 네 의견을 들려 다오."

덤블도어가 자신의 의견을 이토록 중요시 여긴다는 생각이 들자 해리는 호크룩스와 관련된 기억을 끌어내는 임무에 실패한 것이 더욱 부끄럽게 느껴졌다. 덤블도어가 두 개의 병 가운데 하나를 들어 빛에 비춰 보며 살피는 사이 해리는 죄책감에 자세를 고쳐 앉았다.

"다른 사람들의 기억 속으로 들어가는 일에 싫증이 나지 않았으면 좋겠구나. 이 두 기억은 특히 흥미로운 수집품이거든." 그가 말했다. "이 첫 번째 기억은 호키라는 이름의 나이가 아주 많은 집요정에게서 얻은 거란다. 호키가 무엇을 목격했는지 보기 전에, 볼드모트 경이 어떻게 호그와트를 떠나게 됐는지부터 빠르게 말해 줘야겠구나. 너도 예상했겠지만 볼드모트는 그때까지 치렀던 모든 시험에서 최고 성적을 받고 7학년이 되었다. 볼드모트 주위의 동급생들은 다들 호그와트를 떠나 어떤 직업을 선택할지 결정하기 시작했지. 대부분이 반장이자 남학생 회장이자 호그와트 특별 공로상 수상자인 톰 리들이 아주 멋진 꿈을 갖고 있을 거라 기대했어. 나는 슬러그혼 교수를 포함한 몇몇 교수들이 볼드모트에게 마법 정부에 들어갈 것을 권했다고 알고 있다. 일자리를 마련해 주겠다 제안하고 유용한 연줄을 만들어 주겠다고 했지. 하지만 볼드모트는 그 모든 제안을 거절했다. 그 후 교수들은 볼드모트가 보긴 앤 버크에서 일하게 되었다는 걸 알게 됐지."

"보긴 앤 버크에서요?" 해리는 충격을 받아 물었다.

"그래, 보긴 앤 버크였단다." 덤블도어가 침착하게 되풀이했다. "호키의 기억에 들어가 보면 너도 그 장소의 어떤 매력이 그자를 사로잡았는지 알게 될 거다. 하지만 볼드모트가 처음에 일하고 싶어 했던 곳은 그 가게가 아니었어. 그땐 이 사실을 아는 사람이 거의 없었지만 말이다. 난 당시의 교장 선생님이 이 문제를 털어놓았던 몇 안 되는 사람 중 한 명이었단다. 볼드모트는 처음에 디핏 교수를 찾아가 교수가 되어 호그와트에 남을 수 있느냐고 물었다."

"여기 남고 싶어 했다고요? 왜요?" 해리가 더더욱 놀라서 물었다.

"몇 가지 이유가 있었을 거라 생각한다만 볼드모트는 그중 한 가지도 디핏 교수에게 털어놓지 않았다." 덤블도어가 말했다. "첫째, 가장 중요한 이유로, 볼드모트는 어느 누구에게라기보다는 이 학교 자체에 애착을 느꼈던 것 같다. 그자는 호그와트에서 가장 행복한 시간을 보냈으니까. 이곳은 볼드모트가 집처럼 느낀 처음이자 마지막 장소였지."

해리는 그 말에 살짝 불편함을 느꼈다. 그것은 정확히 해리가 호그와트에 대해 갖는 느낌이기도 했다.

"둘째, 호그와트 성은 고대의 마법이 깃든 성이다. 볼드모트는 틀림없이 이곳을 거쳐 간 대다수의 학생보다 이 성의 비밀을 더 많이 알아냈겠지만, 아직도 풀어야 할 수수께끼와 건드려 볼 마법들이 간직되어 있을 거라고 느꼈을지도 모른다. 셋째, 교수가 되면 어린 마법사들에게 어마어마한 힘과 영향력을 행사할 수 있지. 아마 볼드모트는 슬러그혼 교수가 더없이 안락한 삶을 살아가면서도 얼마나 큰 영향력을 행사할 수 있는지 보여 주는 것을 보고 그런 생각을 했을 게다. 나는 볼드모트가 호그와트에서 여생을 보내는 자신의 모습을 단 한 순간도 그려 본 적 없을 거라 생각한다만, 그가 이곳을 세력을 키울 장소, 자기만의 군대를 만들기 시작할 장소로 여겼을 거라는 생각은 든다."

"하지만 교수 자리를 얻지 못했나요?"

"그래, 얻지 못했단다. 디핏 교수는 볼드모트에게 열여덟 살이라는 나이는 너무 어리다면서 몇 년이 지나고 그때도 여전히 가르치는 일을 하고 싶다면 다시 지원하라고 권했지."

"교수님께서는 어떻게 느끼셨어요?" 해리가 머뭇거리며 물었다.

"대단히 불편했다." 덤블도어가 말했다. "나는 아만도에게 이런 임명에 반대한다고 말했단다. 디핏 교수는 볼드모트를 꽤 마음에 들어 했고 그자가 정직하다고 믿고 있었어. 그래서 나는 너한테 말해 준 이유들을 디핏 교수에게 털어놓지 않았다. 하지만 나는 그자가 이 학교에, 특히 힘을 가진 자리로 돌아오는 건 반대했다."

"볼드모트는 어떤 자리를 원했나요, 교수님? 어떤 과목을 가르치고 싶어 했어요?"

왜인지 해리는 덤블도어가 말하기 전부터 그 답을 알고 있었다.

"어둠의 마법 방어법이었다. 당시에는 갈라티아 메리소트라는 나이 많은 교수가 가르치고 있었지. 호그와트에 근 50년 동안 계신 분이었단다. 그래서 볼드모트는 보긴 앤 버크로 갔고, 그를 칭찬하던 교수들은 하나같이 그토록 총명한 젊은 마법사가 점원 노릇이나 하다니 그게 웬 재능 낭비냐고 말했지. 그러나 볼드모트는 단순한 점원이 아니었어. 예의 바르고 잘생긴 데다 똑똑했으니 그는 머잖아 보긴 앤 버크 같은 곳에만 있을 법한 특별한 일들을 맡게 됐다. 해리 너도 알다시피 그 가게는 비범하고 강력한 속성을 지닌 물건들을 전문적으로 다루는 곳이지 않니. 가게 주인들은 사람들에게 그를 보내 갖고 있는 보물을 팔도록 설득하게 했고, 어느 모로 보나 그는 이 일에 비범한 재능을 보였다."

"당연히 그렇겠죠." 해리는 참지 못하고 그렇게 내뱉었다.

"그래, 맞다." 덤블도어가 희미한 미소를 띠고 말했다. "이제는 집요정 호키의 이야기를 들을 시간이다. 호키는 아주 나이가 많고 아주 부유한 헵시바 스미스라는 여자 마법사의 집에서 일했단다."

덤블도어가 마법 지팡이로 병을 두드리자 코르크 마개가 날아갔다. 그가 소용돌이치는 기억을 펜시브에 쏟아부으며 말했다. "먼저 들어가거라, 해리."

해리는 다시 한 번 자리에서 일어나, 돌 대야 속 물결치는 은빛 물질 표면에 얼굴이 닿을 때까지 허리를 구부렸다. 그는 어두운 허공 속으로 떨어져 내린 끝에 어느 집 응접실에 내려섰다. 그곳의 주인으로 보이는 귀부인은 정교하게 만든 적갈색 가발을 쓰고 현란한 분홍색 로브를 몸 주위에 치렁치렁 늘어뜨리고 있어서 녹아내리는 장식 케이크처럼 보였다. 그녀는 보석이 박힌 조그만 거울을 들여다보며 큼직한 분첩으로 이미 불그스름한 뺨에 연지를 찍어 바르고 있었다. 한쪽에서는 해리가 지금껏 본 중에서 가장 작고 나이 든 집요정 하나가 주인의 통통한 발에 꽉 끼는 비단 실내화를 신긴 뒤 끈을 묶어 주고 있었다.

"서둘러라, 호키!" 헵시바가 도도하게 말했다. "4시에 온다고 했으니 겨우 2분 남았어. 그 앤 여태껏 한 번도 늦은 적이 없단 말이야!"

집요정이 허리를 펴자 그녀는 분첩을 치웠다. 집요정의 정수리는 헵시바의 의자 밑에 닿을락 말락 했고 종잇장 같은 피부는 토가처럼 두르고 있는 얇디얇은 리넨 천과 비슷하게 축 늘어져 있었다.

"나 어떠니?" 헵시바가 고개를 요리조리 돌려 다양한 각도에서 거울에 비친 자기 얼굴을 감탄하듯 바라보며 말했다.

"사랑스러워요, 주인님." 호키가 꽥꽥거렸다.

해리는 호키의 계약서에 그런 질문을 받으면 이를 악물고도 거짓말을 해야 한다는 내용이 적혀 있을 거라는 생각이 들었다. 그가 보기에 헵시바 스미스는 사랑스러움과는 거리가 멀었다.

초인종이 딸랑딸랑 울리자 주인과 집요정 모두 화들짝 놀랐다.

"빨리빨리. 그 애가 왔어, 호키!" 헵시바가 소리치자 집요정은 잡동사니로 가득 차 있어서 누구라도 물건을 적어도 열 개 이상 쓰러뜨리지 않고는 빠져나가기 어려워 보이는 그 방을 허둥지둥 나갔다. 옻칠을 한 작은 상자로 가득한 캐비닛들과 황금빛 글자가 새겨져 있는 책들로 가득한 상자들, 행성 모형과 천구의와 놋쇠 화분 안에서 무럭무럭 자라고 있는 식물들이 얹힌 선반 등이 보였다. 사실 그 방은 마법 골동품 가게와 온실을 합쳐 놓은 것처럼 보였다.

집요정은 몇 분 만에 돌아왔다. 키 큰 젊은이가 그녀를 따라 들어왔는데, 해리는 그가 볼드모트라는 것을 한눈에 알아보았다. 머리카락은 학생 때보다 조금 길었고 뺨은 움푹 들어가 있었지만 그 모든 것이 단정하게 차려 입은 검은색 정장과 잘 어울렸고, 어느 때보다도 그의 외모를 돋보이게 해 주고 있었다. 그는 예전에도 여러 차례 이곳을 방문한 적이 있다는 듯, 잡동사니로 가득한 방을 능숙하게 헤치고 오더니 헵시바의 작고 통통한 손 위로 공손히 몸을 숙이고 그 손등에 살짝 입 맞췄다.

"꽃을 가져왔습니다." 그가 허공에서 장미 한 다발을 만들어 내며 조용히 말했다.

"이런 장난꾸러기 같으니, 뭐 이런 걸 다!" 헵시바가 새된 목소리로 외쳤지만, 해리는 그녀가 가장 가까운 곳에 있는 조그만 탁자에 빈 꽃병을 준비해 둔 것을 눈치챘다. "네가 정말 이 늙은이의 버릇을 망치려 드는구나, 톰……. 앉으려무나, 앉아……. 호키는 어디 있지? 아…….

집요정이 작은 케이크들이 담긴 쟁반을 들고 방으로 쏜살같이 뛰어들어 오더니 주인 바로 옆에 그 쟁반을 올려놓았다.

"마음껏 먹거라, 톰." 헵시바가 말했다. "네가 내 케이크를 얼마나 좋아하는지 다 아니까. 자, 어떻게 지냈니? 창백해 보이는구나. 가게에서 널 너무 부려먹는 모양이야. 벌써 백번은 말하는 거지만……."

볼드모트가 기계적으로 미소 짓자 헵시바는 헤벌쭉 웃었다.

"그래, 이번에는 또 무슨 핑계로 들렀지?" 그녀가 긴 속눈썹이 달린 눈을 깜빡거리며 물었다.

"버크 씨께서 고블린이 만든 갑옷과 관련해서 지난번보다 나은 조건으로 거래를 제안하고 싶어 하십니다." 볼드모트가 말했다. "500갈레온이면 공정한 가격 이상이라고……."

"이런, 이런. 이렇게 성급하게 굴면 안 되지. 자꾸 그러면 네가 그딴 시시한 물건 때문에 여기 온 거라는 생각이 들지 않겠니!" 헵시바가 뿌루퉁하게 말했다.

"그 물건 때문에 지시를 받고 여기 온 건 사실입니다만." 볼드모트가 조용히 말했다. "저는 별 볼 일 없는 점원에 불과하니까요. 시키는 대로 해야 합니다. 버크 씨는 그걸 여쭤보라고 절 보낸……."

"아, 버크 씨 따위…… 흥!" 헵시바가 작은 손을 내저으며 말했다. "너한테 보여 줄 게 있어. 버크 씨한테는 한 번도 보여 준 적 없단다! 비밀 지킬 수 있겠니, 톰? 내가 이 물건을 갖고 있다는 말을 버크 씨한테 안 하겠다고 약속할 수 있어? 내가 너한테 이 물건을 보여 준 걸 알면 버크 씨가 아주 성가시게 굴 거야. 난 이 물건을 팔 생각이 없거든. 버크에게도, 그 누구에게도 말이야! 하지만 톰 너라면 이 물건이 얼마나 많은 갈레온을 벌어다 주느냐가 아니라 이 물건이 지닌 역사적인 가치를 알아볼 거야."

"헵시바 님께서 보여 주시는 물건이라면 뭐든 기꺼이 보겠습니다." 볼드모트가 조용히 말하자 헵시바는 또 한 번 소녀처럼 까르르 웃었다.

"호키한테 가져오라고 했는데…… 호키, 어디 있니? 리들 군에게 우리가 가진 *가장 좋은* 보물을 보여 드리고 싶구나……. 아니, 달이 나온 김에 둘 다 가져오렴……."

"여기 있어요, 주인님." 집요정이 새된 소리로 말했다. 가죽 상자 두 개가 해리의 눈에 들어왔다. 해리는 작디작은 집요정이 그 상자들을 머리 위로 들고 탁자와 방석, 발받침 사이를 헤집고 오고 있다는 것을 알았지만, 상자들은 마치 서로 포개진 채 방을 가로질러 스스로 움직이는 것처럼 보였다.

"자." 헵시바가 집요정에게서 상자들을 받아 무릎에 올려놓고 맨 위에 있는 상자를 열 준비를 하며 기분 좋게 말했다. "너도 분명 좋아할 거야, 톰……. 아, 내가 너한테 이걸 보여 준다는 걸 우리 가족들이 알면……. 다들 한 번 만져라도 보고 싶어서 안달이거든!"

그녀는 뚜껑을 열었다. 해리는 더 잘 보기 위해 앞으로 조금 움직였다. 정교하게 세공된 손잡이가 두 개 달린 작은 황금색 잔 같은 것이 보였다.

"이게 뭔지 아니, 톰? 한번 들어 보거라. 잘 살펴보렴." 헵시바가 속삭이자 볼드모트는 긴 손가락을 뻗어 비단에 푹 감싸여 있는 잔의 한쪽 손잡이를 잡고 들어 올렸다. 해리는 볼드모트의 검은 눈에 희미한 붉은빛이 번뜩이는 것을 본 듯했다. 그의 탐욕스러운 표정은 헵시바의 얼굴에 떠오른 것과 흡사했다. 그녀의 작은 두 눈은 볼드모트의 잘생긴 얼굴에 고정되어 있다는 점만 다를 뿐이었다.

"오소리로군요." 볼드모트가 잔에 새겨진 문양을 살펴보며 중얼거렸다. "그렇다면 이건……?"

"헬가 후플푸프의 것이란다. 너도 아는구나. 요 영특한 것!" 헵시바는 코르셋이 요란하게 삐걱거리는 소리가 날 만큼 몸을 숙이고 볼드모트의 움푹한 뺨을 꼬집었다. "난 후플푸프의 먼 후손이란다. 전에도 말하지 않았니? 이건 오랜 세월 동안 우리 가문에 전해진 거야. 멋지지? 게다가 온갖 힘을 가지그 있다고 하는데 철저히 시험해 보진 않았단다. 그냥 여기에 안전하게 잘 보관하고 있을 뿐이야."

그녀는 볼드모트의 긴 검지에서 잔을 다시 빼 가서 상자 안에 살살 집어넣었다. 잔을 조심스럽게 제자리에 돌려놓는 데 열중한 나머지 잔을 빼앗기는 순간 볼드모트의 얼굴을 스쳐 간 그림자는 눈치채지 못했다.

"자 그럼……" 헵시바가 신이 나서 말했다. "호키는 어디 있지? 아 그래, 저기 있구나. 이건 이제 가져가려무나, 호키."

집요정이 시키는 대로 잔이 든 상자를 가져가자 헵시바는 아직 무릎에 놓여 있던 훨씬 납작한 상자로 관심을 돌렸다.

"이건 더 마음에 들 거다, 톰." 그녀가 속삭였다. "허리를 좀 숙이거라, 여야. 그래야 보이지……. 물론 내가 이걸 갖고 있다는 건 버크도 알아. 버크한테서 산 거니까. 그리고 감히 말하는데 내가 죽으면 버크는 이걸 무척 되찾고 싶어 할 거야."

그녀는 정교하게 세공된 걸쇠를 밀어 상자를 열어젖혔다. 부드러운 진홍색 벨벳 위에 묵직한 황금 로켓 목걸이가 놓여 있었다.

볼드모트는 이번에는 상대가 권하기도 전에 손을 뻗어 물건을 집더니 빛에 비추며 뚫어지게 바라보았다.

"슬리데린의 상징이군요." 그가 조용히 말했다. 뱀 모양의 정교한 S자에 불빛이 어른거렸다.

"맞아!" 헵시바가 로켓을 뚫어지게 응시하는 볼드모트의 모습을 바라보며 기쁜 듯 말했다. "터무니없이 큰돈을 들여야 했지만 이런 보물을 그냥 놓칠 순 없었지. 내 수집품으로 만들어야 하니까. 버크는 누더기를 걸친 어떤 여자한테서 이 물건을 샀다는데, 보아하니 그 여자는 이걸 훔치면서도 진짜 가치를 몰랐던 게 분명해."

이번에는 오해의 여지가 없었다. 그녀의 말에 볼드모트의 두 눈이 짙은 붉은빛으로 번뜩였다. 해리는 로켓 목걸이 줄을 쥐고 있는 그의 손마디가 하얗게 질리는 것을 보았다.

"버크는 아마 그 여자한테 몇 푼 안 쥐여 줬을 거야. 어쨌든 정말 아름답지……. 여기에도 온갖 종류의 힘이 깃들어 있다지만 나는 그냥 안전하게 잘 보관하고 있을 뿐이란다."

그녀가 로켓 목걸이를 다시 받아 가려고 손을 뻗었다. 잠시 해리는 볼드모트가 그걸 놓지 않을 거라고 생각했지만 목걸이는 어느새 볼드모트의 손가락 사이를 빠져나가 빨간 벨벳 쿠션 위에 다시 놓였다.

"자, 이게 전부다, 톰, 애야. 즐겁게 감상했길 바란다!"

해리는 톰을 마주하는 그녀의 얼굴에서 처음으로 바보 같은 미소가 흐려지는 것을 보았다.

"괜찮니, 애야?"

"아, 네." 볼드모트가 조용히 말했다. "네, 괜찮습니다."

"난 또…… 하지만 빛 때문에 잘못 본 거겠지……." 헵시바가 불안한 표정으로 말했고, 해리는 그녀도 볼드모트의 눈에서 순간적으로 번뜩인 붉은빛을 본 것이라고 추측했다. "자, 호키. 이것들을 가져가서 다시 잠가 두거라……. 평소처럼 마법을 걸어 놓고……."

"돌아갈 시간이다, 해리." 덤블도어가 조용히 말했다. 조그만 집요정이 상자들을 들고 잡동사니 사이에서 보였다 안 보였다 하며 멀어져 가는 가운데 덤블도어는 다시 한 번 해리의 팔을 잡았고, 그들은 함께 기억 저편으로 날아올라 덤블도어의 연구실로 돌아왔다.

"헵시바 스미스는 이 짧은 사건이 있고 이틀 뒤에 죽었다." 덤블도어가 자리에 앉아 해리에게도 앉으라고 손짓하며 말했다. "정부에서는 집요정 호키가 주인이 저녁에 마시는 코코아에 실수로 독을 탔다며 유죄판결을 내렸지."

"말도 안 돼요!" 해리가 화를 내며 소리쳤다.

"내 생각도 바로 그렇단다." 덤블도어가 말했다. "확실히 이 죽음과 리들 가족의 죽음 사이에는 유사점이 많아. 두 사건 모두 다른 사람이 누명을 썼고, 그 사람은 자기가 그런 짓을 했다는 선명한 기억을 가지고 있지."

"호키가 자백한 건가요?"

"호키는 주인의 코코아에 뭔가를 넣은 걸 떠올렸다. 나중에 설탕이 아니라 잘 알려지지 않은 치명적인 독으로 밝혀진 뭔가를 말이지." 덤블도어가 말했다. "결국 호키가 일부러 그런 게 아니라 나이가 많아서 착각한 것으로……."

"볼드모트가 호키의 기억을 조작한 거예요. 모핀한테 그랬던 것처럼요!"

"그래, 내 결론도 그렇다." 덤블도어가 말했다. "그리고 모핀 때 그랬던 것처럼 정부는 너무 쉽게 호키를 의심했지."

"……호키가 집요정이었으니까요." 해리가 말했다. 헤르미온느가 만든 S.P.E.W.에 이렇게 공감하기는 처음이었다.

"바로 그거다." 덤블도어가 말했다. "늙은 호키는 주인의 코코아에 뭔가를 넣었다는 사실을 인정했단다. 그러자 정부의 누구도 굳이 더 이상 조사하지 않았지. 모핀 때도 그랬지만 내가 호키를 찾아내 이 기억을 얻을 수 있게 됐을 때쯤에는 호키의 생명도 거의 끝나 가고 있었다. 하지만 물론 호키의 기억은 볼드모트가 그 잔과 로켓의 존재를 알았다는 것 말고는 아무것도 입증하지 못해. 호키가 유죄판결을 받았을 무렵 헵시바의 가족들은 그녀의 가장 소중한 보물 두 가지가 사라졌다는 사실을 깨달았다. 헵시바는 자신의 수집품을 항상 여러 군데 숨겨 놓고 철저하게 지켰기 때문에 그 사실을 확신하기까지는 시간이 조금 걸렸어. 결국 그 가족들이 잔과 로켓이 모두 사라진 것을 확인했을 때, 보긴 앤 버크에서 일했던 점원, 수시로 헵시바를 방문해 그녀를 솜씨 좋게 매혹시켰던 젊은이는 사표를 내고 잠적한 뒤였지. 볼드모트의 상사들은 그가 어디로 갔는지 전혀 몰랐단다. 그가 사라지자 다른 사람들만큼 놀랐지. 그리고 그 사건 이후로는 오랫동안 누구도 톰 리들을 보거나 그에 관한 이야기를 듣지 못했다. 자……." 덤블도어가 말을 이었다. "해리, 괜찮다면 이번에도 잠시 멈춰서 우리 이야기의 몇몇 지점을 주의 깊게 살펴봤으면 좋겠구나. 볼드모트는 또 한 번 살인을 저질렀다. 그게 리들 가족을 죽인 이후의 첫 살인이었는지는 정확히 모르겠지만, 아마 그럴 거다. 이번에 그는 복수하기 위해서가 아니라 뭔가를 얻기 위해 사람을 죽였어. 그건 너도 이해했을 거다. 볼드모트는, 가엾게도 그에게 푹 빠진 그 나이 든 여성이 보여 준 두 개의 멋진 보물을 갖고 싶었던 게다. 고아원에서 다른 아이들의 물건을 훔쳤던 것처럼, 삼촌 모핀의 반지를 가져갔던 것처럼, 이번엔 헵시바의 잔과 로켓을 가지고 달아난 거지."

"하지만" 하고, 해리가 얼굴을 찌푸리며 말했다. "터무니없는 짓 아닌가요……. 온갖 위험을 무릅쓴 거잖아요. 고작 그런 것들을 얻으려고 직업도 버리고……."

"네가 보기에는 터무니없는 행동이었겠지만 볼드모트에게는 그렇지 않았을 게다." 덤블도어가 말했다. "너도 결국 그 물건들이 그에게 정확히 어떤 의미를 갖는지 이해하기를 바란다만, 해리, 볼드모트가 적어도 그 로켓은 당연히 자기 거라고 생각했다는 것만은 쉽게 상상할 수 있겠지."

"로켓은 그럴지도 모르죠." 해리가 말했다. "하지만 잔은 왜 가져갔을까요?"

"그 잔은 또 다른 호그와트 창립자의 물건이었다." 덤블도어가 말했다. "나는 볼드모트가 그때까지도 학교에 엄청난 애착을 갖고 있었고, 호그와트의 역사가 그토록 깊이 스며들어 있는 물건을 손에 넣고자 하는 유혹에 저항할 수 없었을 거라고 본다. 다른 이유도 있었겠지만…… 때가 되면 그 이유들을 너에게 보여 줄 수 있었으면 좋겠구나. 이제는 내가 너에게 보여 줄 마지막 기억만 남았다. 최소한 네가 슬러그혼 교수에게서 기억을 끄집어내는 데 성공하기 전까지는 말이지. 호키의 기억과 이 기억 사이에는 10년이라는 세월이 가로놓여 있단다. 그 10년 동안 볼드모트 경이 무엇을 했는지는 추측만 할 수 있을 뿐이지."

덤블도어가 마지막 기억을 펜시브에 붓자 해리는 다시 한 번 일어섰다.

"누구의 기억인가요?" 그가 물었다.

"내 기억이다." 덤블도어가 말했다.

해리는 덤블도어를 따라 출렁이는 은빛 물질 속으로 뛰어들어 방금 떠나온 바로 그 연구실에 내려섰다. 횃대에는 폭스가 기분 좋게 잠들어 있었고 책상 뒤 의자에 덤블도어가 앉아 있었다. 해리 곁에 서 있는 덤블도어와 아주 비슷한 모습이었지만 두 손은 상처 하나 없이 온전한 상태였으며 얼굴의 주름도 조금 적었다. 현재의 연구실과 이 연구실 사이에 다른 점이 단 하나 있다면 과거에는 눈이 내리고 있다는 사실이었다. 어둠 속에서 푸르스름한 눈송이들이 창밖에 흩날리다가 바깥 창틀에 쌓여 갔다.

지금보다 젊은 덤블도어는 뭔가를 기다리는 듯했다. 아

니나 다를까, 그들이 도착하고 얼마 지나지 않아 문 두드리는 소리가 들렸다. "들어오너라."

해리는 헉 소리가 터져 나오려는 것을 얼른 막았다. 볼드모트가 연구실에 들어온 것이다. 그의 모습은 해리가 거의 2년 전에 봤던, 돌로 만들어진 거대한 솥단지에서 나오던 그 모습은 아니었다. 이목구비는 뱀 같지 않았고 눈은 아직 짙은 붉은색이 아니었으며 얼굴도 가면 같지 않았다. 그렇지만 잘생긴 톰 리들의 모습은 어디에도 없었다. 마치 이목구비가 불에 타서 뭉개진 것 같았다. 밀랍을 입힌 것 같은 눈 코 입은 이상하게 뒤틀려 있었으며, 눈의 흰자위에는 영원히 사라지지 않을 것 같은 핏발이 서 있었다. 아직은 아니었지만 해리는 그 눈의 동공이 쭉 째진 실금처럼 변하리라는 사실을 알고 있었다. 볼드모트는 검은색 긴 망토를 입고 있었고, 얼굴은 그의 어깨에서 반짝이는 눈송이처럼 창백했다.

책상 뒤 의자에 앉아 있는 덤블도어는 전혀 놀란 기색을 보이지 않았다. 미리 약속된 방문임이 틀림없었다.

"잘 지냈니, 톰." 덤블도어가 평온하게 말했다. "앉으려무나."

"고맙습니다." 볼드모트가 말하더니 덤블도어가 손짓한

의자에 앉았다. 브아하니 해리가 방금 현재 시간에서 떠나온 바로 그 자리인 것 같았다. "교장이 되셨다고 들었습니다." 그가 말했다. 목소리는 예전보다 약간 높고 차가워져 있었다. "훌륭한 선택이군요."

"그렇게 말해 주니 기쁘구나." 덤블도어가 미소 지으며 말했다. "마실 것 한 잔 어떠냐?"

"주시면 기꺼이 마시겠습니다." 볼드모트가 말했다. "먼 길을 왔거든요."

덤블도어가 자리에서 일어나 지금은 펜시브가 보관되어 있는 캐비닛으로 빠르게 걸어갔다. 당시의 캐비닛은 유리병으로 가득 차 있었다. 덤블도어는 볼드모트에게 와인 잔을 건네고 자기 것도 한 잔 따른 다음 책상 뒤로 돌아갔다.

"그래, 톰…… 무슨 일로 이렇게 찾아온 거냐?"

볼드모트는 바로 대답하지 않고 단지 와인만 홀짝였다.

"사람들은 더 이상 저를 '톰'이라고 부르지 않습니다." 그가 말했다. "요즘은 저를……."

"다들 널 뭐라고 부르는지는 알고 있다." 덤블도어가 기분 좋게 미소 지으며 말했다. "그러나 미안하지만 나에게 넌 언제나 톰 리들일 게다. 유감스럽지만 자기가 맡았던 학생들의 어린 시절 첫 모습을 절대 잊지 않는다는 게 늙은 선생들의 고질병 중 하나거든."

덤블도어는 건배하듯 볼드모트를 향해 잔을 들었지만 볼드모트는 여전히 무표정했다. 그러나 해리는 방 안의 공기가 미묘하게 달라진 것을 느꼈다. 볼드모트가 선택한 이름을 사용하길 거부하는 것은 볼드모트가 이 만남을 좌우하게 두지 않겠다는 뜻이었고 해리는 볼드모트도 그렇게 받아들였다는 것을 알 수 있었다.

"여기에 이토록 오래 남아 계시다니 놀랍군요." 잠시 침묵이 흐른 뒤 볼드모트가 말했다. "당신 같은 마법사가 왜 학교를 떠나고 싶어 하지 않는지 예전부터 궁금했습니다."

"글쎄." 덤블도어가 여전히 미소를 머금고 말했다. "나 같은 마법사한테는 젊은이들에게 오랜 기술들을 전수하고 그들이 정신을 연마하는 데 도움을 주는 일보다 중요한 게 없단다. 내 기억이 맞다면 너도 전에는 가르치는 일에 끌렸던 것 같은데."

"지금도 그렇습니다." 볼드모트가 말했다. "저는 단지 당신이 왜…… 정부에서 숱하게 조언을 청하고, 제가 알기로는 두 번이나 총리직을 제안받았던 분이……."

"사실, 다 해서 세 번이었다." 덤블도어가 말했다. "하지만 나는 결코 정부라는 직장에 끌리지 않더구나. 나는 이 역시 우리의 공통점이라고 생각한다."

볼드모트는 미소를 짓지도 않고 고개를 기울여 와인만 한 모금 홀짝였다. 덤블도어는 이제 둘 사이에 펼쳐진 침묵을 끊지 않고 유쾌한 기대감이 실린 표정으로 볼드모트가 먼저 입을 열기를 기다렸다.

잠시 후 볼드모트가 말했다. "제가 아마 디핏 교수님이 예상하신 것보다 늦게 돌아온 모양입니다……. 어쨌든 저는 디핏 교수님께서 제가 너무 어려서 안 된다고 말씀하셨던 그 일에 다시 지원하러 돌아왔습니다. 이 성에 돌아와 학생들을 가르칠 수 있도록 허락해 달라는 부탁을 드리려고요. 교장 선생님께서도 제가 호그와트를 떠난 이후로 많은 것을 보고, 또 이루어 냈다는 사실을 틀림없이 아실 겁니다. 저는 학생들에게 다른 어떤 마법사에게서도 얻을 수 없는 것들을 보여 주고 알려 줄 수 있습니다."

덤블도어는 잔 너머로 잠시 볼드모트를 지켜보다가 입을 열었다.

"그래, 네가 우리를 떠난 이후로 많은 것을 보고 많은 일을 했다는 건 확실히 알고 있다." 그가 조용히 말했다. "네가 한 일에 대한 소문이 모교에까지 닿았단다, 톰. 그중 절반은 안타까운 소식이었지만."

볼드모트는 여전히 태연한 표정으로 이렇게 말했다. "위대함은 질투를 불러일으키고 질투는 적의를 낳으며 적의는 거짓을 만들어 내지요. 당신도 잘 아실 텐데요."

"너는 네가 해 온 일들을 '위대하다'고 부르는 모양이구나." 덤블도어가 조심스럽게 물었다.

"물론입니다." 볼드모트가 말했다. 그 눈이 빨갛게 불타오르는 듯했다. "저는 실험을 해 왔습니다. 마법의 한계를, 아마도 지금껏 누구도 하지 못한 데까지 밀어붙였지요."

"일부 마법의 한계겠지." 덤블도어가 조용히 그의 말을 정정했다. "일부 마법 말이다. 그러나 그 외의 마법에 관해서라면 너는…… 이렇게 말하는 걸 용서해 다오……. 여전히 불행할 정도로 무지하다."

처음으로 볼드모트가 미소 지었다. 격한 분노보다 위협적인, 긴장감이 감돌고 음흉하면서도 사악한 표정이었다.

"해묵은 논쟁이군요." 그가 부드럽게 말했다. "하지만 세상을 아무리 둘러봐도 사랑이 제가 선호하는 어떤 마법보다 강력하다는 당신의 유명한 주장을 뒷받침할 만한 것은 없더군요."

"아마 엉뚱한 곳을 찾아봤겠지." 덤블도어가 말했다.

"글쎄요. 그렇다면 새롭게 조사를 시작하기에 여기, 호그와트보다 나은 곳이 어디 있겠습니까?" 볼드모트가 말했다. "제가 돌아오도록 허락해 주시겠습니까? 제가 학생들과 지식을 나누도록 해 주실 건가요? 저 자신도, 제가 가진 재능도 마음대로 쓰세요. 저는 당신의 지시에 따르겠습니다."

덤블도어는 눈썹을 치켜떴다.

"그럼 네가 지시를 내리고 있는 사람들은 어떻게 되는 거냐? 소문에 따르면, 스스로를 '죽음을 먹는 자들'이라고 부르는 사람들은 어떻게 되지?"

볼드모트는 덤블도어가 그 이름을 알 거라고는 예상하지 못한 게 분명했다. 그의 눈이 다시 붉게 번뜩이고 쭉 째진 듯한 콧구멍이 벌름거리는 것이 보였다.

"제 친구들은……." 찰나의 침묵이 흐른 뒤 그가 말했다. "저 없이도 잘할 거라고 확신합니다."

"네가 그 사람들을 친구라고 여긴다는 얘기를 들으니 기쁘구나." 덤블도어가 말했다. "나는 그들이 하인에 더 가깝다는 인상을 받았다."

"잘못 아신 겁니다." 볼드모트가 말했다.

"그럼 오늘 밤 내가 호그스 헤드에 가더라도 네가 돌아오기만 기다리고 있는 그 애들, 그러니까 노트와 로지어,

물키베르, 돌로호프를 보진 못하겠구나. 네가 교수 자리를 얻을 수 있도록 행운을 빌어 주겠다고 눈 내리는 밤에 너와 함께 이 먼 곳까지 오다니 정말이지 헌신적인 친구들이다."

자기가 누구랑 왔는지 덤블도어가 그토록 자세히 알고 있다는 사실이 볼드모트에게는 전혀 달갑지 않은 게 틀림없었다. 하지만 그는 즉시 원래의 태도를 되찾았다.

"언제나 그렇듯 모든 걸 알고 계시는군요, 덤블도어."

"아, 그럴 리가. 단지 동네 바텐더와 친하게 지낼 뿐이다." 덤블도어가 가볍게 말했다. "자, 톰……."

덤블도어는 빈 유리잔을 내려놓고 의자에서 몸을 일으켰다. 그러고는 특유의 버릇대로 손가락 끝을 한데 모았다.

"……터놓고 얘기해 보자. 너도 나도, 네가 호그와트 교수 자리를 바라지 않는다는 건 알고 있다. 그런데도 오늘 밤 네가 심복들을 데리고 그 일자리를 얻으러 온 이유는 무엇이냐?"

볼드모트는 깜짝 놀란 표정을 지었다.

"원하지 않는다뇨? 그 반대입니다, 덤블도어. 저는 그 자리를 무척 원하고 있습니다."

"아아, 너는 호그와트로 돌아오고 싶어 할 뿐, 열여덟 살 때와 마찬가지로 학생들을 가르치고 싶어 하는 게 아니다.

네가 하려는 일이 무엇이냐, 톰? 한 번쯤은 솔직하게 부탁해 보는 게 어떻겠냐?"

볼드모트가 코웃음 쳤다.

"저한테 일자리를 주기 싫으시다면……."

"물론 싫다." 덤블도어가 말했다. "너도 내가 너에게 일자리를 주고 싶어 할 거라고는 단 한 순간도 예상하지 않았을 게다. 한데도 너는 여기에 왔고 부탁을 했지. 어떤 목적이 있는 게 틀림없다."

볼드모트는 자리에서 일어섰다. 얼굴에 분노가 가득한 것이, 어느 때보다 톰 리들답지 않은 모습이었다.

"이게 최종 답변입니까?"

"그래." 덤블도어도 일어섰다.

"그럼 서로에게 할 말은 더 없겠군요."

"그래, 없다." 덤블도어가 말했다. 엄청난 슬픔이 그의 얼굴을 가득 채웠다. "옷장을 불태워서 겁을 주고 네가 저지른 잘못을 억지로 사과하게 만들 수 있던 시절은 오래전에 끝났다. 하지만 지금도 그럴 수 있었으면 좋겠구나, 톰……. 그럴 수 있었으면 좋겠어……."

아주 잠깐, 해리는 아무 의미가 없다는 것을 알면서도 소리쳐 경고할 뻔했다. 분명 볼드모트의 손이 주머니 속 마법 지팡이를 향해 움찔하는 것 같았다. 하지만 그 순간은 지나갔고 볼드모트는 몸을 돌렸다. 문이 닫히고 그는 가 버렸다.

해리는 덤블도어가 다시 팔을 잡는 것을 느꼈다. 잠시 후 그들은 기억 속에서와 거의 같은 자리에 나란히 서 있었다. 다만 창틀에는 눈이 쌓여 있지 않았고, 덤블도어의 손은 또다시 꺼멓게 죽은 것 같은 모습이 되어 있었다.

"왜죠?" 해리가 곧바로 덤블도어의 얼굴을 올려다보며 물었다. "왜 돌아온 거죠? 이유를 알아내셨나요?"

"짐작 가는 건 몇 가지 있다." 덤블드어가 말했다. "하지만 그뿐이야."

"뭔데요, 교수님?"

"슬러그혼 교수에게서 기억을 얻어 내면 말해 주마, 해리." 덤블도어가 말했다. "네가 퍼즐의 마지막 조각을 찾으면, 내 바람이다만 모든 것이 확실해질 게다……. 우리 둘 모두에게 말이야."

해리의 마음속에서 여전히 호기심이 끓어올랐다. 덤블도어가 걸어가 문을 열어 줬는데도 그는 바로 움직이지 않았다.

"다시 어둠의 마법 방어법 교수 자리를 노린 건가요, 교수님? 특별히 어느 과목을 가르치고 싶다는 말은 안 했는데요……."

"아, 물론 어둠의 마법 방어법 교수 자리를 원했다." 덤블도어가 말했다. "그때의 만남이 남긴 여파가 그 점을 증명해 주지. 내가 볼드모트 경을 거절한 이래로 호그와트에서 어둠의 마법 방어법 교수가 1년을 넘겼던 적이 단 한 번도 없거든."

21장
알수없는 방

 다음 주 내내 해리는 슬러그혼이 진짜 기억을 넘기도록 설득할 방법을 찾아 머릿속을 뒤졌지만 묘안 같은 것은 하나도 떠오르지 않았다. 그는 예전에도 여러 번 그랬듯이 혼혈 왕자가 책 여백에 유용한 메모를 써 놓았을 거라 기대하며 마법약 책만 열심히 읽었다. 요즘은 어쩔 줄 모르는 상황이 될 때마다 이런 행동을 하는 일이 점점 늘어났다.
 "그 책에서는 아무것도 못 찾을걸." 늦은 일요일 저녁, 헤르미온느가 단호하게 말했다.
 "또 시작이구나, 헤르미온느." 해리가 말했다. "혼혈 왕자가 아니었으면 론은 지금 여기 앉아 있지도 못했을 거야."
 "네가 1학년 때 스네이프 수업만 잘 들었어도 앉아 있었을 거야." 헤르미온느가 해리의 말을 일축했다.

해리는 그녀의 말을 못 들은 체했다. 그는 방금 '적에게 사용'이라는 흥미로운 단어 위 여백에 휘갈겨 써 있는 주문(섹툼셈프라!)을 발견한 터였고 그걸 한번 써 보고 싶어 좀이 쑤셨지만, 헤르미온느 앞에서는 그러지 않는 게 좋을 것 같아서 대신 몰래 페이지 한 귀퉁이를 접어 두었다.

그들은 휴게실 벽난로 앞에 앉아 있었다. 아직도 깨어 있는 사람은 동료 6학년들뿐이었다. 조금 전 저녁 식사를 마치고 돌아온 아이들은 게시판에 붙은 새 공고문을 보고 잔뜩 흥분한 상태였다. 순간이동 시험 날짜를 알리는 공고문이었던 것이다. 첫 시험 날인 4월 21일 이전이나 그 당일에 17세가 되는 학생들은 호그스미드에서(삼엄한 통제하에 이루어지는) 보충 연습을 신청할 수 있었다.

론은 이 공고문을 읽고 제정신이 아니었다. 그는 아직도 순간이동을 하지 못했기 때문에 과연 시험을 치를 수 있을지 두려워했다. 이제까지 순간이동을 두 번 성공한 헤르미온느는 조금 더 자신감을 갖고 있었지만, 4개월이 더 지나야 17세가 되는 해리는 준비가 돼 있든 어쨌든 시험을 볼 수 없었다.

"그래도 넌 순간이동을 할 수 있잖아!" 신경이 날카로워진 론이 말했다. "7월이 되면 넌 아무 문제 없을 거라고!"

"한 번밖에 못 해 봤는데 뭐." 해리가 그에게 상기시켰다. 그는 마침내 지난번 수업에서 사라졌다가 고리 안에 다시 나타나는 데 성공했다.

순간이동에 대한 걱정을 늘어놓느라 엄청난 시간을 낭비한 론은 이제 해리와 헤르미온느는 이미 마친, 악랄할 정도로 어려운 스네이프의 작문 숙제를 하느라 낑낑대고 있었다. 해리는 디멘터들을 처리하는 가장 좋은 방법과 관련해서 스네이프와 의견이 달랐으므로 낮은 점수를 받을 게 확실했지만 상관없었다. 지금 가장 중요한 문제는 슬러그혼에게서 기억을 끌어내는 것이었다.

"확실히 말하는데, 이 문제에서는 그 멍청한 혼혈 왕자도 널 도울 수 없을 거야, 해리!" 헤르미온느가 더욱 소리 높여 말했다. "다른 사람에게 네가 원하는 일을 억지로 시키는 방법은 하나뿐이야. 임페리우스 저주 말이지. 그건 불법이고……."

"그래, 나도 알아. 고맙다." 해리는 책에서 눈도 들지 않고 말했다. "그래서 다른 걸 찾고 있잖아. 덤블도어 교수님은 베리타세룸도 통하지 않을 거랬지만 다른 게 있을지도 몰라. 마법약이든 주문이든……."

"넌 엉뚱한 방향으로 접근하고 있어." 헤르미온느가 말했다. "너만이 그 기억을 얻을 수 있을 거라고 덤블도어 교수님이 그랬잖아. 그 말은, 다른 사람들한테는 불가능한 방식으로 네가 슬러그혼 교수님을 설득할 수 있다는 뜻이야. 슬러그혼 교수님에게 몰래 마법약을 먹이는 그런 문제가 아니라고. 그건 아무나 할 수 있는……."

"'벌리저런트'의 스펠링이 뭐지?" 양피지를 뚫어져라 보고 있던 론이 깃펜을 마구 흔들면서 말했다. "B-U-M은 아닐 텐데……."

"당연히 아니지." 헤르미온느가 론의 작문 숙제를 끌어당기며 말했다. "그리고 '오규리'도 O-R-G로 시작하지 않아. 대체 어떤 깃펜을 쓰고 있는 거야?"

"프레드랑 조지의 맞춤법 확인 깃펜인데…… 마법 효과가 다 되어 가나 봐……."

"틀림없이 그런가 보네." 헤르미온느가 론의 작문 숙제 제목을 가리키며 말했다. "'더그보그'가 아니라 '디멘터'를 처치하는 방법을 쓰는 게 숙제였고, 네가 이름을 언제 '루닐 와즐립'이라고 바꿨는지도 기억 안 나니까."

"아, 이런!" 론이 겁에 질려서 양피지를 바라보며 말했다. "이거 처음부터 끝까지 다시 써야 하는 건 아니겠지!"

"괜찮아, 고칠 수 있어." 헤르미온느가 작문 숙제를 더욱 가까이 끌어당기고 마법 지팡이를 꺼내며 말했다.

"사랑해, 헤르미온느." 론이 의자에 다시 주저앉아 지친 듯 눈을 비비며 말했다.

헤르미온느는 희미하게 얼굴을 붉혔지만 그냥 이렇게만 말했다. "라벤더가 그 말 못 듣게 해라."

"그래야지." 론이 두 손에 얼굴을 파묻고 말했다. "아니, 듣게 해야 할지도 모르겠어……. 그럼 걔가 날 차 버릴 테니까……."

"끝내고 싶으면 네가 차지 그래?" 해리가 물었다.

"너 아직 누구 차 본 적 없지?" 론이 말했다. "너랑 초는 그냥……."

"그냥 멀어졌지. 맞아." 해리가 말했다.

"나랑 라벤더도 그렇게 됐으면 좋겠다." 론은 우울하게 말하며, 헤르미온느가 말없이 철자가 틀린 단어들을 마법 지팡이 끝으로 하나하나 두드리는 모습을 지켜보았다. 양피지 위의 단어들이 저절로 고쳐졌다. "근데 끝내고 싶다는 티를 낼수록 걔가 더 찰싹 달라붙어. 꼭 대왕오징어랑 사귀는 것 같아."

"자." 20분쯤 후 헤르미온느가 론의 작문 숙제를 돌려주었다.

"진짜 진짜 고마워." 론이 말했다. "결론 쓸 때 네 깃펜 좀 빌려줄래?"

지금까지 혼혈 왕자의 필기에서 쓸 만한 것을 전혀 찾지 못한 해리는 주위를 둘러보았다. 셰이머스가 막 스네이프와 그가 낸 작문 숙제에 욕설을 퍼부으며 침실로 올라간 지금, 휴게실에 남아 있는 사람은 그들 셋뿐이었다. 들리는 것이라고는 불이 타닥거리는 소리와 론이 헤르미온느의 깃펜으로 디멘터에 관한 마지막 문단을 찍찍 긋는 소리뿐이었다. 해리가 막 하품을 하며 혼혈 왕자의 책을 덮으려는데……

펑.

헤르미온느가 작은 비명을 내질렀다. 론은 작문 숙제에 온통 잉크를 쏟았다. 해리가 소리쳤다. "크리처!"

집요정이 깊숙이 허리를 숙이며 여기저기 튀어나온 자신의 발가락에 대고 말했다.

"주인님께서 어린 말포이가 뭘 하고 있는지 정기적으로 보고하기를 원한다고 하셔서 크리처가 알려 드리러 왔……."

펑.

도비가 찻주전자 덮개를 머리에 비뚜름하게 쓰고 크리처 옆에 나타났다.

"도비도 돕고 있었어요, 해리 포터!" 그는 크리처에게 분노에 찬 눈길을 던지며 꽥꽥거렸다. '크리처는 해리 포터를 만나러 올 때 도비한테 말해 줘야 해요. 그래야 같이 보고를 할 수 있으니까요!"

"뭐야?" 헤르미온느가 이 갑작스러운 등장에 여전히 충격을 받은 얼굴로 물었다. "무슨 일이야, 해리?"

해리는 망설인 끝에 대답했다. 헤르미온느한테는 크리처와 도비를 시켜 말포이를 미행하도록 했다는 얘기를 하지 않았던 것이다. 그녀에게 집요정은 항상 너무도 예민한 주제였다.

"그게…… 얘들이 나 대신 말포이를 따라다니고 있었어." 그가 말했다.

"하루 종일 말입죠." 크리처가 쉰 목소리로 말했다.

"도비는 1주일 동안 잠도 안 잤어요, 해리 포터!" 도비가 서 있는 자리에서 비틀거리며 자랑스럽게 말했다.

헤르미온느는 화가 머리끝까지 난 표정이었다.

"잠을 안 잤다고요, 도비? 하지만 해리, 네가 자지 말라고 말한 건 당연히 아니……."

"아냐, 당연히 아니지." 해리가 서둘러 말했다. "도비, 자도 돼. 알았지? 근데 너희 둘, 뭐라도 좀 찾았어?" 그는 헤르미온느가 다시 끼어들기 전에 황급히 물었다.

"말포이 주인님은 순수 혈통에 어울리는 고귀한 행동만 하고 계십니다요." 크리처가 곧바로 꺽꺽거리듯 말했다. "그분의 이목구비는 마님의 섬세한 골격을 떠올리게 하고, 그분의 태도는……."

"드레이코 말포이는 나쁜 아이예요!" 도비가 화를 내며 새된 소리를 내질렀다. "나쁜 아이예요, 말포이는…… 말포이는……."

도비는 찻주전자 덮개에 달린 장식 술에서부터 양말을 신은 발가락 끝까지 온몸을 부르르 떨더니 불 속으로 뛰어들 것처럼 벽난로를 향해 달려갔다. 전혀 뜻밖의 일은 아니었기에 해리는 도비의 허리를 낚아채 꽉 붙잡을 수 있었다. 도비는 잠시 몸부림을 치다가 축 늘어졌다.

"고맙습니다, 해리 포터." 그가 헐떡였다. "도비는 아직도 옛 주인에 대해 나쁜 말을 하는 게 어려워요……."

해리는 도비를 놓아주었다. 도비는 찻주전자 덮개를 바로잡더니 도전하듯 크리처에게 말했다. "하지만 크리처는 드레이코 말포이가 집요정에게 좋은 주인이 아니라는 걸 알아야만 해요!"

"그래, 말포이에 대한 네 사랑 타령은 필요 없어." 해리가 크리처에게 말했다. "걔가 어디에 갔는지나 빨리 말해 봐."

크리처는 잔뜩 화가 난 표정으로 다시 허리를 숙이더니 입을 열었다. "말포이 주인님은 대연회장에서 식사를 하시고, 지하 감옥의 침실에서 주무시고, 다양한 수업에 참석하시며……."

"도비, 네가 말해 봐." 해리가 크리처의 말을 자르고 도비에게 말했다. "걔가 어디든 가면 안 되는 곳에 갔었어?"

"해리 포터." 도비가 크고 동그란 눈을 불빛에 반짝이며 새된 소리로 말했다. "어린 말포이는 도비가 아는 한 아무 규칙도 어기지 않았지만, 그래도 눈에 띄지 않으려고 조심하고 있어요. 다양한 학생들과 8층을 정기적으로 방문했는데, 그 학생들이 망을 보는 동안에 어린 말포이가 들어간 곳은……."

"필요의 방이구나!" 해리가 《고급 마법약 제조》로 자기 이마를 세게 치면서 말했다. 헤르미온느와 론은 그런 그를 빤히 바라보았다. "몰래 가던 데가 거기였어! 거기서 걔가…… 뭔가 하고 있는 거야! 확실히, 그래서 걔가 지도에서 사라졌던 거야. 생각해 보니까 필요의 방이 지도에 나타났던 적은 한 번도 없어!"

"우리의 도둑들은 그 방의 존재를 전혀 몰랐을 수도 있지." 론이 말했다.

"내 생각에는 그게 필요의 방에 걸려 있는 마법일 거야." 헤르미온느가 말했다. "필요하다면 지도에 표시되지 않게 하는 거지."

"도비, 안에 들어가서 말포이가 뭘 하고 있는지 봤어?" 해리가 기대에 차서 물었다.

"아뇨, 해리 포터. 그건 불가능해요." 도비가 말했다.

"아냐, 불가능하지 않아." 해리가 즉시 말했다. "말포이가 작년에 우리 D.A. 본부에 들어왔으니까 나도 들어가서 걔가 무슨 짓을 하는지 몰래 볼 수 있을 거야. 문제없어."

"그건 안 될 것 같아, 해리." 헤르미온느가 천천히 말했다. "말포이는 우리가 그 방을 어떻게 썼는지 정확히 알고 있었잖아? 그 멍청한 매리에타가 정보를 줬으니까. 말포이는 필요의 방이 D.A. 본부가 되기를 바랐고, 그래서 그렇게 된 거야. 하지만 너는 말포이가 필요의 방에 들어갈 때 그 방이 뭘로 변하는지 모르잖아. 달리 말하면, 필요의 방한테 뭘로 변해 달라고 부탁해야 할지 모른다는 거지."

"해결할 방법이 있을 거야." 해리가 그녀의 말을 일축하며 말했다. "멋지게 해냈구나, 도비."

"크리처도 잘했어요." 헤르미온느가 친절하게 말했지만, 크리처는 고마운 표정을 짓기는커녕 핏발이 선 큼직한 눈을 돌리며 천장에 대고 쉰 목소리로 주절댔다. "머드블러드가 크리처에게 말을 걸다니, 크리처는 안 들리는 척해야겠어……."

"꺼져." 해리가 쏘아붙이자 크리처는 마지막으로 허리를 깊숙이 숙이더니 순간이동으로 사라졌다. "너도 가서 좀 자야겠다, 도비."

"고맙습니다, 해리 포터!" 도비가 기분 좋게 꽥꽥대더니 마찬가지로 사라졌다.

"정말 잘됐어." 휴게실에서 집요정들이 사라지자마자 해리는 론과 헤르미온느를 돌아보며 들뜬 목소리로 말했다. "말포이가 어디에 가는지 알았어! 이제 그 자식은 궁지에 몰린 거야!"

"그래, 잘됐네." 론이 침울하게 말했다. 그는 방금까지 거의 완성했던 작문 숙제를 흠뻑 적신 잉크를 닦아 내려 애쓰고 있었다. 헤르미온느가 그 숙제를 끌어당겨 마법 지팡이로 잉크를 빨아들이기 시작했다.

"그런데 '다양한 학생들'하고 같이 간다는 건 무슨 뜻일까?" 헤르미온느가 물었다. "얼마나 많은 사람들을 끌어들인 거지? 말포이가 그렇게 많은 사람을 믿고 자기 계획을 드러내진 않았을 텐데……."

"그래, 그건 이상하다." 해리가 얼굴을 찌푸렸다. "걔가 크래브한테 네가 신경 쓸 바 아니라고 하는 말을 들었거든……. 그럼 대체 뭐라고 설명하는 거지? 이 모든……."

해리의 목소리가 점차 줄어들었다. 그는 벽난로를 뚫어지게 바라보고 있었다.

"세상에, 이렇게 멍청할 수가." 그가 조용히 말했다. "뻔하잖아? 저 아래 지하 감옥에는 그게 담긴 큰 통이 있었어……. 수업 시간에 언제든 슬쩍할 수 있었을 거야……."

"뭘 슬쩍해?" 론이 물었다.

"폴리주스 마법약. 말포이는 슬러그혼 교수님이 첫 마법약 수업 시간에 우리한테 보여 준 폴리주스 마법약을 훔친 거야……. 여학생이 말포이를 위해 망을 봤던 게 아니었어……. 평소처럼 그냥 크래브랑 고일이었던 거지. 그래, 다 말이 돼!" 해리가 자리에서 벌떡 일어나 벽난로 앞을 서성이며 말했다. "걔들은 말포이가 뭘 꾸미고 있는지 굳이 말해 주지 않더라도 시키는 대로 할 만큼 멍청하잖아……. 하지만 말포이는 걔들이 필요의 방 앞에서 서성거리는 모습이 눈에 띄기를 바라지 않았어. 그래서 걔들한테 폴리주스를 마시게 하고 다른 사람처럼 보이게 만든 거지……. 말포이가 퀴디치 시합을 보러 가지 않은 날 걔랑 같이 있던 여자애들 말이야. 하! 걔들도 크래브랑 고일이었던 거야!"

"그러니까 네 말은……." 헤르미온느가 숨죽인 목소리로 말했다. "내가 저울을 고쳐 준 그 여자애도……?"

"그래, 당연하지!" 해리가 그녀를 바라보며 큰 소리로 말했다. "뻔해! 말포이는 그때 필요의 방 안에 있었던 게 틀림없어. 그래서 그 여자애가…… 아, 내가 무슨 소리를 하는 거야? 크래브 아니면 고일이 저울을 떨어뜨려서 말포이한테 나오지 말라고 알려 준 거지. 밖에 누가 있다고! 그리고 두꺼비 알을 떨어뜨린 여자애도 있었잖아! 우리는 내내 걔를 지나쳐 걸어 다니면서도 몰랐던 거야!"

"말포이가 크래브랑 고일을 여자로 변신시키고 있다고?" 론이 시끄럽게 웃음을 터뜨렸다. "젠장…… 요즘 걔들 표정이 안 좋더라니 그럴 만하네. 말포이한테 당장 집어치우라고 안 하는 게 놀랍다."

"뭐, 그러지 못하는 거겠지. 말포이가 어둠의 징표를 보여 줬다면 말이야." 해리가 말했다.

"흠…… 말포이한테 어둠의 징표가 있는지 없는지는 아직 모르는 일이야." 헤르미온느가 회의적으로 말하며, 어느새 마른 론의 작문 숙제가 또 상하기 전에 돌돌 말아서 론에게 건넸다.

"두고 보면 알겠지." 해리가 확신을 담아서 말했다.

"그래, 두고 보면 알겠지." 헤르미온느는 그렇게 말하며 자리에서 일어나 기지개를 켰다. "하지만 해리, 흥분하기는 너무 일러. 난 아직도 거기에 뭐가 있는지 알아내기 전에는 네가 필요의 방에 들어갈 수 없을 거라고 봐. 그리고 슬러그혼 교수님한테서 그 기억을 얻는 데 집중해야 한다는 것도 잊으면 안 돼." 그녀는 어깨에 가방을 걸치며 아주 진지한 눈길을 던졌다. "잘 자."

해리는 살짝 기분이 상해서 헤르미온느가 떠나는 모습을 지켜보았다. 그녀가 들어가고 여학생 기숙사로 향하는 문이 닫히자마자 그는 론을 돌아보았다.

"넌 어떻게 생각해?"

"나도 집요정처럼 순간이동을 할 수 있었으면 좋겠다." 론은 도비가 사라진 자리를 빤히 바라보며 말했다. "그러면 순간이동 시험은 따 놓은 당상일 텐데."

해리는 그날 밤 좀처럼 잠을 이루지 못했다. 말포이가

필요의 방을 어떤 용도로 사용하고 있는지, 또 다음 날 해리 자신이 필요의 방에 들어가면 무엇을 보게 될지 궁금해하면서 몇 시간씩이나 뜬눈으로 누워 있었다. 헤르미온느야 뭐라고 말하든 해리는 말포이가 D.A. 본부를 볼 수 있었다면 자기도 말포이가 사용하는 방을 볼 수 있을 거라고 확신했다. 대체 어떤 방일까? 모임 장소? 은신처? 창고? 작업실? 해리의 머리가 팽팽 돌아갔다. 마침내 잠들었을 때는 슬러그혼으로 변했다가 스네이프로 변하는 말포이의 모습이 그의 꿈을 헤집어 놓았다…….

다음 날 아침, 해리는 엄청난 기대 속에서 식사 시간을 기다렸다. 그는 어둠의 마법 방어법 수업 전까지 비어 있는 시간을 필요의 방에 들어가는 데 쓰기로 작정했다. 해리가 계획을 속삭이는데도 헤르미온느는 대놓고 아무런 관심을 보이지 않았는데, 그녀가 마음만 먹으면 엄청난 도움을 줄 수 있을 거라고 생각했던 해리는 짜증이 치솟았다.

"야." 해리는 몸을 앞으로 기울이고 헤르미온느가 방금 올빼미에게서 받아 든 《예언자일보》에 손을 얹어 그녀가 펼쳐진 신문 뒤로 사라지지 못하게 막으며 조용히 말했다. "슬러그혼 교수님 일은 잊지 않았어. 하지만 그 기억을 어떻게 얻어 낼 수 있을지 감도 안 잡힌단 말이야. 뭔가 좋은 생각이 떠오르기 전까지 말포이가 뭘 하고 있는지 알아내면 안 되는 거야?"

"이미 말했잖아, 넌 슬러그혼 교수님을 설득해야 돼." 헤르미온느가 말했다. "속이거나 마법을 걸어서 될 일이 아니야. 그랬으면 덤블도어 교수님이 순식간에 해냈겠지. 필요의 방 앞에서 어슬렁거릴 생각 말고……." 그녀는 해리의 손에서 《예언자일보》를 홱 잡아 뺀 다음 다시 펼치고 1면을 읽기 시작했다. "슬러그혼 교수님을 찾아가서 양심에 호소해 봐."

"우리가 아는 사람이라도 나왔어……?" 헤르미온느가 헤드라인을 훑자 론이 물었다.

"응!" 헤르미온느의 말에 해리와 론은 둘 다 먹던 음식이 목에 걸렸다. "근데 괜찮아, 죽은 건 아니야. 먼덩거스야. 체포돼서 아즈카반으로 보내졌대! 절도를 저지르면서 인페리우스인 척했다나 봐……. 그리고 옥타비우스 페퍼라는 사람이 실종됐고……. 아, 정말 끔찍해. 아홉 살짜리 남자아이가 자기 할아버지, 할머니를 죽이려다가 잡혔대. 임페리우스 저주에 걸린 것으로 추정된다는데……."

그들은 침묵 속에서 아침 식사를 마쳤다. 헤르미온느는 곧바로 고대 룬문자 수업을 들으러 갔고, 론은 스네이프가

알 수 없는 방

내준 디멘터 관련 작문 숙제의 결론을 마무리해야 한다며 휴게실로 향했다. 해리는 8층 복도, 트롤들에게 발레를 가르치는 바보 같은 바너버스 태피스트리 맞은편 길게 뻗은 벽으로 향했다.

해리는 텅 빈 복도를 발견하자마자 슬쩍 투명 망토를 걸쳤지만 그럴 필요는 없었다. 도착해 보니 그곳에는 아무도 없었다. 말포이가 그곳에 있을 때와 없을 때 중 어느 시점에 필요의 방에 들어갈 확률이 더 높을지는 모르겠지만, 적어도 11세 여학생인 척하는 크래브와 고일 덕분에 첫 시도에 어려움을 겪을 일은 없을 것 같았다.

해리는 필요의 방이 숨겨져 있는 곳으로 다가가면서 눈을 감았다. D.A를 하면서 필요의 방을 찾는 데 이미 숙달되어 있었으므로 뭘 해야 하는지는 알고 있었다. 그는 온 힘을 다해 생각에 집중했다. '말포이가 여기서 뭘 하고 있는지 봐야 해……. 말포이가 여기서 뭘 하고 있는지 봐야 해……. 말포이가 여기서 뭘 하고 있는지 봐야 해…….'

해리는 세 차례 문을 지나쳐 걸어간 다음 흥분으로 쿵쾅거리는 가슴을 부여잡은 채 눈을 뜨고 앞을 바라보았다. 하지만 그곳에는 조금 전처럼 텅 빈 벽만 있을 뿐이었다.

해리는 앞으로 나아가 시험 삼아 벽을 밀어 보았다. 돌

벽은 그 자리에서 꿈쩍도 하지 않았다.

"좋아." 해리가 소리 내어 말했다. "좋아…… 내가 잘못 생각한 거야……."

그는 잠깐 골똘히 생각하다가 눈을 감고 있는 힘껏 정신을 집중하며 다시 출발했다.

'말포이가 계속 몰래 찾아오는 장소를 봐야 해……. 말포이가 계속 몰래 찾아오는 장소를 봐야 해…….'

그는 이번에도 세 번 지나친 다음 기대 어린 마음에 눈을 떴다.

문은 보이지 않았다.

"아, 작작 좀 하고 나타나란 말이야." 그는 벽에 대고 짜증을 냈다. "요구 사항이 명확했잖아. 좋아, 그럼……."

그는 몇 분 동안 열심히 생각한 끝에 다시 한 번 성큼성큼 걸었다.

'네가 드레이코 말포이를 위해 변신하는 그 장소가 되어 줘…….'

해리는 서성이기를 멈춘 뒤에도 곧바로 눈을 뜨지 않았다. 그는 문이 펑 하고 나타나는 소리라도 들릴 것처럼 열심히 귀를 기울였다. 하지만 바깥 먼 곳에서 지저귀는 새소리 말고는 아무런 소리도 들리지 않았다. 그는 눈을 떴다.

문은 여전히 보이지 않았다.

해리가 욕설을 내뱉자 누군가가 비명을 질렀다. 돌아보니 1학년들이 모퉁이를 돌아서 달아나는 모습이 보였다. 유난히 입이 더러운 유령과 마주쳤다고 생각하는 것 같았다.

해리는 한 시간 내내 "드레이코 말포이가 그 방에서 무슨 짓을 하고 있는지 봐야 해"라는 의미를 갖는 문장을 생각나는 대로 다양하게 시도해 본 끝에 헤르미온느의 말이 맞을지도 모른다는 사실을 인정할 수밖에 없었다. 필요의 방은 해리에게 문을 열어 주지 않았다. 그는 답답하고 짜증스러운 마음에 투명 망토를 벗어서 가방에 쑤셔 넣으며 어둠의 마법 방어법 수업을 들으러 갔다.

"또 지각이군, 포터." 해리가 다급히 촛불이 밝혀진 교실로 들어가자 스네이프가 싸늘하게 말했다. "그리핀도르는 10점 감점이다."

해리는 론 옆에 털썩 주저앉으며 스네이프를 노려보았다. 학생 중 절반 정도가 아직도 선 채로 책을 꺼내거나 소지품을 정돈하고 있었다. 해리가 그 애들보다 그렇게 많이 늦었을 리는 없었다.

"수업 시작 전에 디멘터 작문 숙제를 제출하도록." 스네이프가 무심히 마법 지팡이를 휘두르며 말했다. 스물다섯 개의 양피지 두루마리가 공중으로 날아오르더니 그의 책상 위에 깔끔하게 쌓였다. "너희 자신을 위해서라도 이번 작문 숙제는 임페리우스 저주에 맞서는 방법에 대해 썼던 그 시시한 글보다 낫기를 바란다. 그건 읽기조차 고역이었으니까. 자, 모두 책을 펴도록. 페이지는…… 뭐지, 피니건 군?"

"교수님." 셰이거스가 말했다. "궁금한 게 있어서요. 인페리우스와 유령은 어떻게 구분하나요? 《예언자일보》에 인페리우스에 관한 얘기가 실려서요."

"아니, 그런 기사는 없었다." 스네이프가 심드렁한 목소리로 말했다.

"하지만 교수님. 사람들이 말하는 걸 들었는데……."

"피니건 군, 그 기사를 실제로 읽어 봤다면 이른바 인페리우스가 먼덩거스 플레처라는 이름의 냄새 나는 좀도둑에 불과했다는 걸 알 텐데."

"난 스네이프랑 먼덩거스가 같은 편인 줄 알았는데?" 해리가 론과 헤르미온느에게 속삭였다. "먼덩거스가 체포당한 걸 언짢게 여겨야 하는 거 아냐?"

"하지만 포터는 이 문제에 할 말이 아주 많은 것 같군." 스네이프가 갑자기 교실 뒤쪽을 손가락으로 가리키며 말했다. 그의 검은 두 눈은 해리에게 붙박여 있었다. "포터에게 인페리우스와 유령이 어떻게 다른지 물어보도록 하지."

학생 전체가 해리를 돌아보았다. 해리는 황급히 슬러그혼의 저택을 방문한 날 밤 덤블도어가 해 준 이야기를 떠올리려고 노력했다.

"어…… 그러니까…… 유령은 투명하고요……." 그가 말했다.

"아하, 아주 대단하군." 스네이프가 입가를 비틀어 올리며 그의 말을 잘랐다. "지난 6년간 네가 받은 마법 교육이 헛되지 않았다는 건 잘 알겠다, 포터. '유령은 투명하고요'라니."

팬지 파킨슨이 째지는 소리로 킥킥 웃었다. 다른 몇몇도 히죽거리고 있었다. 속이 끓어오르는 것 같았지만 해리는 심호흡을 하고 침착하게 말을 이었다. "네, 유령들은 투명하지만 인페리우스는 시체 아닌가요? 그렇기 때문에 단단하고……."

"다섯 살짜리도 그 정도 대답은 할 수 있을 거다." 스네이프가 비웃으며 말했다. "인페리우스는 어둠의 마법사가 건 주문으로 되살아난 시체다. 진정으로 살아 있는 게 아니라, 단지 그 마법사가 시키는 대로 하는 꼭두각시처럼 이

용될 뿐이지. 너흐 모두 지금쯤이면 알고 있으리라 믿지만, 유령은 육체를 떠난 영혼이 이 땅에 남긴 흔적이다. ……물론, 포터가 아주 잘 설명해 주었듯이 투명하지."

"뭐, 그 둘을 구분하려고 하면 해리가 한 말이 제일 유용하겠는데요!" 론이 말했다. "어두운 골목에서 그것들과 마주치면 한 번 힐끗 보는 것만으로도 단단한지 아닌지 알 수 있을 거 아니어요. '죄송하지만, 혹시 육체를 떠난 영혼이 이 세상에 남긴 흔적이신가요?'라고 묻지는 않겠죠."

잔잔한 웃음이 일었다가 스네이프가 던진 시선에 즉시 사그라들었다.

"그리핀도르 추가로 10점 감점." 스네이프가 말했다. "너한테서 그보다 세련된 대답은 기대하지 않겠다, 로널드 위즐리. 워낙에 단단한 몸을 가진 탓에 1센티미터도 순간이동 하지 못하는 녀석이니까."

"안 돼!" 해리가 발끈하며 입을 열려고 하자 헤르미온느가 그의 팔을 꽉 움켜잡았다. "쓸데없는 짓 하지 마. 또 방과 후 징계나 받게 될 거야. 그냥 못 들은 척해!"

"이제 213페이지를 편다." 스네이프가 히죽거리는 기색을 띠고 말했다. '그리고 크루시아투스 저주에 관한 첫 두 문단을 읽도록……."

론은 수업 시간 내내 잔뜩 주눅 들어 있었다. 수업이 끝나고 종이 울리자 라벤더가 론과 해리를 쫓아와(그녀가 가까이 오자 헤르미온느는 신기하게도 시야에서 사라졌다) 론의 실력을 무시했다면서 스네이프를 격렬하게 비난했다. 하지만 그건 그저 론의 짜증만 돋우는 듯했다. 그는 해리와 함께 남학생 화장실로 둘러 가면서 그녀를 따돌렸다.

"하지만 스네이프 말이 맞아. 안 그래?" 론은 1, 2분 동안 깨진 거울을 들여다보다가 말했다. "시험 같은 거 쳐 봐야 무슨 의미가 있는지 모르겠다. 난 순간이동이 그냥 이해가 안 가."

"호그스미드에서 보충 연습을 해 보고 나서 생각해." 해리가 이성적으로 말했다. "어쨌든 그 멍청한 고리 안으로 들어가려고 애쓰는 것보다는 재미있겠지. 그때도 네가 여전히…… 음…… 생각만큼 실력이 좋아지지 않으면 시험을 미루고 여름에 나랑 같이 보면…… 머틀, 여기는 남자 화장실이야!"

유령 소녀가 그들 뒤에 있는 칸막이 변기에서 솟구쳐 나와 허공에 둥둥 떠 있었다. 그녀는 두껍고 하얀 동그란 안경 너머로 그들을 빤히 바라보았다.

"아." 그녀가 침울하게 말했다. "너희구나."

"누굴 기다리고 있었는데?" 론이 거울에 비친 그녀를 바라보며 물었다.

"아무도 아니야." 머틀은 턱에 난 여드름을 우울하게 뜯으며 말했다. "그 애가 날 보러 다시 오겠다고 하긴 했지만, 너도 날 만나러 올 거라고 했었잖아……." 그녀는 나무라는 듯한 눈으로 해리를 바라보았다. "……그런데 나는 몇 달 동안이나 걸 보지 못했어. 남자애들한테는 별 기대를 해선 안 된다는 것을 배웠지."

"난 네가 여자 화장실에 사는 줄 알았는데?" 지금까지 몇 년째 그 여자 화장실을 일부러 피해 왔던 해리가 말했다.

"맞아." 그녀는 시무룩하게 어깨를 조금 으쓱하며 말했다. "그렇다고 내가 다른 곳에 가지도 못한다는 건 아냐. 네가 목욕하는 걸 가서 본 적도 있고. 기억나지?"

"생생하게." 해리가 말했다.

"하지만 그 애는 나를 좋아하는 줄 알았어." 그녀가 애처롭게 말했다. "어쩌면 너희 둘이 가면 그 애가 다시 올지도 몰라……. 우리는 공통점이 많거든……. 틀림없이 그 애도 느꼈을 거야……."

그녀는 기대감에 차서 문을 바라보았다.

"공통점이 많다는 건……." 론이 이제는 조금 즐거워하는 목소리로 말했다. "그 애도 변기 파이프에서 산다는 뜻이야?"

"아니." 머틀이 반발하듯 말했다. 타일로 뒤덮인 낡은 욕실에 그녀의 목소리가 쩌렁쩌렁 메아리쳤다. "내 말은 그 애도 감수성이 풍부하고 사람들한테 괴롭힘을 당한다는 뜻이야. 외로운 데다 이야기 나눌 사람 하나 없지만 자신의 감정을 드러내며 우는 것을 두려워하지 않았어!"

"어떤 남자가 여기 와서 울었다고?" 해리가 궁금해져서 물었다. "어렸어?"

"신경 쓰지 마!" 머틀이 말했다. 그녀의 작고 눈물 어린 눈은 이제는 대놓고 씩 웃고 있는 론에게 고정되어 있었다. "아무한테도 말하지 않겠다고 약속했고, 난 걔 비밀을 꼭 지켜 줄 거야. 내 눈에……."

"……흙이 들어가도라고 말하려는 건 아니지?" 론이 코웃음 치며 말했다. "구정물이 들어간다면 모를까."

머틀은 분노로 울부짖으며 다시 변기로 뛰어들었다. 물이 바닥으로 흘러넘쳤다. 머틀을 괴롭히는 일이 론에게 기운을 불어넣어 준 것 같았다.

"네 말이 맞아." 그는 어깨에 다시 책가방을 둘러메며 말했다. "시험을 볼지 말지 결정하기 전에 호그스미드 보충 연습을 해 봐야겠어."

그래서 주말이 되자 론은 열일곱 살 생일이 지나 보름 뒤에 시험을 볼 수 있는 헤르미온느를 비롯한 다른 6학년 학생들과 합류했다. 해리는 그들 모두 마을에 갈 준비를 하는 모습을 보며 부러움을 느꼈다. 호그스미드를 방문하던 일이 그리웠다. 오랜만에 맑은 하늘을 볼 수 있는, 유난히 쾌청한 봄날이기도 했다. 하지만 그는 이 시간을 이용해서 필요의 방을 또 한 번 공략해 보기로 했다.

그가 현관홀에서 론과 헤르미온느에게 이 계획을 털어놓자 헤르미온느가 말했다. "그것보다는 곧장 슬러그혼 교수님의 연구실로 가서 그 기억을 얻으려고 노력하는 게 어때?"

"나도 노력하고 있어!" 해리가 부루퉁하게 말했다. 그건 틀림없는 사실이었다. 해리는 그 주 마법약 수업이 끝날 때마다 교실에 남아 슬러그혼을 막다른 곳에 몰아넣으려 했지만, 마법약 교수가 매번 너무 급하게 지하 감옥 교실을 떠나는 바람에 붙잡을 수가 없었다. 해리는 두 번이나 그의 연구실로 가서 문을 두드렸지만 아무런 대답도 듣지 못했다. 두 번째 찾아갔을 때는 오래된 축음기에서 나오는 음악 소리가 갑자기 줄어들었다고 확신했다.

"교수님이 나랑 말하고 싶어 하지 않는단 말이야, 헤르미온느! 내가 다시 단둘이 있으려고 하면 미리 알아채고 그런 일이 벌어지게 놔두지 않아!"

"뭐, 그래도 계속해 봐야지. 안 그래?"

평소처럼 거짓말 감지기로 쿡쿡 찔러 대는 필치를 지나가기 위해 기다리던 짧은 줄이 몇 걸음 앞으로 움직이자 해리는 혹시라도 자신의 말소리가 건물 관리인의 귀에 들어갈까 봐 대답하지 않았다. 그는 론과 헤르미온느에게 행운을 빌어 준 다음 돌아서서 다시 대리석 계단을 올랐다. 헤르미온느야 뭐라고 말하든 한두 시간쯤은 필요의 방에 쏟을 작정이었다.

해리는 현관홀에서 보이지 않는 곳으로 접어들자마자 가방에서 도둑 지도와 투명 망토를 꺼냈다. 그는 몸을 감춘 채 지도를 톡톡 두드리고 중얼거렸다. "나는 못된 짓을 꾸미고 있음을 엄숙히 맹세합니다." 그런 다음 지도를 조심스럽게 훑어보았다.

일요일 아침이었으므로 대부분의 학생이 각자의 휴게실에 있었다. 그리핀도르 학생들은 탑 한 곳에, 래번클로 학생들은 또 다른 탑에, 슬리데린 학생들은 지하 감옥에, 후플푸프 학생들은 주방 근처 지하실에. 여기저기 기숙사를 벗어난 학생들이 도서관 주위나 복도를 배회하고 있었다……. 몇몇은 교정에 나가 있고…… 그곳 8층 복도에는 그레고리 고일 단 한 사람뿐이었다. 필요의 방을 나타내는 표시는 전혀 없었지만 해리는 걱정하지 않았다. 고일이 바깥을 지키고 있다면 지도에 나타났든 그렇지 않았든 간에 필요의 방은 열려 있는 것이었다. 그래서 전속력으로 계단을 올라간 해리는 그 복도로 접어드는 모퉁이에 이르러서야 속도를 늦췄다. 그는 무거운 놋쇠 저울을 들고 있는 소녀, 보름 전 헤르미온느가 매우 친절하게 도와준 적 있는 그 작은 소녀에게로 천천히 조심스럽게 다가가기 시작했다. 그리고 소녀의 바로 뒤에 이르렀을 때 허리를 깊숙이 숙이고 속삭였다. "안녕…… 너 정말 예쁘구나?"

고일은 겁을 먹고 높은 소리로 비명을 내지르더니 저울을 내던지고 전속력으로 달아났다. 그리고 저울이 와장창 박살 나는 소리가 그치기도 전에 보이지 않는 곳으로 사라져 버렸다. 해리는 웃으면서 몸을 돌리고 텅 빈 벽을 찬찬히 살펴보았다. 지금 저 벽 뒤에서는 드레이코 말포이가 누군가 반갑지 않은 사람이 바깥에 와 있다는 것을 알면서도 감히 모습을 드러내지 못하고 얼어붙은 채 서 있을 거라는 확신이 들었다. 해리는 아직 시도해 보지 않은 문구가 무엇인지 떠올려 보면서 대단히 기분 좋게 힘이 생기는 느낌을 받았다.

하지만 기대에 가득 찬 이 기분은 그리 오래가지 않았다. 30분 동안이나 말포이가 뭘 꾸미고 있는지 보여 달라는 요청을 다양한 방식으로 표현해 봤지만 벽에 문 같은 것은 나타나지 않았다. 해리는 답답해서 미칠 지경이었다. 말포이가 바로 코앞에 있을지도 모르는데, 그가 저 안에서 무엇을 하고 있는지 아주 작은 증거조차 잡을 수 없었다. 해리는 아예 인내심을 잃고 앞으로 달려가 벽을 걷어찼다.

"아얏!"

그는 발가락이 부러졌을지도 모른다고 생각했다. 발을 쥐고 한쪽 발로 깡충깡충 뛰는 바람에 그의 몸에서 투명 망토가 스르르 흘러내렸다.

"해리?"

그는 한쪽 다리로 휙 돌다가 넘어지고 말았다. 굉장히 놀랍게도 그곳에는 통스가 있었다. 그녀는 종종 이 복도를 돌아다니곤 한다는 듯한 태도로 그를 향해 걸어오는 중이었다.

"여기서 뭐 하세요?" 해리가 허둥지둥 바닥에서 일어나며 말했다. 왜 통스는 항상 그가 바닥에 넘어져 있을 때만 나타나는 걸까?

"덤블도어 교수님을 만나러 왔어." 통스가 말했다.

해리의 눈에 비친 그녀의 모습은 끔찍했다. 전보다 더 말랐고, 쥐색 머리카락은 축 늘어져 있었다.

"덤블도어 교수님 연구실은 여기가 아니에요." 해리가 말했다. "성 반대편, 가고일 석상 뒤에 있어요."

"알아." 통스가 말했다. "근데 거기 안 계셔. 또 어디 가신 게 분명해."

"그래요?" 해리는 멍든 한쪽 발을 조심조심 바닥에 내려놓으며 말했다. "저기, 혹시 덤블도어 교수님이 어디에 가시는지 아세요?"

"아니." 통스가 대답했다.

"왜 만나려고 하셨는데요?"

"딱히 만날 일이 있는 건 아니야." 통스는 분명 무의식적으로 보이는 손짓으로 로브 소매를 만지작거리며 말했다. "그냥 그분은 무슨 일이 벌어지는 건지 아실 것 같아서……. 소문을 들었거든……. 사람들이 다치고 있다는……."

"네, 알아요. 전부 신문에 났더라고요." 해리가 말했다. "어린애가 자기 할아버지와 할머니를 죽……."

"《예언자일보》는 한발 늦을 때가 많아." 통스는 해리의 말을 귀 기울여 듣는 것 같지 않았다. "최근에 기사단 사람한테서 편지 받은 적 없니?"

"이제 기사단 사람 중에서 저한테 편지를 보내는 사람은 아무도 없어요." 해리가 말했다. "시리우스가……."

그는 통스의 두 눈에 눈물이 가득 고이는 것을 보았다.

"죄송해요." 그가 어색하게 웅얼거렸다. "제 말은 그러니까…… 저도 시리우스가 보고 싶거든요……."

"뭐?" 통스는 그의 말을 듣지 못한 것처럼 멍하니 말했다. "음…… 나중에 보자, 해리……."

그녀는 불쑥 돌아서서 다시 복도를 걸어갔다. 해리는 그대로 서서 그녀의 뒷모습을 뚫어지게 바라보았다. 1분쯤 지났을까, 그는 다시 투명 망토를 뒤집어쓰고 필요의 방으로 들어가려는 노력을 시작했지만 마음은 딴 데 가 있었다. 결국 허무감을 느끼게 된 그는 론, 헤르미온느가 곧 점심을 먹으러 올 거라는 생각에 그만 포기하고, 말포이가 너무 겁에 질려 앞으로 몇 시간 동안은 밖으로 나오지 못하길 바라며 그 복도를 떠났다.

그는 대연회장에서 론과 헤르미온느를 만났다. 두 사람은 이미 이른 점심을 반쯤 먹은 뒤였다.

"해냈어. 뭐, 어쨌든 비슷하게!" 론이 해리를 보더니 들뜬 목소리로 말했다. "푸디풋 부인의 찻집 앞으로 순간이동을 해야 했는데 조금 더 가서 스크리븐샤프트의 깃펜 가게 앞에 나타나긴 했지만 적어도 이동하긴 했어!"

"잘했네." 해리가 말했다. "넌 어땠어, 헤르미온느?"

"아, 쟤야 당연히 완벽했지." 헤르미온느가 대답할 새도 없이 론이 말했다. "신중함(deliberation)과 예언(divination)과 절박함(desperation)…… 아니, 3D가 그게 아니었나? 아무튼 완벽했어. 끝나고 나서 다들 스리 브룸스틱스에 가볍게 한잔하러 갔는데 트와이크로스가 헤르미온느에 대해 계속 뭐라고 떠들어 댔는지 너도 들었어야 해. 헤르미온느한테 당장 청혼이라도 할 기세더라."

"넌 어땠어?" 헤르미온느가 론의 말을 못 들은 체하고 물었다. "내내 필요의 방 앞에 가 있었던 거야?"

"응." 해리가 대답했다. "거기서 누굴 만났는지 알아? 통스야!"

"통스?" 론과 헤르미온느가 놀란 표정으로 동시에 되물었다.

"응, 덤블도어 교수님을 만나러 왔다더라."

"내 생각인데" 하고, 해리가 통스와 나눴던 대화를 다 전해 주자마자 론이 말했다. "통스는 약간 무너져 내리고 있는 것 같아. 정부에서 그런 일이 있고 나서 주눅이 든 거지."

"좀 이상하다." 어쩐지 아주 걱정스러운 표정을 짓고 있던 헤르미온느가 말했다. "통스는 학교를 지키는 임무를 맡고 있는데, 왜 갑자기 자기 자리를 비우면서까지 덤블도어 교수님을 찾아왔을까? 게다가 교수님은 지금 학교에 계시지도 않은데."

"생각나는 게 있긴 한데." 해리가 머뭇거리며 입을 열었다. 이 생각을 소리 내서 이야기하는 것이 이상하게 느껴졌기 때문이다. 이런 얘기는 해리 자신보다는 헤르미온느의 소관에 훨씬 가까웠다. "설마 통스가 혹시…… 그러니까…… 시리우스와 사랑하는 사이였던 건 아닐까?"

헤르미온느는 그를 뚫어지게 바라보았다.

"왜 그런 말을 하는 거야?"

"모르겠어." 해리는 어깨를 으쓱하며 말을 이었다. "하지만 내가 시리우스의 이름을 입에 담으니까 거의 울려고 했고…… 통스의 패트로누스가 네발 달린 커다란 짐승으로 변하기도 했고……. 나는 그게 혹시라도…… 그러니까…… 시리우스가 된 건 아닐까 해서."

"그렇게 생각할 수도 있겠지." 헤르미온느가 천천히 말했다. "하지만 그래도 난 여전히 통스가 왜 덤블도어 교수님을 만나겠다고 갑자기 성안에 들어왔는지 모르겠는데. 정말로 그런 이유로 여기 온 거라면 말이야."

"결국 내 말이 맞는 거 아니겠어?" 이제는 으깬 감자를 입에 쑤셔 넣고 있던 론이 말했다. "좀 이상해진 거야. 평정심을 잃은 거라고. 여자들은 상처를 잘 받잖아." 그는 현명한 척 해리에게 말했다.

"그렇긴 하지만……." 헤르미온느가 생각에서 빠져나오며 말했다. "로즈게르타 씨가 마귀할멈이랑 치유사랑 밈뷸러스 밈블토니아에 대한 자기 농담에 웃지 않았다고 30분 동안이나 삐쭉거리는 여자는 아마 없을걸?"

론은 도끼눈을 떴다.

22장
장례식 이후

 성의 탑 위로 밝은 파란색 하늘이 보이기 시작했지만, 여름이 다가오는 이런 신호들도 해리의 기분을 나아지게 만들지는 못했다. 말포이가 뭘 하고 있는지 알아내려는 일도, 슬러그혼과 대화를 시도해 그가 수십 년 동안 억눌러 놓았을 기억을 어떻게든 끄집어내게 만드는 일도 잘 되지 않았다.
 "마지막으로 말하는데, 말포이 일은 잊어버려." 헤르미온느가 해리에게 단호한 목소리로 말했다.
 그들과 론은 점심을 먹은 뒤 햇볕이 잘 드는 교정 한구석에 앉아 있었다. 헤르미온느와 론 두 사람 모두 마법 정부에서 나온 〈순간이동 시 흔히 저지르는 실수들과 이를 피하는 방법〉이라는 얇은 책자를 들고 있었다. 바로 그날 오후에 시험이 있었던 것이다. 하지만 전반적으로 그 책자는 날카로워진 신경을 진정시켜 주지는 못했다. 론은 웬 여학생이 모퉁이를 돌아서 나타나자 깜짝 놀라더니 헤르미온느 뒤로 숨으려 했다.

"라벤더 아냐." 헤르미온느가 지친 듯 말했다.

"아, 다행이네.' 론은 그제야 마음을 놓았다.

"해리 포터?" 그 여학생이 말했다. "이걸 너한테 전해 주래."

"고마워……."

작은 양피지 두루마리를 받아 들자 해리는 가슴이 철렁 내려앉는 것을 느꼈다. 그 여학생이 말소리를 들을 수 없는 곳으로 가자마자 그가 말했다. "내가 그 기억을 손에 넣기 전에는 더 이상 수업을 안 할 거라고 하셨는데!"

"네가 어떻게 하고 있는지 확인하고 싶으신 거 아닐까?" 해리가 양피지를 펼치자 헤르미온느가 넌지시 말했다. 하지만 그의 눈에 들어온 것은, 덤블도어의 길쭉하고 기울어진 글씨가 아니라 제멋대로 삐뚤빼뚤하게 쓰인 데다가 양피지 위로 잉크가 번져서 커다랗게 얼룩지는 바람에 읽기가 아주 어려운 글자들이었다.

> 해리, 론, 헤르미온느에게.
>
> 어젯밤에 아라고그가 죽었어. 해리랑 론, 너희는 아라고그를 만나 봤으니까 그 친구가 얼마나 특별한지 알 거야. 헤르미온느, 난 네가 틀림없이 아라고그를 좋아했을 거라고 생각해. 오늘 저녁에 아라고그를 묻는데 너희가 잠깐 들러 주면 무척 뜻깊은 일이 될 거야. 해 질 녘에 장례를 치를 생각이야. 아라고그가 가장 좋아했던 시간이 그때거든. 너희가 그렇게 늦은 시간에 나오면 안 된다는 건 알고 있지만 투명 망토를 쓰면 될 거야. 나도 이런 부탁은 하고 싶지 않았는데 혼자서는 감당할 수가 없어.
>
> 해그리드

"이것 좀 봐." 해리가 헤르미온느에게 편지를 건네며 말했다.

"아, 세상에." 헤르미온느가 빠르게 편지를 훑어보고 론에게 건네주며 말했다. 편지를 읽어 내려가는 론의 표정이 점점 믿을 수 없다는 듯이 변했다.

"돌았나 봐!" 그가 버럭 화를 냈다. "그놈은 자기 동료들한테 해리랑 나를 잡아먹으라고 했어! 맛있게 먹으라고 했다고! 그런데 해그리드는 우리가 거기 가서 그 끔찍한 털북숭이의 시체를 보면서 울 거라고 생각하는 거야?"

"그것뿐만이 아니야." 헤르미온느가 말했다. "우리한테 밤에 성 밖으로 나오라고 하잖아. 해그리드도 보안이 백만 배는 강화되었고 우리가 붙잡히면 얼마나 곤란해질지 다 알고 있을 텐데."

"예전에도 밤에 해그리드를 만나러 간 적이 있잖아." 해리가 말했다.

"그렇긴 하지. 하지만 이런 일 때문은 아니었잖아?" 헤르미온느가 말했다. "우린 해그리드를 돕기 위해 그 많은 위험을 무릅썼어. 하지만 어쨌든…… 아라고그는 죽었잖아. 아라고그를 구하느냐 아니냐의 문제였다면 몰라도……."

"그럼 난 더 가기 싫었을 것 같은데." 론이 단호하게 말했다. "넌 그놈을 만나 본 적이 없잖아, 헤르미온느. 내 말 믿어. 그놈은 죽었을 때가 제일 착해."

편지를 다시 가져간 해리는 잉크가 번져서 온통 얼룩진 양피지를 내려다보았다. 틀림없이 양피지 위로 커다란 눈물방울이 뚝뚝 떨어졌을 것이다…….

"해리, 설마 갈 생각은 *아니지?*" 헤르미온느가 말했다. "방과 후 징계를 감수할 가치가 없는 일이야."

해리가 한숨을 쉬었다.

"응, 나도 알아." 그가 말했다. "해그리드는 우리 없이 아라고 그를 묻어 줘야겠네."

"응, 그래." 헤르미온느는 안심한 표정으로 말을 이었다. "저기, 오늘 오후에는 마법약 수업에 들어가는 애들이 별로 없을 거야. 우리 모두 시험을 보러 가니까. 그때 슬러그혼 교수님의 마음을 좀 누그러뜨려 봐."

"쉰일곱 번째 시도니까 행운이 따를 거라는 거야?" 해리가 씁쓸하게 말했다.

"행운." 론이 불쑥 말했다. "해리, 그거야. 운을 좋게 만들어 봐!"

"무슨 뜻이야?"

"행운의 마법약을 쓰라고!"

"론, 그건…… 바로 그거야!" 헤르미온느가 충격받은 목소리로 말했다. "당연히 그래야지! 왜 그 생각을 못 했을까?"

해리는 두 사람을 뚫어지게 바라보았다. "펠릭스 펠리시스?" 그가 말했다. "모르겠어…… 난 그걸, 뭐랄까 아껴 놓고 있는데……."

"뭐 하러?" 론이 믿을 수 없다는 듯 물었다.

"이 기억보다 더 중요한 게 뭔데, 해리?" 헤르미온느가 물었다.

해리는 대답하지 않았다. 한동안 그 조그만 황금빛 병을 생각하면 지니가 딘과 헤어지고 론은 지니의 새 남자 친구를 맘에 들어 하는, 그런 상상이 떠오르곤 했다. 막연하면서도 불확실한 계획이 머릿속 깊은 곳에서 점점 부풀었다. 꿈속이나 비몽사몽간에만 의식할 수 있긴 했지만…….

"해리? 우리 말 듣고 있어?" 헤르미온느가 물었다.

"뭐…… 응, 당연하지." 그가 정신을 가다듬고 말했다. "뭐…… 좋아. 오늘 오후에 슬러그혼 교수님한테서 이야기를 끌어내지 못하면 펠릭스 펠리시스를 좀 마시고 저녁에 한 번 더 해 볼게."

"그럼 결정된 거야." 헤르미온느가 활기차게 말하며 자리에서 일어나 우아하게 빙그르르 돌았다. "목적지…… 확신…… 신중함……." 그녀가 중얼거렸다.

"아, 그것 좀 그만해." 론이 그녀에게 애원하듯 말했다. "지금껏 빙빙 돈 것만으로도 충분히 토할 것 같단 말이야. 얼른, 나 좀 숨겨 줘!"

"라벤더 아니야!" 한두 명의 여학생이 교정에 더 모습을 드러내고 론이 자기 뒤로 뛰어들어 몸을 숨기자 헤르미온느가 짜증을 내며 말했다.

"다행이다." 론은 헤르미온느의 어깨 너머로 확인해 보며 말했다. "제기랄, 쟤들 기분이 별로 안 좋아 보인다."

"쟤들은 몽고메리 자매야. 기분이 안 좋아 보이는 게 당연하지. 쟤네 남동생한테 무슨 일이 일어났는지 못 들었어?" 헤르미온느가 말했다.

"솔직히 이제는 모두의 가족한테 두슨 일이 일어나고 있는지 일일이 알 수 없잖아." 론이 말했다.

"음, 쟤들 남동생이 어떤 늑대인간한테 공격을 당했어. 소문에 따르면 쟤네 엄마가 죽음을 먹는 자들을 돕지 않겠다고 했대. 어쨌든 겨우 다섯 살짜리였는데 세인트 멍고 병원에서 죽었다는 거야. 살리지 못했다나 봐."

"살리지 못했다고?" 해리가 충격을 받고 되풀이했다. "하지만 늑대인간들이 사람을 죽이는 건 아니잖아. 그냥 늑대인간으로 바꿔 놓는 거 아니야?"

"가끔은 죽이기도 해." 평소답지 않게 심각한 표정을 짓고 있던 론이 말했다. "늑대인간들이 흥분하면 그런 일이 일어난다고 들었어."

"그 늑대인간 이름이 뭐래?" 해리가 재빨리 물었다.

"음, 소문으로는 펜리르 그레이백이래." 헤르미온느가 말했다.

"그럴 줄 알았어. 어린아이들을 공격하는 걸 즐기는 그 미친놈. 루핀 교수님이 나한테 얘기허 준 그놈이야!" 해리가 화를 내며 말했다.

헤르미온느는 더두운 눈길로 그를 바라보았다.

"해리, 너 꼭 그 기억을 가져와야 해." 그녀가 말했다. "그건 볼드모트를 막기 위해서잖아. 아니야? 지금 벌어지는 이 끔찍한 일들은 모두 볼드모트 때문에 일어나는 거야……."

성에서 나는 종소리가 머리 위로 울려 퍼지자 헤르미온느와 론 둘 다 겁에 질린 얼굴로 벌떡 일어났다.

"잘할 거야." 두 사람이 현관홀로 가서 순간이동 시험을 보러 가는 다른 학생들 사이에 낄 때 해리가 말했다. "행운을 빌게."

"너도!" 해리가 지하 감옥으로 향하자 헤르미온느가 의미심장한 표정을 지으며 말했다.

그날 오후 마법약 수업에 들어온 학생은 해리와 어니, 드레이코 말포이까지 셋뿐이었다.

"다들 아직 순간이동을 하기에는 너무 어린 게로구나?" 슬러그혼이 친근한 어조로 말했다. "아직 열일곱 살이 되지 않은 게냐?"

그들은 고개를 끄덕였다.

"아, 그래." 슬러그혼이 밝은 목소리로 말했다. "학생 수가 이렇게 적으니 뭔가 재미있는 걸 해 보자꾸나. 너희 모두 뭔가 재미있는 걸 만들어서 나한테 보여 주면 어떨까!"

"좋은 생각이시네요, 교수님." 어니가 손을 맞비비며 아첨하듯 말했다. 반면 말포이는 미소 비슷한 것도 짓지 않았다.

"무슨 뜻이죠? '재미있는' 거라니." 말포이가 짜증을 내며 말했다.

"아, 나를 놀라게 해 보려무나." 슬러그혼이 대수롭지 않게 말했다.

말포이는 뚱한 표정으로 《고급 마법약 제조》를 펼쳤다. 그가 이 수업을 시간 낭비라고 생각한다는 것이 그 이상 분명하게 드러날 수가 없었다. 해리가 책 너머로 지켜보니 말포이는 필요의 방에서 보낼 수도 있었던 이 시간을 아까워하고 있는 게 틀림없었다.

단지 해리의 상상일까, 아니면 말포이가 실제로 통스처럼 야위어진 걸까? 확실히 얼굴빛은 더 창백해져 있었다. 아마 요즘 햇빛을 쐬는 일이 거의 없어서인지 피부는 여전히 회색에 가까운 빛을 띠고 있었다. 하지만 으스대거나 신이 나거나 우쭐해하는 분위기는 보이지 않았다. 호그와트 급행열차에서 볼드모트한테 임무를 부여받았다고 대놓고 자랑하면서 뻐기던 모습과는 전혀 딴판이었……. 해리가 보기에 결론은 하나뿐이었다. 뭔지는 몰라도 말포이의 임무가 잘 풀리지 않고 있다는 것.

그 생각에 기분이 좋아진 해리는 《고급 마법약 제조》를 훌훌 넘겨 보다가 수정 표시가 잔뜩 되어 있는 혼혈 왕자 판 행복 묘약을 발견했다. 그 마법약은 슬러그혼이 지시한 사항을 충족시킬 뿐만 아니라, 혹시라도(이 생각을 하자 심장이 쿵쾅거렸다) 슬러그혼이 그 약을 맛보도록 설득할 수만 있다면 그를 아주 기분 좋게 만들어서 그 기억을 끌어낼 수 있을지도 몰랐다…….

"허허, 이런. 이 거 대단히 훌륭하구나." 한 시간 반이 지났을 때 슬러그혼이 햇빛처럼 노란색을 띤 해리의 솥단지 내용물을 내려다보며 손뼉을 쳤다. "행복 묘약, 맞지? 그런데 이 냄새는 뭘까? 음…… 박하 잔가지를 넣었군. 그렇지? 정통적인 방법은 아니지만 영감이 뛰어나구나, 해리. 당연히 이렇게 하면 가끔 지나치게 노래를 부르고 코를 계속 잡아당기는 부작용이 일어나는 걸 막을 수 있지. 이런 묘안은 대체 어떻게 떠올리는 건지 모르겠구나, 녀석. 혹시……."

해리는 발로 혼혈 왕자의 책을 가방 속 더 깊숙이 밀어 넣었다.

"……어머니에게서 물려받은 재능이 네 안에서 꽃피고

있는 건가!"

"아…… 네, 그럴지도 모르겠네요." 해리는 안심해서 말했다.

어니는 약간 심통이 난 표정이었다. 그는 한 번이라도 해리보다 뛰어난 모습을 보여 주려는 마음에 굉장히 성급하게 독창적인 마법약을 만들어 냈지만, 그 마법약은 그의 솥단지 바닥에 자주색 경단 모양으로 엉겨붙고 말았다. 말포이는 시무룩한 얼굴로 벌써 짐을 싸고 있었다. 슬러그혼이 그가 만든 딸꾹질 물약을 '그럭저럭 괜찮다'라고만 평했기 때문이었다.

종이 울리자 어니와 말포이는 곧바로 교실을 나갔다.

"교수님." 해리가 말을 걸자 슬러그혼은 곧바로 힐끗 돌아보았다. 그는 교실 안에 자신과 해리만 있다는 사실을 깨닫자 갑자기 허둥대기 시작했다.

"교수님…… 교수님, 제가 만든 마법약 한번 맛보지 않으시……?" 해리가 절박하게 소리쳤다.

하지만 슬러그혼은 이미 가 버린 뒤였다. 실망한 해리는 솥단지를 비우고 소지품을 챙겨 지하 감옥 교실을 나선 뒤 천천히 위층의 휴게실로 올라갔다.

론과 헤르미온느는 오후 늦은 시간에야 돌아왔다.

"해리!" 헤르미온느가 초상화 구멍으로 들어오며 소리쳤다. "해리, 나 통과했어!"

"잘했어!" 그가 물었다. "론은?"

"론은…… *아깝게 떨어졌어.*" 론이 잔뜩 시무룩한 얼굴을 하고 축 처져서 휴게실에 들어오자 헤르미온느가 속삭였다. "정말 운이 없었어. 아주 사소한 실수였거든. 론이 눈썹 반쪽을 놓고 온 걸 시험 감독관이 발견하는 바람에……. 슬러그혼 교수님하고는 어떻게 됐어?"

"실패했어." 론이 그들 곁으로 다가오자 해리가 말을 이었다. "운이 나빴다, 친구. 하지만 다음번에는 통과할 거야. 나랑 같이 시험 보면 돼."

"그래, 그래야지." 론이 뚱하게 말했다. "하지만 고작 눈썹 반쪽 놓고 온 즐 가지고! 그게 그렇게 중요하냐?"

"내 말이." 헤르미온느가 위로하듯 말했다. "정말 너무한 것 같아……."

그들은 순간이동 시험 감독관을 마구 흉보면서 저녁 시간 대부분을 보냈다. 휴게실로 돌아갈 때쯤에는 론도 아주 조금이나마 기분이 풀린 것처럼 보였다. 이제 그는 아직도 해결 못 하고 질질 끌고 있는 슬러그혼과 그의 기억에 관한 문제를 끄집어나고 있었다.

"그래서 해리, 펠릭스 펠리시스를 쓸 거야 말 거야?" 론이 물었다.

"응, 쓰는 게 좋을 것 같아." 해리가 말했다. "열두 시간 분량까진 필요 없겠지. 밤새 걸리지는 않을 테니까……. 그냥 한 모금만 먹으려고. 두세 시간이면 될 거야."

"먹으면 기분이 엄청 좋아져." 론이 추억에 잠긴 목소리로 말했다. "무슨 일을 하든 다 잘될 것 같은 기분이지."

"무슨 소리야?" 헤르미온느가 웃음을 터뜨렸다. "넌 먹어 본 적도 없잖아!"

"그래, 하지만 먹은 줄 알았잖아." 론은 뻔한 걸 설명한다는 투로 말했다. "진짜 별다를 것 없어."

방금 슬러그혼이 대연회장에 들어오는 모습을 본 데다 그가 시간을 들여 천천히 식사하길 좋아한다는 사실을 알았기에 그들은 휴게실에서 잠시 기다렸다. 슬러그혼이 식사를 마치고 연구실로 돌아갔을 때쯤 해리가 찾아갈 계획이었던 것이다. 태양이 금지된 숲의 우듬지에 걸렸을 때 그들은 때가 되었다고 판단했다. 세 사람은 조심스럽게 네빌, 딘, 셰이머스가 모두 휴게실에 있는 것을 확인한 뒤 살금살금 남학생 기숙사로 올라갔다.

해리는 똘똘 말아서 짐 가방 맨 밑에 넣어 두었던 양말을 꺼내 그 속에서 반짝거리는 조그만 병을 빼냈다.

"자, 먹는다." 해리는 그렇게 말하고는 병을 들어 올려 주의 깊게 양을 가늠하고 한 모금을 마셨다.

"기분이 어때?" 헤르미온느가 속삭였다.

해리는 바로 대답하지 않았다. 다음 순간 무한한 기회가 눈앞에 펼쳐져 있는 것 같은 아주 신나는 기분이 느릿느릿하면서도 확실하게 그의 몸을 휩쓸었다. 그야말로 뭐든지 할 수 있을 것 같은 기분이었다. 갑자기 슬러그혼에게서 기억을 끌어내는 일쯤은 당연히 할 수 있을 뿐만 아니라 굉장히 쉬운 일처럼 느껴졌다…….

그는 자신감으로 가득한 채 씩 웃으며 자리에서 일어났다.

"멋진데." 그가 달했다. "정말 굉장해. 좋았어…… 난 해그리드의 오두막으로 갈 거야."

"뭐?" 론과 헤르디온느가 깜짝 놀란 얼굴로 동시에 외쳤다.

"안 돼, 해리. 슬킈그혼 교수님을 만나러 가야지. 기억 안 나?" 헤르미온느가 말했다.

"아냐." 해리가 자신감에 찬 어조로 말했다. "나는 해그리드네 집으로 갈 거야. 거기 가면 좋은 일이 있을 것 같은 기분이 들어."

"대왕 거미를 묻어 주는 게 좋은 일이라고?" 론이 충격받은 표정을 지으며 물었다.

"응." 해리가 가방에서 투명 망토를 꺼내며 말했다. "오늘 밤 내가 있어야 할 곳이 거기라는 기분이 들어. 내 말 무슨 뜻인지 알겠어?"

"아니." 론과 헤르미온느가 동시에 대답했다. 이제는 둘 다 상당히 불안해하는 표정을 짓고 있었다.

"이거 펠릭스 펠리시스 맞지?" 헤르미온느는 병을 들어 빛에 비춰 보며 걱정스럽게 말했다. "병이 또 있었던 건 아니지? 뭔가 다른 약이 잔뜩 들어 있는. 예를 들면……."

"광기 에센스?" 어깨에 투명 망토를 휙 두르는 해리를 지켜보며 론이 말했다.

해리가 웃음을 터뜨리자 론과 헤르미온느는 더욱 겁먹은 표정이 되었다.

"날 믿어." 그가 말했다. "내가 뭘 하고 있는지는 나도 잘 아니까. 아니, 적어도……." 그는 확신이 깃든 발걸음으로 문을 향해 걸어갔다. "펠릭스 펠리시스는 알고 있어."

그는 투명 망토를 뒤집어쓰고 계단을 내려가기 시작했다. 론과 헤르미온느가 다급히 그를 쫓았다. 계단을 다 내려간 해리는 열린 문으로 슬쩍 빠져나갔다.

"쟤랑 거기서 뭘 하고 있었던 거야?" 투명해진 해리를 통해 론과 헤르미온느가 남학생 기숙사 침실에서 같이 나오는 모습을 본 라벤더 브라운이 날카롭게 소리 질렀다. 등 뒤에서 론이 뭐라뭐라 더듬거리는 소리가 들렸다. 해리는 그들을 뒤로한 채 휴게실을 잽싸게 가로질렀다.

초상화 구멍을 통과하는 건 간단했다. 해리가 다가갔을 때 지니와 딘이 초상화 구멍으로 들어왔고 해리는 두 사람 사이로 슬쩍 지나갈 수 있었다. 해리는 그러다가 실수로 지니의 몸을 스치고 말았다.

"밀지 좀 말아 줄래, 딘. 제발." 그녀가 짜증스러운 목소리로 말했다. "꼭 그러더라. 나 혼자서도 잘 지나갈 수 있거든?"

등 뒤에서 초상화가 홱 닫히기 전에 딘이 화를 내며 반박하는 소리가 들려왔다. 해리는 기분이 점점 더 좋아지는 것을 느끼며 성안을 성큼성큼 걸어갔다. 가는 길에 아무도 마주치지 않았기에 살금살금 움직일 필요가 없었다. 조금도 놀라운 일이 아니었다. 오늘 저녁, 그는 호그와트에서 가장 운이 좋은 사람이었으니까.

해리는 자신이 왜 해그리드의 오두막으로 가는 게 옳다

고 생각하는지 전혀 알 수 없었다. 마치 그 마법약이 단번에 몇 걸음 앞을 환하게 밝혀 주는 것만 같았다. 마지막으로 도착하는 곳이 어디인지, 슬러그혼은 어디에서 등장할지는 알지 못했지만, 그는 자신이 슬러그혼의 기억을 얻기 위한 방향으로 맞게 가고 있다는 사실을 알았다. 현관홀에 도착했을 때 그는 필치가 깜빡하고 성 정문을 잠가 두지 않은 것을 보았다. 해리는 씩 웃으며 문을 활짝 열고 잠깐 동안 맑은 공기와 풀 냄새를 들이마신 다음 계단을 내려가 땅거미 속으로 걸어 들어갔다.

계단 밑에 이른 순간 해그리드의 오두막으로 가는 길에 채소밭을 지나면 얼마나 즐거울까 하는 생각이 문득 들었다. 조금 돌아가야 했지만 분명 이 느낌에 따라 행동해야 할 것 같았다. 그는 즉시 마음이 내키는 대로 채소밭 쪽으로 발길을 돌렸다. 그러다가 별 놀라울 것도 없이, 스프라우트 교수와 대화를 나누고 있는 슬러그혼 교수의 모습을 보았다. 해리는 낮은 돌담 뒤에 숨어 세상만사 속 편한 기분으로 그들의 대화에 귀를 기울였다.

"……시간을 내줘서 정말 고맙소, 포모나." 슬러그혼이 정중하게 말했다. "대부분의 권위자들이 이건 해 질 녘에 따야 가장 효과가 좋다고 입을 모으거든요."

"아, 제 생각도 그래요." 스프라우트 교수가 상냥하게 말했다. "이 정도면 충분하신가요?"

"충분합니다, 충분하고말고요." 슬러그혼이 대답했다. 그는 잎사귀가 잔뜩 달린 식물을 한 아름 들고 있었다. "이 정도면 3학년 학생들에게 잎사귀를 몇 장씩 나눠 줄 수 있을 거요. 누가 잎사귀를 너무 푹 끓일 경우에 대비해서 여분도 몇 장 남기고……. 그럼, 즐거운 저녁 보내시길. 다시 한 번 정말 고맙소이다!"

스프라우트 교수는 점점 어두워지는 온실 쪽으로 향했고 슬러그혼은 해리가 눈에 띄지 않게 숨어 있는 곳으로 발길을 돌렸다.

당장 모습을 드러내고 싶은 욕구에 사로잡힌 해리가 과장된 동작으로 투명 망토를 벗어 던졌다.

"안녕하세요, 교수님."

"멀린의 턱수염 같으니. 해리, 간 떨어질 뻔했다." 슬러그혼은 가다 말고 우뚝 멈춰 서서 가슴을 쓸어내렸다. 얼굴에는 경계하는 빛이 역력했다. "성에서는 어떻게 나온 게냐?"

"필치가 문 잠그는 걸 깜빡한 모양이에요." 해리가 쾌활하게 말했다. 슬러그혼이 얼굴을 살짝 찡그리는 것을 보니 기분이 좋았다.

"그 친구의 실수를 보고해야겠구나. 그치는 보안 조치를 제대로 하는 것보다 쓰레기 치우는 데 더 관심이 많은 것 같아. 그런데 여기엔 왜 나와 있니, 해리?"

"그게요, 교수님. 해그리드 때문에요." 해리는 지금은 진실을 말하는 것이 올바른 행동이라는 것을 알았다. "해그리드가 많이 상심해 있거든요…… 하지만 다른 사람들한테는 말하지 않으실 거죠, 교수님? 해그리드가 곤란해지는 건 좀……."

그 말에 슬러그혼은 확실히 호기심이 동한 것 같았다.

"뭐, 약속은 할 수 없다." 그가 무뚝뚝하게 말했다. "하지만 덤블도어가 그렇게 철저히 믿는 사람이 뭔가 끔찍한 짓을 저질렀을 리는 없겠지."

"실은 대왕 거미 때문이에요. 해그리드는 오랫동안 그 거미를 돌봤거든요……. 숲에서 살던 거미인데…… 말도 할 줄 알고, 뭐 다 할 줄……."

"숲에 애크로맨툴라가 있다는 소문은 들었다." 슬러그혼이 검은 나무들의 숲을 건너다보며 조용히 말했다. "그럼 그게 사실이구나?"

"네." 해리가 대답했다. "그런데 아라고그가, 그러니까 해그리드가 처음으로 기른 그 거미가 어젯밤에 죽었거든요. 해그리드는 엄청 비통해하고 있어요. 거미를 묻어 줄 때 누가 같이 있어 주었으면 해서 제가 가겠다고 했어요."

"감동적이구나, 감동적이야." 슬러그혼이 큼직하고 축 처진 눈을 저 멀리서 빛나는 해그리드의 오두막 불빛에 고정한 채 멍하니 중얼거렸다. "하지만 애크로맨튤라의 독은 굉장히 귀한 건데‥… 죽은 지 얼마 되지 않았다면 아직 독이 말라 버리지 않았을지도 몰라……. 물론 해그리드가 그렇게 속상해하고 있는데 무신경한 짓을 할 생각은 전혀 없다만…… 그 독을 조금이라도 얻을 방법이 있다면…… 그러니까, 애크로맨튤라가 살아 있는 동안에는 독을 얻는 게 거의 불가능하니 말이다."

슬러그혼은 이제 해리에게 이야기하고 있다기보다 혼잣말을 하는 듯했다.

"……그걸 그냥 내버려 두는 건 끔찍한 낭비 같은데…… 500밀리리터에 100갈레온쯤 하려나……. 솔직히 내 봉급이 그렇게 많은 것도 아니고……."

해리는 이제 뭘 해야 할지 확실히 알았다.

"음……." 그가 꽤 그럴듯하게 망설이는 기색을 담아서 입을 열었다. "저…… 교수님이 같이 가 주시면 해그리드도 정말로 기뻐할 거예요. 아라고그한테 더 제대로 된 작별 인사를 하는 거죠."

"그래, 그렇고말고." 슬러그혼이 말했다. 그의 두 눈은 이제 열정적으로 번뜩이고 있었다. "이렇게 하자꾸나, 해리. 내가 술을 한두 병 들고 갈 테니 거기서 만나자. 그 거미의…… 음…… 만수무강을 위해서는 아니지만, 건배를 하는 거야. 일단 장례를 치르게 됐으니 어쨌든 멋지게 보내 주는 거지. 넥타이도 바꿔 매야겠구나. 이건 좀 화려해서……."

그는 허둥지둥 성으로 돌아갔고 해리는 뿌듯한 마음을 안고 해그리드의 오두막을 향해 발걸음을 서둘렀다.

"왔구나." 해그리드가 문을 열고 눈앞에서 투명 망토를 벗는 해리를 보더니 쉰 목소리로 말했다.

"네. 론이랑 헤르미온느는 같이 못 왔어요." 해리가 말했다. "정말 미안해하더라고요."

"그런…… 그럴 거 없어……. 그래도 네가 와 주었으니 아라고그도 감동받을 거야, 해리……."

해그리드가 큰 소리로 훌쩍거렸다. 그는 구두 광택제에 담갔다 뺀 걸레 같은 것으로 검은 완장을 만들어 차고 있었고, 두 눈은 빨갛게 퉁퉁 부어 있었다. 해리는 위로하듯 그의 팔꿈치를 톡톡 두드렸다. 거기가 해그리드의 몸에서 해리의 손이 닿을 수 있는 가장 높은 곳이었던 것이다.

"어디에 묻을 거예요?" 해리가 물었다. "금지된 숲에다 묻나요?"

"이런, 아니지." 해그리드가 눈물이 줄줄 흐르는 눈을 셔츠 아랫자락으로 닦으며 말했다. "아라고그가 죽으니까 다른 거미들이 나를 자기들 거미줄 근처에 아예 못 오게 하더라. 알고 보니까 녀석들이 날 잡아먹지 않은 건 순전히 아라고그의 명령 때문이었지 뭐냐! 믿어지니, 해리?"

솔직한 대답은 '너'였다. 해리는 론과 함께 애크로맨툴라와 맞닥뜨렸던 장면을 괴롭지만 빠르게 떠올렸다. 그때 그들은 오직 아라고그 때문에 해그리드를 잡아먹지 않는 거라는 사실을 아주 명백하게 밝혔었다.

"전에는 금지된 숲에서 내가 갈 수 없는 곳은 한 군데도 없었어!" 해그리드가 고개를 저으며 말했다. "쉽지 않았어, 진짜로. 아라고그의 시신을 빼내는 것 말이야. 녀석들은 보통 죽은 동료의 시체를 먹거든. 하지만 난 아라고그의 장례를 잘 치러 주고 싶었어……. 제대로 작별 인사를……."

해그리드가 다시 흐느낌을 터뜨리자 해리는 또다시 그의 팔꿈치를 두드리기 시작했다. 그러면서 (마법약이 그렇게 하라고 알려 주는 것 같았으므로) 이렇게 말했다. "여기 오다가 슬러그혼 교수님을 만났어요, 해그리드."

"혼난 건 아니지?" 해그리드가 놀라서 고개를 번쩍 들고 말했다. "넌 해 진 뒤에 성 밖으로 나오면 안 되는데, 난 그걸 알면서도…… 내 잘못이야."

"아뇨, 아니에요. 제 얘길 들으시더니 슬러그혼 교수님도 여기 와서 아라고그한테 마지막으로 예의를 갖추고 싶다고 하셨어요." 해리가 말했다. "좀 더 적절한 복장으로 갈아입으러 가신 것 같아요……. 아라고그를 추모하면서 건배하려고 술도 몇 병 가져오신다고 했고요."

"그래?" 해그리드가 깜짝 놀라기도 하고 감동을 받기도 한 표정을 지으며 말했다. "그거…… 그거 정말 친절하시구나. 정말이야. 네가 밖에 나온 걸 보고하지 않으신 것도 그렇고. 솔직히 호러스 슬러그혼 교수님하고는 이제껏 별사이도 아니었는데……. 그런데도 우리 아라고그를 보내는 걸 보러 와 주신단 말이지? 뭐…… 아라고그도 기뻐할 거야……."

해리는 속으로 아라고그가 슬러그혼에게서 가장 원하는 건 그 푸짐한 살덩어리일 거라고 생각했지만 아무 말 않고 해그리드의 오두막 뒤쪽 창문으로 다가갔다. 바깥에 어마어마한 크기의 죽은 거미가 다리가 돌돌 말리고 잔뜩 엉킨 채 뒤집혀 누워 있는 상당히 끔찍한 광경이 눈에 들어왔다.

"여기에다 묻을 거예요, 해그리드? 아저씨네 정원에?"

"저기 호박밭 너머에 묻으려고 해." 해그리드가 목이 메는 듯 말했다. "이미 파 놨어. 그…… 무덤 말이야. 그냥 아라고그한테 몇 가지 좋은 얘기를 들려 줘야겠다고 생각했어. 행복한 기억 같은 것들 말이지."

해그리드의 목소리가 떨리고 갈라졌다. 문 두드리는 소리가 나자 그는 엄청나게 큰 물방울무늬 손수건에 코를 풀면서 몸을 돌렸다. 검은색의 점잖은 크라바트(17세기에 남성들이 목에 두르던 스카프의 일종—옮긴이)를 맨 슬러그혼이 술병 여러 개를 팔 아래 끼고 황급히 문턱을 넘어 들어왔다.

"해그리드." 그가 진지한 목소리로 나직이 말했다. "얼마나 상심이 크신가."

"참 친절하시네요." 해그리드가 말했다. "정말정말 고맙습니다. 해리한테 방과 후 징계를 주지 않으신 것도 감사드리고요……."

"방과 후 징계라니, 생각도 안 했네." 슬러그혼이 말했다. "참으로 슬픈 밤일세. 슬프고말고……. 그 가엾은 친구는 어디에 있는가?"

"저 바깥에 있습니다." 해그리드가 떨리는 목소리로 말했다. "그럼…… 그럼 시작할까요?"

세 사람은 뒷마당으로 걸어 나갔다. 나무들 사이로 희미한 달빛이 비쳤고, 그 빛이 해그리드의 오두막 창문에서 흘러나오는 빛과 섞여 거대한 구덩이 가장자리에 누워 있는 아라고그의 몸을 비췄다. 그 옆에는 방금 파낸 흙이 3미터 높이로 쌓여 있었다.

"아름답군." 슬러그혼이 거미의 머리 쪽으로 다가가며 말했다. 우윳빛 눈 여덟 개가 멍하니 하늘을 바라보고 있고, 곡선을 그리는 거대한 집게발 두 개가 미동도 없이 달빛을 받아 빛나고 있었다. 해리는 슬러그혼이 집게발 위로 허리를 구부릴 때 병들이 딸랑거리는 소리를 들은 것 같았다. 털이 숭숭 난 커다란 머리를 살펴보는 것 같았다.

"이 녀석들이 얼마나 아름다운지 누구나 다 알아보는 건 아니죠." 해그리드가 슬러그혼의 등에 대고 말했다. 그의 주름진 눈가에서 눈물이 줄줄 흘러나오고 있었다. "아라고그 같은 생명체에 관심이 있으신 줄은 몰랐습니다, 호러스."

"관심이라니? 친애하는 해그리드, 나는 이들을 숭배한다네." 슬러그혼이 거미 시체에서 물러나며 말했다. 해리는 한순간 유리병이 반짝하면서 그의 망토 아래로 사라지는 것을 봤지만, 또 한 번 눈물을 닦고 있던 해그리드는 아무것도 눈치채지 못했다. "그럼...... 장례를 시작할까?"

해그리드가 고개를 끄덕이며 앞으로 나섰다. 그는 거대한 거미를 양팔로 끌어안고 큰 소리로 끙끙대며 어두운 구덩이 안으로 굴려 넣었다. 거미는 으드득, 쿵 하는 섬뜩한 소리를 내면서 구덩이 바닥으로 떨어졌다. 해그리드는 다시 울음을 터뜨렸다.

슬러그혼도 해리와 마찬가지로 해그리드의 팔꿈치 위에까지는 손이 닿지 않았지만 어쨌든 그를 토닥거리며 말했다. "아라고그를 가장 잘 알았던 자네에게는 어려운 일일 테니 내가 몇 마디 해도 되겠나?"

해리는 슬러그혼이 구덩이 가장자리로 걸어가 극적인 목소리로 추모의 말을 느릿느릿 읊으면서 만족스럽게 싱긋 웃는 모습을 보고 그가 아라고그한테서 고품질의 독을 꽤 많이 얻은 게 틀림없다고 생각했다. "잘 가시오, 거미들의 왕 아라고그여. 그대를 알았던 사람들은 그대의 충실하고 오랜 우정을 잊지 않을 것이오! 비록 몸은 썩을지라도 그대의 영혼은 거미줄로 만든 이 조용한 숲속 보금자리에 머물 것이니. 수많은 눈이 달린 그대의 후예들은 영원히 번창하고, 그대의 인간 친구들이 견뎌야 했던 상실감은 위로받기를."

"정말…… 정말…… 아름답네요!" 해그리드는 그렇게 울부짖더니 비료 더미에 주저앉아 조금 전보다 더 비통하게 울부짖었다.

"자, 자." 슬러그혼이 마법 지팡이를 휘두르며 말하자 거대한 흙더미가 붕 솟아올랐다가 둔탁한 쿵 소리를 내며 죽은 거미 위로 떨어져 내리면서 매끄러운 둔덕을 만들었다. "들어가서 한잔하세. 해리 네가 반대쪽을 좀 부축하거라. 그렇지……. 이리 오게나, 해그리드. 옳지……."

그들은 해그리드를 식탁 의자에 앉혔다. 장례를 치르는 동안 바구니에 숨어 있던 팽이 어느새 사뿐사뿐 방을 가로질러 오더니 평소처럼 묵직한 머리를 해리의 무릎에 올려놓았다. 슬러그혼은 가져온 와인 병 하나를 땄다.

"독이 있는지 전부 확인해 봤단다." 슬러그혼은 해리를 안심시키며 첫 번째 병의 와인 대부분을 양동이만 한 머그잔에 콸콸 쏟아붓고는 해그리드에게 건넸다. "너의 그 가엾은 친구 루퍼트에게 그런 일이 있고 나서는 집요정에게 모든 술을 맛보게 하고 있지."

해리는 집요정을 이런 식으로 학대한다는 얘기를 듣는

다면 헤르미온느가 어떤 표정을 지을지 눈앞에 훤히 떠오르는 듯했다. 그는 이 사실을 절대 그녀에게 말하지 않기로 결심했다.

"한 잔은 해리 것······." 슬러그혼이 두 번째 병을 따서 머그잔 두 개에 나누어 담으며 말했다. "······그리고 한 잔은 내 것. 자······." 그는 머그잔을 높이 들어 올렸다. "아라고그를 위하여."

"아라고그를 위하여." 해리와 해그리드가 동시에 말했다.

슬러그혼과 해그리드 모두 술을 쭉 들이켰다. 하지만 해리는 앞길을 밝혀 주는 펠릭스 펠리시스의 힘에 의해 술을 마셔서는 안 된다는 사실을 알았고, 그래서 그냥 한 모금 마시는 시늉을 한 다음 머그잔을 식탁에 내려놓았다.

"알 속에 있을 때부터 키웠어요." 해그리드가 침울하게 말했다. "알을 깨고 나왔을 때는 정말 작고 귀여운 녀석이었죠. 페키니즈만 했어요."

"귀여웠겠군." 슬러그혼이 말했다.

"학교 벽장에 넣고 키웠죠. 그러다가······ 음······."

해그리드의 얼굴이 어두워졌다. 해리는 그가 왜 그러는지 알고 있었다. 톰 리들이 해그리드에게 비밀의 방을 열었다는 누명을 씌워서 그를 학교에서 쫓겨나게 만든 것이다. 하지만 슬러그혼은 해그리드의 말을 귀담아듣지 않는 것 같았다. 그는 수많은 놋쇠 냄비와 길고 부드러워 보이는 밝은 하얀색의 동물 털 타래가 매달려 있는 천장을 올려다보고 있었다.

"설마 저게 유니콘 털은 아니겠지, 해그리드?"

"아, 맞습니다." 해그리드가 아무렇지도 않게 말했다. "꼬리에서 **빠진** 거예요. 숲속에서는 꼬리가 나뭇가지 같은 데 잘 걸리거든요……."

"하지만 이보게, 친구. 저게 얼마인지 아나?"

"전 동물이 다쳐서 붕대를 묶거나 뭐 그럴 때 사용하지요." 해그리드가 어깨를 으쓱하며 말했다. "엄청 유용합니다. 아주 질기거든요."

슬러그혼은 머그잔을 들어 다시 한 번 술을 길게 들이켜며 오두막 안을 신중하게 둘러보았다. 해리는 그가 엄청난 양의 오크통 숙성 벌꿀술이나 설탕에 절인 파인애플, 벨벳 스모킹 재킷 따위로 바꿀 수 있는 보물들을 더 찾고 있다는 것을 알았다. 슬러그혼은 해그리드의 머그잔과 자신의 잔을 다시 채우고 요즘 금지된 숲에는 어떤 생물들이 살고 있는지, 또 해그리드가 그들 모두를 어떻게 돌보는지에 대해 물었다. 술기운에다 슬러그혼이 그를 추켜세워 주면서 보이는 관심에 마음이 열린 해그리드는 눈물 훔치기를 관두고 즐겁게 보우트러클 키우기에 관한 장황한 설명을 늘어놓기 시작했다.

이 시점에서 펠릭스 펠리시스가 해리의 옆구리를 쿡 찔렀다. 그는 슬러그혼이 가져온 술이 빠르게 바닥나고 있다는 것을 눈치챘다. 해리는 아직 주문을 소리 내어 읊지 않고는 다시 채우기 마법을 걸 수 없었지만, 오늘 같은 밤에는 해내지 못할 거라 생각하는 게 오히려 우스운 일이었다. 해리는 씩 웃으며 (이제는 불법적인 용의 알 거래에 관한 이야기를 주고받고 있는) 해그리드와 슬러그혼의 눈에 띄지 않고 식탁 아래로 비어 가는 술병들을 향해 마법 지팡이를 겨눴다. 술병들이 대번에 다시 채워지기 시작했다.

한 시간 정도가 지나자 해그리드와 슬러그혼은 연신 무턱대고 건배를 해 댔다. 호그와트를 위하여, 덤블도어를 위하여, 집요정이 만든 와인을 위하여, 그리고……

"해리 포터를 위하여!" 해그리드가 열네 잔째 와인을 마시다가 턱에 줄줄 흘리며 소리쳤다.

"그래, 맞아." 슬러그혼이 조금 쉰 목소리로 소리쳤다. "패리 호터, 선택받은 뭐시기 소년…… 뭐, 아무튼!" 그는 그렇게 웅얼거리더니 그 자신도 머그잔을 비웠다.

그로부터 얼마 지나지 않아 해그리드는 다시 눈물을 뚝뚝 흘리면서 유니콘 꼬리털을 슬러그혼에게 통째로 떠안겼고, 슬러그혼은 "우정을 위하여! 너그러움을 위하여! 한 가닥에 10갈레온이나 하는 털을 위하여!"라고 외치며 그것을 주머니에 넣었다.

그런 다음 해그리드와 슬러그혼은 잠깐 동안 서로에게 팔을 두른 채 나란히 앉아, 오도라는 이름의 한 죽어 가는 마법사에 관한 느리고 구슬픈 노래를 불러 댔다.

"아아아, 착한 사람들은 빨리 죽어요." 해그리드가 눈이 약간 가운데로 몰린 채 식탁 위로 푹 엎드리면서 웅얼거렸다. 반면 슬러그혼은 떨리는 목소리로 후렴구를 계속 흥얼거렸다. "우리 아빠도 돌아가실 나이는 아니었는데……. 너희 엄마 아빠도 그렇고 말이야, 해리……."

해그리드의 주름진 눈가에서 또다시 굵직한 눈물방울이 스며 나왔다. 그는 해리의 팔을 움켜잡고 흔들었다.

"……내가 알았던 그 나이 또래 최고의 '바멉사'였어……. 끔찍해……. 끔찍한 일이야……."

슬러그혼이 애처롭게 노래를 불렀다.

"그리고 그들은 영웅 오도를 집으로 데려왔다네.
사람들이 그의 젊은 시절을 기억하는 그곳으로.
뒤집힌 모자와 두 동강 난 마법 지팡이와 함께
오도를 뉘어 쉬게 했지. 참으로 슬프도다."

"……끔찍해." 해그리드는 잠깐 중얼거리는가 싶더니 덥수룩한 커다란 머리가 두 팔 위로 비스듬히 넘어가면서 이내 큰 소리로 코를 골며 곯아떨어졌다.

"미안하네." 슬러그혼이 딸꾹질을 하며 말했다. "난 아무리 해도 노래를 잘 못 부르겠더군."

"해그리드는 교수님 노래 때문에 그런 말을 한 게 아니에요." 해리가 조용히 입을 열었다. "저희 엄마 아빠가 돌아가신 것에 대해 얘기를 하고 있었어요."

"아." 슬러그혼이 엄청난 트림을 눌러 참으며 말했다. "오, 이런. 그래, 그건 정말 끔찍한 일이었다. 끔찍하지……끔찍해……."

그는 무슨 말을 해야 할지 잘 모르겠다는 듯 괜히 머그잔만 채웠다.

"내, 내 생각엔 넌 기억이 안 날 것 같은데, 해리?" 그가 어색한 말투로 물었다.

"네. 뭐, 두 분이 돌아가셨을 때 저는 겨우 한 살이었으니까요." 해그리드가 큰 소리로 코를 고는 가운데 해리는 깜빡거리는 촛불 빛을 지그시 바라보며 말했다. "하지만 그때 무슨 일이 있었는지 나중에 꽤 많이 알아냈어요. 아빠가 먼저 돌아가셨대요. 알고 계셨어요?"

"나, 나는 몰랐다." 슬러그혼이 숨죽인 목소리로 말했다.

"네…… 볼드모트는 아빠를 살해한 다음 아빠 시신을 넘어서 엄마한테로 갔어요." 해리가 말했다.

슬러그혼은 심하게 몸을 떨면서도, 겁에 질린 시선을 해리의 얼굴에서 차마 거두지 못하는 듯했다.

"볼드모트는 엄마한테 비키라고 했어요." 해리는 끈질기게 말을 이었다. "볼드모트가 그러더라고요. 엄마는 돌아가실 필요가 없었다고요. 그자가 원한 건 오직 저뿐이었어요. 엄마는 도망칠 수 있었죠."

"오, 이런." 슬러그혼이 숨을 들이켰다. "그랬구나…… 죽지 않을 수도 있었는데…… 안타까운 일이야……."

"그죠?" 해리는 속삭임에 가깝게 목소리를 낮추고 말했다. "그런데 엄마는 꼼짝하지 않았어요. 아빠는 이미 돌아가셨지만 저까지 죽게 내버려 두지 않으신 거예요. 엄마가 볼드모트한테 애원했지만…… 볼드모트는 그저 웃기만 했어요……."

"그만하면 됐다!" 슬러그혼이 갑자기 떨리는 손을 들어 올리며 말했다. '정말이지, 해리 애야, 그만하면 됐다……. 나는 늙은이야……. 내가 듣고 싶지 않은 얘기는…… 듣지 않아도 될 나이지……."

"깜빡했네요" 하고, 해리는 펠릭스 펠리시스가 시키는 대로 거짓말을 했다. "교수님은 저희 엄마를 좋아하셨죠?"

"좋아했느냐고?" 슬러그혼의 눈가에 다시 한 번 눈물이 차올랐다. "릴리를 만나 보고 그 아이를 좋아하지 않을 사람은 아무도 없을 거야. 그렇게 용감하고…… 그렇게 재밌는 아이가……. 정말로 끔찍한 일이었다……."

"하지만 릴리의 아들은 도와주려고 하지 않으시잖아요." 해리가 말했다. "엄마는 저한테 목숨을 주셨는데, 교수님은 저한테 기억 하나 내주지 않으려고 하시잖아요."

우르릉하는 해그리드의 코 고는 소리가 오두막을 가득 채웠다. 해리는 눈물이 가득 고인 슬러그혼의 눈을 끈질기게 바라보았다. 마법약 교수는 눈을 돌리지 못하는 것 같았다.

"그렇게 말하지 말거라." 그가 속삭이듯 말했다. "그런 일쯤이야 아무것도 아니야……. 물론 그게 널 돕는 일이라면 말이다……. 하지만 그 기억은 아무 쓸모가 없을…….."

"쓸모가 있어요." 해리가 분명하게 말했다. "덤블도어 교수님한테는 정보가 필요해요. 저한테도 필요하고요."

해리는 자신이 무슨 말을 하더라도 안전하다는 사실을 알고 있었다. 펠릭스 펠리시스는 그에게 아침이 되면 슬러그혼이 이 이야기를 하나도 기억하지 못할 거라 말해 주고 있었다. 해리는 슬러그혼의 눈을 똑바로 들여다보면서 앞으로 약간 몸을 기울였다.

"저는 '선택받은 자'예요. 제가 그자를 죽여야 해요. 저한텐 그 기억이 필요해요."

슬러그혼의 얼굴이 더욱더 창백해졌다. 그의 반짝이는 이마가 땀으로 번들거렸다.

"네가 정말로 '선택받은 자'라고?"

"네, 물론이에요." 해리가 침착하게 대답했다.

"하지만 그럼…… 해리 애야…… 넌 엄청난 걸 요구하고 있는 거야…… 사실상 나한테 그자를 없애는 걸 도와 달라고 요구하는……."

"릴리 에번스를 죽인 마법사를 없애고 싶지 않으신 거예요?"

"해리, 해리, 물론 나는 그러고 싶지만……."

"교수님이 절 드와줬다는 걸 그자가 알까 봐 두려우신가요?"

슬러그혼은 아무 말도 하지 않았다. 그저 겁에 질린 표정이었다.

"제 어머니처럼 용감해지세요, 교수님……."

슬러그혼은 통통한 손을 들어 파르르 떨리는 손가락으로 입술을 눌렀다. 잠시 그는 덩치만 큰 아기처럼 보였다.

"자랑스럽지가 않은 내용이라……." 그가 손가락 사이로 속삭였다. "그…… 그 기억이 보여 주는 것들이 부끄러워서…… 내가 그날 엄청난 과오를 저지른 것일 수도 있다는 생각에……."

"무슨 짓을 하셨는지는 몰라도 그 기억을 저한테 주시면 다 없었던 일로 만들 수 있어요." 해리가 말했다. "아주 용감하고 고귀한 행동이 될 거예요."

해그리드가 잠결에 움찔거리며 계속 코를 골았다. 슬러그혼과 해리는 깜빡거리며 타오르는 촛불 너머로 서로를 뚫어지게 바라보았다. 길고 긴 침묵이 흘렀지만 펠릭스 펠리시스는 해리에게 그 침묵을 깨뜨리지 말라고, 그저 기다리라고 말해 주었다.

그때, 슬러그혼이 아주 천천히 주머니에 손을 넣어 마법 지팡이를 꺼내 들었다. 그러고는 다른 쪽 손을 망토 속에 집어넣더니 자그마한 빈 병을 꺼냈다. 슬러그혼은 여전히 해리의 눈을 들여다보며 마법 지팡이 끝을 자신의 관자놀이에 갖다 댄 다음 잡아당겼다. 그러자 은색을 띤 기억의 실이 마법 지팡이 끝에 길게 딸려 나왔다. 그 기억은 밝은 은빛으로 빛나며 점점 더 길게 늘어나다가 마침내 끊겨서 마법 지팡이 끝에 대롱대롱 매달렸다. 슬러그혼이 그 기억을 병에 집어넣자 그것은 병 속에서 기체처럼 소용돌이치면서 돌돌 말렸다가 퍼졌다. 슬러그혼은 떨리는 손으로 병을 코르크 마개로 막고는 그것을 식탁 너머 해리에게 건넸다.

"정말 고맙습니다, 교수님."

"너는 착한 녀석이야." 슬러그혼 교수가 말했다. 그의 살찐 뺨 위로 흘러내린 눈물이 팔자 콧수염 속으로 사라졌다. "그리고 넌 릴리의 눈을 쏙 빼닮았어……. 그 기억을 보고 나서도 그저 날 너무 나쁘게 생각하지만은 말아 다오……."

그러더니 그 역시 두 팔에 고개를 묻고 깊은 한숨을 내쉰 다음 잠들어 버렸다.

23장
호크룩스

성으로 살금살금 돌아가던 해리는 펠릭스 펠리시스의 효력이 떨어져 가는 것을 느꼈다. 정문은 잠겨 있지 않았지만 4층에 올라갔을 때 피브스를 마주치고 말았다. 그는 옆으로 몸을 날려 알고 있던 지름길 중 하나로 접어든 덕분에 가까스로 들키지 않을 수 있었다. 뚱뚱한 귀부인의 초상화 앞까지 가서 투명 망토를 벗었을 때 그녀가 전혀 도울 생각이 없는 것처럼 보이는 것도 무리는 아니었다.

"지금이 몇 신 줄 아느냐?"

"정말 죄송해요. 중요한 일 때문에 나갔다 와야 했어요."

"뭐, 자정에 암호가 바뀌었으니 그냥 복도에서 자야겠구나."

"말도 안 돼요!" 해리가 말했다. "암호가 왜 자정에 바뀌어요?"

"그렇게 됐다." 뚱뚱한 귀부인이 말했다. "화가 난다면 교장 선생님한테 가서 말하거라. 보안 조치를 강화한 건 그 사람이니."

"멋지네." 해리는 씁쓸하게 말하며 딱딱한 바닥을 둘러보았다. "정말 끝내주네요. 네, 덤블도어 교수님이 여기 계신다면 가서 따져야겠어요. 저한테 이런 일을 시키신 건 바로 그분이니까요."

"여기 있다네." 해리 등 뒤에서 어떤 목소리가 말했다. "덤블도어 교수는 한 시간 전에 학교로 돌아왔어."

목이 달랑달랑한 닉이 해리 쪽으로 스르르 미끄러져 오고 있었다. 그의 머리가 평소와 마찬가지로 옷깃 위에서 불안하게 흔들렸다.

"피투성이 남작한테 들었지. 덤블도어 교수가 돌아오는 걸 남작이 봤거든." 닉이 말했다. "남작 말에 따르면 좀 피곤한 것 같긴 하지만 기분은 좋아 보이더라는군."

"어디 계시는데요?" 해리는 가슴이 두근거리는 것을 느끼며 말했다.

"아, 저 위 천문탑에서 신음하면서 쇠사슬을 철컹거리며 돌아다니고 있지. 그게 가장 좋아하는 소일거리……."

"피투성이 남작 말고 덤블도어 교수님요!"

"아아, 연구실에 있다네." 닉이 말했다. "남작이 한 말로 미루어 보건대 먼저 처리해야 할 용무가 좀 있……."

"네, 맞아요." 해리가 그의 말을 잘랐다. 덤블도어에게 슬러그혼 교수의 기억을 손에 넣었다고 말할 생각을 하자 가슴속에서 흥분이 끓어올랐다. 그는 홱 돌아서서, 그를 소리쳐 부르는 뚱뚱한 귀부인을 모른 척하고 전속력으로 달려 나갔다.

"돌아오너라! 알았다, 거짓말이었어! 네가 잠을 깨워서 짜증이 났던 게야! 암호는 '촌충' 그대로야!"

하지만 해리는 이미 복도를 돌진하고 있었고, 불과 몇 분 만에 덤블도어 연구실 앞의 가고일에게 "토피 에클레어"라는 암호를 대고 있었다. 가고일은 옆으로 펄쩍 비켜서서 해리를 나선형 계단으로 들여보내 주었다.

"들어오세요." 해리가 문을 두드리자 덤블도어가 대답했다. 어쩐지 기진맥진한 목소리였다.

해리는 문을 밀어젖혔다. 창밖에 별이 총총한 검은 하늘이 배경으로 깔려 있을 뿐 덤블도어의 연구실은 여느 때와 같은 모습이었다.

"이런 세상에, 해리." 덤블도어가 놀라서 말했다. "이렇게 늦은 시간에 날 만나러 와 주다니 기쁘구나. 그런데 어쩐 일이냐?"

"교수님, 손에 넣었어요. 슬러그혼 교수님한테서 기억을 얻어 냈어요."

해리는 작디작은 유리병을 꺼내 덤블도어에게 보여 주었다. 교장은 한순간 충격을 받은 얼굴이었다. 하지만 곧 그의 얼굴에 활짝 미소가 번졌다.

"해리, 아주 멋진 소식이로구나! 정말 잘했다! 너라면 할 수 있을 줄 알았어!"

그는 시간이 늦었다는 사실은 까맣게 잊었는지 서둘러 책상을 돌아 나와 다치지 않은 손으로 슬러그혼의 기억이 담긴 병을 받아 들고 펜시브가 보관되어 있는 캐비닛으로 성큼성큼 걸어갔다.

"자, 이제……." 덤블도어가 돌 대야를 책상 위에 올려놓고 병의 내용물을 그 안에 따라 내며 말했다. "이제야 마침내 보게 되겠구나. 해리, 서두르거라."

해리는 고분고분 펜시브 위로 허리를 숙였다. 두 발이 연구실 바닥에서 떨어지는 것이 느껴졌다……. 이번에도 그는 어둠 속으로 떨어진 끝에 아주 오래전 호러스 슬러그혼의 연구실에 내려섰다.

숱 많고 윤기가 흐르는 밀짚 색깔 머리카락과 적갈색이 감도는 금색 콧수염을 기른 훨씬 젊은 시절의 호러스 슬러그혼이 이번에도 연구실의 편안한 안락의자에 앉아 벨벳 쿠션에 두 발을 올려놓고 있었다. 그는 한 손에 작은 와인잔을 들고 다른 손으로는 설탕에 절인 파인애플 상자를 뒤적거렸다. 슬러그혼 주위에는 톰 리들을 중심으로 대여섯 명의 남학생이 앉아 있었다. 황금색과 검은색이 섞인 마볼로의 반지가 리들의 손가락에서 반짝거렸다.

덤블도어가 막 해리 옆에 내려선 그때 리들이 물었다. "교수님, 메리소트 교수님이 은퇴하신다는 게 사실인가요?"

"톰, 톰. 나는 알더라도 말해 줄 수 없다." 슬러그혼이 리들을 향해 나무라듯 손가락을 흔들면서도 눈을 찡긋하며 말했다. "정말이지 어디서 그런 정보를 얻는지 궁금하구나, 녀석. 여느 교직원보다 더 많은 걸 알고 있으니, 원."

리들이 씩 웃었다. 다른 소년들이 웃음을 터뜨리며 선망의 눈빛으로 그를 바라보았다.

"알아선 안 되는 걸 알아내는 불가사의한 능력에, 주요 인사들을 대하는 그 신중한 처세하며……. 어쨌든 파인애플은 고맙구나. 정확히 맞혔어. 이건 내가 가장 좋아하는 거란다."

몇몇 소년이 다시 킥킥 웃었다.

"내가 장담하는데 너는 20년 안에 마법 정부 총리 자리에 오를 거다. 나한테 계속 파인애플을 보내 준다면 15년. 나는 정부에 훌륭한 인맥을 갖고 있거든."

다른 학생들이 다시 웃음을 터뜨리는 가운데 톰 리들은 그저 미소만 지었다. 어느 모로 보나 리들은 저 소년들 중에서 가장 나이 많은 학생이 아니었다. 그러나 모두가 톰 리들을 리더로 여기는 것 같았다.

"정치가 저한테 맞을지 모르겠습니다, 교수님." 웃음소리가 잦아들자 그가 말했다. "일단 저에게는 적당한 배경이 없으니까요."

리들 주위에 앉아 있던 소년 두어 명이 서로를 보며 히죽 웃었다. 해리는 그들이 자기들끼리만 통하는 농담을 즐기고 있다고 확신했다. 그들 패거리의 리더인 톰 리들의 유명한 조상에 관해 알거나 추측하는 내용을 떠올리고 있는 것이 틀림없었다.

"말도 안 되는 소리." 슬러그혼이 씩씩하게 말했다. "네가 지체 높은 마법사 가문의 후손이라는 건 그 이상 명백할 수가 없어요. 너 같은 능력을 갖춘 아이가! 아니, 너는 장차 크게 될 거다, 톰. 학생들에 대한 내 판단은 아직까지 한 번도 틀린 적이 없어."

슬러그혼의 책상 위에 놓여 있는 작은 황금 시계가 등 뒤에서 11시를 알리자 그는 뒤를 돌아보았다.

"이런 세상에, 벌써 시간이 이렇게 됐나?" 슬러그혼이 말했다. "이제 가 보는 게 좋겠구나, 얘들아. 그렇지 않으면 모두 난처해질 거야. 레스트레인지, 내일까지 작문 숙제를 제출하거라. 안 그러면 방과 후 징계예요. 너도 마찬가지고, 에이버리."

소년들이 한 명 한 명 줄지어 방을 나갔다. 슬러그혼은 안락의자에서 몸을 일으켜 빈 잔을 들고 책상으로 갔다. 등 뒤에서 기척이 느껴지자 그는 뒤를 돌아보았다. 리들이 아직 거기에 서 있었다.

"서두르려무나, 톰. 취침 시간이 지났는데 침실 밖을 돌아다니다가 걸리고 싶지는 않겠지? 게다가 넌 반장이기도……."

"교수님, 여쭤볼 게 있는데요."

"그럼 물어봐야지, 얘야. 물어보려무나."

"교수님이 혹시 알고 계시는지 궁금했습니다. 그…… 호크룩스에 대해서요."

슬러그혼은 그를 뚫어지게 바라보았다. 그의 두툼한 손가락들이 와인 잔 손잡이를 하염없이 어루만지고 있었다.

"어둠의 마법 방어법 과제인가 보구나?"

하지만 해리가 보기에 슬러그혼은 그것이 학교 과제가 아니라는 사실을 너무나 잘 알고 있었다.

"딱히 그런 건 아닙니다, 교수님." 리들이 말했다. "책을 보다가 그 단어를 발견했는데, 이해가 잘 안 가서요."

"아니…… 뭐…… 호그와트에서 호크룩스에 관해 상세한 내용을 알려 주는 책은 좀처럼 찾기 어려울 거다, 톰. 그건 강력한 어둠의 마법이거든. 정말이지 아주 강력한." 슬러그혼이 말했다.

"하지만 교수님께서는 당연히 호크룩스에 대해 다 알고 계시겠지요? 제 말은, 교수님 같은 마법사라면…… 죄송합니다. 그러니까, 교수님께서 알려 주실 수 없다면 절대……. 저는 그냥 누가 저에게 그것에 대해 알려 줄 수 있다면 교수님일 거라는 확신이 들었거든요. 그래서 여쭤보려고 생각했습니다."

아주 그럴싸한 말이라고, 해리는 생각했다. 그 망설임이며 태연스러운 말투, 은근한 아첨, 어느 것 하나 지나치지 않았다. 해리는 탐탁지 않아 하는 사람들을 구슬려 정보를 얻어 내야 했던 경험이 너무 많았기에 이 일에 숙련된 사람을 못 알아볼 수가 없었다. 그는 리들이 이 정보를 정말 간절히 원한다는 것을 알았다. 아마도 이 순간을 위해 몇 주 동안이나 노력을 쏟아부었을 것이다.

"글쎄……." 슬러그혼은 리들을 바라보는 대신 설탕에 절인 파인애플 상자에 붙어 있는 리본을 만지작거리며 말했다. "글쎄, 물른 너한테 대략적인 정보를 알려 준다고 해서 해가 될 것은 없겠지. 단지 네가 그 용어를 이해할 수 있도록 말이다. 호크룩스는 사람이 자기 영혼의 일부를 숨겨 놓은 물건을 일컫는 용어란다."

"하지만 어떻게 그런 일이 가능한 건지 잘 모르겠는데요, 교수님." 리들이 말했다.

리들은 목소리를 조심스럽게 억누르고 있었지만 해리에게는 거기에 깃든 흥분이 전해져 왔다.

"뭐, 자기 영혼을 쪼개서 말이다." 슬러그혼이 말했다. "그리고 그 영혼의 일부를 각각 몸 바깥에 있는 사물에 숨기는 게야. 그렇게 하면 그 사람의 몸이 공격을 당하거나 파괴되더라도 죽지 않지. 영혼의 일부가 손상되지 않고 이 땅에 매여 있으니 말이다. 하지만 물론 그런 형태로 존재한다는 건……."

슬러그혼의 얼굴이 일그러졌다. 해리는 자기도 모르게 2년 전에 들었던 말을 떠올리고 있었다.

'나는 내 육체에서 떨어져 나가 영혼보다도 못한, 가장 비천한 유령보다도 못한 존재가 되어 버렸다……. 하지만 그래도 나는 살아 있었다.'

"……그런 걸 원하는 사람은 거의 없을 거다, 톰. 정말 드물겠지. 차라리 죽는 게 나을 거야."

하지만 리들의 갈망은 이제 두드러져 보였다. 얼굴에는 탐욕스러운 빛이 떠올랐다. 그는 더 이상 열망을 감추지 못했다.

"영혼을 어떻게 쪼개죠?"

"그게" 하고, 슬러그혼은 불편한 듯 입을 열었다. "영혼이란 본래 온전하게 통합되어 있어야 한다는 것을 먼저 이해해야 한다. 영혼을 쪼개는 건 패륜 행위야, 자연의 섭리에 어긋나는 짓이지."

"그런데 어떻게 그게 가능하죠?"

"사악한 행위로…… 그러니까 가장 사악한 행동을 함으로써 가능해진다. 살인을 저지름으로써 말이야. 살인은 영혼을 갈기갈기 찢어 놓지. 호크룩스를 만들 의도를 갖고 있는 마법사는 이런 대가를 거꾸로 이용하는 거다. 찢긴

부분을 감싸서……."

"감싼다고요? 하지만 어떻게……?"

"주문이 있지만 묻지 말거라. 난 모르니까!" 슬러그혼은 모기를 귀찮아하는 늙은 코끼리처럼 고개를 저었다. "내가 그런 짓을 해 봤을 것 같으냐? 내가 살인자처럼 보여?"

"아닙니다, 교수님. 당연히 아니죠." 리들이 서둘러 말했다. "……죄송합니다. 교수님 기분을 상하게 해 드리려는 건 아니었습니다……."

"아니다, 전혀 그렇지 않아. 기분이 나쁜 건 아니다." 슬러그혼이 무뚝뚝하게 말했다. "이런 일들에 어느 정도 호기심을 느끼는 건 자연스러운 일이야. 어느 정도 재능을 갖춘 마법사들은 항상 마법의 이런 측면에 이끌려 왔지……."

"네, 교수님." 리들이 말했다. "하지만 제가 이해할 수 없는 건…… 그냥 호기심인데요…… 그러니까, 호크룩스가 하나뿐이면 무슨 소용이 있을까요? 영혼은 한 번만 쪼갤 수 있는 건가요? 영혼을 여러 조각으로 나누면 더욱 강해지지 않을까요? 그러니까, 예를 들어서 7은 가장 강력한 마법의 숫자잖아요. 혹시 일곱 개라면……?"

"멀린의 턱수염 같으니, 톰!" 슬러그혼이 소리를 질렀다. "일곱이라니! 한 사람을 죽인다는 생각만 해도 끔찍하지 않느냐? 그리고 어쨌든…… 영혼을 둘로 나눈다는 것만도 충분히 끔찍한데…… 그걸 일곱 조각으로 찢어발기다니……."

슬러그혼은 이제 굉장히 불안해하는 표정이었다. 그는 여태껏 리들을 제대로 본 적이 한 번도 없었던 것처럼 그를 바라보고 있었다. 해리는 그가 이 대화를 시작한 것 자체를 후회하고 있다는 사실을 알 수 있었다.

"물론……." 슬러그혼이 중얼거렸다. "이건 전부 이론상의 얘기야, 우리가 지금 토론하고 있는 것 말이다. 그렇지? 전부 학술적인……."

"네, 교수님. 물론입니다." 리들이 재빨리 말했다.

"하지만 그렇더라도 말이다, 톰……. 내가 한 얘기, 그러니까 우리가 방금 토론한 내용에 대해서는 침묵을 지켜야 해. 우리가 호크룩스에 대해 잡담을 했다는 걸 알면 사람들이 좋아하지 않을 게다. 그게, 이건 호그와트에서 금지된 주제거든……. 특히 덤블도어는 이 얘기를 지독하게 싫어해요……."

"한 마디도 하지 않겠습니다, 교수님." 리들은 그렇게 말하고 방을 나갔지만, 그러기 전에 리들의 얼굴을 힐끗 쳐다본 해리는 그의 얼굴에 자신이 마법사라는 사실을 처음 알았을 때 떠올랐던 것과 같은 기쁨, 그 잘생긴 이목구비를 돋보이게 만들기보다는 어쩐지 비인간적으로 보이도록 만드는 격렬한 행복감이 가득 깃들어 있는 것을 보았다.

"애썼다, 해리." 덤블도어가 조용히 말했다. "이제 가자꾸나."

해리가 다시 연구실 바닥에 내려섰을 때 덤블도어는 이미 책상 뒤에 앉아 있었다. 해리도 의자에 앉아서 덤블도어가 입을 열기를 기다렸다.

"나는 아주 오랜 시간 동안 이 증거를 손에 넣길 기다려왔다." 마침내 덤블도어가 입을 열었다. "이걸로 내가 세운 가설이 확실해지는구나. 내 생각이 맞았다는 것, 그리고 아직 갈 길이 매우 멀다는 것도 말이야."

해리는 문득 벽을 빙 둘러 걸려 있는 초상화 속 역대 교장들이 단 한 사람도 빼놓지 않고 잠에서 깨어나 그들의 대화에 귀 기울이고 있다는 사실을 눈치챘다. 뚱뚱하고 코가 빨간 남자 마법사 한 명은 나팔 모양 보청기까지 꺼내 들고 있었다.

"자, 해리." 덤블도어가 다시 말했다. "나는 네가 우리가 방금 들은 이야기의 중요성을 이해했을 거라 믿는다. 몇

달 정도 차이 나겠지만 톰 리들은 지금의 너와 같은 나이에 자신을 불사의 몸으로 만들 방법을 찾기 위해 할 수 있는 건 다 하고 있었지."

"그럼 그자가 성공했다고 생각하시는 건가요, 교수님?" 해리가 물었다. "그자가 호크룩스를 만든 거예요? 그래서 절 공격했을 때 죽지 않았던 건가요? 어딘가에 호크룩스를 숨겨 놓아서요? 그자의 영혼 한 조각이 안전했기 때문에?"

"한 조각이거나…… 그 이상이겠지." 덤블도어가 말했다. "볼드모트의 말을 들었잖느냐. 그자가 호러스에게서 특별히 듣고 싶어 했던 건, 한 개 이상의 호크룩스를 만든 마법사에게 어떤 일이 일어나느냐 하는 거였어. 죽음으로부터 벗어나겠다는 의지가 너무 강한 나머지 수차례 살인을 저지르고 자신의 영혼을 반복적으로 찢어발겨 그걸 여러 개의 호크룩스에 각각 숨겨 보관하려는 마법사는 어떻게 되는지 말이다. 어떤 책도 그자에게 그런 정보를 주지 않았을 게다. 내가 아는 한, 또 볼드모트도 알 거라 확신한다만, 자신의 영혼을 둘 이상으로 쪼개 본 마법사는 여태껏 단 한 명도 없었으니까."

덤블도어는 잠시 말을 멈추고 생각을 정리하더니 말을 이었다. "4년 전, 나는 볼드모트가 그 자신의 영혼을 쪼갰다는 것을 증명해 주는 어떤 물건을 손에 넣었다."

"어디서요?" 해리가 물었다. "어떻게요?"

"네가 나한테 건네주지 않았니, 해리." 덤블도어가 대답했다. "일기장. 리들의 일기장 말이다. 비밀의 방을 다시 여는 방법을 가르쳐 준 그 일기장."

"이해가 안 가는데요, 교수님." 해리가 말했다.

"비록 나는 일기장에서 나온 리들을 보지는 못했지만 네가 설명해 준 대로라면 그건 내가 단 한 번도 목격한 적 없는 현상이었다. 그저 기억일 뿐인데 스스로 행동하고 생각하다니? 한낱 기억이 그 일기장을 손에 넣은 소녀의 생명을 서서히 앗아 갈 수 있다고? 아니, 그 일기장에는 훨씬 불길한 무언가가 깃들어 있었어……. 난 그것이 영혼의 파편이라고 거의 확신했단다. 그 일기장이 호크룩스였던 거지. 하지만 그런 결론만큼이나 수많은 의문이 생겨났다. 무엇보다 내 관심과 경계심을 불러일으켰던 건 그 일기장이 보호 수단일 뿐만 아니라 무기로 쓸 수 있도록 만들어진 것이기도 하다는 사실이었어."

"아직도 이해가 안 가요." 해리가 말했다.

"음, 그 일기장은 호크룩스의 본래 역할을 수행했다. 달리 말하면, 그 안에 숨겨진 영혼의 파편을 안전하게 보관하고, 확실히 주인의 죽음을 막는 역할을 했다는 얘기지. 한데, 한편으로 리들이 그 일기가 읽히기를 간절히 바랐다는 데는 의심의 여지가 없다. 자신의 영혼 일부가 누군가의 몸 안에 들어가 살거나 그 누군가를 지배해서 슬리데린의 괴물이 다시 풀려나게 만들기를 바랐으니 말이다."

"뭐, 자기 노력이 허사가 되기를 바라지는 않았겠죠." 해리가 말했다. "볼드모트는 사람들이 자기가 슬리데린의 후계자라는 사실을 알길 바랐잖아요. 당시에는 그 일을 자기 공으로 돌릴 수 없었으니까요."

"정확하다." 덤블도어가 고개를 끄덕이며 말했다. "한데, 모르겠느냐, 해리? 그 일기장이 호그와트 학생에게 전달되거나 그 아이의 소지품 목록에 들어가기를 바랐다면, 그자는 거기에 감춰 놓은 소중한 자기 영혼에 대해서 놀랄 만큼 무심했던 셈이다. 호크룩스를 만드는 목적은 슬러그혼 교수가 설명했다시피 자신의 일부를 안전하게 숨겨 놓는 것이지, 다른 사람의 손에 내던져지거나 파괴당할 위험을 감수할 수 있는 게 아니란 얘기다. 실제로 일기장이 그렇게 파괴되지 않았니. 거기에 감춰져 있던 영혼의 파편은 더 이상 존재하지 않는다. 네가 확실히 그렇게 만들었지. 볼드모트가 이 호크룩스를 부주의하게 다뤘다는 사실이 나는 무척 불안했다. 그건 그자가 더 많은 호크룩스를 이미 만들었거나 만들 계획이라는 걸 의미했으니까. 그러니 첫 번째 호크룩스를 잃는 것쯤은 그렇게 큰 손실이 아니었겠지. 믿고 싶진 않았지만 그게 아니라면 달리 설명할 길이 없는 것 같았다. 그리고 2년 뒤 너는 볼드모트가 자기 몸으로 돌아온 그날 밤 죽음을 먹는 자들에게 했던 말을 내게 들려주었지. 굉장한 깨달음을 주고 경각심을 불러일으키는 말이었단다. '내가, 불멸로 향하는 길을 따라 그 누구보다 멀리까지 갔던 이 내가……' 그자가 이렇게 말했다고 넌 내게 전해 주었다. '그 누구보다 멀리.' 그리고 죽음을 먹는 자들과 달리 나는 그 말이 무슨 뜻인지 알 것 같았다. 볼드모트는 자신의 호크룩스를 말하고 있었던 거야. 하나가 아닌 여러 개의 호크룩스를 말이다, 해리. 다른 어떤 마법사도 가져 본 적이 없는 여러 개의 호크룩스를. 그러면 앞뒤가 맞아. 볼드모트 경은 시간이 지날수록 인간적인 면을 점점 잃어 가는 것 같았고, 그런 변화는 그자의 영혼이 우리가 평범한 악이라고 부를 수 있는 범위를 뛰어넘을 만큼 훼손됐을 경우에만 설명할 수 있는 것처럼 보이니까."

"그러니까 볼드모트는 불사의 몸이 되기 위해 다른 사

람들을 살해했다는 건가요?" 해리가 말했다. "왜 마법사의 돌을 만들거나 훔치지 않았을까요? 죽음을 피하는 일에 그렇게 집착했으면서 말이에요."

"그자가 5년 전에 바로 그런 짓을 했다는 건 우리 둘 다 알고 있지 않느냐." 덤블도어가 말했다. "하지만 내 생각에는 볼드모트 경에게 마법사의 돌이 호크룩스만큼 매력적이지 않았던 이유가 몇 가지 있는 듯하더구나. 그 생명의 영약은 실제로 수명을 연장해 주지만 불사의 몸을 유지하려면 꾸준히, 영원토록 마셔야 한다. 그렇게 되면 볼드모트는 그 약에 전적으로 의존하게 될 테고, 약이 떨어지거나 오염되거나 마법사의 돌을 도둑맞는다면 다른 사람들과 마찬가지로 죽음을 맞게 된다. 볼드모트는 혼자 행동하기를 좋아했다는 사실을 기억하거라. 그것이 아무리 영약이라 해도, 나는 그자가 뭔가에 의존해야 한다는 생각을 견딜 수 없었을 거라고 믿는다. 물론 너를 공격한 이후로 처하게 된 끔찍한 반쪽짜리 삶에서 벗어날 수 있다면 기꺼이 그 영약을 마실 준비도 되어 있었지. 하지만 그것은 그저 몸을 되찾기 위해서일 뿐이었고 그자는 어쨌든 계속 호크룩스에 의지할 생각이었던 게 분명하다. 인간의 모습만 되찾는다면 더 이상 아무것도 필요하지 않을 테니까.

그자는 이미 불사의 몸이었어……. 아니, 그 어떤 사람보다도 불사에 가까운 존재가 되었다. 하지만 해리, 우리는 이제 이 정보, 네가 우리를 위해 성공적으로 얻어 낸 이 결정적인 기억으로 무장하고 있다. 다시 말해, 이전의 그 누구보다도 볼드모트 경을 끝장낼 수 있는 비밀에 가까이 다가간 셈이야. 해리 너도 그자가 말하는 걸 들었을 거다. '영혼을 여러 조각으로 더 나누면 더욱 강해지지 않을까요? …… 7은 가장 강력한 마법의 숫자잖아요'……. *7은 가장 강력한 마법의 숫자잖아요*, 라고 했지. 그래, 나는 영혼을 일곱 개로 나눈다는 발상이 볼드모트 경에게 굉장히 매력적으로 다가왔을 거라고 본다."

"일곱 개의 호크룩스를 만들었다고요?" 해리가 소스라치게 놀라며 소리쳤다. 벽에 걸린 초상화 몇 점도 마찬가지로 충격과 분노가 담긴 듯한 소리를 내뱉었다. "하지만 호크룩스는 이 세상 어디에든 있을 수 있잖아요. 숨겨진 채…… 어디에 묻혀 있거나, 보이지 않게 감춰져 있거나……."

"네가 이 문제의 규모를 제대로 이해하는 것 같아 다행이구나." 덤블도어가 담담하게 말했다. "그런데 일단은 아니다, 해리. 호크룩스는 일곱 개가 아니야. 여섯 개지. 비록 온전하진 못하더라도 그자의 일곱 번째 영혼 조각은 되살려 낸 그자의 몸속에 있다. 그게 바로 추방당한 그 오랜 세월 동안 허깨비 같은 존재로나마 살아 있었던 부분이지. 그게 없으면, 볼드모트는 자아라는 것을 전혀 갖지 못하는 셈이야. 그 일곱 번째 영혼 조각이야말로, 볼드모트를 죽이고 싶어 하는 사람이라면 반드시 공격해야 하는 마지막 목표일 거다. 그자의 몸속에 살아 있는 그 조각 말이다."

"하지만 그래도 여섯 개네요." 해리가 약간 절망적인 어조로 말했다. "그걸 어떻게 찾죠?"

"잊어버린 모양인데…… 네가 이미 그중 하나를 파괴했다. 그리고 내가 또 하나를 없앴지."

"교수님이요?" 해리가 기대에 차서 말했다.

"그래, 그렇고말고." 덤블도어가 그렇게 말하며 불에 그을린 듯 검게 변한 손을 들어 올렸다. "반지였단다, 해리. 마볼로의 반지 말이야. 거기에는 끔찍한 저주가 걸려 있기도 했다. 품위 있게 겸손을 떨 줄 몰라 미안하지만 만약 나 자신의 놀라운 능력과, 내가 절망적인 쿠상을 입고 호그와트로 돌아왔을 때 적절한 행동을 취한 스네이프 교수가 없었다면 나는 살아서 이 이야기를 전해 줄 수 없었을지도 모른단다. 하지만 볼드모트의 일곱 번째 영혼과 맞바꿀 수만 있다면 손이 말라비틀어지는 것쯤이야 그렇게 대수로운 일도 아닌 것 같구나. 어쨌든 그 반지는 더 이상 호크룩스가 아니니까."

"그런데 어떻게 찾으신 거예요?"

"그게 말이다, 이제는 너도 알겠지만 나는 여러 해 동안 볼드모트의 과거에 관해 되도록 많은 정보를 알아내는 일을 나의 과제로 삼았단다. 나는 널리 돌아다니면서, 그자가 한때 알았던 장소들을 방문했어. 그러다가 폐허가 된 곤트의 집에 숨겨져 있었던 그 반지를 우연찮게 발견했지. 볼드모트는 일단 자기 영혼 한 조각을 그 안에 넣고 봉인하는 데 성공하자 더 이상 그 반지를 끼고 싶지 않았던 것 같더구나. 그자는 반지에 강력한 보호 마법을 여러 번 건 다음, 한때 그의 조상들이 살았던 오두막에 숨겼다. 물론 모핀은 아즈카반으로 끌려간 뒤였지. 내가 언젠가 그 폐가를 찾아가거나 마법으로 은폐한 흔적을 계속 쫓을 수도 있을 거라고는 전혀 추측하지 못한 게다. 하지만 마냥 기뻐하기엔 아직 이르단다. 너는 일기장을 파괴하고 나는 반지를 파괴했지만, 영혼이 일곱 조각으로 쪼개졌다는 우리의 추측이 맞다면 아직 호크룩스 네 개가 남아 있는 셈이니까."

"그리고 어떤 물건이든 호크룩스가 될 수 있고요?" 해리가 말했다. "낡은 깡통이나 뭐, 잘 모르겠지만 텅 빈 마법약 병도 될 수 있는 것 아닌가요……?"

"포트키를 생각하고 있구나, 해리. 포트키라면 반드시 평범한 물건이어야 하겠지. 그래야 사람들이 보고 그냥 지나치기 쉬우니까. 하지만 볼드모트 경이 자신의 소중한 영혼을 지키는 데 깡통이나 낡은 마법약 병을 사용한다? 내가 지금까지 보여 준 것들을 잊었구나. 볼드모트 경은 전리품 모으기를 좋아했고, 강력한 마법적 이력을 지닌 물건들을 선호했단다. 그의 자존심, 그 자신이 우월한 존재라는 믿음, 마법의 역사에 놀랄 만한 한 획을 긋고자 하는 의지……. 이런 사실들로 미루어 볼 때 볼드모트는 심혈을 기울여 호크룩스를 선택했을 거다. 기릴 만한 가치가 있는 물건들을 선호했겠지."

"일기장은 그렇게 특별한 물건이 아니었는데요."

"너도 말했다시피 그 일기장은 그자가 슬리데린의 후계자라는 증거였다. 나는 볼드모트가 그 일기를 굉장히 중요하게 여겼을 거라고 확신한단다."

"그럼 다른 호크룩스들은요?" 해리가 물었다. "교수님은 그것들이 뭔지 알 것 같으세요?"

"나도 추측만 할 뿐이란다." 덤블도어가 말했다. "네가 앞서 말해 준 몇 가지 이유 때문에 나는 볼드모트 경이 그

자체로 어떤 위엄을 갖추고 있는 물건들을 선호했을 거라 믿는다. 그래서 볼드모트의 과거를 샅샅이 훑어 그자의 주변에서 그런 물건들이 사라진 증거를 찾아봤지."

"그 로켓이군요!" 해리가 큰 소리로 말했다. "후플푸프의 잔도요!"

"그래." 덤블도어가 미소를 머금으며 말했다. "나는 아마 다른 쪽 손 전부는 안 되겠지만 손가락 두어 개는 걸고, 그 두 가지 물건이 세 번째와 네 번째 호크룩스가 됐다고 장담한다. 그자가 모두 여섯 개의 호크룩스를 만들었다고 가정한다면 나머지 두 개가 무엇이냐 하는 문제가 남지. 하지만 감히 추측해 본다면, 후플푸프와 슬리데린의 물건은 이미 확보했으니 그자는 그리핀도르나 래번클로가 소유했던 물건들을 추적하기 시작했을 거야. 네 명의 창립자가 소유했던 네 개의 물건이라면 분명 볼드모트의 상상력을 강하게 자극했겠지. 그자가 래번클로의 물건을 찾아냈는지는 나도 답할 수 없다. 하지만 그리핀도르의 유물로 알려진 유일한 물건이 안전하게 보관되어 있다는 건 자신할 수 있단다."

덤블도어는 까맣게 변한 손가락으로 등 뒤를 가리켰다. 그곳에는 루비 박힌 검이 유리로 된 상자 안에 놓여 있었다.

"그게 바로 그자가 호그와트에 돌아오고 싶어 했던 진짜 이유라고 생각하세요, 교수님?" 해리가 말했다. "다른 창립자들의 물건을 찾는 것 말이에요."

"내 생각은 그렇다." 덤블도어가 말했다. "하지만 그자가 학교 안을 살펴볼 기회조차 얻지 못하고 쫓겨났으니 우리 입장에서는 더 알 수 있는 것이 없구나. 나는 그자가 네 창립자들의 물건을 수집하려는 야심을 결코 충족시키지 못했다고 결론 내릴 수밖에 없었단다. 그자가 그중 두 개를 손에 넣은 건 확실해. 세 번째 물건을 찾았을 수도 있고. 지금 우리가 추측할 수 있는 건 이게 다란다."

"래번클로나 그리핀도르의 물건을 가졌더라도 여섯 번째 호크룩스가 남는데요." 해리가 손가락을 꼽아 보며 말했다. "설마 두 개를 다 갖고 있는 건 아니겠죠?"

"그렇지는 않을 거라 생각한다." 덤블도어가 말했다. "나는 여섯 번째 호크룩스가 무엇인지 알 것 같거든. 내가 한동안 내기니라는 뱀이 하는 짓을 수상하게 여겼다고 고백한다면 네가 뭐라고 말할지 궁금하구나."

"그 뱀 말씀인가요?" 해리가 깜짝 놀라 물었다. "동물을 호크룩스로 쓸 수 있어요?"

"글쎄, 현명한 일은 아니다만." 덤블도어가 말했다. "스스로 생각하고 움직일 수 있는 무언가에게 영혼의 일부를 맡겨 놓는 것은 분명 굉장히 위험한 일이니 말이다. 그러나 내 계산이 맞다면, 볼드모트가 널 죽일 의도를 갖고 네 부모님의 집에 침입했을 때는 목표한 여섯 개의 호크룩스 중 하나가 모자란 상태였다. 그자는 유독 중요한 살인을 위해 호크룩스 만드는 일을 아껴 놓았던 것으로 보인다. 틀림없이 네가 그 대상이었을 테지. 그자는 널 죽임으로써 예언이 암시했던 위험을 파괴할 수 있다고 믿었다. 그자는 자기 자신을 천하무적의 존재로 만들고 있다고 생각했지. 나는 그자가 널 죽임으로써 마지막 호크룩스를 만들 의도였다고 확신한다. 우리 둘 다 알다시피 그 일은 실패했지. 하지만 몇 년이 흐른 뒤 그자는 내기니를 이용해 한 머글 노인을 죽였고, 아마 그때 내기니를 자신의 마지막 호크룩스로 만들어야겠다고 생각했을지도 모른다. 내기니는 볼드모트 경을 더욱 신비롭게 만들어 주는 슬리데린과의 관계를 나타내는 존재지. 아마도 나는 그자가 다른 어떤 것보다도 내기니를 좋아할 거라고 생각한다. 확실히 내기니를 가까이에 두고 싶어 하고, 그자가 파셀마우스라는 점을 감안하더라도 내기니에게 이상할 만큼 통제력을 행사하고 있는 것처럼 보이니 말이다."

"그러면" 하고, 해리가 말했다. "일기장은 사라지고 반지도 사라졌지만 잔과 로켓과 뱀은 아직 온전하고, 교수님은 한때 래번클로나 그리핀도르 소유의 물건이었을 호크룩스가 있을지 모른다고 생각하시는 거죠?"

"감탄이 나올 만큼 간결하고 정확한 요약이구나. 맞다." 덤블도어가 고개를 살짝 숙이며 말했다.

"그럼…… 교수님은 아직도 그것들을 찾고 계신 건가요? 학교에 안 계실 때 그것들을 찾으러 가신 건가요?"

"그래." 덤블도어가 말했다. "아주 오랫동안 찾고 있었단다. 내 생각엔…… 아마도…… 또 하나를 거의 찾은 것 같긴 하다만. 희망적인 조짐이 보였거든."

"그리고 만약에 호크룩스를 찾으시면……." 해리가 서둘러 말을 이었다. "제가 교수님이랑 같이 가서 그걸 없애는 걸 도와 드리면 안 될까요?"

덤블도어는 잠깐 동안 해리를 아주 골똘히 바라보더니 입을 열었다. "그래, 그래도 될 것 같구나."

"정말요?" 해리가 도저히 믿기지 않는다는 듯 물었다.

"그렇고말고." 덤블도어가 살짝 미소 지으며 말했다. "너한테 그럴 권리는 있다고 생각한다."

해리의 가슴이 기쁨으로 부풀어 올랐다. 이번만은, 주의

하고 조심하라는 말을 듣지 않았다는 게 아주 마음에 들었다. 벽에 걸린 역대 교장들은 덤블도어의 결정에 그다지 공감하는 것 같지 않았다. 해리는 그중 몇 명이 고개를 젓는 모습을 보았고, 피니어스 나이젤러스는 코웃음까지 쳤다.

"호크룩스가 파괴되면 볼드모트도 그걸 알 수 있나요, 교수님? 느낄 수 있어요?" 해리는 초상화들의 반응을 무시하며 그렇게 물었다.

"아주 흥미로운 질문이구나, 해리. 내 생각에는 아닌 것 같다. 나는 지금의 볼드모트가 사악함에 젖어 있는 데다가, 그 자신의 소중한 일부들이 너무나 오랫동안 떨어져 나가 있었기 때문에 우리가 느끼는 것처럼은 느끼지 못할 거라고 본다. 아마 죽는 순간에는 자기가 뭘 잃어버렸는지 깨달을지도 모르지……. 그러나 예컨대, 그자는 루시우스 말포이에게서 억지로 진실을 끌어내기 전까진 일기장이 파괴되었다는 사실을 알지 못했다. 일기장이 훼손되어 거기에 담긴 힘을 모두 빼앗겼다는 사실을 알았을 때 볼드모트의 분노는 차마 볼 수 없을 만큼 끔찍했다는 얘기가 들리더구나."

"하지만 저는 볼드모트가 루시우스 말포이한테 그 일기장을 몰래 호그와트로 들여보내라고 한 줄 알았는데요?"

"그래, 맞다. 오래전, 볼드모트 자신이 더 많은 호크룩스를 만들 수 있을 거라고 확신하던 시절에 그랬지. 하지만 그렇더라도 루시우스는 볼드모트의 결정을 기다려야 했어. 볼드모트가 일기장을 그에게 전해 주고 얼마 지나지 않아 사라졌기 때문에 구체적인 명령을 받지는 못했지만 말이다. 볼드모트는 루시우스가 호크룩스를 신중하게 보관하는 것 외에 그걸로 감히 뭘 하려고 들지는 않을 거라고 생각했던 게 틀림없다. 루시우스가 주인에게 품고 있는 공포를 너무 신뢰한 게지. 그러나 그 주인은 오랫동안 모습을 드러내지 않았고 루시우스는 그자가 죽었다고 믿었다. 물론 루시우스는 그 일기장이 실제로 어떤 물건인지 전혀 몰랐어. 볼드모트는 아마 루시우스한테, 일기장에 교묘한 마법이 걸려 있어서 비밀의 방이 다시 열리게 해 줄 거라고 말했을 테지. 루시우스가 주인의 영혼 일부가 자기 손에 들어와 있다는 걸 알았으면 틀림없이 더욱 경외심을 갖고 그 일기장을 다뤘을 게다. 하지만 그러는 대신 그자는 더 앞서 나가 자신의 목적을 이루기 위해 옛 계획을 실행했지. 아서 위즐리의 딸에게 그 일기장을 쥐여 줌으로써, 아서를 향한 신뢰를 떨어뜨리고 나를 호그와트에서 쫓아내고 자신에게 혐의가 돌아올 가능성이 굉장히 높은 물건을 없애는 일을 단번에 처리하려 했던 거야. 아, 루시우스 가엾은 친구 같으니……. 자신의 이득을 위해 호크룩스를 내던져 버린 것, 그리고 작년 마법 정부에서의 그 대실패에 대한 볼드모트의 격렬한 분노를 생각하면, 나는 루시우스가 지금 당장 아즈카반에 안전하게 갇혀 있는 걸 내심 기뻐하고 있다 해도 그리 놀라지 않을 것 같다."

해리는 잠시 생각에 잠겨 앉아 있다가 물었다. "그러니까 호크룩스가 다 파괴되면 볼드모트를 죽이는 것도 가능한 거죠?"

"그래, 그럴 것 같구나." 덤블도어가 말했다. "호크룩스가 없으면 볼드모트는 온전치 못하고 약해진 영혼을 가진 필멸의 인간이 된다. 그렇더라도 이건 잊지 말거라. 영혼만큼은 회복할 수 없을 만큼 손상당했을지 모르지만 그자의 두뇌와 마법적인 힘은 온전하게 남아 있다. 볼드모트 같은 마법사를 죽이려면 비범한 기술과 힘이 필요하단다. 호크룩스가 없더라도 말이야."

"하지만 저한테 비범한 기술이나 힘 같은 건 없어요." 해리는 자기도 모르게 이렇게 내뱉었다.

"아니, 가지고 있다." 덤블도어가 단호하게 말했다. "너에게는 볼드모트가 한 번도 가져 본 적 없는 힘이 있단다.

너는……."

"알아요!" 해리가 초조한 듯 소리쳤다. "저는 사랑을 할 수 있죠!" 그는 "거 참 대단하네요!"라는 말을 덧붙이고 싶은 마음을 간신히 억눌렀다.

"그래, 해리. 너는 사랑을 할 수 있다." 덤블도어가 말했다. 그는 해리가 방금 무슨 말을 하고 싶어 했는지 뻔히 안다는 듯한 얼굴이었다. "너한테 일어났던 그 모든 일을 생각해 볼 때 그건 정말 위대하고 놀라운 능력이란다. 너는 너 자신이 얼마나 비범한지 이해하기에는 아직 너무 어려, 해리."

"그러니까 예언에서 제가 '어둠의 왕이 알지 못하는 힘'을 갖게 될 거라고 했을 때, 그 힘이란 게…… 사랑을 뜻하는 건가요?" 해리는 약간 실망스러운 기분을 느끼며 물었다.

"그래, 그저 사랑이란다." 덤블도어가 말했다. "하지만 해리, 예언에 나온 말이 중요한 이유는 단지 볼드모트가 그렇게 되도록 만들었기 때문이라는 사실을 절대 잊지 말거라. 작년 말에 내가 이 얘기를 해 주었지. 볼드모트는 자기 자신에게 가장 위험한 사람으로 오로지 너를 선택했어. 그리고 그렇게 함으로써 너를 자기 자신에게 가장 위험한 사람으로 만든 거다!"

"하지만 어쨌든 결론은 똑같……."

"아니, 그렇지 않다!" 덤블도어의 외침에는 이제 답답하다는 기색이 역력했다. 그는 검게 말라비틀어진 손으로 해리를 가리키며 말했다. "너는 그 예언을 너무 중요하게 생각하고 있구나!"

"하, 하지만……." 해리가 말을 더듬거렸다. "하지만 교수님께서 그러셨잖아요. 그 예언이 의미하는 건……."

"볼드모트가 예언의 내용을 아예 듣지 못했어도 그 예언이 실현됐을까? 무슨 의미라도 있었을까? 당연히 아니다! 너는 예언의 방에 있는 그 모든 예언이 실현되었을 거라고 생각하느냐?"

"하지만……." 해리가 당황해서 말했다. "하지만 작년에 저와 볼드모트 중 한 사람이 상대방을 죽여야 한다고 말씀하셨……."

"해리, 해리. 그건 단지 볼드모트가 트릴로니 교수의 예언에 따라 행동하는 중대한 실수를 저질렀기 때문이야! 볼드모트가 애초에 네 아버지를 살해하지 않았다면 그자가 네 마음속에 복수하고 싶다는 맹렬한 욕구를 심어 놓을 수 있었겠느냐? 당연히 아니지! 네 어머니가 널 살리기 위해 대신 목숨을 바치도록 만들지 않았다면 너에게 그자가 깨뜨릴 수 없는 보호막이 생겨날 수 있었겠느냐? 당연히 아니다, 해리! 모르겠니? 볼드모트 스스로 최악의 숙적을 만들어 낸 거야. 곳곳에 존재하는 폭군들이 그러듯이 말이다! 얼마나 많은 폭군들이 자기가 억압하고 있는 사람들을 두려워하는지 알고 있니? 그자들은 모두 언젠가 수많은 희생자 가운데 한 사람은 분명 자신에 맞서 일어나 반격을 가할 거라는 사실을 깨닫지! 볼드모트도 다르지 않았어! 그는 자신에게 저항하는 사람이 나타날 것을 항상 경계하고 있었다. 그래서 예언을 듣고 곧장 행동에 나선 거야. 그 결과, 본인이 직접 자신을 없애 버릴 가능성이 가장 높은 사람을 골랐을 뿐만 아니라 그 사람에게 유례없는 치명적인 무기까지 쥐여 준 거다!"

"하지만……."

"네가 이 점을 이해하는 건 아주 중요해!" 덤블도어는 자리에서 일어나 번쩍거리는 로브 자락을 휘날리며 방 안을 성큼성큼 돌아다녔다. 해리는 그가 이토록 동요하는 모습은 한 번도 본 적이 없었다. "볼드모트는 널 죽이려다가 그 자신이 직접 여기 내 앞에 앉아 있는 이 비범한 사람을 지목한 꼴이 됐다. 뿐만 아니라 그 사람에게 볼드모트 자신을 끝장낼 임무를 수행할 도구까지 쥐여 준 셈이 됐지! 네가 그자의 생각과 야망을 들여다볼 수 있게 된 것, 심지어 그자가 명령을 내리는 뱀의 말을 이해하게 된 것은 볼드모트가 그런 실수를 저질렀기 때문이다. 그렇더라도 해리, 볼드모트의 세계를 꿰뚫어 볼 수 있는, 죽음을 먹는 자라면 살인도 불사하고서라도 얻고 싶어 할 이 특별한 능력에도 불구하고 너는 결코 어둠의 마법의 유혹에 흔들린 적이 없었다. 단 한 번도, 단 한 순간도, 볼드모트의 추종자가 되겠다는 조그만 열망조차 보이지 않았어!"

"당연하죠!" 해리가 길길이 뛰며 소리쳤다. "그자는 우리 엄마 아빠를 죽였다고요!"

"간단히 말하면, 너는 사랑하는 능력으로 보호받고 있는 거다!" 덤블도어가 큰 소리로 말했다. "볼드모트가 가진 것과 같은 힘의 유혹으로부터 너를 지켜 줄 단 하나의 보호 수단이지! 네가 견뎌 낸 그 모든 유혹과 고통에도 불구하고 너는 네 마음속 소망을 비추어 주는 거울을 들여다보던 열한 살 때와 같은 순수한 마음을 간직하고 있다. 그 거울은 너에게 불사의 몸이 된 네 모습이나 보물이 아니라 볼드모트 경을 이길 수 있는 유일한 방법을 보여 주었어. 해리, 네가 그 거울에서 본 것을 볼 수 있는 마법사가 얼마나 드문지 아느냐? 볼드모트는 그때 자신이 어떤 문제를 맞닥뜨리고 있는지 알아야 했지만 그러지 못했다! 하지만 지금은 알고 있지. 너는 아무런 피해도 입지 않고 볼드모트의 정신 속으로 휙 날아들어 갈 수 있지만, 그자는 치명적인 고통을 견디지 않고는 너를 지배할 수 없다는 것을. 그자는 마법 정부에서 그 사실을 깨닫게 됐다. 나는 그자가 그 이유까지 이해할 거라고는 생각하지 않는다, 해리. 그자는 자신의 영혼을 쪼개는 데 급급한 나머지, 흠결 하나 없이 온전한 영혼이 가진 막강한 힘을 이해할 기회가 전혀 없었던 거야."

"하지만 교수님." 해리는 따지는 것처럼 들리지 않게 하려고 일부러 씩씩하게 말했다. "어쨌든 결론은 똑같지 않나요? 저는 그자를 죽여야만 해요. 그렇지 않으면……."

"죽여야만 한다?" 덤블도어가 그의 말을 끊었다. "당연히 죽여야 하지! 그러나 예언 때문은 아니다! 왜냐하면 네가, 너 자신이 그런 시도를 하기 전까지는 결코 쉴 수 없기 때문이야! 우리는 둘 다 그걸 안다! 부디 잠깐만이라도 그 예언을 듣지 못했다고 상상해 보거라! 그럼 지금 볼드모트에 대해 어떤 느낌이 들까? 생각해 보거라!"

해리는 덤블도어가 눈앞에서 왔다 갔다 하는 모습을 지켜보며 생각에 잠겼다. 그는 어머니와 아버지, 시리우스를 떠올려 보았다. 세드릭 디고리를 생각했다. 볼드모트 경이 저지른 온갖 끔찍한 일들을 생각했다. 가슴속 깊은 곳에서 치솟은 불길에 돋구멍이 뜨겁게 타오르는 것 같았다.

"볼드모트를 끝장내고 싶겠죠." 해리가 조용히 말했다. "그러고 싶을 거예요."

"당연히 그럴 거다!" 덤블도어가 소리쳤다. "알겠니? 예언은 결코 네가 뭔가를 해야만 한다는 것을 의미하는 게 아니야! 예언은 다만 볼드모트 경이 너를 자신과 동등한 자로 여겨 흔적을 남기도록 만들었을 뿐이다……. 달리 말하면, 너는 너만의 길을 자유롭게 선택할 수 있다는 얘기야. 예언은 무시해도 상관없다! 하지만 볼드모트는 계속 그 예언에 집착하겠지. 끊임없이 너를 잡으려고 들 게다……. 그러니까 정말 분명해지는 것은……."

"둘 중 하나가 결국 상대방을 죽인다는 거군요." 해리가 말했다. "알겠어요."

해리는 덤블도어가 그에게 전하려고 애쓰던 바를 마침내 이해했다. 그는 그것이 목숨이 걸린 전투를 앞두고 전장에 억지로 끌려들어 가느냐, 아니면 고개를 꼿꼿이 들고 당당하게 걸어 들어가느냐의 차이라고 생각했다. 아마 어떤 사람들은 둘 중 무엇을 선택하든 달라지는 건 없다고 말할지도 모르지만 덤블도어는 알고 있었다. 그리고 자신도 알고 있다고, 해리는 맹렬히 솟구치는 자부심을 느끼며 생각했다. 그리고 우리 부모님도 알고 있었어. 그것이야말로 세상에서 가장 큰 차이였다.

24장
섹툼셈프라

 해리는 기진맥진하긴 했지만 밤사이 자기가 해낸 일에 기뻐하는 마음으로, 다음 날 아침 일반 마법 수업 시간에 론과 헤르미온느에게 어젯밤에 있었던 일을 모두 들려주었다(일단 가까이에 앉아 있는 학생들에게 머플리아토 주문을 건 뒤였다). 론과 헤르미온느 둘 다 해리가 슬러그혼을 구슬려 기억을 빼낸 방식에 깊은 감명을 받았고, 볼드모트의 호크룩스에 관한 얘기나 덤블도어가 또 다른 호크룩스를 찾아내면 해리를 데려가 주겠다고 약속했다는 얘기가 나왔을 때는 감탄을 금치 못했다.
 "와." 해리가 마침내 이야기를 마치자 론이 탄성을 질렀다. 론은 자기가 뭘 하고 있는지도 모른 채 천장을 향해 애매하게 마법 지팡이를 휘두르고 있었다. "우아. 너 정말로 덤블도어랑 같이 가는구나……. 그걸 찾으면 파괴하려고…… 와."

"론, 너 때문에 눈 내리잖아." 헤르미온느가 인내심 있게 말하고 그의 손목을 움켜쥐더니, 여지없이 큼직한 눈송이가 떨어지기 시작한 천장에서 마법 지팡이를 치웠다. 해리는 옆에 있는 책상에서 라벤더 브라운이 새빨개진 눈으로 헤르미온느를 노려보고 있는 것을 알아차렸다. 헤르미온느는 즉시 론의 손목을 놓았다.

"아, 그래." 론이 살짝 놀란 얼굴로 자기 어깨를 내려다보며 말했다. "미안…… 우리 셋 다 비듬이 엄청 많은 것처럼 보이네."

그는 헤르미온느의 어깨에서 가짜 눈을 털어 냈다. 라벤더가 울음을 터뜨렸다. 론은 죄책감이 역력한 표정으로 라벤더에게서 등을 돌렸다.

"우리 깨졌어." 그가 입술 한쪽을 움직여 해리에게 말했다. "어젯밤에. 내가 헤르미온느랑 같이 침실에서 나오는 걸 라벤더가 본 다음에 말이야. 넌 당연히 보이지 않았을 테니까. 그냥 우리 둘만 있었던 거라고 생각했겠지."

"아." 해리가 말했다. "뭐, 깨져서 속상한 건 아니지?"

"응." 론은 솔직하게 대답했다. "쟤가 소리 지를 때는 정말 끔찍했는데, 적어도 내가 찰 필요는 없어졌으니까."

"겁쟁이." 헤르미온느는 그렇게 말하면서도 기분 좋아 보이는 얼굴이었다. "뭐, 이래저래 연인들한테는 불행한 밤이었네. 지니랑 딘도 헤어졌어, 해리."

해리는 그 말을 하는 그녀의 눈에 다 안다는 빛이 어려 있는 것 같다고 생각했지만, 그의 마음이 갑자기 빠르고 경쾌한 춤을 추기 시작했다는 사실을 그녀가 알 리는 없었다. 그는 무표정한 얼굴을 하고 최대한 무관심한 목소리를 유지하려고 애쓰며 물었다. "어쩌다가?"

"아, 정말 별것도 아니었어……. 지니가 딘한테 왜 초상화 구멍을 지나갈 때마다 자길 도와주려 하느냐고 뭐라뭐라 했거든. 혼자서는 지나다니지도 못하는 사람 취급 한다고 말이야. 하지만 둘 사이가 삐걱거린 지는 한참 됐지."

해리는 교실 저편에 있는 딘을 힐끗 바라보았다. 그는 정말로 우울해 보였다.

"일이 이렇게 됐으니 너도 당연히 고민되겠지?" 헤르미온느가 말했다.

"무슨 뜻이야." 해리가 재빨리 되물었다.

"퀴디치 팀 말이야." 헤르미온느가 말했다. "지니랑 딘이 서로 말을 하지 않으면……."

"아…… 아, 그러게." 해리가 말했다.

"플리트윅이다." 론이 경고하듯 말했다. 조그만 몸집의 일반 마법 교수가 보였다 안 보였다 하면서 그들을 향해 다가오고 있었는데, 그들 중 식초를 와인으로 바꾸는 데 성공한 사람은 헤르미온느뿐이었다. 그녀의 유리 플라스크는 짙은 빨간색 액체로 가득 차 있는 반면 해리와 론의 플라스크 내용물은 아직도 탁한 갈색이었다.

"이런, 이런. 여기 남학생들." 플리트윅 교수가 나무라듯 꽥꽥거렸다. "말은 좀 줄이고 손을 더 움직여야지. 어디 솜씨 좀 보자꾸나."

그들은 온 힘을 다해 집중하면서 동시에 마법 지팡이를 들어 올려 각자의 플라스크를 가리켰다. 다음 순간 해리의 식초는 얼음으로 변했고, 론의 플라스크는 폭발했다.

"그래…… 숙제는……." 플리트윅 교수가 책상 밑에서 다시 나타나 모자 꼭대기에서 유리 파편을 털어 내며 말했다. "연습하기."

일반 마법 수업이 끝나자 그들은 드물게 공강 시간이 겹쳐서 함께 휴게실로 돌아갔다. 론은 라벤더와의 관계가 끝나서 마음이 상당히 가벼워진 듯했고 헤르미온느도 밝아

보였다. 왜 그렇게 싱글벙글이냐고 묻자 그냥 "날씨가 좋잖아"라고 대답하긴 했지만. 둘 중 누구도 해리의 머릿속에서 맹렬한 싸움이 벌어지고 있다는 것은 눈치채지 못한 것 같았다.

걘 론의 여동생이야.

하지만 딘을 찼잖아!

그래도 론의 여동생이라고.

난 론의 가장 친한 친군데!

그러니까 더더욱 안 되지.

론한테 먼저 말하면……

널 때리겠지.

그래도 상관없다면?

걘 너의 가장 친한 친구잖아!

해리는 초상화 구멍을 지나 햇빛이 비치는 휴게실로 들어가고 있다는 것도 거의 알아채지 못했고, 휴게실에 7학년 몇 명이 우르르 몰려 있는 것도 보는 둥 마는 둥 했다. 그때 헤르미온느가 소리쳤다. "케이티! 돌아왔구나! 괜찮아?"

해리는 멍하니 그쪽으로 눈길을 돌렸다. 정말로 케이티 벨이었다. 그녀는 건강을 완전히 되찾은 모습으로, 기뻐서 어쩔 줄 모르는 친구들에게 둘러싸여 있었다.

"다 나았어!" 그녀가 활기찬 목소리로 말했다. "월요일에 세인트 멍고에서 퇴원했는데 엄마 아빠랑 집에서 이틀 쉬고 오늘 아침에 돌아왔어. 리앤한테서 지난번 시합과 매클래건에 대해 듣고 있던 중이야, 해리……."

"그래." 해리가 말했다. "뭐, 이제 네가 돌아왔고 론도 괜찮아졌으니까, 래번클로를 탈탈 털어 버릴 수 있겠다. 그 말은 우리가 아직 우승 후보라는 거지. 저기, 케이티……."

그는 곧바로 그녀에게 질문을 던져야 했다. 호기심에 지니 생각마저도 머릿속에서 일시적으로 밀려날 정도였다. 분명 변환 마법 수업에 늦은 듯 케이티의 친구들이 소지품을 챙기기 시작하자 해리는 목소리를 낮추고 말을 이었다.

"……그 목걸이 말이야……. 그걸 누가 줬는지 이제는 기억나?"

"아니." 케이티가 유감스러운 듯 고개를 저으며 말했다. "다들 나한테 물어보는데 전혀 기억이 안 나. 내가 마지막으로 기억하는 건 스리 브룸스틱스의 여자 화장실로 들어가던 것뿐이야."

"그럼 화장실에는 확실히 들어간 거네?" 헤르미온느가 끼어들었다.

"뭐, 문을 열고 들어간 건 기억나." 케이티가 말했다. "그러니까 누군지는 몰라도 나한테 임페리우스 저주를 건 사람은 바로 문 뒤에 서 있었을 거야. 그다음부터, 2주쯤 전에 세인트 멍고에 입원해 있던 때까지의 기억이 텅 비어 있어. 저기, 나 가 봐야겠다. 내가 돌아온 첫날이라고 해서 맥고나걸 교수님이 깜지를 안 시키고 그냥 넘어갈 것 같지는 않거든."

그녀는 가방과 책을 챙기고 서둘러 친구들을 따라갔다. 해리, 론, 헤르미온느는 창가 탁자에 둘러앉아 케이티가 한 말을 곰곰이 곱씹어 보았다.

"그러니까 케이티한테 목걸이를 준 건 여자가 틀림없어." 헤르미온느가 말했다. "여자 화장실에 있었으니까."

"아니면 여자처럼 보이는 사람이었을 수도 있지." 해리가 말했다. "잊지 마, 호그와트에는 폴리주스 마법약이 한 솥 가득 있다는 걸. 그 일부가 도난당하기까지 했고……."

해리의 머릿속에 크래브와 고일이 모두 여자아이로 변해 당당하게 걸어가는 모습이 떠올랐다.

"펠릭스 펠리시스를 한 모금 더 마셔야겠어." 해리가 말했다. "그리고 필요의 방에 들어가려고 다시 시도해 보는 거야."

"그건 완전히 마법약 낭비야." 헤르미온느가 방금 가방에서 꺼낸 《스펠먼의 룬문자 읽기》를 탁자에 내려놓으며 딱 잘라 말했다. "행운으로 할 수 있는 일에는 한계가 있어, 해리. 슬러그혼 교수님 때랑은 다르다고. 넌 처음부터 슬러그혼 교수님을 설득할 능력을 가지고 있었어, 그런 상황에서 조금만 손을 쓰면 됐던 거야. 행운만으로는 강력한 마법을 깨뜨릴 수 없어. 남은 약을 낭비하지 마! 덤블도어 교수님이 널 데리고 간다면, 네가 가진 행운을 다 끌어모아도 모자랄 거야." 그녀는 속삭이듯 목소리를 낮췄다.

"좀 더 만들면 안 되나?" 론은 헤르미온느의 말을 한 귀로 흘리며 해리에게 물었다. "많이 비축해 놓으면 아주 좋을 텐데……. 책 좀 찾아보자……."

해리는 가방에서 《고급 마법약 제조》를 꺼내 펠릭스 펠리시스 조제법을 찾아보았다.

"제기랄, 뭐가 이렇게 복잡해?" 그가 재료 목록을 눈으로 훑어 내리며 투덜거렸다. "게다가 6개월이나 걸려……. 부글부글 끓게 놔둬야 한대."

"그럼 그렇지." 론이 말했다.

책을 다시 집어넣으려던 해리는 순간 페이지 한 귀퉁이가 접혀 있는 것을 발견했다. 그 페이지를 펼치자 '적에게 사용'이라는 설명이 붙은 '섹툼셈프라'라는 주문이 보였다. 해리가 몇 주 전에 페이지를 접어 표시해 놓은 주문이었다. 그는 아직도 이 주문이 어떤 효과를 갖고 있는지 알아내지 못했다. 주된 이유는 헤르미온느가 있는 데서 그 주문을 시험해 보고 싶지 않았기 때문이었다. 하지만 다음번에 또 매클래건이 갑자기 등 뒤에서 나타나면 그에게 써 볼까 생각 중이였다.

케이티 벨이 학교에 돌아온 것을 보고 별로 기뻐하지 않은 유일한 사람은 딘 토머스였다. 더 이상 그녀를 대신해 추격꾼으로 뛸 필요가 없어졌던 것이다. 해리가 그 말을 해 주었을 때 딘은 충격을 담담하게 받아들이고 뭐라뭐라 툴툴거리면서 어깨를 으쓱했을 뿐이지만, 해리는 딘과 셰이머스가 멀어져 가는 그의 등 뒤에서 반란이라도 꾸미는 듯 수군거리는 것을 확실히 느낄 수 있었다.

이어지는 보름 동안 해리는 주장이 된 이래 최고의 퀴디치 훈련을 했다. 그의 팀 선수들은 매클래건을 내보내게 돼서 기쁜 데다 마침내 케이티까지 돌아와서 너무 반가운 나머지 펄펄 날아다녔다.

지니는 딘과 헤어진 게 전혀 속상하지 않은 기색이었다. 오히려 그녀는 팀의 분위기 메이커가 되었다. 그녀는 퀴플

이 빠르게 날아오는데 골대 앞에서 불안하게 왔다 갔다 하는 론이나, 매클래건에게 큰 소리로 지시를 내리다가 빗맞은 블러저에 머리를 얻어맞고 기절한 해리를 흉내 내면서 모두를 굉장히 즐겁게 했다. 해리는 다른 사람들과 함께 배를 잡고 웃으며 마음 놓고 떳떳하게 지니를 바라볼 이유가 생겨서 다행이라고 생각했다. 덕분에 훈련하는 내내 스니치를 찾을 생각도 없이 멍하니 있다가 블러저에 얻어맞고 몇 군데 더 부상을 당했다.

머릿속에서는 계속 싸움이 벌어졌다. 지니냐 론이냐? 가끔은 라벤더와의 일을 겪고 난 이후의 론이라면 그가 지니에게 데이트를 신청한다 해도 크게 신경 쓰지 않을지도 모른다는 생각이 들었다. 하지만 그러다가도 지니가 딘과 키스하는 장면을 봤을 때 론이 지었던 표정이 떠오르면, 해리가 지니의 손이라도 잡았다가는 론이 그것을 비열한 배신행위라고 여길 게 분명하다는 생각이 들었다.

하지만 해리는 자꾸만 지니에게 말을 걸고, 그녀와 함께 웃고, 훈련을 마친 뒤 그녀와 함께 성으로 돌아가는 자신을 어찌할 수 없었다. 양심의 가책이 얼마나 느껴지든, 그는 자기도 모르게 어떻게 해야 지니와 단둘이 있을 수 있을지 고민하고 있었다. 슬러그혼이 또 한 번 그 작은 파티를 열어 준다면 더 바랄 나위가 없을 것이다. 론은 그곳에 없을 테니까. 하지만 불행하게도 슬러그혼은 파티에 대한 마음을 접은 것처럼 보였다. 해리는 한두 번 헤르미온느에게 도움을 구할까 생각해 봤지만, 그녀의 얼굴에 떠오른 잘난 척하는 표정을 참고 볼 수가 없을 것 같았다. 지니를 뚫어져라 바라보거나 그녀의 농담에 웃음을 터뜨리는 모습을 헤르미온느에게 들킨 것 같다는 생각이 가끔씩 들었기 때문이다. 더욱 골치 아픈 문제는, 그가 지니에게 고백하지 않으면 조만간 누군가가 먼저 해 버릴 게 뻔하다는 사실이었다. 이런 걱정이 해리를 끊임없이 고민하게 만들었다. 그와 론은 적어도 한 가지 사실에는 의견을 같이했다. 지니는 지나칠 정도로 인기가 많았다.

그렇게, 펠릭스 펠리시스를 한 모금 더 마시고 싶은 유혹은 날이 갈수록 강해지고 있었다. 헤르미온느의 말을 빌리면 이것이야말로 '상황에 조금만 손을' 써야 하는 경우가 분명했다. 5월 내내 온화한 날들이 순조롭게 흘러갔다. 해리는 지니를 볼 때마다 꼭 론이 바로 옆에 있는 것처럼 느껴졌다. 론이 어떻게든 가장 친한 친구와 여동생이 서로를 좋아하게 되는 것보다 더 기분 좋은 일은 없다는 것을 깨닫고 단 몇 초나마 해리와 지니를 단둘이 있게 해 주는 한 조각 행운이 절실했다. 시즌 마지막 퀴디치 시합이 다가오는 동안 그럴 가능성은 좀처럼 보이지 않았다. 론은 늘 해리에게 전술 얘기를 하고 싶어 했고 다른 생각은 거의 하지 않았다.

론만 그렇게 유별나게 구는 것도 아니었다. 학교 전체적으로 그리핀도르 대 래번클로의 시합에 엄청난 관심이 쏟아지고 있었다. 이 시합이 아직은 알 수 없는 챔피언십의 결과를 결정짓게 될 것이기 때문이었다. 그리핀도르가 래번클로를 300점 차이로 이긴다면(무리한 조건이긴 했지만 해리가 알기로 그의 팀이 지금처럼 뛰어난 실력을 보였던 적은 없었다) 그들이 챔피언십에서 우승을 차지하게 될 것이다. 300점보다 적은 점수 차로 이긴다면 래번클로에 이어 2위가 된다. 100점 내의 점수 차로 지면 후플푸프에 밀려서 3위가 될 테고, 100점 이상의 점수 차로 지면 4위가 된다. 그럴 경우, 해리는 그리핀도르 퀴디치 팀이 200년 만에 처음으로 꼴찌 자리를 차지하도록 이끈 주장으로 영원히 기억될 것이다.

이 결정적인 시합을 준비하는 동안 으레 벌어지던 일들이 이번에도 벌어졌다. 서로 맞붙게 되는 기숙사의 학생들은 복도에서 상대를 위협하려 들었다. 학생들은 선수 각각에 대한 불쾌한 구호를 해당 선수가 지나갈 때마다 큰 소리로 외쳐 댔다. 선수들은 그 모든 관심을 즐기며 으스대거나, 수업 시간 사이사이 화장실로 달려가 토하곤 했다. 해리가 생각하기에 이 시합은 지니에 대한 계획이 성공하느냐, 실패하느냐와 연결되어 있었다. 만약 300점 이상의 점수 차로 이긴다면, 그 황홀한 광경들과 멋지고 시끌벅적한 뒤풀이 파티가 펠릭스 펠리시스를 양껏 마시는 것만큼이나 좋은 효과를 발휘할지도 모른다는 느낌을 떨쳐 버릴 수가 없었다.

이렇게 온갖 것에 정신이 팔려 있는 와중에도 해리는 말포이가 필요의 방에서 뭘 하고 있는지 알아내겠다는 또 다른 목표를 결코 잊지 않았다. 수시로 도둑 지도를 확인하던 해리는 말포이가 지도에 나타나지 않는 경우가 많아지자 그가 필요의 방에서 상당한 시간을 보내고 있을 거라고 추측했다. 비록 필요의 방에 들어갈 수 있을 거라는 희망은 차츰 사라져 가고 있었지만, 근처에 갈 때마다 시도는 해 보았다. 하지만 어떤 방식으로 요청해도 벽은 그 모습 그대로 남아 있을 뿐 결코 문을 드러내지 않았다.

래번클로와의 시합을 며칠 앞둔 어느 날, 해리는 혼자 휴게실을 나와 저녁을 먹으러 계단을 내려가고 있었다. 론은 또 한 번 구토를 하러 근처 화장실로 달려갔고, 헤르미온느는 지난 숫자점 작문 숙제에서 실수를 저지른 것 같다며 벡터 교수를 만나러 갔다. 해리는 딱히 이유가 있어서라기보다는 습관처럼 8층 복도를 빙 둘러 가는 길에 도둑 지도를 확인했다. 잠깐 동안은 어디에서도 말포이의 이름을 찾을 수 없었다. 이번에도 그가 필요의 방에 들어가 있을 거라고 생각한 순간, 말포이의 이름이 붙은 작디작은 점이 바로 아래층 남자 화장실에 있는 것이 보였다. 말포이와 함께 있는 사람은 크래브도 고일도 아닌 울보 머틀이었다.

해리는 이 가당치도 않은 조합을 뚫어지게 바라보다가 갑옷을 정통으로 들이받고서야 걸음을 멈췄다. 요란한 굉음 덕분에 퍼뜩 정신을 차린 그는 필치가 나타날까 봐 서둘러 그곳을 떠났다. 그는 대리석 계단을 뛰어내려 가 아래층 복도를 내달렸다. 그러고는 화장실 앞에 다다라 문에 귀를 바짝 갖다 댔다. 아무 소리도 들리지 않았다. 그는 슬며시 화장실 문을 열어 보았다.

드레이코 말포이가 문을 등지고 서서 두 손으로 세면대 양옆을 꽉 움켜쥐고 있었다. 흰빛이 도는 금발 머리를 푹 숙인 채였다.

"그러지 마." 화장실 칸막이 한 곳에서 달래는 듯한 울보 머틀의 목소리가 들렸다. "그러지 말고…… 나한테 뭐가 잘못됐는지 말해 줘……. 내가 널 도와줄 수 있어……."

"날 도울 수 있는 사람은 아무도 없어." 말포이가 말했다. 그는 온몸을 부들부들 떨고 있었다. "못 하겠어…… 난 못 해……. 통하지 않아……. 금방 해내지 못하면…… 그분이 날 죽인다고 했는데……."

해리는 눈앞에서 무슨 일이 벌어지고 있는지를 깨닫고 엄청난 충격에 꼼짝도 할 수 없었다. 말포이는 울고 있었다. 정말로 울고 있었다. 그의 허여멀건 얼굴을 따라 흘러내린 눈물이 지저분한 세면대 위로 뚝뚝 떨어졌다. 말포이는 헉하고 숨을 크게 들이마시더니 몸을 부르르 떨며 고개를 들어 깨진 거울을 들여다보았다. 그리고 어깨 너머로 자기를 보고 있는 해리를 발견했다.

말포이가 홱 돌아서며 마법 지팡이를 꺼내 들었다. 해리도 본능적으로 자신의 마법 지팡이를 꺼냈다. 말포이가 날려 보낸 공격 마법이 아슬아슬하게 해리를 비켜 나가면서 벽에 걸린 등잔을 산산조각 냈다. 해리는 옆으로 몸을 날리며 머릿속으로 '레비코르푸스!'를 외치고 마법 지팡이를 짧게 휘둘렀지만, 말포이는 그 저주 마법을 막고 또 다른 마법을 걸기 위해 마법 지팡이를 들어 올렸다.

"안 돼! 안 돼! 그만둬!" 울보 머틀이 꽥 소리 질렀다. 그녀의 목소리가 타일로 뒤덮인 공간에 시끄럽게 메아리쳤다. "그만해! **그만하라고!**"

쾅 하는 굉음과 함께 해리 뒤에 있던 쓰레기통이 폭발했다. 해리는 다리 묶기 저주를 시도했지만 그것은 말포이의 귀를 그냥 스쳐 지나가서는 벽에 맞고 다시 튀어나와 울보 머틀 밑에 있는 물탱크를 부숴 버렸다. 머틀이 큰 소리로 비명을 질렀다. 사방에서 물이 넘쳐흘렀고 해리는 그만 미끄러져 넘어지고 말았다. 그 순간 말포이가 얼굴을 일그러뜨리며 내뱉었다. "크루시……."

"**섹툼셈프라!**" 해리가 바닥에 넘어진 채 마법 지팡이를 거칠게 휘두르며 소리쳤다.

마치 보이지 않는 칼에 베인 것처럼, 말포이의 얼굴과 가슴에서 피가 솟구쳤다. 말포이는 비틀비틀 뒤로 물러나다가 물바다가 된 바닥에 철썩 소리를 내며 쓰러졌다. 축 늘어진 그의 오른손에서 마법 지팡이가 힘없이 굴러떨어졌다.

"안 돼……." 해리는 헉하고 숨을 들이켰다.

해리는 바닥에서 일어나 미끄러지고 비틀거리면서 말포

이에게 달려갔다. 말포이의 얼굴은 이제 온통 빨간색으로 물들어 있었고, 하얀 손은 피로 흠뻑 젖은 가슴을 움켜쥐고 있었다.

"아냐…… 나는……."

해리는 자기가 무슨 말을 하는지도 모른 채 말포이 옆에 털썩 무릎을 꿇었다. 말포이는 자기가 흘린 피 웅덩이 속에서 걷잡을 수 없이 떨고 있었다. 울보 머틀이 귀청을 찢을 듯한 비명을 내질렀다.

"살인이다! 호장실에서 살인이 일어났다! 살인이야!"

해리 뒤에서 문이 벌컥 열렸다. 그는 겁에 질린 채 고개를 들었다. 스네이프가 화가 머리끝까지 난 얼굴로 뛰어들어 와 있었다. 그는 해리를 거칠게 떠밀고 말포이 옆에 무릎 꿇고 앉아 다법 지팡이를 꺼내 들더니 거의 노래처럼 들리는 주문을 중얼거리며 해리의 저주 마법이 남긴 깊은 상처들을 훑었다. 피가 차츰 멎는 듯했다. 스네이프는 말포이의 얼굴에서 피를 마저 닦아 내고 다시 주문을 외웠다. 이제는 상처가 봉합되고 있는 것 같았다.

해리는 자기가 저지른 짓에 경악한 나머지 그 자신도 피와 물에 흠뻑 젖어 있다는 사실을 거의 의식하지 못한 채 계속 그 모습을 지켜보았다. 머리 위에서는 울보 머틀이 아직도 흐느끼며 울부짖고 있었다. 스네이프는 세 번째로 저주 해제 마법을 걸고 말포이를 반쯤 일으켜 세웠다.

"병동에 가야겠다. 흉터가 많이 남겠지만, 한시라도 빨리 꽃박하를 먹으면 그것도 피할 수 있을지 모른다……. 가자……."

그는 말포이를 부축한 채 화장실을 가로지르다가 문 앞에서 돌아서서 싸늘한 분노가 담긴 독소리로 말했다. "그리고 포터…… 넌 여기서 날 기다리도록."

그 말에 거역해야겠다는 생각은 단 한 순간도 들지 않았다. 해리는 부르르 떨면서 천천히 일어나 물이 흘러넘친 바닥을 내려다보았다. 피 얼룩이 새빨간 꽃처럼 둥둥 떠다니고 있었다. 울보 머틀이 점점 더 즐기는 기색을 분명히 드러내며 울부짖고 흐느끼고 있었는데도 해리는 그녀에게 좀 조용히 하라고 말할 힘조차 없었다.

10분 뒤 스네이프가 돌아왔다. 그는 화장실로 들어와 등 뒤에서 문을 닫았다.

"가라." 그가 머틀에게 말하자 그녀는 곧바로 자신의 변기로 휙 날아들어 갔다. 그녀가 사라지자 갑작스러운 적막에 귀가 웅웅 울렸다.

"일부러 그런 게 아니에요." 해리가 즉시 입을 열었다.

그의 목소리가 차갑고 축축한 공간에 메아리쳤다. "그게 어떤 주문인지 몰랐어요."

하지만 스네이프는 그 말을 들은 척도 하지 않았다.

"확실히 내가 널 과소평가한 모양이군, 포터." 그가 조용히 말했다. "네가 그런 어둠의 마법을 알 거라고 누가 생각이나 했을까? 누가 너한테 그 주문을 가르쳐 줬지?"

"저는…… 어디서 읽었어요."

"어디서?"

"그게…… 도서관에 있는 책에서요." 해리는 아무렇게나 지어냈다. "책 제목은 기억이 안 나는데……."

"거짓말하지 마라." 스네이프가 말했다. 해리는 목구멍이 바싹 마르는 느낌이었다. 그는 스네이프가 뭘 하려는지 알았다. 해리가 한 번도 막아 낼 수 없었던 일…….

화장실이 눈앞에서 일렁이는 듯했다. 그는 머릿속 생각을 모두 감추려고 발버둥 쳤지만, 온 힘을 다해 애를 썼는데도 혼혈 왕자의 《고급 마법약 제조》가 자꾸만 그의 생각 표면에 떠올라 아른거렸다.

다음 순간 그는 물이 흘러넘쳐 엉망이 된 이 화장실 안에서 다시 스네이프를 바라보고 있었다. 가능성은 희박했지만, 해리는 자신이 우려하는 것을 스네이프가 보지 못했기를 바라며 그의 검은색 눈을 들여다보았다.

"책가방을 가져와라." 스네이프가 조용히 말했다. "교과서도 전부 가져와. 전부 다. 여기, 나한테. 당장!"

말대꾸해 봤자 아무런 의미가 없었다. 해리는 곧바로 몸을 돌려 물을 철벅거리며 화장실을 나갔다. 그리고 복도로 나가자마자 그리핀도르 탑을 향해 뛰기 시작했다. 대부분의 학생들은 반대 방향으로 걸어가고 있었다. 그들은 물과 피로 흠뻑 젖은 해리를 보고 입을 쩍 벌렸지만, 그는 쏟아지는 물음들에 대답하지 않고 계속 달렸다.

그는 충격으로 정신이 멍했다. 마치 애지중지하던 반려동물이 돌연 야수로 변해 버린 것 같은 기분이었다. 혼혈 왕자는 대체 무슨 생각으로 책에 그런 주문을 적어 놓은 걸까? 스네이프가 그걸 보면 무슨 일이 벌어질까? 스네이프가 슬러그혼에게 해리가 이번 학년 내내 마법약 수업에서 그토록 뛰어난 실력을 보일 수 있었던 비결을 말해 줄까(해리는 속이 뒤틀렸다)? 그토록 많은 것을 알려 주었던 그 책을 압수하거나 없애 버리면…… 안내자이자 친구가 되어 버린 그 책을 뺏기면 어떡하지? 그런 일이 일어나도록 놔둘 수 없었……. 그럴 수는…….

"너 어디 갔었어? 왜 이렇게 쫄딱 젖었어? 그거 피야?"

론이 계단 꼭대기에 서 있었다. 그는 해리의 모습을 보고 당황한 표정이었다.

"네 책 좀 빌려줘." 해리가 헐떡이며 말했다. "네 마법약 책. 빨리…… 갖다줘……."

"하지만 혼혈 왕자 책은 어쩌고?"

"나중에 설명할게!"

론은 가방에서 자신의 《고급 마법약 제조》를 꺼내 건네주었다. 해리는 그를 지나쳐 전속력으로 달려서 휴게실로 들어갔다. 그런 다음 가방을 집어 들고, 이미 저녁 식사를 마치고 온 몇몇 아이들의 시선을 무시한 채 다시 초상화 구멍 밖으로 뛰쳐나가 8층 복도를 정신없이 질주했다.

그는 발레 연습을 하는 트롤 태피스트리 앞에서 미끄러지듯 멈춘 뒤 눈을 감고 걷기 시작했다.

'책을 숨길 장소가 필요해……. 책을 숨길 장소가 필요해……. 책을 숨길 장소가 필요해…….'

그는 쭉 뻗은 벽 앞을 세 번 왔다 갔다 했다. 눈을 뜨자 마침내 그것이 나타났다. 필요의 방으로 들어가는 문이었다. 해리는 문손잡이를 비틀어 열고 안으로 뛰어들어 가서 문을 쾅 닫았다.

그는 헉하고 숨을 들이켰다. 마음은 갈팡질팡 조급하고

화장실에 돌아갔을 때 과연 어떤 일이 벌어질지 두려웠으면서도, 눈앞에 보이는 광경에 압도될 수밖에 없었다. 그는 커다란 대성당 크기의 방에 서 있었다. 높은 창문들을 통해 들어오는 빛줄기가 우뚝 솟은 성벽으로 둘러싸인 도서관처럼 보이는 것을 비추고 있었다. 호그와트에 살았던 사람들이 대대로 숨겨 둔 물건들로 이루어진 도시였다. 부서지고 망가진 가구들이 아슬아슬 쌓여 있는 사이로 통로와 길 들이 나 있었다. 잘못 다룬 마법의 증거를 숨기기 위해, 혹은 성을 가꾸는 데 열심인 집요정들에 의해 이곳에 처박힌 물건인 듯했다. 책도 셀 수 없을 정도로 많았다. 금지된 책이거나 낙서가 되어 있거나 훔친 책들이 틀림없었다. 날개 달린 대포와 송곳니 원반도 있었는데, 그중 몇 개는 산더미처럼 쌓인 금지된 물건들 위로 엉거주춤하게나마 둥둥 떠다닐 만큼은 수명이 남아 있었다. 굳어 버린 마법약이 담긴 이 빠진 유리병과 모자, 보석, 망토도 보였다. 용의 알 껍질처럼 보이는 것, 내용물이 아직도 사악하게 빛나고 있는, 코르크 마개로 막은 병들도 있었으며, 녹슨 칼 몇 자루와 핏자국이 남아 있는 묵직한 도끼도 있었다.

해리는 이 숨겨진 보물들 사이로 난 수많은 통로 중 한 곳으로 황급히 들어갔다. 그는 거대한 트롤 박제를 끼고 오른쪽으로 돌아 짧은 거리를 달려가다가, 작년에 몬태규가 실종되었던 그 망가진 사라지는 캐비닛에서 왼쪽으로 돈 뒤 마침내 누가 산성을 띤 물질을 뿌린 것처럼 표면이 우둘투둘하게 일어나 있는 커다란 수납장 앞에 멈춰 섰다. 그는 그 수납장의 한쪽 문을 삐걱 열었다. 그곳에는 이미 죽은 지 오래된 무언가의 우리가 숨겨져 있었다. 우리 안에는 다리가 다섯 개 달린 해골이 있었다. 그는 그 우리 뒤쪽에 혼혈 왕자의 책을 쑤셔 넣고 수납장 문을 세차게 닫은 뒤 심장이 터질 듯이 쿵쾅대는 것을 느끼며 잠시 움직임을 멈추고 그 어수선한 장소를 둘러보았다……. 이 온갖 잡동사니 더미 사이에서 여기를 다시 찾을 수 있을까? 해리는 근처 나무 상자 위에 놓여 있는, 여기저기 깨진 늙고 추한 마법사 흉상을 들어다가 책을 숨겨 둔 수납장 위에 세워 놓았다. 그런 다음 먼지투성이 낡은 가발과 색이 바랜 왕관 머리 장식을 조각상의 머리에 얹어 더욱 눈에 띄도록 만든 뒤 숨겨진 잡동사니들의 통로를 되짚어 최대한 빠르게 문을 향해 달려갔다. 그가 다시 복도로 나와 문을 쾅 닫자 필요의 방으로 들어가는 문은 곧바로 다시 돌벽으로 변했다.

해리는 아래층 화장실을 향해 곧장 달려가며 론의 《고급 마법약 제조》를 가방에 쑤셔 넣었다. 1분 뒤 그는 스네이프 앞에 도착했다. 스네이프는 아무 말 없이 해리의 책가방 쪽으로 손을 내밀었다. 해리는 가슴에 타는 듯한 통증을 느끼며 헐떡이면서 가방을 건네주고는 잠시 기다렸다.

스네이프가 해리의 책을 하나하나 꺼내 살펴보았다. 마침내 마법약 책만 남았다. 스네이프는 아주 신중하게 그 책을 살펴보더니 입을 열었다.

"이게 네 《고급 마법약 제조》냐, 포터?"

"네." 해리가 여전히 거칠게 숨을 쉬며 말했다.

"확실하겠지?"

"네." 해리는 좀 더 도전적인 태도로 대답했다.

"이게 네가 플러리시 앤 블러츠에서 구입한 《고급 마법약 제조》란 말이지?"

"네." 해리가 단호하게 말했다.

"그럼 어째서" 하더니 스네이프가 물었다. "표지 안쪽에 '루닐 와즐립'이라는 이름이 적혀 있는 거지?"

해리는 순간 심장이 멎는 듯했다.

"제 별명인데요." 그가 말했다.

"별명이라." 스네이프가 되풀이했다.

"네…… 제 친구들은 절 그렇게 부른다고요." 해리가 말했다.

"나도 별명이 구슨 뜻인지는 안다." 스네이프가 말했다. 그의 차갑고 검은 눈길이 또 한 번 해리의 눈을 파고들었다. 그는 스네이프의 눈을 마주 보지 않으려고 애썼다. '마음을 닫아…… 다음을 닫아…….' 하지만 해리는 그 일을 제대로 해내는 법을 배운 적이 없었다.

"내가 무슨 생각을 하는지 아나, 포터?" 스네이프가 아주 나지막한 목소리로 말했다. "나는 네가 거짓말쟁이에 사기꾼이고, 학기가 끝날 때까지 매주 토요일마다 나에게 방과후 징계를 받아야 마땅하다고 생각한다. 어떻게 생각하나, 포터?"

"제…… 제 생각은 다른데요, 교수님." 그는 계속 스네이프의 시선을 피하며 그렇게 말했다.

"글쎄, 방과 후 징계를 받은 다음에는 어떻게 생각할지 두고 보도록 하지." 스네이프가 말했다. "토요일 아침 10시다, 포터. 내 연구실로 오도록."

"하지만 교수님……." 해리는 절박하게 눈을 들며 말했다. "퀴디치가…… 마지막 시합인데……."

"10시 정각이다." 스네이프는 누런 이가 드러나도록 씩 웃으며 속삭였다. "가엾은 그리핀도르…… 안됐지만 이번에는 꼴찌를 하겠군."

그는 더 이상 아무 말도 하지 않고 화장실을 나갔다. 해리는 화장실에 홀로 남겨진 채 토할 것 같은 기분을 느끼며 거울을 뚫어지게 들여다보았다. 톰이라도 이런 메스꺼림은 평생 느껴 보지 못했을 것이다.

"'거봐, 내가 뭐랬어'라는 말은 안 할게." 한 시간 뒤 휴게실에 있을 때 헤르미온느가 말했다.

"좀 놔 둬, 헤르미온느." 론이 화를 냈다.

해리는 저녁 식사를 하러 가지 않았다. 먹고 싶은 생각이 전혀 들지 않았다. 그는 론과 헤르미온느와 지니에게 무슨 일이 있었는지 막 이야기한 참이었다. 딱히 다 말해 줄 필요가 없긴 했다. 소문이 순식간에 퍼진 뒤였으니까. 울보 머틀이 성안 모든 화장실에서 갑자기 튀어나와 이야기를 전하는 일을 떠맡은 듯했다. 벌써 병동에 있는 말포이를 문병하러 갔다 온 팬지 파킨슨은 즈금도 지체하지 않고 가는 곳마다 해리의 험담을 늘어놓고 있었다. 게다가 스네이프는 무슨 일이 벌어졌는지 교수들에게 정확하게 전해 주었다. 해리는 이미 휴게실에서 불려 나가 맥고나걸 교수 앞에서 굉장히 불편한 15분을 견뎌 냈다. 그녀는 해리에게 퇴학당하지 않은 걸 다행으로 알라며, 학기가 끝날 때까지 매주 토요일 방과 후 징계를 주기로 한 스네이프의 처벌을 진심으로 지지한다고 말했다.

"그 혼혈 왕자라는 사람, 어딘가 좀 이상하다고 그랬잖아." 헤르미온느가 말했다. 그 말을 하지 않고는 도저히 참을 수 없는 게 분명했다. "내 말이 맞았지?"

"아니, 그건 아닌 것 같은데." 해리가 고집스럽게 대꾸했다.

헤르미온느가 훈계를 늘어놓지 않아도 그는 이미 괴로운 시간을 보내고 있었다. 토요일 시합에 나가지 못할 거라는 얘기를 했을 때 그리핀도르 동료 선수들의 얼굴에 떠오른 표정이 그가 받은 모든 처벌 가운데서도 최악이었다. 그는 자신에게 거두는 지니의 시선을 느낄 수 있었지만 그 눈을 마주 보지는 않았다. 지니의 얼굴에서 실망도 분노도 보고 싶지 않았다. 이미 지니에게 토요일 경기에서 그녀가 수색꾼 역할을 맡게 될 것이며, 딘이 그녀 대신 추격꾼으로 다시 팀에 합류할 거라는 이야기를 전한 터였다. 아마 그리핀도르가 승리한다면 지니와 딘은 시합이 끝난 뒤의 황홀경 속에서 화해를 하겠지……. 이 생각이 싸늘한 칼처럼 해리를 베고 지나갔다.

"해리." 헤르미온느가 다시 말했다. "어떻게 아직도 그 책에 집착할 수가 있어? 그 주문은……."

"책 타령 좀 그만할래?" 해리가 쏘아붙였다. "혼혈 왕자는 그냥 그 주문을 적어 놓은 것뿐이야! 다른 사람한테 그 주문을 쓰라고 권하거나 뭐 그런 게 아니라고! 우리가 아는 한, 혼혈 왕자는 자기 자신을 상대로 쓰였던 주문을 적어 놓고 있었던 거야!"

"믿어지지가 않는다." 헤르미온느가 말했다. "네가 이렇게까지 옹호하고 나서다니……."

"내가 저지른 짓을 변명하려는 게 다냐!" 해리가 재빨리 말했다. "나도 그런 짓을 한 걸 후회해. 열 번도 넘게 방과 후 징계를 받게 돼서도 아니야. 넌 내가 그런 주문을 쓰지 않을 거라는 걸 알잖아. 아무리 상대가 말포이라고 해도! 하지만 혼혈 왕자 탓을 할 수는 없어. 혼혈 왕자가 '이걸 써 봐, 진짜 좋아' 같은 말을 써 둔 게 아니니까. 그냥 자기 책에 필기를 한 것뿐이잖아. 안 그래? 다른 사람 보라고 한 게 아니라……."

"그러니까 네 말은" 하고, 헤르미온느가 말했다. "거기로 돌아가서……."

"책을 도로 가져올 거냐고? 응, 맞아." 해리가 힘주어 말했다. "잘 들어, 혼혈 왕자가 아니었다면 나는 절대 펠릭스 펠리시스를 얻지 못했을 거야. 독을 마신 론을 구할 방법도 몰랐을 거고. 절대로……."

"……부당한 방법으로 마법약에 재능이 있다는 평가를 얻지도 못했겠지. 넌 그럴 자격이 없는데 말이야." 헤르미온느가 심술궂은 말투로 말했다.

"그만 좀 해, 헤르미온느!" 지니가 소리쳤다. 해리는 너무 놀라고 고마워서 눈을 들어 그녀를 바라보았다. "얘기 들어 보니까 말프이는 해리한테 용서받지 못하는 저주를 쓰려고 한 것 같던데, 해리가 좋은 패를 갖고 있었던 걸 오히려 다행스럽게 여겨야지!"

"뭐, 나도 당연히 해리가 저주 마법에 맞지 않아서 다행이라고 생각해!" 헤르미온느가 상처받은 게 분명한 목소리로 말했다. "하지만 그 섹툼셈프라 주문을 좋은 패라고 할 수 없어, 지니. 그것 때문에 해리가 결국 어떤 꼴이 됐는지 봐. 그리고 나는 이 일이 너희가 치를 시합의 승패에 끼칠 영향을 생각해 볼 때……."

"아, 퀴디치를 이해하는 척하지 마." 지니가 쏘아붙였다. "그래 봤자 창피나 당할걸."

해리와 론은 눈앞의 광경을 빤히 바라보았다. 언제나 꽤 사이가 좋았던 헤르미온느와 지니가 이젠 팔짱을 끼고 서로에게서 등을 돌린 채 앞만 쏘아보고 있었다. 론은 초조하게 해리를 바라보더니 아무 책이나 집어 들고 그 뒤로 얼굴을 숨겼다. 하지만 해리는 그럴 처지가 아니라는 걸 알면서도 갑자기 엄청난 기쁨이 몰려오는 것을 느꼈다. 그날 저녁 내내 그들 중 누구도 다시 입을 열지 않았는데도.

하지만 그런 좋은 기분은 오래가지 않았다. 다음 날 그는 자기들 팀의 주장이 시즌 마지막 시합에 나오지 못하게 되어 매우 심기가 불편해진 그리핀도르 동료 학생들의 극심한 분노는 물론 슬리데린 아이들의 비웃음까지 견뎌야 했다. 토요일 아침, 해리는 헤르미온느에게 했던 말과는 달리 론, 지니, 그리고 다른 선수들과 함께 퀴디치 경기장으로 갈 수만 있다면 이 세상에 있는 펠릭스 펠리시스를 전부 줘 버릴 수도 있을 것 같았다. 하나같이 장미 장식을 달고 모자를 쓴 채 현수막과 스카프 등을 흔들며 햇빛 속으로 쏟아져 나가는 학생들을 뒤로하고 지하 감옥을 향해 돌계단을 내려가 저 멀리 관중의 소리가 들리지 않는 곳까지 걸어가야 한다니. 중계 한 마디, 환호성이나 신음 소리 한 번 들을 수 없다는 것을 생각하자 견딜 수가 없을 지경이었다.

"아, 포터." 해리가 문을 두드리고 기분 나쁘게 익숙한 연구실에 들어서자 스네이프가 말했다. 그는 이제 지상 교실에서 어둠의 마법 방어법을 가르쳤지만, 지하에 있는 이 연구실을 아직 쓰고 있었다. 연구실은 언제나 그렇듯 희미하게 밝혀져 있었고, 전과 마찬가지로 사방 벽을 둘러싸고 있는 갖가지 색깔의 마법약 안에는 끈적끈적한 죽은 생물들이 둥둥 떠 있었다. 해리를 위해 마련되었을 게 분명한 탁자에는 불길하게도 거미줄 쳐진 상자들이 잔뜩 쌓여 있었다. 그 상자들에서는 지루하고 힘든 데다가 무의미하기까지 한 기운이 스멀스멀 뿜어져 나오고 있었다.

"필치 씨가 이 오래된 서류철들을 정리할 사람을 찾고 있었다." 스네이프가 조용히 말했다. "호그와트 규칙 위반자들과 그들이 받은 처벌 내용을 기록해 놓은 것들이다. 네가 할 일은 잉크가 바래거나 쥐가 갉아 먹어서 손상된 부분의 내용을 새 카드에 베껴 쓰는 것이다. 반드시 알파벳 순서대로 정리하고 다시 상자 안에 넣어 놓도록. 마법은 사용하지 않는다."

"네, 교수님." 해리는 할 수 있는 한 경멸감을 실어서 마지막 세 글자를 내뱉었다.

스네이프가 입가에 악의 어린 미소를 머금고 다시 입을

열었다. "먼저 1,012번부터 1,056번까지 담겨 있는 상자부터 시작하는 게 좋겠다. 거기 보면 익숙한 이름들이 몇 개 나올 텐데, 그러면 작업에 흥미가 더해질 거다. 자, 여길 보면……."

그는 과장된 동작으로 맨 위에 있는 상자들 중 하나에서 카드 한 장을 꺼내 읽었다. "'제임스 포터와 시리우스 블랙. 버트럼 오브리에게 불법 공격 마법을 사용하다 걸림. 오브리의 머리가 두 배로 커짐. 둘 다 방과 후 징계.'" 스네이프가 피식 웃었다. "세상을 떠나기는 했지만, 그들의 위대한 업적에 관한 기록이 남아 있다고 생각하면 분명 굉장히 위로가 되겠지."

해리는 가슴속 깊은 곳이 부글부글 끓어오르는 익숙한 기분을 느꼈다. 그는 말대꾸하고 싶은 마음을 억누르려고 혀를 깨물며 상자들 앞에 앉아 그중 하나를 자기 쪽으로 끌어당겼다.

중간중간에 아버지나 시리우스의 이름을 보고 속이 철렁하곤 했을 뿐(틀림없이 스네이프가 계획한 대로였겠지만) 예상했던 대로 전혀 쓸모없는 지루한 작업이었다. 아버지와 시리우스의 이름은 대개 온갖 종류의 사소한 장난과 함께 등장했고, 가끔씩 리머스 루핀과 피터 페티그루가 동참하기도 했다. 해리는 그들의 다양한 위반 행위들과 처벌 내용을 베껴 쓰는 동안, 바깥에서는 과연 무슨 일이 벌어지고 있을지 궁금했다. 시합이 막 시작됐을 텐데……. 지니가 수색꾼이 되어서 초를 상대하겠지…….

해리는 째깍째깍 소리를 내는 커다란 벽시계를 자꾸만 힐끔거렸다. 그 시계는 보통 시계의 절반 정도 속도로 움직이는 것 같았다. 혹시 스네이프가 엄청나게 느린 속도로 가도록 시계에 마법을 걸어 놓은 건 아닐까? 여기에 온 지 겨우 30분 지났을 리는 없었다. 한 시간…… 한 시간 반…….

시계가 12시 30분을 가리켰을 때 해리의 배에서 꼬르륵 소리가 나기 시작했다. 해리에게 과제를 내준 뒤 한 마디도 하지 않던 스네이프가 마침내 눈을 들었을 땐 1시 10분이 되어 있었다.

"그 정도면 될 것 같군." 그가 차갑게 말했다. "어디까지 했는지 표시해 놓아라. 다음 주 토요일 10시에 계속한다."

"네, 교수님."

해리는 귀퉁이를 접어서 표시한 카드를 아무 상자에나 쑤셔 넣고 스네이프가 마음을 바꾸기 전에 황급히 문을 나섰다. 그는 쏜살같이 돌계단을 뛰어올라 가면서 경기장에서 나는 소리를 들으려고 열심히 귀를 기울였지만 사방은 고요하기만 했다……. 경기가 끝난 것이다…….

그는 사람들로 붐비는 대연회장 바깥에서 잠깐 망설이다가 대리석 계단을 달려올라 갔다. 그리핀도르가 이기든 지든 선수들은 보통 휴게실에서 축하를 하거나 위로를 나누곤 했다.

"퀴드 아지스("어떻게 됐어요?"의 라킨어—옮긴이)?" 그는 머뭇거리며, 안에서 무엇을 보게 될지 궁금해하면서 뚱뚱한 귀부인에게 말했다.

그녀가 도통 알 수 없는 표정을 지으며 대답했다. "보면 알 게다."

그러더니 앞으로 휙 젖혀졌다.

그녀의 뒤에 있는 구멍에서 축하의 함성이 터져 나왔다. 아이들이 그를 보고 소리를 지르기 시작하자 해리는 입을 떡 벌렸다. 손 몇 개가 튀어나와 그를 휴게실 안으로 끌어당겼다.

"우리가 이겼어!" 론이 눈앞으로 뛰쳐나와 해리를 향해 은빛 우승컵을 흔들어 대며 소리쳤다. "우리가 이겼다고! 450 대 140으로 우리가 이겼어!"

해리는 주위를 둘러보았다. 지니가 그에게 달려오고 있

었다. 해리를 껴안는 그녀의 얼굴에 격앙된 감정이 어려 있었다. 해리는 아무런 생각도 없이, 아무런 계획도 없이, 쉰 명의 아이들이 지켜보고 있다는 사실은 아랑곳하지 않고 그녀에게 키스했다.

30분처럼 느껴지기도 하고, 혹은 햇살 가득한 며칠이 흐른 것처럼 느껴지기도 하는 기나긴 순간이 지나고 나서야 그들은 서로에게서 떨어졌다. 휴게실은 쥐 죽은 듯 조용했다. 그때 몇몇 아이가 길게 휘파람을 불어 댔고 흥분해서 낄낄거리는 웃음소리가 터져 나왔다. 해리는 지니의 머리 너머로 박살 난 유리잔을 손에 쥐고 있는 딘 토머스의 모습과 뭔가 집어던지기라도 할 것 같은 표정을 짓고 있는 로밀다 베인을 보았다. 헤르미온느는 활짝 웃고 있었지만 해리의 눈은 론을 찾고 있었다. 해리는 마침내 아직도 우승컵을 쥔 채 방망이로 거리를 가격당했을 때나 지을 법한 표정을 짓고 있는 론을 발견했다. 찰나의 순간 그들은 서로 눈이 마주쳤고, 이어 론이 머리를 살짝 까딱였다. 해리는 그것을 '뭐, 꼭 그래야겠다면야'라는 뜻으로 받아들였다.

가슴속 괴물이 승리의 함성을 내지르는 가운데 해리는 지니를 내려다보고 씩 웃으며 말없이 손으로 초상화 구멍 바깥을 가리켰다. 지금 상황에서는 교정을 오래도록 거니는 게 가장 적절한 행동인 것 같았다. 그러는 동안, 혹 시간이 나면 시합 얘기를 할 수도 있을 것이다.

25장
보는 자, 그리고 엿들은 자

해리 포터가 지니 위즐리와 사귄다는 사실은 수많은 사람들, 특히 여학생들의 관심을 끄는 듯했다. 하지만 해리는 이어지는 몇 주 동안 그런 수군거림 같은 것은 기분 좋게 흘려 넘겼다. 어쨌거나, 어둠의 마법과 관련된 끔찍한 상황에 휘말려서가 아니라 해리가 기억하는 한 여태껏 겪었던 일들 중에서 가장 기분 좋은 일로 입방아에 오르내린다는 건 아주 멋진 변화였다.

"소문거리가 그렇게 없나." 지니가 말했다. 그녀는 휴게실 바닥에 털썩 주저앉아 해리의 다리에 기댄 채 《예언자일보》를 읽고 있었다. "1주일 동안 디멘터 공격이 세 건이나 있었는데, 토밀다 베인이 기껏 하는 일이라고는 나한테 네가 가슴에 히포그리프 문신을 새긴 게 사실이냐고 물은 것뿐이야."

론과 헤르미온느 둘 다 웃음을 터뜨렸다. 해리가 그런 그들을 무시하고 물었다.

"그래서 뭐라고 해 줬어?"

"헝가리 혼테일이라고 해 줬지." 지니가 한가롭게 신문을 넘기며 말했다. "훨씬 더 터프하잖아."

"고마워." 해리가 씩 웃으며 말했다. "그럼 론한테는 무슨 문신이 있다고 했어?"

"피그미 퍼프. 어디에 새겼는지는 말 안 해 줬어."

헤르미온느가 배를 잡고 데굴데굴 구르자 론은 도끼눈을 떴다.

"조심해." 그는 경고하듯 해리와 지니를 손가락으로 가리키며 말했다. "내가 허락했다고 해서 그 허락을 철회하지 못한다는 뜻은 아니니까."

"'허락'이래." 지니가 코웃음을 쳤다. "언제부터 오빠가 나한테 이건 된다 저건 안 된다 허락해 줬는데? 어쨌든 마이클이나 딘보다는 차라리 해리가 낫다고 말한 건 오빠잖아."

"그래, 맞아." 론이 마지못해 말했다. "그리고 너희 둘이 공공장소에서 키스 같은 것만 하지 않으면……."

"이 더러운 위선자! 오빠랑 라벤더가 어땠는지는 잊었어? 뱀장어 한 쌍처럼 뒤엉켜서 온 사방을 뒹굴어 놓고?" 지니가 따졌다.

하지만 6월이 되면서 론의 인내심이 시험에 들 일도 별로 없어졌다. 해리와 지니가 같이 지내는 시간이 점점 줄어들었기 때문이었다. 지니는 O.W.L. 시험이 다가오고 있었으므로 어쩔 수 없이 밤늦게까지 몇 시간이고 시험공부를 해야만 했다. 그러던 어느 날 저녁, 지니가 도서관에 가 있는 동안 휴게실 창가 자리에 앉아 약초학 숙제를 마저 하고 있었어야 할 해리는 점심시간에 지니와 함께 호숫가에서 보낸 유난히 행복했던 한 시간을 다시 떠올리고 있었다. 그때 뭔가 즐겁지 않은 결심을 한 것처럼 보이는 헤르미온느가 그와 론 사이에 털썩 주저앉았다.

"할 얘기가 있어, 해리."

"무슨 얘기?" 해리가 의심 가득한 목소리로 물었다. 바로 어제만 해도 헤르미온느는 그에게 지니는 시험공부에 집중해야 하니 그녀의 주의를 흐트러뜨리지 말라고 잔소리를 했었다.

"이른바 혼혈 왕자에 대해서 말이야."

"아, 또 시작이야." 그가 신음했다. "제발 그만 좀 하면 안 돼?"

그는 감히 책을 가지러 필요의 방에 다시 가지 못했고, 그 때문에 마법약 수업 시간에 활약하는 일에서도 차질이 빚어지고 있었다(그러나 지니를 총애하는 슬러그혼은 익살스럽게 그 원인을 해리가 상사병에 걸린 탓으로 돌렸다). 하지만 해리는 스네이프가 혼혈 왕자의 책을 손에 넣으려는 희망을 아직 버리지 않았다는 확신이 들었고, 스네이프가 그를 지켜보는 동안에는 책을 지금 있는 곳에 계속 둘 작정이었다.

"그만 못 하겠어." 헤르미온느가 단호하게 말했다. "네가 내 얘기를 끝까지 다 듣기 전에는 말이야. 들어 봐, 내가 어둠의 주문을 만들어 내는 걸 취미로 삼을 만한 사람을 좀 알아봤는데……."

"그 녀석은 그걸 취미로 삼은 게 아니……."

"그 녀석? 그 녀석이라니…… 혼혈 왕자가 남자라고 누가 그래?"

"이 얘긴 끝난 거나 마찬가지 아니야?" 해리가 성질을 내며 말했다. "프린스잖아, 헤르미온느. 왕자!"

"바로 그거야!" 헤르미온느가 소리쳤다. 주머니에서 아주 오래된 신문기사를 꺼내 해리 앞 탁자에 쾅 하고 내려

놓는 그녀의 뺨이 잔뜩 상기되어 있었다. "이것 좀 봐! 이 사진을 보라고!"

해리는 부스러질 듯한 종이를 집어 들고 세월에 누렇게 바랜 움직이는 사진을 들여다보았다. 론도 자세히 보려고 허리를 숙였다. 사진 속에는 열다섯 살쯤 되어 보이는 깡마른 여자아이가 있었다. 예쁜 얼굴은 아니었다. 약간 화가 난 동시에 시무룩한 표정이었고, 두꺼운 눈썹에 얼굴은 길쭉하고 창백했다. 사진 아래 다음과 같은 설명이 쓰여 있었다. '아일린 프린스, 호그와트 곱스톤 팀 주장.'

"그래서?" 해리가 사진이 딸려 있는 짤막한 신문 기사를 훑으며 말했다. 학교 간 곱스톤 시합에 관한 꽤 지루한 기사였다.

"이름이 아일린 프린스잖아. 프린스라고, 해리."

그들은 서로를 바라보았고, 해리는 비로소 헤르미온느가 무슨 말을 하려는 건지 깨달았다. 그가 웃음을 터뜨렸다.

"말도 안 돼."

"뭐?"

"이 여자가 혼혈…… 그거라고 생각하는 거야? 야, 왜 이래."

"왜 안 되는데? 해리, 마법사 세계에 왕자 같은 건 없어.

그렇다면 '프린스'라는 건 누군가가 자기한테 직접 붙인 별명이거나, 진짜 이름일 거야. 안 그래? 아니, 들어 보라니까! 만약에, 예를 들어 아일린의 아버지가 '프린스'라는 성을 가진 마법사였고 어머니는 머글이었다면, 아일린은 '혼혈 프린스'가 되었을 거 아냐!"

"그래, 아주 기발하다, 헤르미온느……."

"하지만 그렇잖아! 어쩌면 아일린은 자신의 피에 프린스라는 마법사의 피가 반 섞여 있는 걸 자랑스러워했을지도 몰라!"

"잘 들어, 헤르미온느. 여자는 분명 아니야. 딱 보면 알 수 있다고."

"사실은 여자가 그만큼 똑똑할 리 없다고 생각하는 거겠지." 헤르미온느가 화를 내며 말했다.

"내가 너랑 5년 동안이나 어울렸는데 여자애들이 똑똑하지 않다고 생각할 리 있겠냐?" 헤르미온느의 말에 상처를 받은 해리가 발끈해서 말했다. "글 쓰는 방식이 그렇다는 얘기잖아. 딱 봐도 남자가 쓴 글이야. 그렇다니까? 이 여자랑은 아무 상관도 없어. 그나저나 이건 어디서 난 거야?"

"도서관." 헤르미온느는 예상대로 그렇게 말했다. "옛날에 나왔던 《예언자일보》를 다 볼 수 있거든. 뭐, 나는 틈나는 대로 아일린 프린스에 대해서 더 알아볼 거야."

"마음대로 해." 해리가 짜증을 내며 말했다.

"그럴게." 헤르미온느가 말했다. "그리고 내가 가장 먼저 살펴보려고 하는 건 예전 마법약 관련 대회 수상 기록이야!" 그녀가 초상화 구멍으로 다가가면서 쏘아붙였다.

해리는 잠시 그녀의 뒷모습을 노려보다가 점점 어두워지는 하늘을 다시 내다보았다.

"네가 마법약 과목에서 자기보다 뛰어난 걸 도저히 못 참겠나 보다." 론이 《1,000가지 마법 약초와 버섯》으로 다시 눈을 돌리며 말했다.

"너도 내가 그 책을 되찾고 싶어 하는 걸 이해 못 하는 건 아니지?"

"당연히 아니지." 론이 힘주어 말했다. "그 사람은 천재였어. 혼혈 왕자 말이야. 어쨌든…… 그 사람이 베조아르에 대한 단서를 남기지 않았다면……." 그는 의미심장하게 손가락으로 자기 목을 쓱 그었다. "내가 여기서 이 얘기를 하고 있지도 못했을 거 아냐. 내 말은, 네가 말포이한테 썼던 그 주문이 좋았다는 건 아니지만……."

"그건 나도 마찬가지야." 해리가 재빨리 말했다.

"하지만 말포이는 다 나아서 멀쩡해졌잖아? 순식간에 다시 걸어 다닐 거라고."

"그래." 해리가 말했다. 그것은 분명한 사실이었지만 그래도 살짝 양심의 가책이 느껴지기는 했다. "스네이프 덕분이지……."

"이번 주 토요일에도 스네이프한테 방과 후 징계를 받아야 해?" 론이 물었다.

"응, 다음 주 토요일에도. 그다음 주 토요일에도." 해리는 푹 한숨을 내쉬었다. "그리고 이제는 학기가 끝날 때까지 그 상자들을 다 정리하지 못하면 다음 학기에도 계속하게 될 거라고 은근히 압박을 주고 있어."

안 그래도 지니와 함께할 수 있는 시간이 줄어든 마당에 이런 방과 후 징계마저 시간을 빼앗자 해리는 유독 화가 났다. 사실 최근에는 혹시 스네이프가 지니와 해리가 사귀는 걸 아는 게 아닌가 하는 의구심이 강하게 들었다. 그가 매번 점점 더 늦은 시간까지 해리를 붙잡아 두면서, 해리가 이토록 좋은 날씨와 그 날씨에 따르는 다양한 기회들을 놓치고 있는 것에 대해 신랄한 말들을 늘어놓았던 것이다.

양피지 두루마리를 든 지미 피크스가 옆에 나타났을 때에야 해리는 이 씁쓸한 회상에서 빠져나왔다.

"고마워, 지미. ……이것 봐, 덤블도어 교수님한테서 온 거야!" 해리가 양피지를 펼쳐 훑어보더니 흥분해서 말했다. "되도록 빨리 연구실로 오라셔!"

그들은 서로를 뚫어지게 바라보았다.

"제기랄." 론이 속삭였다. "너 설마…… 혹시 덤블도어가 그걸 발견한 건……?"

"가서 봐야겠지?" 해리가 벌떡 일어나며 말했다.

그는 허겁지겁 휴게실을 나서서 전속력으로 8층 복도를 달렸다. 맞은편에서 훅 날아내려 오면서 평소 하던 대로 해리에게 분필을 던지고 해리가 방어하려고 날린 저주 마법을 피하며 큰 소리로 낄낄대는 피브스를 빼면 누구와도 마주치지 않았다. 피브스마저 사라지자 복도에는 침묵이 내려앉았다. 통행금지 시간까지 겨우 15분 남은 상황에서 학생들은 대부분 이미 각자의 휴게실로 돌아간 뒤였다.

그때 해리의 귀에 한 줄기 비명과 쾅 하는 굉음이 들렸다. 그는 멈춰 서서 귀를 기울였다.

"어떻게…… 감히…… 네가…… 아아아아아악!"

소리는 근처 복도에서 들려오고 있었다. 해리는 마법 지팡이를 꺼내 들고 소리가 들리는 곳으로 쏜살같이 달려갔다. 모퉁이를 돌아서 돌진하던 그는 트릴로니 교수가 바닥에 큰대자로 널브러져 있는 것을 발견했다. 평소 겹겹이

두르고 다니는 숄 가운데 하나가 그녀의 머리에 덮여 있고, 옆에는 셰리주 병 몇 개가 놓여 있었는데 그중 하나는 깨져 있었다.

"교수님."

해리는 얼른 앞으로 달려가 트릴로니 교수를 일으켜 세웠다. 반짝거리는 구슬 장식 줄 몇 가닥이 그녀의 안경에 얽혀 있었다. 트릴로니 교수는 큰 소리로 딸꾹질을 하더니 머리를 툭툭 매만지면서, 자신을 부축해 주는 해리의 팔을 잡고 일어섰다.

"무슨 일이에요, 교수님?"

"아주 잘 물었다!" 그녀가 날카롭게 말했다. "나는 우연히 살짝 목격하게 된 어떤 어둠의 징후에 대해 생각하며 산책을 하고 있었는데……."

하지만 해리는 그녀의 말에 별 관심을 기울이지 않았다. 이곳이 어딘지 방금 깨달았던 것이다. 오른쪽에는 발레를 하는 트롤 태피스트리가 있었고, 왼쪽에는 난공불락의 매끄러운 돌벽이 펼쳐져 있었는데, 그 뒤에 숨겨져 있는 것은 분명…….

"교수님, 필요의 방에 들어가려고 하신 건가요?"

"……나에게 계시된 조짐들이…… 뭐?"

그녀는 갑자기 뭔가 찔리는 것 같은 표정을 지었다.

"필요의 방요." 해리가 다시 말했다. "거기 들어가려고 하셨어요?"

"나는…… 그러니까…… 학생들이 그 방을 알고 있을 줄은……."

"모두가 아는 건 아니에요." 해리가 말했다. "근데 무슨 일이 있었어요? 비명을 지르셨잖아요. 다치신 것 같은데……."

"난…… 그러니까……." 트릴로니 교수는 방어적으로 숄을 끌어당겨 단단히 여미더니 큼직하게 확대된 눈으로 그를 내려다보며 말을 이었다. "나는…… 아…… 어떤…… 음…… 개인적인 물건을 그 방에 두려고 했단다……." 그러고는 "추잡한 비난" 어쩌고 하면서 중얼거렸다.

"그러셨군요." 해리는 셰리주 병들을 힐끔 내려다보며 말했다. "하지만 그 방에 들어가서 숨기실 수가 없었던 건가요?"

정말 이상한 일이었다. 어쨌거나 필요의 방은 해리가 혼혈 왕자의 책을 숨기려고 했을 때는 순순히 문을 열어 주었던 것이다.

"아, 들어가기는 잘 들어갔단다." 트릴로니 교수가 벽을 쏘아보며 말을 이었다. "하지만 누가 이미 그 안에 있었어."

"누가 있었다고요……? 누가요?" 해리가 물었다. "누가 있었는데요?"

"전혀 모르겠구나." 트릴로니 교수가 해리의 목소리에 깃든 다급한 기색에 살짝 놀란 표정을 지으며 말했다. "방에 들어갔더니 어떤 목소리가 들렸어. 전에는 한 번도 이런 일이 없었단다. 그 오랜 세월 그곳에 물건을 숨겨…… 아니, 그 방을 이용해 왔는데 말이야."

"목소리를 들었다고 하셨죠? 뭐라고 하던가요?"

"무슨 말을 하기는 한 건지 잘 모르겠구나." 트릴로니 교수가 말했다. "그 목소리는…… 와 하고 함성을 지르고 있었어."

"함성을 지르고 있었다고요?"

"잔뜩 신이 난 목소리로." 그녀가 고개를 끄덕이며 덧붙였다.

해리가 그녀를 빤히 바라보았다.

"남자였어요, 여자였어요?"

"잘은 모르겠지만 남자 같았어." 트릴르니 교수가 말했다.

"게다가 기뻐하는 목소리였다고요?"

"기뻐서 어쩔 줄 모르는 목소리였단다." 트릴로니 교수가 코웃음을 치며 말했다.

"뭔가를 축하하는 것처럼요?"

"그래, 확실히."

"그런 다음에는……?"

"그런 다음에 내가 '거기 누구예요?'라고 소리쳤지."

"물어보지 않고도 누군지 아실 수는 없었나 보군요?" 해리는 약간 실망해서 그렇게 물었다.

"내 내면의 눈은" 하고, 트릴로니 교수가 숄과 반짝거리는 구슬이 주렁주렁 매달린 줄을 똑바로 하면서 위엄 있게 말했다. "함성을 내지르는 목소리 같은 그런 세속적인 영역을 훨씬 벗어난 곳을 응시하고 있단다."

"네." 해리는 얼른 대꾸했다. 트릴로니 교수가 가지고 있다는 내면의 눈에 대해 듣는 것도 이제 지겨웠다. "그럼 그 목소리가 누구인지 말하던가요?"

"아니, 그러지 않았단다." 그녀가 말했다. "모든 것이 칠흑처럼 캄캄해지더니, 다음 순간엔 내가 방 밖으로 곤두박질치고 있지 뭐니!"

"그런데 그렇게 될 걸 미리 못 보셨던 거예요?" 해리는 참지 못하고 그렇게 물었다.

"그래, 못 봤단다. 아까도 말했지만 칠흑처럼……." 그녀는 말을 멈추고 뭔가 수상쩍다는 듯 해리를 노려보았다.

"덤블도어 교수님한테 말씀드리시는 게 좋을 것 같아요." 해리가 말했다. "말포이가…… 그러니까, 교수님을 밖으로 내동댕이친 누군가가 뭔가를 축하하고 있다는 사실을 덤블도어 교수님도 아셔야 하니까요."

놀랍게도 트릴로니 교수는 이 제안에 도도한 표정을 지으며 자세를 가다듬었다.

"교장 선생님은 내가 당신을 좀 덜 찾아왔으면 하는 뜻을 넌지시 밝히셨단다." 그녀가 싸늘한 어조로 말했다. "나는 나와 함께하는 시간을 소중하게 여기지 않는 사람에게 억지로 그러라고 강요하는 사람이 아니야. 덤블도어 교수님이 내 카드가 보여 주는 경고를 무시하기로 했다면……."

뼈마디가 두드러진 그녀의 손이 해리의 손목을 덥석 잡았다.

"거듭 카드를 펼쳐 봐도……."

그녀가 숄 아래에서 과장된 몸짓으로 카드 한 장을 꺼냈다.

"……번개 맞은 탑이 나온단다." 그녀가 작은 소리로 속삭였다. "재앙이야. 재난이라고. 계속 점점 가까워지고 있어……."

"그렇군요." 해리가 다시 말했다. "음…… 그래도 제 생각엔 덤블도어 교수님한테 조금 전에 들으신 그 목소리랑 모든 것이 캄캄해졌다는 얘기랑 방 밖으로 팽개쳐졌다는 얘기를 하셔야 할 것 같아요."

"그렇게 생각하니?" 트릴로니 교수는 잠깐 그 문제에 대해 생각해 보는 듯했지만, 해리가 보기에 그녀는 자신이 겪은 이 사소하지만 희한한 사건을 누군가에게 들려준다는 생각을 마음에 들어 하는 게 틀림없었다.

"저는 지금 교장 선생님을 뵈러 가는 길이었어요." 해리가 말했다. "교장 선생님이랑 약속이 있거든요. 같이 가면 되겠네요."

"아 뭐, 그렇다면야." 트릴로니 교수가 빙긋 웃으며 말했다. 그녀는 허리를 구부려 셰리주 병들을 집어, 근처 벽감 안에 서 있던 파란색과 하얀색이 섞인 커다란 꽃병 안에 인정사정없이 던져 버렸다.

"네가 내 수업을 듣던 때가 그립구나, 해리." 함께 덤블도어 교수의 연구실을 향해 걷기 시작하면서 그녀가 진심을 담아 말했다. "너는 결코 예언자의 자질을 갖추진 않았지만…… 그래도 훌륭한 예언 대상이었단다……."

해리는 대꾸하지 않았다. 트릴로니 교수가 계속해 대는

파멸의 예언을 듣는 것도 이제는 넌더리가 났다.

"유감이지만······." 그녀가 말을 이었다. "그 짐말······ 아니, 미안하구나. 그 켄타우로스 말이야, 그자는 카드점에 대해서는 아무것도 몰라. 내가 예언자 대 예언자로서 그자에게 다가오는 대재앙의 아득한 떨림이 느껴지느냐고 물어봤단다. 하지만 그자는 그런 날 우스꽝스럽게 생각하는 것 같았어. 그래, 우스꽝스럽게 말이야!"

그녀의 목소리가 신경질적으로 높아졌다. 병을 버리고 왔는데도 해리는 셰리주의 강렬한 향이 훅 끼쳐 오는 것을 느꼈다.

"아마 그 짐말은 내가 고조할머니의 재능을 물려받지 못했다고 사람들이 떠들어 대는 소리를 들었겠지. 나를 향한 질투 때문에 그 소문은 아주 오랫동안 사람들의 입방아에 오르내렸단다. 내가 그런 사람들에게 뭐라고 말하는지 아니, 해리? 내가 내 재능을 증명해 보이지 못했더라면 덤블도어 교수님이 나를 이 위대한 학교에서 학생들을 가르치도록 놔뒀겠느냐고, 그 오랜 세월 동안 나를 신뢰했겠느냐고 말한단다!"

해리는 뭔가 알아들을 수 없는 말을 웅얼거렸다.

"나는 덤블도어 교수님과 처음 만나 면접 봤던 날을 똑똑히 기억해." 트릴로니 교수가 목이 메는 소리로 말을 이었다. "당연히 그분은 굉장히 감명받으셨지. 깊은 감동을 받으셨단다……. 나는 호그스 헤드에 머물고 있었어. 말이 나와서 하는 얘기지만 별로 추천할 만한 곳은 아니야. 침대에 빈대가 있단다, 애야……. 하지만 숙박비가 쌌으니까. 덤블도어 교수님은 여관방까지 나를 직접 찾아오는 예의를 보여 주셨단다. 그리고 내게 질문을 던지셨지……. 솔직히 말해서 처음에 그분은 점술에 대해 그리 우호적이지 않은 것처럼 보였어……. 그러다가 내 몸 상태가 약간 이상해졌던 게 기억나는구나. 그날 먹은 게 별로 없었거든……. 그러다가……."

해리는 이제야 처음으로 트릴로니 교수의 말에 귀를 기울였다. 그때 무슨 일이 벌어졌는지 알고 있기 때문이었다. 그날 트릴로니 교수는 해리의 인생을 송두리째 바꿔 놓은 예언을 했다. 그와 볼드모트에 관한 예언을.

"……하지만 그때 무례하게도 세베루스 스네이프가 우리를 방해했단다!"

"뭐라고요?"

"그렇다니까. 밖에서 소동이 일어나는가 싶더니 문이 벌컥 열리더구나. 거기에 그 상스러운 바텐더가 스네이프와 같이 서 있었어. 스네이프는 계단에서 길을 잘못 들었다고 장황한 변명을 늘어놓았지. 내가 보기에는 유감스럽게도 내가 덤블도어 교수님과 면접 보는 걸 엿듣다가 들킨 것 같았지만 말이야. 그게, 당시에는 스네이프도 일자리를 찾고 있었으니까. 틀림없이 뭔가 힌트라도 얻고 싶었던 거겠지! 뭐, 그런 다음에는 뭐랄까, 덤블도어 교수님이 내게 일자리를 주기로 마음을 굳히신 것 같더구나. 나는, 해리, 그 까닭이 기꺼이 열쇠 구멍에 귀를 대고 엿들을 정도로 무모하고 주제넘는 젊은이에 비해 내 겸손한 태도와 점잖은 재능이 돋보였기 때문이라고 생각할 수밖에 없어. ……해리, 얘야?"

그녀는 해리가 더 이상 곁에 있지 않다는 사실을 그제야 깨닫고 어깨 너머를 돌아보았다. 해리가 걷다가 우뚝 멈춰 서는 바람에 이제 그들은 서로 3미터 거리를 두고 떨어져 있었다.

"해리?" 그녀가 머뭇거리며 다시 불렀다.

트릴로니 교수가 그토록 걱정스럽고 겁먹은 표정을 지은 걸 보면 해리의 얼굴이 하얗게 질려 있었던 모양이다. 해리는 충격의 파도가 몸을 휩쓰는 와중에 꼼짝도 하지 않고 그 자리에 서 있었다. 파도가 연달아 밀려오면서, 너무나 오랫동안 모르고 있었던 한 가지 사실을 제외한 모든 것을 쓸어내 버렸다.

그 예언을 엿들은 사람은 다름 아닌 스네이프였다. 그 예언을 볼드모트에게 전달한 자가 바로 스네이프였다. 스네이프와 피터 피티그루가 볼드모트로 하여금 릴리와 제임스와 그들의 아들을 쫓도록 만들었다…….

지금 이 순간 해리에게는 그 밖에 다른 무엇도 중요하지 않았다.

"해리?" 트릴로니 교수가 다시 그를 불렀다. "해리, 우리 함께 교장 선생님을 만나러 가는 줄 알았다만?"

"교수님은 여기 계세요." 해리가 얼얼한 입술을 움직여 말했다.

"하지만, 얘야…… 나는 교장 선생님께 내가 필요의 방에서 어떻게 공격당했는지 말씀드리……."

"여기 계시라고요!" 해리가 화를 내며 되풀이했다.

해리는 깜짝 늘란 표정의 트릴로니를 지나쳐 모퉁이를 돌아 덤블도어의 연구실로 달려갔다. 연구실이 있는 복도로 접어드니 가그일 한 마리가 보초를 서고 있었다. 해리는 가고일에게 암호를 외치고, 움직이는 나선형 계단을 한 번에 세 칸씩 올라갔다. 그는 덤블도어의 연구실 문을 얌전히 두드리지 않았다. 부술 듯이 주먹으로 쾅쾅 두드렸다. "들어오세요"라고 답하는 침착한 목소리가 들려왔을 때 해리는 이미 연구실 안으로 뛰어들어 간 뒤였다.

불사조 폭스가 고개를 돌려 그를 바라보았다. 폭스의 빛나는 검은색 눈이 창문 너머로 드리워진 황금빛 저녁놀을 반사하며 반짝거렸다. 덤블도어는 창가에 서서 교정을 내다보고 있었다. 팔에는 검은색 긴 여행용 망토가 들려 있었다.

"그래, 해리. 같이 가기로 약속했었지."

해리는 잠시 그 말이 무슨 뜻인지 이해하지 못했다. 좀 전에 트릴로니 교수와 나눴던 대화가 그의 머릿속에서 모든 것을 몰아냈다. 뇌가 아주 천천히 움직이는 것만 같았다.

"같이…… 간다고요……?"

"물론 네가 가고 싶다면 말이다."

"제가 가고 싶다면……."

그제야 해리의 머릿속에 애초에 자신이 왜 덤블도어의 연구실로 신나게 달려왔는지가 떠올랐다.

"찾으셨어요? 호크룩스를 찾으신 건가요?"

"그런 것 같구나."

해리의 마음속에서 분노와 원통함이 충격과 흥분에 맞

서 싸웠다. 해리는 한동안 아무 말도 할 수 없었다.

"두려운 게 당연하다." 덤블도어가 말했다.

"전 두렵지 않아요!" 해리가 곧바로 소리쳤다. 그것은 틀림없는 사실이었다. 지금 그가 느끼는 감정 가운데 공포는 전혀 없었다. "어떤 호크룩스인데요? 어디에 있어요?"

"어떤 것인지는 나도 확신할 수 없다. 뱀은 확실히 아닌 것 같다만. 다만 이곳에서 수 킬로미터 떨어져 있는 해변 동굴 안에 숨겨져 있는 것 같구나. 내가 아주 오랫동안 찾으려고 애썼던 동굴이지. 한때 고아원 연례행사로 여행을 갔을 때 톰 리들이 두 아이에게 겁을 줬던 그 동굴이란다. 기억나니?"

"네." 해리가 대답했다. "어떤 방법으로 보호되고 있죠?"

"나도 잘 모르겠다. 짐작은 가지만 완전히 틀렸을지도 모르니." 덤블도어는 잠깐 망설이다가 다시 입을 열었다. "해리, 나는 널 데려가겠다고 약속했고 그 약속을 지키려고 한다만, 이 일이 극도로 위험할 수도 있다는 경고를 하지 않을 수가 없구나."

"저는 갈 거예요." 해리는 덤블도어가 말을 채 마치기도 전에 그렇게 말했다. 스네이프를 향한 분노가 끓어오르는 가운데, 뭔가 무고할 만큼 위험한 일을 하고 싶다는 욕망이 조금 전보다 열 배는 더 강렬해져 있었다. 해리의 얼굴에 그런 마음이 드러난 모양이었다. 덤블도어는 창가에서 떨어져 해리를 더욱 자세히 살펴보았다. 그의 은빛 눈썹 사이가 살짝 주름졌다.

"무슨 일 있었니?"

"아무 일도 없었어요." 해리는 재빨리 거짓말을 했다.

"어째서 기분이 상했지?"

"기분 안 상했는데요."

"해리, 너는 결코 오클루먼시에 능했던 적이 없……."

그 말이 불꽃이 되어 해리의 분노에 불을 지폈다.

"스네이프 때문이에요!" 그가 버럭 소리를 지르자 등 뒤에서 폭스가 부드럽게 울었다. "무슨 일이 있었냐고요? 스네이프요! 스네이프가 볼드모트한테 예언 이야기를 전했어요. 스네이프였다고요. 스네이프가 문밖에서 엿들었다고 트릴로니 교수님이 저한테 말해 줬어요!"

덤블도어는 표정 하나 바뀌지 않았지만 해리는 지는 해가 드리우는 핏빛 노을 속에서 그의 얼굴이 하얗게 질리는 것 같은 느낌을 받았다. 덤블도어는 한참 동안 아무 말도 하지 않았다.

"언제 알게 됐느냐?" 마침내 그가 물었다.

"방금요!" 고함을 지르고 싶은 마음을 가까스로 참고 있던 해리가 말했다. 그러다가, 돌연, 그는 더 이상 참을 수 없어졌다. "**그런데도 교수님은 그 인간이 여기서 교수 노릇을 할 수 있게 해 줬어요. 그 인간이 볼드모트한테 우리 엄마 아빠를 쫓으라고 말했는데!**"

해리는 한바탕 싸움이라도 한 것처럼 격하게 숨을 몰아쉬며, 그때까지드 손가락 하나 움직이지 않고 있는 덤블도어에게서 홱 돌아서서 연구실 안을 왔다 갔다 했다. 꽉 주먹 쥔 손을 문지르면서 마지막 남은 인내심까지 끌어내 주위의 물건들을 마구 때려 부수고 싶은 마음을 억눌렀다. 그는 덤블도어에게 화를 내고 분노를 터뜨리고 싶었지만, 한편으로는 그와 같이 가서 호크룩스를 파괴하고 싶었다. 그는 덤블도어에게 스네이프를 믿다니 정말 어리석은 늙은이라고 소리치고 싶었지만, 그러다가 덤블도어가 그를 데려가지 않으면 어떡하나 하는 생각에 두렵기도 했다.

"해리." 덤블도어가 조용히 입을 열었다. "부디 내 말을 들어 다오."

마구 발을 그르며 돌아다니지 않는 것은 고함을 지르지 않고 참는 것만큼이나 어려운 일이었다. 해리는 입술을 깨물고 잠시 멈춰 서서 덤블도어의 주름 가득한 얼굴을 똑바로 바라보았다.

"스네이프 교수가 저지른 실수는 끔찍한······."

"실수라고 하지 마세요, 교수님. 그자는 문밖에서 엿듣고 있었다고요!"

"내가 말을 마치게 해 다오." 덤블도어는 해리가 짧게 고개를 끄덕일 때까지 기다렸다가 말을 이었다. "스네이프 교수는 끔찍한 실수를 저질렀다. 트릴로니 교수가 한 예언의 앞부분을 들었던 그날 밤에도 그는 아직 볼드모트 경을 위해 일하고 있었어. 당연히 그는 자기가 들은 얘기를 서둘러 주인에게 전했지. 자기 주인과 굉장히 깊은 연관이 있는 이야기였으니까. 하지만 그는 돌랐단다. 알 수도 없었지. 그 이후로 볼드모트가 쫓게 될 소년이 누구인지도 몰랐고, 살인을 저지르러 나선 과정에서 볼드모트가 파멸시키게 될 부모가 스네이프 교수 자신이 아는 사람들이라는 것도 몰랐다. 스네이프는 그 사람들이 네 어머니와 아버지라는 걸 몰랐어."

해리는 아무런 기쁨도 담기지 않은 웃음을 고함처럼 내뱉었다.

"그자는 시리우스를 증오했던 만큼 우리 아빠도 증오했어요! 모르셨어요, 교수님? 스네이프가 증오하는 사람들은 대체로 죽던데요!"

"볼드모트 경이 그 예언을 어떻게 해석했는지를 알고 스네이프 교수가 얼마나 후회했는지 너는 전혀 모른다, 해리. 나는 그것이 스네이프 교수 평생의 가장 큰 회한이자 그가 돌아선 이유라고 믿는……."

"하지만 그자는 아주 솜씨 좋은 오클루먼스잖아요. 안 그런가요, 교수님?" 해리가 말했다. 목소리를 침착하게 유지하려 애썼지만 오히려 더 떨렸다. "게다가 볼드모트는 지금까지도 스네이프가 자기편이라고 믿고 있지 않나요? 교수님…… 어떻게 스네이프가 우리 편이라고 확신하실 수가 있죠?"

덤블도어는 잠깐 동안 아무 말도 하지 않았다. 그의 얼굴은 뭔가에 대해 마음을 정하려고 애쓰는 것처럼 보였다. 마침내 그가 입을 열었다. "나는 확신한다. 나는 세베루스 스네이프를 완벽하게 신뢰한다."

해리는 마음을 가라앉히려고 잠시 심호흡을 했다. 아무런 효과도 없었다.

"뭐, 전 그렇게 못 하겠는데요!" 그가 조금 전처럼 큰 소리로 말했다. "그자는 지금 이 순간에도 드레이코 말포이랑 뭔가를 꾸미고 있어요. 교수님 코앞에서요. 그런데도 교수님은……."

"우리는 이 문제에 대해 이미 이야기를 끝냈다, 해리." 덤블도어가 말했다. 이제 그의 목소리는 다시 완고해져 있었다. "너에게 내 생각을 이야기해 줬지."

"교수님은 오늘 밤에 학교를 떠나실 거잖아요. 교수님은 스네이프와 말포이가 무슨 짓을 할 작정인지 꿈에도 생각 못 하시고……."

"무슨 짓을 한다는 게냐?" 덤블도어가 눈썹을 치켜올리며 물었다. "넌 두 사람이 정확히 뭘 하고 있다고 의심하는 거지?"

"저는…… 그 둘은 뭔가를 꾸미고 있어요!" 해리가 말했다. 그 말을 하면서 그는 두 주먹을 불끈 쥐었다. "트릴로니 교수님이 방금 필요의 방에 들어갔었어요. 셰리주 병을 숨기려고요. 그리고 거기서 말포이가 환호성을 지르며 기뻐하는 소리를 들었대요! 그 녀석은 필요의 방에서 뭔가 위험한 걸 고치려 하고 있었단 말이에요. 제 생각에 말포이는 결국 그 물건을 고쳤고, 교수님은 그런 상황에서 학교를 비우시려는……."

"그만하면 됐다." 덤블도어가 말했다. 덤블도어의 목소리는 상당히 담담했지만 해리는 곧바로 입을 다물었다. 그는 자신이 결국 보이지 않는 선을 넘었다는 사실을 깨달았다. "넌 내가 이번 학기에 학교를 비울 때마다 단 한 번이라도 학교를 무방비 상태로 놔둔 적이 있을 거라고 생각하느냐? 절대로 그런 적 없다. 오늘 밤 내가 학교를 떠나면 또 한 번 추가적인 보호조치가 취해질 게다. 부디 내가 학생들의 안전을 진지하게 생각하지 않는다는 식으로는 말하지 말아 다오, 해리."

"전 그런 게 아니라······." 해리가 약간 당황해서 웅얼거렸지만 덤블도어는 그의 말을 잘랐다.

"이 문제에 대해서는 더 이야기하고 싶지 않구나."

해리는 자신이 선을 지나치게 넘은 것일까 봐, 그래서 덤블도어와 함께 갈 기회를 놓쳤을까 봐 두려워하며 말대꾸하고 싶은 마음을 꾹 참았다. 하지만 그때 덤블도어가 말을 이었다. "오늘 밤 나와 함께 가고 싶으냐?"

"네." 해리는 대번에 대답했다.

"그럼 좋다. 내 말 잘 듣거라."

덤블도어는 몸을 꼿꼿이 폈다.

"그 대신 한 가지 조건이 있다. 너는 내가 어떤 지시를 내리더라도 아무런 질문 없이 그 말에 따라야 한다."

"물론이죠."

"내 말을 명확히 이해해야 한다, 해리. 내 말은 '도망쳐라', '숨어라,' 혹은 '돌아가라' 같은 지시까지도 따라야 한다는 뜻이다. 약속하겠느냐?"

"전…… 네, 당연히 따를게요."

"내가 숨으라고 하면 그렇게 하겠느냐?"

"네."

"내가 도망치라고 하면 따르겠느냐?"

"네."

"나를 버리고 네 목숨을 건지라고 하면, 그 말대로 하겠느냐?"

"전……."

"해리?"

그들은 잠시 서로를 바라보았다.

"네, 교수님."

"좋다. 그럼 가서 네 투명 망토를 가지고 5분 뒤에 현관 홀에서 만나자꾸나."

덤블도어는 다시 몸을 돌려 불타는 듯한 창밖을 내다보았다. 이제 태양은 지평선 위에서 루비처럼 붉게 빛났다. 해리는 재빨리 연구실을 나와 나선형 계단을 내려갔다. 머릿속이 갑자기 이상할 정도로 맑아졌다. 그는 자신이 뭘 해야 할지 알았다.

그가 휴게실로 돌아갔을 때는 론과 헤르미온느가 함께 앉아 있었다. "덤블도어 교수님이 뭐라셔?" 헤르미온느가 곧바로 물었다. "해리, 너 괜찮아?" 그녀가 걱정스러운 듯 덧붙였다.

"괜찮아." 해리는 짤막하게 대답하고 빠르게 그들을 지나쳤다. 그는 허겁지겁 계단을 올라가 침실로 들어가서 짐가방을 열고 도둑 지도와 돌돌 말아 놓은 양말 한 켤레를 꺼냈다. 그런 다음 빠르게 계단을 내려와 휴게실을 달려가다가, 놀란 얼굴로 멍하니 앉아 있는 론과 헤르미온느 앞에 끽 멈춰 섰다.

"시간이 별로 없어." 해리가 헐떡이며 말했다. "덤블도어 교수님은 내가 투명 망토를 챙기고 있다고 생각하셔. 내 말 잘 들어……."

그는 자신이 무슨 일로 어디에 가는지를 그들에게 빠르게 설명해 주었다. 헤르미온느가 겁에 질려 숨을 들이켤 때도, 론이 다급히 질문을 던질 때도 말을 멈추지 않았다. 더 자세한 내용은 두 사람이 나중에 스스로 알아낼 수 있을 것이다.

"……그러니까 이게 뭘 뜻하는지 너희도 알지?" 해리는 단숨에 말을 맺었다. "덤블도어 교수님은 오늘 밤 여기 안 계셔. 그러니까, 뭘 꾸미고 있는지는 모르겠지만 말포이는 아무런 방해도 받지 않고 그 일을 또 한 번 시도하려고 할 거야. 아니, *내 말 들어!*" 론과 헤르미온느 모두 말을 끊으려는 기색을 보이자 그는 화를 내며 식식댔다. "필요의 방에서 환호성을 지르고 있었던 사람이 말포이라는 걸 난 확실히 알아. 여기……." 그는 도둑 지도를 헤르미온느의 손에 쥐여 주었다. "그 녀석도 지켜보고 스네이프도 지켜봐야 해. D.A.에서 모을 수 있는 애들은 모두 동원해. 헤르미온느, 그때 썼던 연락용 갈레온 아직 작동하는 거지? 덤블도어 교수님은 학교에 추가적인 보호조치를 취할 거라고 하셨지만 스네이프가 개입한다면 덤블도어 교수님이 어떤 보호조치를 해 놨는지, 그걸 어떻게 피할 수 있는지 다 알 거야. 하지만 너희가 지켜보고 있을 거라고는 예상 못 하겠지. 안 그래?"

"해리……." 헤르미온느가 겁에 질린 채 눈을 휘둥그렇게 뜨고 입을 열었다.

"말싸움할 시간 없어." 해리는 딱 잘라 말했다. "이것도 받아." 그는 론의 손에 양말을 쥐여 주었다.

"고마워." 론이 말했다. "어…… 근데 나한테 양말이 왜 필요한데?"

"그 양말에 싸여 있는 게 필요한 거야. 펠릭스 펠리시스 거든. 너희랑 지니랑 나눠 써. 지니한테는 나 대신 작별 인사 전해 주고. 가 봐야겠다. 덤블도어 교수님이 기다리고 계셔."

"안 돼!" 론이 경이감에 사로잡힌 얼굴로 황금색 마법약이 들어 있는 작디작은 병을 꺼내자 헤르미온느가 소리쳤다. "저건 우리한테 필요한 게 아니야. 네가 가져가. 무슨 일을 맞닥뜨리게 될지 모르잖아."

"난 괜찮을 거야. 덤블도어 교수님이랑 같이 가니까." 해리가 말했다. "너희가 무사하다는 걸 확실히 하고 싶어서 그래……. 그런 표정 짓지 마, 헤르미온느. 나중에 보자……."

그리고 그는 목을 돌리고 다급히 초상화 구멍을 나가 현관홀로 향했다.

덤블도어가 오크나무 정문 앞에서 기다리고 있었다. 해리가 거칠게 숨을 헐떡이며 결리는 옆구리를 붙잡고 미끄러지듯 돌계단 앞에 다다르자 그가 돌아보았다.

"망토를 써 다오." 덤블도어가 말했다. 그는 해리가 투명 망토를 뒤집어쓸 때까지 기다렸다. "좋아. 그럼 가 볼까?"

덤블도어는 곧바로 돌계단을 내려가기 시작했다. 그의 여행용 망토는 고요한 여름 공기 속에서 거의 흔들리지도 않았다. 해리는 투명 망토를 뒤집어쓴 채, 여전히 숨을 헐떡이고 땀을 뻘뻘 흘리면서 서둘러 그 뒤를 따랐다.

"그런데 교수님이 학교를 비우시는 걸 보면 사람들이 뭐라고 생각할까요?" 해리가 물었다. 말은 '사람들'이라고 했지만 말포이와 스네이프를 염두에 둔 질문이었다.

"호그스미드로 술 한잔하러 가는 거라고 생각할 게다." 덤블도어가 가볍게 말했다. "난 어쩔 때는 로즈메르타 씨네 가게를 이용하고 또 어쩔 때는 호그스 헤드에 들르거든. ……아니, 그러는 척하기도 하지. 진짜 목적지를 감추는 데는 무엇보다 잘 통하는 방법이다."

그들은 땅거미가 지는 가운데 교문 밖으로 향했다. 공기에는 따뜻한 풀 냄새와 호수 냄새, 해그리드의 오두막 쪽에서 풍겨 오는 나무 타는 연기 냄새가 가득 배어 있었다. 위험하거나 두려운 무언가를 향해 가고 있다는 것이 도무지 실감나지 않았다.

"교수님." 저 앞에 교문이 눈에 들어오자 해리가 조용히 입을 열었다. "순간이동을 할 건가요?"

"그래." 덤블도어가 말했다. "이제는 순간이동을 할 줄 알겠지?"

"네." 해리가 대답했다. "하지만 면허는 없어요."

그는 솔직하게 대답하는 것이 최선이라고 느꼈다. 지금 가려는 곳에서 100킬로미터 넘게 떨어진 장소에 나타나는 바람에 일을 다 망쳐 버리면 어떡하겠는가?

"괜찮다." 덤블도어가 말했다. "이번에도 내가 도와주면 된다."

교문을 나선 그들은 호그스미드로 향하는, 노을이 지고 있는 인적 없는 길에 접어들었다. 걸어가는 동안 어둠이 빠르게 내렸고, 호그스미드의 큰길에 도착했을 때쯤에는 어김없이 밤이 깃들고 있었다. 가게들 창문에서는 불빛이 반짝였고, 스리 브룸스틱스에 가까워지자 시끄러운 고함 소리가 들려왔다.

"……나가라고!" 로즈메르타 씨가 지저분한 행색의 남자 마법사를 내쫓으며 소리를 질렀다. "아, 안녕하세요, 알버스…… 늦은 시간에 오셨네요……."

"안녕하신가, 로즈메르타. 멋진 저녁이군요……. 용서하시오, 호그스 헤드로 가는 길이라……. 기분을 상하게 할 생각은 아니지만 오늘 밤에는 좀 더 조용한 곳에 끌리는군요……."

잠시 후 그들은 모퉁이를 돌아 옆 골목으로 접어들었다. 산들바람 한 점 불지 않는데도 호그스 헤드의 간판은 조금씩 삐걱거리고 있었다. 스리 브룸스틱스와는 딴판으로 이 술집은 텅 비어 있는 것처럼 보였다.

"굳이 들어갈 필요는 없단다." 덤블도어가 주위를 힐끔 둘러보며 중얼거렸다. "우리가 사라지는 걸 아무도 보지 않는 한은 말이지……. 이제 내 팔에 손을 얹거라, 해리. 너무 꽉 잡을 필요는 없다. 나는 그저 길을 안내해 주는 것뿐이니까……. 셋을 세도록 하마. 하나…… 둘…… 셋……."

해리는 제자리에서 휙 돌았다. 곧 두꺼운 고무관 속을 통과하듯 온몸이 꽉 조이는 끔찍한 느낌이 엄습했다. 숨을 들이마실 수 없었고, 온몸 구석구석이 거의 견딜 수 없을 정도로 강하게 짓눌렸다. 이러다가 분명 숨 막혀 죽을 것 같다는 생각이 든 바로 그때, 그의 몸을 짓누르던 보이지 않는 고무관이 갑자기 터지는 듯했고, 다음 순간 그는 소금기 어린 신선한 공기를 폐 한가득 들이마시며 서늘한 어둠 속에 서 있었다.

26장
동굴

 짭짤한 바다 냄새와 세찬 파도 소리가 밀려왔다. 가볍고 서늘한 산들바람이 달빛에 비친 바다와 별이 총총한 하늘을 바라다보는 해리의 머리카락을 흩뜨려 놓았다. 해리는 바다 위로 높이 솟아오른 검은색 바위 위에 서 있었다. 발밑에서는 물이 거품을 일으키며 휘돌았다. 그는 어깨 너머를 힐끗 돌아보았다. 등 뒤로 형태를 알 수 없는 검은 절벽이 우뚝 솟아 있었다. 주위에는 해리와 덤블도어가 서 있는 곳과 같은 커다란 바윗덩어리가 몇 개 있었는데, 그것은 과거 어느 시점에 절벽 면에서 떨어져 나온 것처럼 보였다. 나무 한 그루, 풀밭이나 모래밭 한 조각 보이지 않는, 바다와 바위만으로 단조롭게 이루어진 황량하고 거친 풍경이었다.

"어떻게 생각하느냐?" 덤블도어가 굴었다. 마치 이곳이 소풍하기에 괜찮은 장소인지 해리의 의견이라도 묻는 듯했다.

"고아원에서 애들을 이런 데 데려왔다고요?" 당일치기 여행을 할 아늑한 장소로 여기보다 못한 곳은 도저히 상상할 수 없었던 해리가 그렇게 물었다.

"정확히 여기는 아니었단다." 덤블도어가 말했다. "우리 뒤에 있는 절벽을 따라 얼마쯤 간 곳에 마을 같은 것이 있거든. 바닷바람도 좀 쐬고 파도 구경도 시켜 주려고 아이들을 거기로 데려갔던 것 같다. 아니, 이곳을 찾아온 건 톰 리들과 그의 어린 시절 희생자들뿐이었을 거야. 비범할 정도로 실력이 뛰어난 등산가라면 모를까, 머글들은 이 바위까지 올 수도 없을 거다. 배들도 저 절벽 가까이 갈 수 없지. 주변 물살이 너무 세서 위험하거든. 절벽을 기어 내려가는 리들의 모습이 눈앞에 그려지는구나. 밧줄보다는 마법이 더 도움이 됐겠지. 그리고 작은 아이들 둘을 데려갔을 게다. 아마 겁을 주면서 즐거움을 맛보려 했을 테지. 여기에 내려온 것만으로도 그 목적은 달성했을 것 같은데. 그렇지 않니?"

해리는 다시 절벽을 올려다보고 온몸에 소름이 돋는 것을 느꼈다.

"하지만 그자의 목적지이자 우리의 마지막 목적지는 여기서 조금 더 가야 한단다. 이리 오너라."

덤블도어는 해리를 바위 가장자리로 손짓해 불렀다. 그곳에는 들쭉날쭉한 틈새들이 이어져 있었는데, 거기에 발을 딛고 물에 반쯤 잠긴 커다란 바위들까지 내려가면 절벽에 좀 더 가까이 다가갈 수 있었다. 하지만 내려가는 길이 위험천만했다. 덤블도어는 쭈그러든 손 때문에 약간 어려움을 겪으며 천천히 움직였다. 아래쪽 바위들은 바닷물 때문에 미끄러웠다. 차갑고 짭짤한 바닷물이 얼굴에 흩뿌려지는 것이 느껴졌다.

"루모스." 절벽과 가장 가까운 바위에 이르렀을 때 덤블도어가 중얼거렸다. 해리가 움츠리고 있는 곳 몇 미터 아래서 수많은 황금색 빛줄기가 어두운 수면에 비쳐 어른거렸다. 그의 옆에 있는 캄캄한 바위벽도 환하게 밝혀졌다.

"보이느냐?" 덤블도어가 마법 지팡이를 좀 더 높이 들어 올리며 조용히 물었다. 절벽에 벌어진 틈으로 검은 물살이 소용돌이쳐 들어가는 것이 보였다.

"조금 젖어도 괜찮지?"

"네." 해리가 말했다.

"그럼 투명 망토를 벗거라. 지금은 필요 없으니까. 그런 뒤에 뛰어들자꾸나."

갑자기 덤블도어는 훨씬 더 젊은 사람처럼 민첩한 동작으로 바위에서 바다로 미끄러져 들어가더니 수영을 하기 시작했다. 그는 불 켜진 마법 지팡이를 입에 물고 완벽한 평영 자세를 선보이며 바위 표면의 어둡고 가느다란 틈새를 향해 헤엄쳐 갔다. 해리는 망토를 벗어서 주머니에 쑤셔 넣고 그 뒤를 따랐다.

물은 얼음장처럼 차가웠다. 물을 잔뜩 머금은 옷이 해리 주위에서 너울거리며 그를 밑으로 끌어당겼다. 숨을 깊이 들이마시자 소금과 해초 특유의 냄새가 양쪽 콧구멍을 가득 채웠다. 그렇게 해리는 이제 절벽 더 깊은 곳으로 이동하면서 점점 작아지고 있는 희미한 지팡이 불빛을 향해 헤엄쳐 갔다.

절벽의 갈라진 틈으로 들어가니 머잖아 어두운 터널이 이어졌다. 해리는 만조 때가 되면 그곳이 물로 가득 찰 거라는 사실을 알 수 있었다. 양쪽의 축축한 벽은 겨우 1미터 정도 간격을 두고 있었으며, 덤블도어의 마법 지팡이 빛이 잠깐씩 비칠 때면 젖은 타르처럼 희미하게 빛났다. 안으로 좀 더 들어가자 통로는 왼쪽으로 구부러졌고, 해리는 그 길이 절벽 깊은 곳까지 뻗어 있다는 것을 알아차렸다. 그는 덤블도어의 뒤를 따라서 계속 헤엄쳤다. 얼얼해진 손끝이 거칠고 축축한 바위를 스쳤다.

그때 저 앞에 있던 덤블도어가 일어서서 물 바깥으로 걸어 나가는 모습이 보였다. 그의 은빛 머리카락과 검은색 로브가 어른어른 빛났다. 뒤이어 도착한 해리는 커다란 동굴로 이어지는 계단을 발견했다. 그는 계단을 올라갔다. 흠뻑 젖은 옷에서 물이 줄줄 흘러내렸다. 이어 해리는 걷잡을 수 없이 몸을 떨면서 얼어붙을 것만 같은 고요한 공기 속으로 나왔다.

덤블도어가 동굴 한가운데에 서서 마법 지팡이를 높이 들고 있었다. 그는 제자리에서 천천히 돌면서 벽과 천장을 살펴보았다.

"그래, 여기가 맞구나." 덤블도어가 말했다.

"어떻게 아세요?" 해리가 나직이 물었다.

"마법이 닿은 곳이니까." 덤블도어가 간단히 말했다.

해리는 지금 몸이 떨리는 것이 등줄기를 파고드는 냉기 때문인지, 아니면 덤블도어와 마찬가지로 마법을 감지했기 때문인지 알 수 없었다. 그는 덤블도어가 계속 제자리에서 도는 모습을 지켜보았다. 그는 하리에게 보이지 않는 뭔가에 집중하는 게 분명했다.

"여기는 그저 들어가는 입구, 현관홀일 뿐이다." 잠시 후 덤블도어가 말했다. "안쪽 공간을 지나가야 한다……. 이제부터 우리의 앞길을 방해하는 것들은 자연이 만든 장애물이라기보다는 볼드모트 경의 장애물이야."

덤블도어는 동굴 벽으로 다가가더니 해리가 알아들을 수 없는 이상한 말을 중얼거리면서 검게 변한 손가락 끝으로 그 벽을 어루만졌다. 그는 거친 바위를 가능한 한 넓게 건드리면서, 가끔씩 멈춰서 특정한 지점에 대고 손가락을 앞뒤로 쓸기도 하며 두 차례에 걸쳐 동굴을 바짝 붙어 돌다가 마침내 걸음을 멈추고 손을 동굴 벽 어느 지점에 대고 지그시 눌렀다.

"여기다." 그가 말했다. "이곳을 지나가야겠다. 입구가 숨겨져 있구나."

해리는 덤블도어에게 어떻게 알았느냐고 묻지 않았다. 마법사가 이런 식으로 그저 보고 만져서 뭔가를 알아내는 모습을 한 번도 본 적이 없었지만, 큰 소리를 내고 연기를 피우는 건 능수능란하기보다 실력이 부족한 탓이라는 사실은 이미 오래전에 배웠다.

덤블도어는 동굴 벽에서 물러나 마법 지팡이로 바위를 가리켰다. 잠깐 동안 그 자리에 선이 나타나 아치 모양을 그리더니 금이 간 틈새로 강렬한 빛이 쏟아져 나오는 것처럼 하얗게 빛났다.

"해, 해내셨군요!" 해리가 이를 딱딱 부딪치면서 말했다. 하지만 그 말이 입술 밖으로 튀어나가기도 전에 선은 사라져 버렸고, 눈앞에는 조금 전처럼 아무것도 없는 단단한 바위만 있을 뿐이었다. 덤블도어가 해리를 돌아보았다.

"해리, 미안하구나. 깜빡 잊었다." 덤블도어가 말했다. 그가 해리에게 마법 지팡이를 겨누자, 해리의 옷은 곧바로 타오르는 불 앞에 걸어 놓은 것처럼 따뜻하고 보송보송해졌다.

"고맙습니다.' 해리가 고마움을 표시했지만 덤블도어는 이미 단단한 동굴 벽으로 관심을 돌린 뒤였다. 그는 더 이상 마법을 시도하지 않고 그냥 그 자리에 서서 마치 그곳에 뭔가 굉장히 흥미로운 글이라도 쓰여 있는 것처럼 바위 벽을 뚫어지게 바라보았다. 해리는 그저 가만히 서 있었다. 덤블도어의 집중을 방해하고 싶지 않았기 때문이다.

잠시 후, 2분이 통째로 지나고 나서야 덤블도어가 조용히 입을 열었다. "아, 그럴 리가. 너무 유치하군."

"왜 그러세요, 교수님?"

"내 생각에는" 하고, 덤블도어가 다치지 않은 손을 로브 안에 넣어 해리가 마법약 재료를 썰 때 사용하는 것 같은 은으로 된 단검을 꺼내며 말했다. "지나가려면 대가를 치르라고 요구하는 것 같구나."

"대가요?" 해리가 말했다. "문한테 뭔가를 줘야 한다고요?"

"그래." 덤블도어가 말했다. "내가 단단히 착각한 게 아니라면 피를 바쳐야 할 것 같다."

"피요?"

"유치하다고 말하지 않았느냐." 덤블도어가 경멸하듯 말했다. 볼드모트가 기대에 못 미치기라도 했다는 듯, 심지어 실망한 것처럼 들리는 목소리였다. "너도 분명 알아차렸겠지만, 이곳에 들어가려는 적이 스스로 자신의 힘을 약화시키도록 만들려는 심산인 게다. 이번에도 볼드모트 경은 육체의 부상보다 훨씬 끔찍한 것들이 많다는 사실을 이해하지 못했구나."

"네, 하지만 그래도 피할 수만 있다면……." 육체적 고통이라면 이미 겪을 만큼 겪었기에 더 이상의 고통은 원치 않았던 해리가 그렇게 말했다.

"그러나 가끔은 피할 수 없는 일이 있단다." 덤블도어가 로브 소매를 흔들어 젖히고 다친 손 쪽의 팔을 드러내며 말했다.

"교수님!" 덤블도어가 칼을 들어 올리자 해리가 다급히 앞으로 나서며 그를 말렸다. "제가 할게요, 제가……."

그는 무슨 말을 해야 할지 알 수 없었다. 자기가 더 젊기 때문이라고 해야 할까? 아니면 자기가 더 건강하다고? 하지만 덤블도어는 그냥 싱긋이 웃을 뿐이었다. 은빛 섬광이 번뜩이더니 짙은 붉은색 피가 솟구쳤다. 바위 표면에 번들거리는 검붉은 핏방울이 흩뿌려졌다.

"정말 친절하구나, 해리." 덤블도어가 자신의 팔에 낸 깊은 상처를 마법 지팡이 끝으로 가볍게 쓸며 말했다. 그러자 스네이프가 말포이의 부상을 치료해 줬을 때처럼 상처는 곧바로 아물었다. "하지만 네 피는 내 피보다 더 가치 있단다. 아, 이 방법이 통한 것 같구나. 안 그러니?"

은빛 윤곽선이 또 한 번 아치를 그리며 번뜩였지만 이번에는 조금 전처럼 사라지지 않았다. 선 안쪽의 피가 튄 바위가 조용히 사라지면서 온전한 어둠처럼 보이는 구멍을 드러냈다.

"나를 따라오면 될 게다." 덤블도어는 그렇게 말하더니,

동굴

황급히 자신의 마법 지팡이에 불을 밝히는 해리를 이끌고 아치문으로 걸어 들어갔다.

그들의 눈앞에 음산한 광경이 펼쳐졌다. 그들은 어둠에 휩싸인 거대한 호숫가에 서 있었는데, 호수가 얼마나 큰지 맞은편 기슭이 보이지 않을 정도였다. 휑뎅그렁한 동굴 천장 또한 눈에 보이지 않을 만큼 높았다. 저 멀리 호수 한가운데로 짐작되는 곳에서 녹색 불빛이 부옇게 빛나며 완벽히 고요한 호수 표면에 반사되었다. 오직 그 일렁이는 녹색 불빛과 두 개의 마법 지팡이에서 뿜어 나오는 빛만이 비단결 같은 암흑을 찢어 놓았다. 물론 그 빛도 해리가 기대하는 만큼 멀리까지 뻗어 나가지는 못했다. 이곳의 어둠은 어쩐지 보통의 암흑보다 밀도가 높았다.

"걷자꾸나." 덤블도어가 조용히 말했다. "발이 물에 닿지 않도록 조심해야 한다. 내 옆에서 떨어지지 말거라."

덤블도어가 호수 가장자리를 따라 걷기 시작하자 해리는 그 뒤를 바짝 따랐다. 호수를 둘러싸고 있는 좁은 바위 기슭을 걷자 철버덕거리는 발소리가 메아리쳤다. 그들은 계속 걸어갔지만 풍경은 달라질 기미를 보이지 않았다. 한쪽에는 거친 동굴 벽이 있고 다른 쪽에는 유리처럼 매끄러운 어둠이 끝을 모르고 펼쳐져 있었으며, 그 어둠 한복판에서는 수수께끼 같은 녹색 빛이 어른거렸다. 해리는 이곳의 고요함이 그를 숨 막히게 하고 기운을 빼앗아 간다고 느꼈다.

"교수님?" 마침내 해리가 입을 열었다. "여기에 호크룩스가 있다고 생각하세요?"

"아, 그렇고말고." 덤블도어가 말했다. "그래, 확실히 그렇게 생각한단다. 문제는 어떻게 그걸 손에 넣느냐지만."

"혹시…… 혹시 그냥 소환 마법을 써 볼 순 없을까요?" 해리는 확실히 멍청한 제안이라고 생각하면서도 그렇게 말했다. 하지만 가능한 한 빨리 이 장소를 벗어나고 싶은 마음이 너무도 간절했다.

"물론 해 볼 수는 있다." 덤블도어가 말하면서 워낙 갑작스럽게 멈춰 서는 바람에 해리는 하마터면 그에게 부딪칠 뻔했다. "네가 해 보는 건 어떠냐?"

"제가요? 어…… 네……."

이런 일은 결코 예상하지 못했지만, 해리는 목을 가다듬고 마법 지팡이를 높이 들어 올린 채 큰 소리로 외쳤다. "아씨오 호크룩스!"

폭발음 같은 소리와 함께, 6미터쯤 떨어진 캄캄한 물속에서 꽤 크고 허여멀건 뭔가가 튀어나왔다. 무엇인지 확인할 겨를도 없이 그것은 시끄럽게 첨벙 소리를 내며 다시 물속으로 사라졌다. 그 바람에 거울 같은 수면에 잔물결이 잔뜩 일었다. 해리는 깜짝 놀라서 뒤로 펄쩍 물러서다가 동굴 벽에 부딪쳤다. 고개를 돌려 덤블도어를 쳐다보는데 심장이 엄청난 기세로 계속 두근거렸다.

"그게 뭐였죠?"

"내 생각에는 우리가 호크룩스를 손에 넣으려고 시도하면 반응하도록 되어 있는 존재 같구나."

해리는 다시 호수를 바라보았다. 수견은 다시 한 번 검은 유리처럼 빛나고 있었다. 일렁이던 물결이 부자연스러울 만큼 빠르게 사라진 것이다. 하지만 해리의 심장은 아직도 두근거리고 있었다.

"저런 걸 예상하셨나요, 교수님?"

"호크룩스를 손에 넣으려는 명백한 시도를 하면 무슨 일이든 일어나긴 할 거라고 생각했다. 아주 좋은 생각이었다, 해리. 우리가 무엇을 마주하고 있는지 알 수 있는 가장 간단한 방법이었어."

"하지만 저게 뭔지 모르잖아요." 해리가 불길할 정도로 매끄러운 호수를 바라보며 말했다.

"*저것들이* 뭔지 모른다고 말해야겠지." 덤블도어가 말했다. "단 하나만 있을 거라는 생각은 별로 안 드는구나. 계속 걸을까?"

"교수님?"

"그래, 해리."

"호수 안으로 들어가야 할까요?"

"호수 안으로? 우리가 지독하게 운이 없다면 그래야겠지."

"호크룩스가 호수 밑바닥에 있을 거라고는 생각하지 않으시는 건가요?"

"물론 그렇단다……. 호크룩스는 호수 한가운데 있을 게다."

그러더니 덤블도어는 호수 한가운데에서 빛나고 있는 부연 녹색 불빛을 가리켰다.

"그러니까 저걸 손에 넣으려면 호수를 건너가야겠네요?"

"그래, 그럴 것 같다."

해리는 아무 말도 하지 않았다. 그의 머릿속은 수중 괴물과 거대한 타다뱀, 악마, 켈피, 악령 같은 것들로 가득 차 있었다……

"아하." 덤블도어가 짧게 내뱉더니 다시 멈춰 섰다. 해리는 이번엔 진짜로 그와 부딪치고 말았다. 해리가 잠깐 어두운 호수 가장자리에서 비틀거리자 덤블도어의 멀쩡한 손이 그의 팔을 움켜잡고 끌어당겼다. "정말 미안하구나, 해리. 경고를 했어야 했는데. 물러서서 벽에 등을 붙이고 있도록 해라. 그 장소를 찾은 것 같다."

해리는 덤블도어가 무슨 말을 하는지 도무지 알 수가 없었다. 그가 보기에는 그들이 지금 서 있는 어두운 기슭도 다른 곳들과 구분할 수 없을 만큼 똑같았지만 덤블도어는 여기서 뭔가 특별한 점을 발견한 듯했다. 이번에 덤블도어는 바위 벽이 아닌 허공을 손으로 쓸고 있었다. 마치 눈에 보이지 않는 무언가를 찾아 손에 쥐게 될 것처럼.

"오호." 잠시 후 덤블도어가 기쁨의 탄성을 내뱉었다. 허공을 더듬던 그의 손이 해리의 눈에는 보이지 않는 무언가를 움켜쥔 것이다. 덤블도어는 호수 쪽으로 더 가까이 다가갔다. 해리는 덤블도어의 쇠쇠 달린 신발 끝이 바위 기슭 가장자리에 아슬아슬하게 놓여 있는 모습을 초조한 마음으로 지켜보았다. 덤블도어는 한 손으로 허공을 계속 움켜쥔 채 다른 쪽 손으로 마법 지팡이를 들어 그 끝으로 자신의 주먹을 톡톡 두드렸다.

곧바로 구리줄 같은 두꺼운 녹색 사슬이 허공에 나타났

다. 덤블도어가 움켜쥐고 있는 그 사슬은 호수 깊숙한 곳에서 뻗어 나온 것이었다. 덤블도어가 톡톡 두드리자 사슬은 마치 뱀처럼 그의 주먹에서 미끄러져 나가기 시작하더니, 캄캄한 물속 깊은 곳에 있는 무언가를 끌어 올리며 저절로 땅바닥 위에 똬리를 틀었다. 사슬이 움직이며 철컹대는 소리가 동굴 벽에 부딪쳐 시끄럽게 울려 퍼졌다. 자그마한 배가 사슬과 똑같은 부연 녹색 빛을 발하며 유령처럼 수면 위로 올라오기 시작하자 해리는 헉하는 소리를 내뱉었다. 배는 잔물결조차 거의 일으키지 않고 해리와 덤블도어가 서 있는 기슭으로 둥둥 떠왔다.

"배가 거기 있는 걸 어떻게 아셨어요?" 해리가 놀라서 물었다.

"마법은 언제나 흔적을 남긴단다." 배가 부드럽게 쿵 소리를 내며 기슭에 부딪치자 덤블도어가 말했다. "가끔은 아주 뚜렷한 흔적을 남기지. 톰 리들을 가르친 사람이 바로 나다. 그의 방식은 잘 알고 있어."

"저…… 저 배는 안전할까요?"

"아, 그래. 아마 그럴 게다. 볼드모트는 자기가 호수 안에 배치해 둔 생명체들의 분노를 사지 않고 호수를 건널 방도를 마련해야 했다. 혹시라도 이곳에 들르거나, 호크룩스를 옮기고 싶어질 경우에 대비해서 말이야."

"그러니까 볼드모트의 배를 타고 흐수를 건너면 물속에 있는 것들이 우리한테 아무 짓도 안 한다는 건가요?"

"어느 시점에는 우리가 볼드모트 경이 아니라는 사실을 깨닫겠지. 그 점은 어쩔 수 없이 감스해야 할 것 같구나. 하지만 지금까지는 잘해 온 셈이야. 우리가 배를 끌어 올리도록 놔두었으니까."

"근데 왜 우리가 배를 끌어 올리도록 내버려 뒀을까요?" 해리가 물었다. 그는 기슭이 보이지 않게 되는 순간, 어두운 물속에서 촉수들이 솟구치는 광경을 머릿속에서 좀처럼 떨쳐 낼 수 없었다.

"볼드모트는 아주 뛰어난 마법사만이 저 배를 찾아낼 수 있을 거라고 상당히 자신했을 게다." 덤블도어가 말했다. "다른 누군가가 저 배를 찾아낼 가능성은 지극히 낮고, 본인은 그 정도 위험만 감수하면 된다고 생각했겠지. 오직 자신만이 통과할 수 있는 또 다른 장애물들을 앞에 배치해 놓았다는 사실을 염두에 두고 말이야. 그자가 옳았는지 한번 보자꾸나."

해리는 배를 내려다보았다. 정말이지 아주 작은 배였다.

"두 사람이 탈 수 있을 것 같지 않은데요. 교수님이랑 저

둘 다 탈 수 있을까요? 같이 타면 너무 무거울 것 같은데요?"

덤블도어가 빙긋 웃었다.

"볼드모트는 무게가 아니라 이 호수를 가로지르는 마법적 힘의 양에 신경을 썼을 게다. 한 번에 오직 마법사 한 명만이 이 배를 타고 건널 수 있도록 마법이 걸려 있겠지."

"하지만 그러면……?"

"너는 쳐 주지 않을 것 같구나, 해리. 너는 미성년자인 데다 자격도 갖추지 못했다. 볼드모트는 열여섯 살짜리가 여기까지 올 거라고는 전혀 예상하지 못했을 게다. 내가 가진 힘과 비교해 네 힘이 드러날 가능성은 낮을 거다."

이 말은 해리의 사기를 전혀 북돋아 주지 못했다. 아마 덤블도어도 그 사실을 알아차렸는지 이렇게 덧붙였다. "그건 볼드모트의 실수다, 해리. 볼드모트가 실수를 저지른 거야……. 나이 든 자가 젊음을 과소평가하기 시작했다면 어리석고 태만해졌다는 뜻이지. 자, 이번에는 너부터 가거라. 물에 닿지 않도록 조심하고."

덤블도어가 옆으로 비켜서자 해리는 조심스럽게 배에 올라탔다. 뒤이어 덤블도어가 배에 오르면서 사슬을 감아 배 바닥에 내려놓았다. 그들은 비좁은 배 안에 구겨 앉았다. 해리는 편안하게 앉지 못하고 잔뜩 웅크렸다. 그의 양 무릎이 배 가장자리 밖으로 튀어 나갔다. 배는 곧바로 움직이기 시작했다. 뱃머리가 물살을 가르면서 부드럽게 물결이 이는 소리 말고는 아무 소리도 들리지 않았다. 그들이 뭔가를 하지 않아도, 배는 마치 보이지 않는 밧줄이 호수 한가운데의 빛 쪽으로 끌어당기기라도 하는 것처럼 움직이고 있었다. 머잖아 동굴 벽은 더 이상 보이지 않게 됐다. 파도가 없다는 점만 빼면 꼭 바다에 있는 것만 같았다.

해리는 배 아래를 내려다보았다. 마법 지팡이에서 뿜어 나오는 황금빛이 그들의 자취를 따라 검은 수면에 비쳐 반짝거리고 있었다. 배는 거울처럼 매끄러운 어두운 수면에 굴곡을 남기며 깊은 물결을 새겨 넣었다…….

그때 해리는 그것을 보았다. 대리석처럼 하얀 뭔가가 수면 바로 아래 둥둥 떠다니고 있었다.

"교수님!" 그가 소리쳤다. 깜짝 놀란 목소리가 조용한 수면 위로 시끄럽게 울려 퍼졌다.

"해리, 왜 그러느냐?"

"물속에서 손을 본 것 같아요. 사람 손요!"

"그래, 확실히 그랬을 게다." 덤블도어가 담담하게 말했다.

해리는 물속을 내려다보며 어느새 시야에서 사라진 손을 찾아보았다. 목구멍으로 메스꺼운 느낌이 치솟았다.

"그러니까 저지 물 밖으로 튀어나왔던 건가요?"

하지만 해리의 의문은 덤블도어가 미처 대답하기도 전에 풀렸다. 마법 지팡이에서 나온 빛이 수면 위의 다른 곳을 미끄러지듯 비추자 이번에는 수면 바로 아래 얼굴을 위로 한 채 드러누워 있는 어떤 남자의 시체가 보였다. 부릅뜬 눈은 거미줄이라도 낀 것처럼 부옇고, 머리카락과 로브는 마치 연기처럼 그의 주위에서 맴돌고 있었다.

"여기 시체들이 있어요!" 해리가 조금 전보다 훨씬 높아진 목소리로 외쳤다. 전혀 그의 것처럼 들리지 않는 목소리였다.

"그래." 덤블도어가 차분한 어조로 대꾸했다. "하지만 지금은 그것들을 걱정할 필요가 없다."

"'지금은'이라뇨?" 해리가 물에서 어렵사리 시선을 돌려 덤블도어를 바라보면서 되풀이했다.

"그것들이 물속에서 평화롭게 떠다니기만 할 때는 말이다." 덤블도어가 말했다. "시체를 두려워할 이유는 전혀 없다, 해리. 어둠을 두려워할 이유가 전혀 없는 것과 마찬가지로 말이야. 내심 그 두 가지를 모두 두려워하는 볼드모트 경은 다른 의견을 갖고 있겠지. 하지만 그는 이번에도 지혜의 부족을 드러낸 게다. 죽음과 어둠에 대해 우리가 두려워하는 건 오직 우리가 그것들에 대해 아무것도 모른다는 사실뿐이다."

해리는 아무 말도 하지 않았다. 그 말에 반박하고 싶진 않았지만 주위에, 그것도 바로 밑에 시체들이 둥둥 떠다닌다고 생각하자 끔찍했다. 게다가 저 시체들이 위험하지 않다는 말도 믿을 수 없었다.

"근데 아까 저것들 중 하나가 물 위로 펄쩍 뛰어올랐잖아요." 해리는 덤블도어처럼 침착하고 흔들림 없는 목소리를 내려고 애쓰며 말했다. "제가 호크룩스에 소환 마법을 걸었을 때 말이에요. 호수에서 시체가 튀어나온 거 아닌가요?"

"그래, 맞다." 덤블도어가 말했다. "우리가 호크룩스를 손에 넣는 순간 시체들은 분명 지금보다는 덜 평화로워 보이겠지. 하지만 춥고 어두운 곳에 사는 수많은 생명체가 그러하듯이 이 시체들은 빛과 온기를 두려워한단다. 그러니 필요하다면 그런 요소의 도움을 받아야 할 게다. 불 말이다, 해리." 해리의 어리둥절한 표정을 본 덤블도어가 미소를 지으며 덧붙였다.

"아…… 그렇군요……." 해리가 재빨리 말했다. 그는 고개를 돌려 배가 덜추지 않고 다가가고 있는 녹색 불빛을 바라보았다. 이제는 도저히 겁먹지 않은 척할 수가 없었다. 죽은 자들로 가득 찬 거대한 검은 호수……. 트릴로니 교수를 만난 것도, 론과 헤르미온느에게 펠릭스 펠리시스를 건넨 것도 아주 오래전 일처럼 느껴졌다……. 갑자기 작별 인사를 더 제대로 했어야 한다는 생각이 들었다……. 게다가 지니는 아예 얼굴도 못 봤는데…….

"거의 다 왔다." 덤블도어가 쾌활한 목소리로 말했다.

아니나 다를까, 녹색 불빛이 마침내 점점 커지는 것처럼 보였다. 몇 분이 흐르자, 배는 어딘가에 부드럽게 부딪치면서 멈춰 섰다. 처음에 해리는 배가 어디에 부딪쳤는지 알 수 없었지만, 불 켜진 마법 지팡이를 들어 올리자 자신들이 호수 한가운데 있는 매끄러운 바위로 이루어진 작은 섬에 도착했다는 사실을 알 수 있었다.

"물을 건드리지 않도록 조심하거라." 해리가 배에서 내리자 덤블도어가 재차 주의를 주었다.

그 섬은 결코 덤블도어의 연구실보다 크지 않았다. 녹색 불빛을 뿜어내는 뭔가가 있을 뿐 그 밖에는 아무것도 없이 납작한 검은 바위만 펼쳐져 있었다. 가까이에서 보니 불빛은 훨씬 밝았다. 해리는 눈을 가늘게 뜨고 그것을 바라보앉다. 처음에는 등불 같은 것이라고 생각했지만 다시 보니 빛은 받침대 위에 놓여 있는 펜시브 비슷한 돌 대야에서 흘러나오고 있었다.

덤블도어가 그 대야 쪽으로 다가가자 해리도 뒤를 따랐다. 두 사람은 나란히 서서 그것을 가만히 들여다보았다. 대야는 형광빛을 내뿜는 에메랄드색 액체로 가득했다.

"이게 뭐죠?" 해리가 조용히 물었다.

"잘 모르겠다." 덤블도어가 말했다. "하지만 피나 시체보다 더 꺼림칙해 보이는구나."

덤블도어는 검게 변한 손을 가리고 있던 로브 소매를 걷어붙이고 그 마법약의 표면을 향해 화상 입은 손가락 끝을 뻗었다.

"교수님, 안 돼요. 만지지 마세요!"

"만질 수가 없구나." 덤블도어가 희미하게 미소 지으며 말했다. "보이느냐? 이 이상 가까이 다가갈 수가 없단다. 너도 해 보거라."

해리는 대야를 똑바로 바라보면서 거기에 손을 집어넣어 마법약을 만져 보려고 했다. 보이지 않는 막이 가로막는 바람에 2센티미터 안으로는 더 이상 접근할 수 없었다. 아무리 힘주어 밀어 보아도 손가락은 단단하고 완고한 공기 같은 것에 부딪힐 뿐이었다.

"비켜 다오, 해리." 덤블도어가 말했다.

그는 마법 지팡이를 들어 올리고 소리 없이 뭔가를 중얼거리면서 마법약 위로 이리저리 휘둘렀다. 마법약이 조금 더 밝게 빛난 것 같았지만 그것 말고는 아무 일도 일어나지 않았다. 덤블도어가 마법 지팡이로 뭔가를 하는 동안 해리는 계속 침묵을 지켰지만 시간이 어느 정도 지나자 덤블도어는 마법 지팡이를 내렸고, 해리는 그제야 다시 말을 해도 될 것 같았다.

"호크룩스가 이 안에 들어 있다고 생각하세요, 교수님?"

"아, 그렇단다." 덤블도어는 대야 안을 더 가까이에서 들여다보았다. 해리는 녹색 마법약의 매끄러운 표면에 거꾸로 비친 덤블도어의 얼굴을 보았다. "한데 어떻게 손을 댄다? 이 마법약은 손을 집어넣어 퍼낼 수도 없고, 마법을 이용해 없애거나 가르거나 퍼내거나 뽑아낼 수도 없고, 변형시키거나 일반 마법을 걸거나 하여튼 다른 어떤 방식으로든 간에 그 성질을 변화시킬 수도 없다."

덤블도어가 멍하니 다시 한 번 마법 지팡이를 들어 올려 허공에 휘두르자 난데없이 크리스털 잔이 나타나 그의 손에 쥐여졌다.

"이 마법약을 마셔 버려야 한다는 결론을 내릴 수밖에 없구나."

"네?" 해리가 소리쳤다. "안 돼요!"

"아니, 그래야 할 것 같다. 오직 이걸 마셔야만 대야를 비우고 저 깊은 곳에 들어 있는 걸 볼 수 있을 게다."

"하지만 만약…… 만약 그러다가 잘못되시기라도 하면요?"

"아, 일이 그런 식으로 돌아갈 것 같지는 않구나." 덤블도어가 태평하게 말했다. "볼드모트 경은 이 섬에 다다른 사람을 죽이고 싶어 하지 않을 게다."

해리는 그 말을 믿을 수 없었다. 이것도 그 어떤 사람에게서도 좋은 측면을 보려고 하는 덤블도어의 정신 나간 고집인 걸까?

"교수님," 해리는 이성적인 목소리를 내려고 애쓰며 말했다. "교수님, 지금 우리가 상대하고 있는 건 볼드모트예요……."

"미안하다, 해리. 이 섬에 도착한 사람을 즉시 죽이고 싶어 하지는 않을 거라고 말했어야 했는데." 덤블도어가 자기 말을 바로잡았다. "자기가 쳐 놓은 방벽을 뚫고 여기까지 들어오는 데 성공한 사람들이 어떻게 그 방법을 알아냈는지, 그리고 무엇보다 그 사람들이 왜 그렇게까지 이 대야를 비우고자 했는지 알아낼 때까지는 살려 놓고 싶어 할 거라는 말이었다. 볼드모트 경은 그의 호크룩스에 대해 자기 외에는 아무도 모를 거라고 생각한다는 사실을 잊지 말거라."

해리는 다시 입을 열려고 했지만 이번에는 덤블도어가 손을 들어 그를 제지했다. 그는 에메랄드색 액체를 바라보면서 눈을 살짝 찌푸렸다. 뭔가를 열심히 생각하고 있는 것이 분명했다.

그가 마침내 입을 열었다. "이 마법약은 틀림없이 내가 호크룩스를 가져가지 못하도록 막는 방식으로 작용할 게다. 나를 마비시키거나, 내가 왜 여기에 왔는지 잊도록 만들거나, 극심한 고통을 초래해서 내 주의를 분산시키거나, 다른 어떤 방식으로든 나를 무력화할지 모른다. 그런 일이 생기더라도 내가 계속 약을 마시게 만드는 것이 해리 너의 임무다. 마시기를 거부하는 내 입에 억지로 마법약을 쏟아부어야 할지라도 말이야. 알겠느냐?"

두 사람의 눈이 대야 위에서 마주쳤다. 하얗게 질린 두 사람의 얼굴이 그 기묘한 녹색 빛으로 밝혀졌다. 해리는 아무 말도 하지 않았다. 그에게 함께 가자고 한 이유가 이

것 때문이었나? 덤블도어에게 참을 수 없는 고통을 줄지도 모르는 마법약을 억지로 먹이게 하려고?

"기억하고 있지?" 덤블도어가 말했다. "내가 너를 데려온 조건 말이다."

해리는 대야에서 반사된 빛 때문에 녹색으로 변한 덤블도어의 푸른 눈을 마주 보며 머뭇거렸다.

"하지만 그러다가······."

"맹세했었지. 그렇지 않으냐? 내가 내리는 모든 지시에 따르기로 말이다."

"네, 그래도······."

"나는 위험할 수도 있다고 경고했다. 그렇지?"

"네." 해리가 말했다. "하지만······."

"그래, 그렇다면······." 덤블도어는 소매를 한 번 더 흔들어 젖히고 빈 잔을 들어 올렸다. "그게 바로 내가 내리는 지시다."

"왜 제가 대신 마법약을 마시면 안 되는 거죠?" 해리가 절박한 목소리로 물었다.

"그건 내가 훨씬 나이가 많고 더 지혜롭고 더 가치 없는 존재이기 때문이다." 덤블도어가 말했다. "마지막으로 한 번만 더 묻겠는데, 해리, 온 힘을 다해 내가 계속 저 약을 마시도록 만들겠다고 약속하겠느냐?"

"혹시……?"

"약속하느냐?"

"하지만……."

"약속하거라, 해리."

"저는…… 알겠어요. 하지만……."

덤블도어는 해리가 그 이상 저항할 겨를도 주지 않고 크리스털 잔을 마법약으로 가져갔다. 한순간 해리는 덤블도어가 잔을 들고도 마법약에 가닿지 못하기를 바랐지만 크리스털 잔은 무엇도 통과하지 못했던 마법약 표면 아래로 가라앉았다. 잔이 넘치도록 가득 차자 덤블도어는 그것을 입으로 들어 올렸다.

"너의 건강을 빌며, 해리."

그러더니 그는 잔을 비웠다. 해리는 겁에 질린 채 그 모습을 지켜보았다. 대야의 가장자리를 어찌나 꽉 쥐었던지 손가락이 얼얼할 정도였다.

"교수님?" 덤블도어가 빈 잔을 내리자 그가 불안한 듯 물었다. "기분이 어떠세요?"

덤블도어는 눈을 감은 채 고개를 흔들었다. 해리는 그가 고통스러워하는 건지 아닌지 알 수가 없었다. 덤블도어는 무작정 잔을 다시 대야에 담가 가득 채우더니 또 한 번 들이켰다.

이어지는 침묵 속에서 덤블도어는 잔에 가득 담긴 마법약을 연거푸 세 번 마셨다. 그런 다음, 네 잔째 가득 퍼서 마시던 중 비틀거리며 대야 쪽으로 고꾸라졌다. 그는 여전히 눈을 감은 채 힘겹게 숨을 쉬고 있었다.

"덤블도어 교수님?" 해리가 긴장한 목소리로 불렀다. "제 말 들리세요?"

덤블도어는 대답하지 않았다. 그의 얼굴은 깊은 잠에 빠져 있는 듯하면서도 끔찍한 꿈을 꾸는 것처럼 움찔거렸다. 잔을 쥔 손아귀가 느슨해져 갔다. 마법약이 쏟아지기 일보 직전이었다. 해리는 손을 앞으로 뻗어 크리스털 잔을 흔들리지 않게 꽉 붙잡았다.

"교수님, 제 말 들리세요?" 그가 큰 소리로 다시 말했다. 그의 목소리가 동굴을 쩌렁쩌렁 울렸다.

덤블도어는 숨을 헐떡이면서 해리가 알아들을 수 없는 목소리로 말했다. 이토록 겁에 질린 덤블도어의 목소리는 여태껏 한 번도 들어 본 적이 없었다.

"싫어…… 그러지 말거라……."

해리는 너무도 잘 아는 그 하얗게 질린 얼굴을, 구부러진 코와 반달 안경을 뚫어지게 바라보았다. 어떻게 해야 할지 알 수가 없었다.

"……싫다…… 이제 그만하고 싶어……." 덤블도어가 신음했다.

"그…… 그만하시면 안 돼요, 교수님." 해리가 말했다. "계속 드셔야 돼요. 기억하시죠? 계속 드셔야 한다고 저한테 말씀하셨잖아요. 여기……."

그 자신이 증오스러웠고 지금 하고 있는 짓이 역겹게 느껴졌지만, 해리는 덤블도어가 마법약을 마저 마실 수 있도록 잔을 억지로 덤블도어의 입으로 가져가 기울였다.

"안 돼……." 해리가 대신 잔을 대야에 담가서 다시 채우자 덤블도어가 신음했다. "싫어…… 그러고 싶지 않아…… 날 보내 다오……."

"괜찮아요, 교수님." 해리가 손을 덜덜 떨면서 말했다. "괜찮아요, 제가- 여기……."

"그만하게 해 다오, 그만해." 덤블도어가 다시 신음했다.

"네…… 네, 이렇게 하면 그만할게요." 해리는 거짓말을 했다. 그는 잔을 기울여 덤블도어의 벌어진 입으로 내용물을 흘려 넣었다.

덤블도어가 비명을 질렀다. 그 소리가 죽은 듯 시커먼

호수를 가로질러 거대한 공간에 온통 메아리쳤다.

"안 돼, 안 돼, 안 돼…… 아니…… 못 한다…… 못 해, 그러지 마라. 그러기 싫어……."

"괜찮아요, 교수님. 괜찮아요!" 해리가 큰 소리로 말했다. 손이 너무 심하게 떨려서 여섯 번째 잔은 제대로 퍼 올리기도 힘들었다. 이제 대야는 반쯤 비어 있었다. "아무 일도 없어요. 안전해요. 그건 현실이 아니에요. 맹세하는데 현실이 아니에요. 드세요, 이제. 이걸 드세요……."

덤블도어는 마치 그것이 해독제이기라도 한 것처럼 고분고분 해리가 건네는 마법약을 받아 마셨다. 하지만 잔을 비우자마자 걷잡을 수 없이 몸을 떨면서 무릎을 꿇고 쓰러졌다.

"전부 내 잘못이다, 다 내 잘못이야." 그가 흐느꼈다. "부디 멈춰 다오. 나도 내가 잘못한 걸 알아. 아아, 제발 그만해. 그러면 다시는, 다시는……."

"이거면 다 끝날 거예요, 교수님." 해리가 마법약이 담긴 일곱 번째 잔을 덤블도어의 입에 흘려 넣으며 말했다. 그의 목소리가 잔뜩 갈라졌다.

덤블도어는 보이지 않는 사람들에게 둘러싸인 채 고문이라도 당하는 것처럼 몸을 움츠렸다. 그는 손을 마구 휘젓다가, 해리가 떨리는 손으로 붙잡고 있는 잔을 쳐서 떨어뜨릴 뻔했다. 덤블도어가 다시 신음했다. "그 아이들을 해치지 마. 해치지 마, 제발, 제발. 내가 잘못했어. 대신 날 해쳐……."

"여기요, 드세요. 쭉 들이켜세요. 괜찮아지실 거예요." 해리가 절박하게 말했다. 그의 말에 덤블도어는 다시 한 번 순순히 입을 벌렸다. 눈을 질끈 감은 채 머리끝부터 발끝까지 부들부들 떨면서.

다음 순간 그는 또다시 고꾸라지면서 비명을 질렀다. 그가 두 주먹으로 땅을 쾅쾅 내리치는 가운데 해리는 아홉 번째 잔을 채웠다.

"제발, 제발, 제발, 안 돼…… 그건 안 돼, 그건 안 된다, 내가 뭐든지 할게……."

"마시기만 하세요, 교수님. 그냥 드세요……."

덤블도어는 목이 말라 죽을 지경인 어린애처럼 마법약을 들이켰지만, 다 마신 뒤에는 몸속에 불이라도 붙은 것처럼 다시 고함을 내질렀다.

"더 이상은 안 돼, 제발, 더 이상은……."

해리는 열 번째 잔에 마법약을 가득 퍼 올렸을 때 크리스털 잔이 대야 바닥을 긁는 것을 느꼈다.

"거의 다 왔어요, 교수님. 여기 있어요, 이걸 드세요……."

그는 덤블도어의 어깨를 부축했다. 덤블도어는 이번에도 잔을 비웠다. 덤블도어가 그 어느 때보다도 고통스럽게 비명을 지르기 시작하자 해리는 다시 한 번 일어서서 잔을 채웠다. "죽고 싶다! 죽고 싶어! 멈춰 다오, 멈춰! 날 죽여 다오!"

"이걸 드세요, 교수님. 어서 드세요……."

덤블도어는 마법약을 마셨고, 잔을 비우자마자 소리쳤다. **"날 죽여 다오!"**

"이게…… 이게 그렇게 해 드릴 거여요!" 해리가 숨을 헐떡였다. "그냥 이걸 드세요……. 끝날 거예요……. 전부 끝날 거예요!"

덤블도어는 잔에 든 것을 꿀꺽꿀꺽 들이켜 마지막 한 방울까지 다 마신 다음, 큰 소리로 그르렁그르렁 숨을 쉬더니 얼굴을 아래로 기울인 채 고꾸라졌다.

"안 돼!" 다시 잔을 채우려고 일어섰던 해리가 소리쳤다. 그는 크리스털 잔을 대야에 떨어뜨리고 덤블도어 앞으로 달려가 그를 들쳐 멨다. 덤블도어는 안경을 비뚜름하게 코에 걸치고 입을 헤 벌린 채 눈을 감고 있었다. "안 돼요."

해리가 덤블도어를 흔들어 깨우며 말했다. "안 돼요, 교수님은 돌아가신 게 아니에요. 이건 독이 아니라고 하셨잖아요. 일어나세요, 일어나요. ……*레네르바테!*" 그는 덤블도어의 가슴을 마법 지팡이로 겨누며 소리쳤다. 붉은빛이 번뜩였지만 아무 일도 일어나지 않았다. "*레네르바테!* 교수님, 제발……."

덤블도어의 눈꺼풀이 깜박거렸다. 해리의 가슴이 뛰었다.

"교수님, 괜찮……?"

"물." 덤블도어가 쉰 목소리로 말했다.

"물요." 해리가 헐떡였다. "네, 물……."

해리는 벌떡 일어나 대야에 떨어뜨렸던 크리스털 잔을 집어 들었다. 잔 아래 놓여 있던 황금 로켓이 언뜻 보였다.

"*아구아멘티!*" 해리가 마법 지팡이로 잔을 툭 치며 소리쳤다.

잔이 맑은 물로 가득 채워졌다. 해리는 덤블도어 옆에 털썩 무릎을 꿇고 그의 머리를 들어 올려 잔을 입술로 가져갔다. 하지만 잔은 비어 있었다. 덤블도어가 신음하며 헐떡이기 시작했다.

"아니, 제가 믈을 가져왔는데…… 조금만 기다리세요.

아구아멘티!" 해리가 마법 지팡이로 잔을 가리키며 다시 외쳤다. 이번에도 잔 속에서 맑은 물이 아주 잠깐 반짝이는가 싶더니 그가 잔을 덤블도어의 입으로 가져가자 다시 사라졌다.

"교수님, 노력하고 있어요, 노력하고 있다고요!" 해리가 절박하게 소리쳤지만 덤블도어에게 그의 말이 들릴 것 같지는 않았다. 덤블도어는 옆으로 쓰러져서 고통스럽게 그르렁대면서 크게 숨을 몰아쉬고 있었다. "*아구아멘티…… 아구아멘티…… **아구아멘티!**"

잔이 다시 한 번 채워졌다가 비었다. 이제 덤블도어의 호흡이 점점 약해지고 있었다. 두려움에 머릿속이 하얗게 된 해리는 물을 얻을 유일한 방법을 본능적으로 알아차렸다. 볼드모트가 그렇게 계획했을 테니까…….

해리는 바위섬 가장자리로 달려가 크리스털 잔을 호수에 담그고 얼음장 같은 물을 찰랑찰랑 넘칠 만큼 가득 채웠다. 그 물은 사라지지 않았다.

"교수님, 여기요!" 해리가 소리쳤다. 그는 앞으로 달려가면서 덤블도어의 얼굴에 물을 잔뜩 쏟았다.

그것이 해리가 할 수 있는 최선이었다. 잔을 들지 않은 쪽 팔에 와닿는 얼음장 같은 느낌은 물이 전하는 냉기 때문이 아니었다. 끈적끈적하고 허여멀건 손이 그의 손목을 움켜쥐고 있었던 것이다. 그 손의 주인은 그를 천천히 바위섬 바깥으로 끌어당기고 있었다. 호수 표면은 더 이상 거울처럼 매끄럽지 않았다. 호수는 마구 소용돌이치고 있었다. 해리의 눈이 닿는 곳곳에서 하얀 머리와 손 들이 어두운 수면 위로 불쑥불쑥 튀어나왔다. 앞이 보이지 않는 듯한 퀭한 눈을 가진 성인 남녀와 아이 들이 바위섬을 향해 다가왔다. 검은 물 위로 죽은 자들의 군대가 모습을 드러내고 있었다.

"페트리피쿠스 토탈루스!" 해리는 바위섬의 매끄럽고 축축한 표면을 붙들고 있으려고 발버둥 치면서, 그의 팔을 붙잡은 인페리우스에게 마법 지팡이를 겨누고 소리쳤다. 인페리우스는 그를 놓고 물속으로 첨벙 떨어졌다. 해리는 허둥지둥 일어섰다. 하지만 더 많은 수의 인페리우스들이 이미 바위섬을 기어오르고 있었다. 뼈가 드러난 그들의 손이 바위의 미끄러운 표면을 할퀴어 댔다. 불투명한 텅 빈 눈을 해리에게 향한 채 그들은 물에 젖은 넝마를 질질 끌고 오면서 홀쭉한 얼굴 가득 음흉한 웃음을 짓고 있었다.

"페트리피쿠스 토탈루스!" 해리는 뒤로 물러나면서 마법 지팡이를 공중에 휘두르며 다시 소리쳤다. 인페리우스 예널곱이 쓰러졌지만 더 많은 수가 그를 향해 다가오고 있었다. "임페디멘타! 인카서러스!"

몇 놈이 비틀거렸다. 한둘은 밧줄에 묶였지만 뒤이어 바위섬을 기어오르던 놈들은 쓰러진 시체들을 그냥 밟고 넘어왔다. 해리가 마법 지팡이를 계속 허공에 휘두르며 소리쳤다. "섹툼셈프라! *섹툼셈프라!*"

젖은 누더기와 얼어붙은 살갗 여기저기에 날카롭게 베인 상처들이 드러났지만 놈들의 몸에는 흘릴 피가 한 방울도 남아 있지 않았다. 인페리우스들은 아무것도 느끼지 못하고 쭈그러든 손을 해리에게 뻗은 채 계속 다가왔다. 주춤주춤 뒤로 물러서던 해리는 등 뒤에서 팔들이 그를 휘감는 것을 느꼈다. 죽음처럼 차갑고 뼈만 남은 말라비틀어진 팔이었다. 놈들이 그를 들어 올리자 해리의 두 발이 땅에서 떨어졌고 놈들은 그를 천천히, 하지만 분명하게 물 쪽으로 끌고 갔다. 그는 풀려날 길이 없다는 것을 알았다. 꼼짝없이 물에 빠져 죽어서 그 역시 볼드모트의 쪼개진 영혼 한 조각을 지키는 수호병이 되고 말리라는 것도…….

하지만 그때 어둠 속에서 불길이 치솟았다. 짙은 붉은빛과 황금빛으로 이루어진 불의 고리가 바위섬을 에워싸자 해리를 꽉 움켜잡고 있던 인페리우스들이 비틀거리며 바닥에 넘어졌다. 놈들은 감히 화염을 통과해 물속으로 들어갈 엄두도 내지 못했다. 그들이 놔 버리자 해리는 바닥에 쿵 떨어져 바위에서 미끄러져 넘어졌다. 그 바람에 양팔이 모두 까졌지만 그는 허둥지둥 다시 일어나 마법 지팡이를 들어 올리고 주위를 둘러보았다.

어느새 덤블도어가 다시 일어서 있었다. 그는 주위에 가득한 인페리우스들만큼이나 얼굴이 하얗게 질려 있었지만 놈들 사이에서 당당하게 우뚝 솟아 있었다. 그의 두 눈에서 불꽃이 일렁였다. 그는 횃불처럼 들어 올린 마법 지팡이 끝으로 불길을 내뿜고 있었다. 그 불길이 마치 거대한 올가미처럼 그들 모두를 열기로 에워쌌다.

인페리우스들은 주위를 에워싼 불길에서 달아나려고 우왕좌왕하다가 서로 부딪쳤다.

덤블도어가 돌 대야 바닥에 놓인 로켓을 꺼내 로브 안에 집어넣었다. 그는 아무 말 없이 해리에게 자기 옆으로 오라고 손짓했다. 불길에 정신을 빼앗긴 인페리우스들은 덤블도어가 해리를 데리고 배로 향하는데도 사냥감이 떠나고 있다는 사실을 모르는 듯했다. 불의 고리가 두 사람을 둘러싼 채 그들이 가는 대로 함께 움직였다. 당황한 인페리우스들은 물가까지 그들을 쫓아오더니 재빠르게 다시 어두운 물속으로 미끄러져 들어갔다.

　온몸을 부들부들 떨던 해리는 잠시 덤블도어가 배에 올라타지 못할지도 모른다고 생각했다. 덤블도어는 배에 오르려다가 비틀거렸다. 그는 두 사람을 보호하는 불의 고리를 유지하는 데 온 힘을 쏟고 있는 듯했다. 해리는 덤블도어가 배에 올라탈 수 있도록 부축해 주었다. 둘 다 안전하게 배 안에 몸을 구겨 넣고 나자 배는 바위섬을 떠나 검은 호수를 가로질러 되돌아가기 시작했다. 그들 아래서 우글거리는 인페리우스들은 감히 수면 위로 다시 올라올 생각을 못 하는 것 같았다.

　"교수님." 해리가 헐떡였다. "교수님, 깜빡했어요…… 불 말이에요. 놈들이 다가오니까 그만 겁에 질려서……."

　"충분히 이해한다." 덤블도어가 중얼거렸다. 너무나 희미하게 들리는 그의 목소리에 해리는 깜짝 놀랐다.

　그들은 살짝 쿵 소리를 내며 기슭에 다다랐다. 해리는 배에서 뛰어내린 다음 재빨리 돌아서서 덤블도어를 부축했다. 덤블도어는 기슭에 이르자마자 마법 지팡이를 든 손을 축 늘어뜨렸다. 불의 고리는 사라졌지만 인페리우스들은 다시 물 위로 모습을 드러내지 않았다. 작은 배는 다시 물속으로 가라앉았다. 배에 연결된 사슬 또한 철커덕거리고 딸그랑거리는 소리를 내면서 뱀처럼 스르르 호수 속으로 미끄러져 들어갔다. 덤블도어는 크게 한숨을 내쉬더니 동굴 벽에 기댔다.

"기운이 없구나······." 그가 말했다.

"걱정 마세요, 교수님." 해리가 즉시 대꾸했다. 그는 놀랄 만큼 창백해진 덤블도어의 얼굴과 기진맥진한 모습이 자못 불안했다. "걱정 마세요. 제가 데려다 드릴게요. 저한테 기대세요, 교수님······."

해리는 덤블도어의 다치지 않은 쪽 팔을 끌어당겨 자신의 어깨에 걸치고 그의 무게를 고스란히 버티며 교장을 이끌고 호숫가를 따라갔다.

"어쨌거나······ 효과적으로 고안된······ 보호책이었어." 덤블도어가 희미한 목소리로 중얼거렸다. "혼자서는 해낼 수 없었을 거다······. 잘해 주었다. 정말 잘해 주었어, 해리······."

"지금은 아무 말씀도 하지 마세요." 해리가 말했다. 덤블도어의 목소리가 어찌나 불분명해졌는지, 그의 두 발이 어찌나 힘없이 질질 끌리는지 두려울 지경이었다. "힘을 아끼세요, 교수님······. 좀 있으면 여기에서 나갈 수 있을 거예요······."

"아치문이 다시 닫혀 있을 게다. 내 칼을……."

"그러실 필요 없어요. 아까 팔이 바위에 긁혀서 피가 났거든요." 해리가 단호하게 말했다. "그냥 위치만 말씀해 주세요."

"여기……."

해리는 긁혀서 상처가 난 팔뚝을 바위에 대고 문질렀다. 피의 제물을 받은 아치문이 곧바로 다시 열렸다. 그들은 바깥쪽 동굴을 통과했다. 해리는 덤블도어를 부축한 채 절벽 틈새를 메우고 있는 얼음장 같은 바닷물 속으로 다시 들어갔다.

"다 괜찮아질 거예요, 교수님." 해리는 끊임없이 되뇌었다. 희미하게나마 들려오던 덤블도어의 목소리가 아예 들리지 않아 걱정스러웠다. "거의 다 왔어요……. 제가 순간이동을 하면 우리 둘 다 돌아갈 수 있어요……. 걱정 마세요……."

"나는 걱정하지 않는다, 해리." 덤블도어가 말했다. 얼음장 같은 물속에 있으면서도 그의 목소리는 좀 더 강해져 있었다. "너와 함께 있으니까."

27장
번개 맞은 탑

해리는 별이 충충한 하늘 아래로 다시 나오자마자 덤블도어를 가장 가까운 바위 위로 끌어 올린 뒤 일으켜 세웠다. 해리는 흠뻑 젖어 부들부들 떨리는 몸으로 여전히 덤블도어의 몸무게를 버티며 목적지인 호그스미드에 그 어느 때보다도 열심히 정신을 집중했다. 그리고 눈을 감으며 덤블도어의 팔을 되도록 꽉 붙들고 그 끔찍한 압박감 속으로 발을 내디뎠다.

그는 눈을 뜨기도 전에 순간이동을 제대로 해냈다는 사실을 알 수 있었다. 소금 냄새, 바닷바람이 사라져 있었던 것이다. 그와 덤블도어는 온몸을 오들오들 떨고 물을 뚝뚝 흘리면서 어두운 호그스미드 큰길 한복판에 서 있었다. 한 순간 해리는 주위를 둘러싼 가게들 뒤에서 조금 전보다 많은 수의 인페리우스들이 그를 향해 슬금슬금 다가오는 끔찍한 환상을 봤지만 눈을 깜빡이고 다시 둘러보자 주위에 움직이는 것은 아무것도 없었다. 모든 것이 고요했다. 가로등 몇 개와 위층 창문들에서 흘러나오는 불빛을 제외하면 거리는 완전한 어둠에 휩싸여 있었다.

"해냈어요, 교수님." 해리가 힘겹게 속삭였다. 문득 찌를 듯한 고통이 가슴에 밀려들었다. "우리가 해냈어요! 호크룩스를 손에 넣었어요!"

덤블도어가 그에게 기댄 채 비틀거렸다. 잠시 해리는 그의 미흡한 순간이동 실력 탓에 덤블도어가 균형을 잃은 것일지도 모른다고 생각했다. 하지만 다음 순간 해리는 저 멀리서 비치는 가로등 불빛을 통해 더더욱 하얗게 질리고 땀으로 범벅된 덤블도어의 얼굴을 보았다.

"교수님, 괜찮으세요?"

"썩 좋지는 않구나." 덤블도어는 힘없이 그렇게 말하면서도 웃을 듯 입을 씰룩였다. "그 마법약이…… 보약은 아니었던 모양이야……."

다음 순간 덤블도어가 땅바닥에 털썩 주저앉자 해리는 소스라치게 놀랐다.

"교수님…… 괜찮아요, 교수님. 괜찮아지실 거예요, 걱정 마세요."

그는 도움을 구하고자 절박하게 주위를 둘러봤지만 눈에 띄는 사람은 아무도 없었다. 어떻게든 덤블도어를 빨리 병동으로 데려가야 한다는 생각만이 그의 머릿속을 가득 채웠다.

"학교로 모셔 가야겠어요, 교수님……. 폼프리 선생님이……."

"아니다." 덤블도어가 말했다. "나한테 필요한 사람은…… 스네이프 교수야……. 하지만 아무래도…… 방금 전까지만 해도 학교까지 걸을 수 있었는데……."

"알겠어요, 교수님. 들어 보세요, 제가 교수님이 들어가 계실 만한 곳을 찾아볼게요. 그런 다음 뛰어가서 폼프리 선……."

"세베루스다." 덤블도어가 명확하게 말했다. "나한테는 세베루스가 필요해……."

"알겠어요. 그럼 스네이프를 데려올게요……. 하지만 잠깐 교수님을 두고 가야……."

하지만 해리가 움직이기도 전에 이쪽으로 달려오는 발소리가 들렸다. 해리의 가슴이 철렁 내려앉았다. 누군가가 그들을 보았다. 누군가가 그들에게 도움이 필요하다는 것을 알았다. 뒤를 돌아보니, 용이 수놓인 실크 잠옷을 걸치고 털이 북슬북슬한 굽 높은 슬리퍼를 신은 로즈메르타 씨가 어두운 거리를 허둥지둥 달려오고 있었다.

"침실 커튼을 닫다가 네가 순간이동으로 나타나는 걸 봤어! 세상에, 이런 세상에, 이게 도대체 무슨 일인지…… 근데 알버스는 어떻게 된 거니?"

그녀는 숨을 헐떡이며 멈춰 서더니 눈을 휘둥그렇게 뜨고 덤블도어를 내려다보았다.

"다치셨어요." 해리가 말했다. "로즈게르타 씨, 제가 학교로 가서 도와줄 사람을 데려오는 동안 교수님을 스리 브룸스틱스에 좀 모셔도 될까요?"

"너 혼자는 못 가! 모르니? 못 본 거야?"

"제가 부축하는 걸 좀 도와주시면" 하고 해리는 그녀의 말에 귀 기울이지 않고 말을 이었다. "교수님을 안으로 모시고 들어갈 수……."

"무슨 일이 있었소?" 덤블도어가 물었다. "로즈메르타, 뭐가 잘못됐습니까?"

"어둠…… 어둠의 징표가 나타났어요, 알버스."

그녀는 호그와트 쪽의 하늘을 가리켰다. 그 말을 듣자

끔찍한 공포가 해리를 덮쳤다……. 해리는 돌아서서 그쪽을 바라보았다.

그곳, 학교 위 하늘에 그것이 떠 있었다. 뱀으로 된 혀가 달린, 녹색으로 번뜩이는 해골. 죽음을 먹는 자들이 어떤 장소에 들어갈 때마다…… 살인을 저지를 때마다 남기는 징표…….

"언제 나타났소?" 덤블도어가 물었다. 그는 해리의 어깨를 아플 정도로 꽉 움켜쥐고 비틀거리며 일어섰다.

"분명 몇 분 안 됐을 거예요. 고양이를 내보낼 때는 없었거든요. 근데 2층에 올라가 보니……."

"우리는 즉시 성으로 돌아가야 합니다." 덤블도어가 말했다. "로즈메르타……." 그는 약간 비틀거리면서도 상황을 완전히 장악하고 있는 것 같았다. "이동 수단이 필요하오. 빗자루라든가……."

"바 뒤에 두 자루 있어요." 그녀가 매우 겁먹은 표정으로 말했다. "얼른 가서 가져올까요?"

"아니, 그건 해리가 하면 됩니다."

해리는 곧바로 마법 지팡이를 들어 올렸다.

"*아씨오 로즈메르타 씨의 빗자루.*"

잠시 후 쾅 하는 요란한 소리와 함께 술집 앞문이 벌컥 열렸다. 빗자루 두 개가 거리로 튀어나와 서로 경주하듯 해리 앞으로 날아오더니 그의 허리 높이에 우뚝 멈춘 채 부르르 떨었다.

"로즈메르타, 정부에 전갈을 보내 주시오." 덤블도어가 그렇게 말하며 앞에 있는 빗자루에 올라탔다. "호그와트에 있는 사람들은 무슨 일이 일어났는지 아직 모를 겁니다……. 해리, 투명 망토를 걸치거라."

해리는 주머니에서 투명 망토를 꺼내 뒤집어쓴 다음 빗자루에 올라탔다. 로즈메르타 씨는 이미 종종걸음으로 자기 술집으로 돌아가고 있었다. 해리와 덤블도어는 땅을 박차고 공중으로 날아올랐다. 빠르게 성으로 향하면서 해리는 덤블도어가 빗자루에서 떨어질라치면 붙잡을 준비를 하고 그를 힐끗 곁눈질했다. 하지만 하늘에 뜬 어둠의 징표가 덤블도어에게 각성제처럼 작용한 듯했다. 그는 빗자루에 몸을 바짝 붙이고 시선을 어둠의 징표에 고정한 채 긴 은발과 턱수염을 밤바람에 휘날리고 있었다. 해리 역시 앞에 떠 있는 해골을 바라보았다. 공포가 독이 든 거품처럼 그의 몸속에서 부풀어 올라 허파를 짓누르고 그 밖에 신체적 불편함을 머릿속에서 모조리 몰아냈다.

얼마나 오래 학교를 떠나 있었던 걸까? 론, 헤르미온느,

지니의 행운은 지금쯤 효력을 다했을까? 그들 중 한 사람 때문에 저 징표가 학교 위에 나타난 건 아닐까? 아니면 네빌이나 루나, 혹은 다른 D.A. 회원 때문일까? 그리고 만약 그렇다면……. 그들에게 복도를 순찰하라고 지시한 사람은 바로 그였다. 해리가 그들에게 침대라는 안전한 공간을 벗어나라고 말했다……. 또다시 그 때문에 친구 하나가 죽음을 맞게 된 걸까?

예전에 걸었던 어둡고 구불구불한 길 위를 날아가는데, 귓가를 스치는 밤바람 소리 너머로 덤블도어가 또다시 이상한 언어로 중얼거리는 소리가 들렸다. 해리는 벽으로 된 경계를 넘어 교정으로 들어갈 때 왜 빗자루가 한순간 부르르 떨렸는지 그 이유를 알 것 같았다. 두 사람이 교내로 빠르게 날아들어 갈 수 있도록 덤블도어가 성 주위에 직접 걸어 놓았던 마법을 해제한 것이다. 어둠의 징표는 성에서 가장 높은 장소인 천문탑 바로 위에서 번뜩이고 있었다. 그곳에서 누가 죽었다는 뜻일까?

덤블도어는 이미 총안(총이나 활을 쏘기 위해 성벽에 뚫어 놓은 구멍—옮긴이)이 있는 성벽을 넘어가 빗자루에서 내리고 있었다. 해리는 잠시 후 그의 옆에 내려서서 주위를 둘러보았다.

벽으로 둘러싸인 성곽에는 아무도 없었다. 성안으로 이어지는 나선형 계단 쪽 문은 닫혀 있었다. 몸싸움을 하거나 죽음에 저항한 흔적도, 시체가 있었던 흔적 같은 것도 보이지 않았다.

"저게 무슨 뜻일까요?" 해리가 머리 위에서 뱀 혀를 사악하게 번뜩이고 있는 녹색 해골을 올려다보며 물었다. "저게 진짜 그 징표일까요? 분명 누군가가…… 교수님?"

해리는 어둠의 징표가 뿜어내는 희기한 녹색 불빛 속에서 덤블도어가 검게 변한 손으로 가슴을 움켜쥐고 있는 모습을 보았다.

"가서 세베루스를 깨우거라." 덤블도어가 기운은 없지만 또렷한 목소리로 말했다. "무슨 일이 벌어졌는지 얘기하고 그를 내게 데리고 오너라. 그 외에는 아무것도 하지 말고, 다른 사람에게 말을 걸지도 말고, 투명 망토도 벗지 말거라. 난 여기서 기다리마."

"하지만……."

"너는 내 말에 따르기로 맹세했다, 해리. 어서 가거라!"

해리는 서둘러 나선형 계단으로 이어지는 문으로 향했지만 문고리에 손이 닿기가 무섭게 문 저쪽에서 달려오는 발소리가 들렸다. 그가 덤블도어를 돌아보자 덤블도어는 물러서라고 손짓했다. 해리는 뒤로 물러나며 마법 지팡이를 뽑아 들었다.

문이 벌컥 열리고 누군가가 들이닥치더니 소리쳤다. "엑스펠리아르무스!"

해리는 곧바로 몸이 굳어 꼼짝도 할 수 없었다. 그의 몸이 뒤로 넘어가다가 성벽에 부딪쳤다. 그는 불안정하게 벽에 기댄 조각상처럼 움직이지도, 말을 하지도 못하게 되었다. 어떻게 된 일인지 도무지 이해할 수가 없었다. 엑스펠리아르무스는 동결 마법이 아닌데…….

잠시 후 그는 어둠의 징표가 비추는 불빛 아래 덤블도어의 마법 지팡이가 성벽 너머로 포물선을 그리며 날아가는 것을 보고 어떻게 된 일인지 이해했다……. 덤블도어는 소리를 내지 않고 주문을 외워서 해리를 움직이지 못하게 만들었고, 그러느라 자기 자신을 제때 방어하지 못한 것이다.

얼굴이 하얗게 질린 채 성벽에 기댄 채 서 있는데도 덤블도어는 당황하거나 고통스러워하는 기색을 전혀 보이지 않았다. 그저 그를 무장해제시킨 사람을 바라보며 이렇게 말할 뿐이었다. "안녕, 드레이코."

말포이가 자신과 덤블도어 말고 다른 사람은 없는지 확인하려는 듯 재빨리 주위를 두리번거리며 앞으로 나섰다.

그의 눈길이 두 번째 빗자루에 가닿았다.

"또 누가 있지?"

"내가 묻고 싶은 말이로구나. 아니면, 혹시 혼자 행동하는 게냐?"

해리는 말포이의 옅은 색 눈이 어둠의 징표가 내뿜는 녹색 불빛을 받고 있는 덤블도어에게로 다시 움직이는 것을 보았다.

"아니." 말포이가 말했다. "도와주는 사람이 있어. 오늘 밤, 이곳 당신 학교에 죽음을 먹는 자들이 들어왔거든."

"이런, 이런." 덤블도어는 말포이가 야심 찬 과제물을 제출하기라도 한 것처럼 감탄을 터뜨렸다. "정말이지 훌륭하구나. 그자들을 안으로 불러들일 방법을 찾은 모양이지?"

"그래." 말포이가 헐떡거리며 말했다. "당신 코앞에서 그런 짓을 저질렀는데도 당신은 전혀 눈치채지 못했지!"

"대단하구나." 덤블도어가 말했다. "한데…… 이런 질문을 해서 미안하다만…… 그자들은 지금 어디 있느냐? 너를 도와주는 사람은 없어 보이는데."

"당신 보초들을 만났어. 지금 밑에서 싸우고 있어. 오래 걸리지는 않을 거야……. 내가 먼저 도착한 거야. 나는…… 난 해야 할 일이 있으니까."

"그래, 그렇다면 그 일을 해야겠구나, 얘야." 덤블도어가 부드럽게 말했다.

침묵이 이어졌다. 해리는 다른 사람 눈에는 보이지 않는 마비된 몸속에 갇힌 채, 저 멀리서 죽음을 먹는 자들이 싸우는 소리를 들으려고 귀를 쫑긋 세우고 그 두 사람을 바라보았다. 그의 눈앞에서는 드레이코 말포이가 그저 알버스 덤블도어를 느려보고만 있을 뿐이었다. 놀랍게도, 덤블도어는 빙긋 웃고 있었다.

"드레이코, 드레이코. 너는 살인자가 아니다."

"당신이 그걸 어떻게 알아?" 말포이가 대번에 쏘아붙였다.

그는 자기가 내뱉은 말이 얼마나 유치한지 깨달은 듯했다. 해리는 말포이가 어둠의 징표에서 흘러나오는 녹색 빛 아래서 얼굴을 븕히는 것을 보았다.

"내가 뭘 할 ᄉ 있는지 당신은 몰라." 말포이가 더욱 힘주어 말했다. "내가 무슨 짓을 저질렀는지도 모르고!"

"아하, 아니다. 나는 알고 있단다." 덤블도어가 온화하게 말했다. "너는 하마터면 케이티 벨과 로널드 위즐리를 죽일 뻔했다. 너는 1년 내내 점점 더 필사적으로 나를 죽이려고 노력해 왔어. 미안하다만, 드레이코, 그런 노력들은 미약하기 짝이 없었다……. 솔직히 말해 형편없을 만큼 미약해서, 네가 진심으로 그럴 마음을 품었는지조차 의심스러웠단다……."

"난 진심이었어!" 말포이가 격하게 소리쳤다. "올해 내내 애써 왔고, 오늘 밤엔……."

저 아래 성안 깊숙한 곳 어디에선가 아득한 고함 소리가 들려왔다. 말포이는 뻣뻣하게 굳어서 어깨 너머를 힐끔 돌아보았다.

"누군가가 잘 싸우고 있구나." 덤블도어가 대수롭지 않게 말했다. "한데 무슨 말을 하고 있었더라…… 그래, 너는 죽음을 먹는 자들을 내 학교에 불러들이는 데 성공했다. 인정하마. 나는 그게 불가능한 일이라고 생각했다. ……어떻게 한 게냐?"

하지만 말포이는 아무런 대꾸도 하지 않았다. 그는 아래층에서 벌어지고 있는 일에 계속 귀를 기울이고 있었다. 마치 해리처럼 마비라도 된 듯했다.

"어쩌면 너 혼자서 일을 해치워야 할지도 모르겠구나." 덤블도어가 넌지시 말했다. "내 보초가 네 지원군을 막으면 어떻게 하겠느냐? 아마 너도 알아챘겠지만 오늘 밤 이곳에는 불사조 기사단 단원들도 와 있다. 어쨌거나, 사실 너한텐 도움이 필요하지도 않지……. 지금 나에겐 마법 지팡이가 없으니까…… 난 내 몸을 지킬 수가 없다…….."

말포이는 그저 그를 바라볼 뿐이었다.

"알겠다." 말포이가 움직이지도, 입을 열지도 않자 덤블도어가 자상하게 말했다. "저 사람들이 가담하기 전까지는 혼자서 행동하기가 무서운 모양이구나."

"무섭지 않아!" 말포이는 버럭 소리치면서도 여전히 덤블도어를 해치려는 움직임을 보이지 않았다. "무서워해야 하는 사람은 당신이라고!"

"내가 뭐 하러 그러겠느냐? 나는 네가 날 죽일 거라고 생각하지 않는다, 드레이코. 살인이란 결코 순수한 사람들이 생각하는 것처럼 쉬운 일이 아니니까……. 그러니 말해 보거라, 네 친구들을 기다릴 동안 말이다. 어떻게 그 사람들을 이곳으로 몰래 불러들일 수 있었지? 방법을 알아내기까지 꽤 오래 걸렸을 것 같은데."

말포이는 소리를 지르거나 토하고 싶은 충동을 억지로 참고 있는 듯했다. 그는 침을 꿀꺽 삼키고 몇 차례 심호흡을 하면서 덤블도어를 노려보았다. 그의 마법 지팡이는 덤블도어의 심장을 곧장 겨누고 있었다. 마침내 말포이가 더 이상 못 참겠는지 입을 열었다. "오랫동안 아무도 쓰지 않고 망가져 있던, 그 사라지는 캐비닛을 고쳐야 했어. 작년에 몬태규가 들어갔다가 실종됐던 물건 말이야."

"아아아."

덤블도어가 신음이 반쯤 섞인 한숨을 내쉬었다. 그는 잠시 눈을 감았다.

"영리하구나……. 그 캐비닛에는 짝이 있을 텐데?"

"다른 하나는 보긴 앤 버크에 있어." 말포이가 말했다. "그리고 그 둘 사이에는 통로 같은 것이 생기지. 몬태규는 호그와트에 있던 캐비닛에 처박혔다가 어딘지 모를 공간에 갇혀 버렸는데, 어떨 때는 학교에서 나는 소리가 들리고 또 어떨 때는 가게에서 나는 소리가 들렸다고 했어. 마치 그 캐비닛이 두 장소를 왔다 갔다 하는 것처럼 말이야. 근데 누구도 자기가 지르는 소리를 듣지 못했대……. 몬태규는 결국 순간이동을 해서 그곳을 빠져나왔어. 순간이동 시험도 아직 안 봤는데. 하마터면 죽을 뻔했다던데. 다들 정말 재미있는 이야깃거리라고 생각했지만 오직 나만은 그것이 뭘 의미하는지 알아차렸지. 심지어 보긴도 몰랐는데 말이야. 망가진 캐비닛을 고치면 호그와트로 들어갈 수 있다는 걸 깨달은 사람은 오직 나 하나뿐이었어."

"정말 대단하구나." 덤블도어가 웅얼거렸다. "죽음을 먹는 자들은 그렇게 보긴 앤 버크를 통해 널 도우러 학교로 들어올 수 있었던 거구나……. 영리한 계획이다. 아주 기발한 계획이야……. 그것도, 네가 말한 대로 내 코앞에서 그런 일을 벌이다니……."

"그래." 말포이가 말했다. 신기하게도 그는 덤블도어의 칭찬에서 용기와 위안을 얻은 것 같았다. "그래, 맞아!"

"한데 가끔은 말이다." 덤블도어가 말을 이었다. "가끔은 캐비닛을 고칠 수 있을 거라는 확신이 들지 않을 때도 있었겠지? 그럴 때 너는 결국 엉뚱한 사람 손에 들어갈 수밖에 없었던 저주받은 목걸이를 나한테 보낸다든가…… 내가 마실 가능성이 아주 적은 벌꿀술에 독을 탄다든가 하는 어설프고 판단력이 떨어지는 방법에 기댔다."

"그래. 뭐, 그래도 당신은 누가 그런 일을 꾸몄는지 몰랐잖아. 안 그래?" 말포이가 비웃었다. 덤블도어는 다리에서 힘이 빠지는 듯 성벽에서 조금 미끄러졌다. 해리는 그를 꼼짝 못 하게 묶고 있는 마법에 맞서 조용히 몸부림쳤지만 아무런 소용도 없었다.

"실은 알고 있었단다." 덤블도어가 말했다. "네가 그랬다고 확신했어."

"그런데 왜 막지 않았지?" 말포이가 물었다.

"막으려 했단다, 드레이코. 스네이프 교수가 내 지시에 따라서 너를 지켜보고 있었……."

"스네이프는 당신 명령에 따른 게 아냐. 그 사람은 우리 어머니한테 날 지켜 주겠다고 약속……."

"스네이프라면 당연히 그렇게 말했을 거다, 드레이코. 하지만……."

"스네이프는 이중 스파이야, 이 멍청한 노친네야. 당신을 위해서 일하는 게 아니라고. 당신이 그렇게 생각하는 것뿐이지!"

"그 점에 대해서는 너와 내 의견이 다르구나, 드레이코. 그게 말이다, 나는 스네이프 교수를 믿는……."

"뭐, 그렇다면 당신 판단력이 떨어지는 거지!" 말포이가 빈정거렸다. "스네이프는 나한테 여러 번 도움을 주겠다고 말했어. 자기가 모든 영광을 독차지하려고 말이야. 뭔가 좀 해 보고 싶었던 거겠지. '뭐 하는 거냐? 그 목걸이 사건도 네가 한 짓이었냐? 멍청한 짓이었다. 그 목걸이 때문에 모든 걸 망칠 수도 있었어.' 하지만 나는 스네이프한테 내가 필요의 방에서 뭘 하고 있는지는 말해 주지 않았어. 내일 스네이프가 일어나면 모든 것이 끝났을 테고 어둠의 왕께서 가장 총애하는 사람도 더 이상 스네이프가 아니게 될 거야. 나와 비교하면 아무것도 아닌 존재가 될 거라고. 아무엇도!"

"아주 흐뭇하겠구나." 덤블도어가 부드럽게 말했다. "물론 우리 모두 노력이 인정받길 원하지……. 하지만 그렇다 하더라도 너에겐 분명 공범이 있었을 거다……. 호그스미드에 있는 누군가가 케이티에게 몰래…… 몰래…… 아아……."

덤블도어는 막 잠에 들려는 것처럼 다시 눈을 감고 고개를 끄덕였다.

"……그래…… 로즈메르타로구나. 로즈메르타가 언제부터 임페리우스 저주에 걸려 있었던 게냐?"

"이제야 알아낸 거야?" 말포이가 피식 웃으며 말했다.

밑에서 또 한 번 고함 소리가 들려왔다. 조금 전보다 더 큰 소리였다. 말포이는 다시 한 번 초조하게 어깨 너머를 돌아보더니 덤블도어에게 시선을 돌렸다. 덤블도어가 말을 이었다. "그럼 가엾은 로즈메르타가 어쩔 수 없이 자신의 가게 화장실에 숨어 있다가, 아무나 혼자 들어오는 호그와트 학생에게 그 목걸이를 건네준 게로구나? 그리고 독을 탄 벌꿀술은…… 글쎄, 당연히 로즈메르타라면 그걸 슬러그혼 교수한테 보내기 전에 널 대신해서 독을 넣을 수 있었겠지. 나한테 보낼 크리스마스 선물이라고 믿으면서 말이야……. 그래, 아주 깔끔하구나…… 깔끔해……. 가엾은 필치 씨는 당연히 로즈메르타가 보낸 술병을 확인할 생각을 하지 않았겠지……. 말해 보거라. 로즈메르타와는 어떻게 의사소통하고 있었던 거냐? 학교를 드나드는 모든 의사소통 수단을 감시하고 있다고 생각했는데."

"동전에 마법을 걸었어." 말포이는 마법 지팡이를 든 손을 격렬하게 떨면서도 계속 말을 할 수밖에 없는 것 같았다. "나랑 그 여자가 하나씩 가지고 있어서 메시지를 보낼 수 있었지."

"그건 작년에 자칭 '덤블도어의 군대'라는 모임에서 사용했던 비밀 의사소통 수단 아니냐?" 덤블도어가 물었다. 그의 목소리는 가볍고 태연했지만, 해리는 그가 말을 하면서 밑으로 살짝 더 미끄러지는 것을 보았다.

"맞아, 걔들한테서 얻은 아이디어야." 말포이가 비틀린 미소를 지으며 말했다. "벌꿀술에 독을 타는 아이디어도 그 머드블러드 그레인저한테서 얻은 거고. 도서관에서 걔가 필치는 마법약을 못 알아본다는 얘기를 하는 걸 들었거든."

"내 앞에서 그 역겨운 단어는 쓰지 말아 다오." 덤블도어가 말했다.

말포이가 거칠게 웃어젖혔다.

"내 손에 죽기 일보 직전인데 '머드블러드'라는 말이 거슬리나 보지?"

"그래, 거슬리는구나." 덤블도어가 말했다. 해리는 덤블도어의 두 발이 똑바로 버티고 서려고 애쓰느라 바닥에서 약간 미끄러지는 것을 보았다. "하지만 드레이코, 나를 곧 죽일 거라 해 놓고 벌써 몇 분이나 지났다. 여기에는 너와 나 단둘뿐이야. 넌 네가 꿈꿨던 그 어떤 모습보다도 무방비 상태인 나를 발견했다. 그런데도 아무런 행동도 하지 않았어……."

뭔가 쓰디쓴 것을 맛보기라도 한 듯 말포이의 입이 자기도 모르게 비틀렸다.

"자, 오늘 밤 얘기를 해 보자꾸나." 덤블도어가 말을 이었다. "어떻게 이런 일이 일어났는지 약간 어리둥절해서 말이다. 내가 학교를 비웠다는 사실을 알고 있었느냐? 물론……." 그는 자기가 던진 질문에 자기가 답했다. "로즈메르타가 내가 떠나는 걸 봤으니, 틀림없이 너의 그 독창적인 동전을 사용해서 귀띔을 해 주었겠지……."

"맞아." 말포이가 말했다. "하지만 로즈메르타는 당신이 그냥 술을 마시러 갔다고 했어. 곧 돌아올 거라고……."

"확실히 뭘 마시기는 했다……. 그리고 돌아왔지…….

그럭저럭 말이다." 덤블도어가 웅얼거렸다. "그러니까 너는 나를 잡을 덫을 치기로 한 게로구나?"

"우리는 천문탑 위에 어둠의 징표를 쏘아 올리기로 했어. 당신이 누가 죽은 줄 알고 빨리 여기 올라오게 하려고 말이야." 말포이가 말했다. "그게 통한 거지!"

"글쎄……. 맞기도 하고 틀리기도 하다." 덤블도어가 말했다. "한데 그렇다면, 그 말을 아무도 살해당하지 않았다는 뜻으로 받아들여도 되겠느냐?"

"누가 죽긴 했어." 말포이가 말했다. 그 말을 내뱉으면서 목소리가 한 옥타브쯤 올라가는 듯했다. "당신 쪽 사람이야……. 누군지는 몰라. 어두웠으니까……. 내가 시체를 넘고 지나갔어……. 당신이 돌아왔을 때 내가 여기에서 기다리기로 되어 있었거든. 당신의 불사조 패거리가 방해했을 뿐이지……."

"그래, 그 친구들이 좀 그렇지." 덤블도어가 말했다.

아래쪽에서 쾅 하는 소리와 더욱더 커진 고함 소리가 들렸다. 덤블도어와 말포이, 해리가 서 있는 곳으로 이어지는 그 나선형 계단에서 싸움이 벌어지는 듯했다. 해리의 심장이 투명해진 가슴속에서 소리 없이 쿵쾅거렸다. 누군가가 죽었다……. 말포이가 시체를 넘고 지나갔다……. 그런데 그게 대체 누굴까?

"어느 모로 보나 시간이 별로 없구나." 덤블도어가 말했다. "그러니 네가 선택할 수 있는 것들에 대해서 얘기해 보자, 드레이코."

"*내가* 선택할 수 있는 것들이라고?" 말포이가 큰 소리로 말했다. "난 마법 지팡이를 들고 서 있어. 당신을 죽이기 일보 직전이라고."

"얘야, 그런 거짓 시늉은 그만두도록 하자. 네가 날 죽일 작정이었다면 처음 무장해제시켰을 때 바로 해치웠겠지. 수단과 방법에 대한 이런 수다가 즐겁기는 하다만, 고작 이런 얘길 하려고 멈추지는 않았을 게다."

"내가 선택할 수 있는 건 아무것도 없어!" 말포이가 악을 썼다. 갑자기 그의 얼굴이 덤블도어만큼이나 하얗게 질렸다. "난 해야만 해! 그분이 날 죽일 거야! 우리 가족을 전부 죽일 거야!"

"네 입장이 얼마나 난처한지는 잘 알고 있다." 덤블도어가 말했다. "내가 왜 지금까지 너를 대놓고 저지하지 않았다고 생각하느냐? 내가 널 의심한다는 사실을 볼드모트 경이 알게 된다면 네가 살해당하리라는 걸 알고 있었기 때문이다."

말포이는 그 이름을 듣고 움찔했다.

"나는 너에게 맡겨진 게 분명한 그 임무를 놓고 너와 감히 이야기를 나눌 수 없었다. 그자가 너에게 레질리먼시를 썼을지도 모르니까." 덤블도어가 말을 이었다. "그러나 이제 마침내 서로 터놓고 이야기할 수 있게 됐구나……. 되돌릴 수 없는 피해는 아무것도 없다. 네가 뜻하지 않게 피해를 입힌 사람들이 살아남았다는 건 대단한 행운이야. 너는 아무도 해치지 않았어……. 내가 도와줄 수 있다, 드레이코."

"아니, 도울 수 없어." 말포이가 말했다. 마법 지팡이를 쥔 그의 손이 정말로 아주 심하게 떨리고 있었다. "아무도 날 도와줄 수 없어. 그분께서 나한테 해내라고, 그러지 못하면 죽인다고 하셨어. 나한텐 선택의 여지가 없어."

"옳은 편으로 돌아서거라, 드레이코. 그러면 우리가 상상할 수 있는 것 이상으로 너를 감쪽같이 숨겨 줄 수 있단다. 그뿐만 아니라 오늘 밤 네 어머니에게 불사조 기사단 단원들을 보내 똑같이 숨겨 줄 수 있어. 네 아버지는 지금 아즈카반에 있지만…… 때가 되면 그 역시 우리가 보호해 줄 수 있다……. 옳은 편으로 돌아서거라, 드레이코……. 너는 살인자가 아니야……."

말포이는 덤블도어를 뚫어지게 바라보았다.

"하지만 여기까지 왔잖아?" 말포이가 천천히 말했다. "사람들은 내가 시도를 하다가 죽을 거라고 생각했지만, 난 여기까지 왔어……. 당신은 내 손안에 있고……. 마법 지팡이를 든 사람은 나야……. 당신 목숨은 내 손에 달려 있다고……."

"아니다, 드레이코." 덤블도어가 조용히 말했다. "지금 중요한 건 내 의지지 네 의지가 아니야."

말포이는 아무런 대꾸도 하지 않았다. 그는 그저 입을 벌린 채 여전히 마법 지팡이를 쥔 손을 부들부들 떨고 있었다. 해리는 말포이가 마법 지팡이를 놓칠 뻔하는 것을 언뜻 본 것 같았다.

하지만 갑자기 쿵쾅거리며 계단을 올라오는 발소리들이 들리고 곧바로 검은색 로브를 걸친 사람 넷이 그들이 있는 성곽으로 뛰어들어 오는 바람에 말포이는 옆으로 밀려났다. 해리는 여전히 마비된 채 부릅뜬 눈을 깜빡이지도 못하고 겁에 질린 눈길로 낯선 네 사람을 뚫어지게 바라봤다. 아래층에서 벌어진 싸움은 죽음을 먹는 자들의 승리로 끝난 것 같았다.

얼굴에 혹이 잔뜩 난 남자가 입술을 기괴하게 비틀며 음흉하게 킬킬거렸다.

"덤블도어가 구석에 몰렸네!" 남자가 말했다. 그는 여동생일 수도 있을 법한, 기대에 가득 차서 웃고 있는 작고 다부진 체격의 여자에게로 돌아섰다. "마법 지팡이가 없는 덤블도어, 혼자 있는 덤블도어! 잘했다, 드레이코. 잘했어!"

"잘 있었나, 아미쿠스." 덤블도어는 다과회에 온 손님을 맞이하기라도 하는 것처럼 태연한 어조로 남자에게 말을 걸었다. "알렉토도 같이 왔군……. 이렇게 반가울 수가……."

여자는 신경질적으로 킥킥댔다.

"그런 시시한 농담을 하면 죽는 순간에 뭔가 도움이 될 줄 아나 보지?" 여자가 빈정거렸다.

"농담? 아니, 아니지. 이건 예의라는 거네." 덤블도어가 대꾸했다.

"해치워." 해리와 가장 가까운 곳에 서 있던 낯선 자가 말했다. 회색 머리카락과 구레나룻이 잔뜩 헝클어져 있는, 덩치가 크고 팔다리가 긴 남자였다. 입고 있는 검은색 죽음을 먹는 자 로브가 불편할 만큼 꽉 죄어 보였다. 짖어 대는 듯한 그 귀에 거슬리는 목소리는 해리가 여태껏 한 번도 들어 본 적 없는 목소리였다. 남자에게서 오물과 땀, 그리고 명백한 피 냄새가 뒤섞인 강렬한 냄새가 풍겼다. 지저분한 두 손에는 누런 손톱이 길게 자라 있었다.

"자넨가, 펜리르?" 덤블도어가 물었다.

"그래." 상대방이 거슬리는 목소리로 대답했다. "날 만나서 반갑나, 덤블도어?"

"아니, 그렇다고는 못 하겠군……."

펜리르 그레이백이 씩 웃으며 뾰족한 이빨을 드러냈다. 피가 그의 턱을 따라 흘러내리자 그는 추잡스럽게 천천히 자기 입술을 핥았다.

"내가 아이들을 얼마나 좋아하는지 알 텐데, 덤블도어."

"그 말은 자네가 이제 보름달이 뜨지 않아도 사람들을 공격한다는 뜻인가? 이건 굉장히 범상치 않은 일이군……. 인육에 맛을 들여서 이제 한 달에 한 번 맛보는 것으로는 만족하지 못한다는 말인가?"

"그래." 그레이백이 말했다. "그래서 충격받았나, 덤블도어? 두려워?"

"뭐, 조금 역겨운 기분이 드는 건 부정할 수 없군." 덤블도어가 말했다. "그리고 맞네. 드레이코가 그 많은 사람 중 하필 자네를 이곳으로 불렀다는 사실이 조금 충격적이야. 친구들이 있는 학교로 말이지……."

"아니야." 말포이가 숨죽여 말했다. 그는 그레이백 쪽은 쳐다보지도 않았다. 눈길조차 주고 싶지 않은 것 같았다. "저자가 올 줄은 몰랐어."

"호그와트로의 외출을 놓치고 싶지 않아서 말이야, 덤블도어." 그레이백이 귀에 거슬리는 목소리로 말했다. "물어뜯을 목덜미들이 있는데……. 그 먹음직스러운 것들을……."

그는 손가락 하나를 들더니 덤블도어를 향해 음흉하게 웃으며 누런 손톱으로 앞니를 쑤셨다.

"당신은 후식으로 해치우면 되겠는데, 덤블도어……."

"아니." 또 다른 죽음을 먹는 자가 날카롭게 말했다. 우락부락하고 험악한 얼굴이었다. "우린 명령을 받았어. 드레이코가 해야 돼. 자, 드레이코. 서둘러라."

말포이는 그 어느 때보다도 마음이 약해진 것 같았다. 덤블도어를 가만히 바라보는 그 얼굴이 겁에 잔뜩 질려 있었다. 한편 덤블도어의 얼굴은 더욱 창백해졌고, 성벽에 기댄 몸은 조금 전보다 더 낮게 미끄러져 내려와 있었다.

"어차피 오래 살아 있을 것 같지 않은데!" 입술이 비뚤어진 남자가 말하자 그의 여동생이 쌕쌕대며 낄낄거리는 소리가 뒤따랐다. "좀 봐. 당신 대체 무슨 일이 있었던 거야, 덤비?"

"아, 면역력이 떨어지고 반사 신경도 느려진 게지, 아미쿠스." 덤블도어가 말했다. "간단히 말하면 나이 탓이네……. 아마 언젠가는 자네한테도 이런 일이 일어날 거야……. 운이 좋다면 말이지……."

"그게 무슨 뜻이지? 응? 그게 무슨 뜻이냐고?" 죽음을 먹는 자가 갑자기 버럭 소리쳤다. "예나 지금이나 똑같군. 안 그래, 덤비? 사실상 하는 일은 아무것도 없이 말만 번지르르하고. 난 어둠의 왕께서 굳이 당신을 죽이려는 이유를 모르겠어! 어서, 드레이코. 해치워!"

하지만 그 순간, 밑에서 또다시 몸싸움하는 소리가 들리더니 어떤 목소리가 소리쳤다. "놈들이 계단을 막아 놨어. *리덕토! 리덕토!*"

해리의 가슴이 두근거렸다. 그러니까 이 네 사람은 상대방을 모두 해치운 것이 아니라, 싸움이 벌어지는 곳을 그냥 뚫고 곧장 탑 꼭대기까지 올라온 것이었다. 듣자 하니 그러면서 뒤에 장애물을 만들어 둔 모양이었다.

"자, 드레이크. 어서!" 험악한 얼굴의 남자가 화를 내며 소리쳤다.

하지만 말포이는 손을 너무 심하게 떠는 탓에 덤블도어를 제대로 겨누지도 못했다.

"내가 하지." 그레이백이 이빨을 드러내고 으르렁거리며 손을 앞으로 뻗고 덤블도어에게로 다가갔다.

"안 된다고 했을 텐데!" 험악한 얼굴의 남자가 소리쳤다. 빛이 번뜩이더니 늑대인간이 저만치 나가떨어졌다. 그는 잔뜩 화가 난 얼굴로 성벽에 부딪쳐 비틀거렸다. 해리의 심장이 너무나 격하게 뛰어서, 그가 덤블도어의 주문에 갇힌 채 이곳 성벽에 기대서 있는 것을 아무도 알아채지 못하는 게 불가능해 보일 정도였다. 움직일 수만 있다면, 투명 망토 아래로 마법 지팡이를 겨누고 저주를 걸 수 있을 텐데…….

"드레이코, 빨리 해치워. 아니면 우리 중 누군가가 해치울 수 있게 비키……." 여자가 날카롭게 소리쳤지만, 바로 그 순간 성안으로 통하는 문이 다시 한 번 벌컥 열렸다. 스네이프가 손에 마법 지팡이를 쥐고 문 앞에 서 있었다. 그의 검은 두 눈이 벽에 기대어 주저앉아 있는 덤블도어부터 머리끝까지 화가 난 늑대인간을 포함한 네 명의 죽음을 먹는 자와 말포이까지 모두를 쭉 훑었다.

"문제가 생겼어, 스네이프." 혹이 잔뜩 난 마법사 아미쿠스가 시선과 마법 지팡이를 모두 덤블도어에게 고정한 채 말했다. "아무래도 이 꼬마는 하지 못할……."

하지만 또 다른 누군가가 무척 조용한 목소리로 스네이프의 이름을 불렀다.

"세베루스……."

그 목소리는 오늘 저녁 해리가 겪었던 그 어떤 일보다도 그를 두렵게 만들었다. 처음으로, 덤블도어가 애원하고 있었다.

스네이프는 아무 말도 하지 않고 앞으로 걸어가더니 거칠게 말포이를 밀쳤다. 죽음을 먹는 자 세 명이 말없이 뒤로 물러났다. 늑대 인간조차도 주눅이 든 것 같았다.

스네이프는 잠시 덤블도어를 응시했다. 그의 거친 얼굴 주름에는 혐오와 증오가 새겨져 있었다.

"세베루스…… 부탁하네……."

스네이프는 마법 지팡이를 들어 덤블도어를 곧장 겨누었다.

"*아바다 케다브라!*"

스네이프의 마법 지팡이 끝에서 녹색 광선 한 줄기가 튀어나가 덤블도어의 가슴을 정통으로 맞혔다. 공포로 가득한 해리의 비명은 조금도 밖으로 새어 나가지 않았다. 그는 아무 소리도 내지 못하고 손가락 하나 움직일 수 없는 상태로, 덤블도어가 공중으로 날아가는 모습을 지켜보고

만 있어야 했다.

  찰나의 순간 덤블도어는 번뜩이는 해골 아래에 가만히 매달려 있는 것처럼 보이더니, 곧 거대한 헝겊 인형처럼 성벽 너머 보이지 않는 곳으로 천천히 추락했다.

28장
왕자의 도주

 해리는 그 자신도 공중으로 내던져진 것 같은 기분이었다. '그럴 리 없어⋯⋯. 그랬을 리 없어⋯⋯.'
 "어서 나가." 스네이프가 말했다.
 그는 말포이의 목덜미를 잡고 다른 사람들보다 앞서 성 안으로 끌고 갔다. 그레이백과, 흥분으로 숨을 헐떡거리는 땅딸막한 눈매가 그 뒤를 따랐다. 그들이 문 너머로 사라지자 해리는 다시 움직일 수 있게 됐다는 사실을 깨달았다. 지금 그를 그 자리에서 꼼짝 못 하게 붙들어 놓고 있는 것은 마법이 아니라 공포와 충격이었다. 그는 험악한 얼굴의 죽음을 먹는 자가 마지막으로 탑 꼭대기를 나서며 문 너머로 사라지려고 하자 투명 망토를 벗어던졌다.

"페트리피쿠스 토탈루스!"

죽음을 먹는 자는 뭔가 단단한 것에 등을 얻어맞은 것처럼 몸을 휙 구부리더니 밀랍 인형처럼 뻣뻣해져서 쓰러졌다. 해리는 그자가 채 바닥에 닿기도 전에 그를 뛰어넘어 어두워진 계단을 달려 내려갔다.

해리의 가슴이 공포로 천 갈래 만 갈래 찢어졌다……. 그는 덤블도어에게 가야 했고 스네이프도 잡아야 했다. 어찌 된 셈인지 그 두 가지 일은 서로 연결되어 있었다……. 두 가지 모두를 해내지 못하면 조금 전에 일어난 일을 되돌릴 수가 없었다……. 덤블도어 교수님이 죽었을 리 없어…….

그는 나선형 계단의 마지막 열 칸을 펄쩍 뛰어내린 다음 마법 지팡이를 들어 올린 채 그 자리에 잠시 멈춰 섰다. 어스레하게 밝혀진 복도는 뽀얀 먼지로 가득했다. 천장 절반이 무너져 내린 것 같았고 눈앞에서는 전투가 한창이었는데, 누가 누구랑 싸우는 건지 알아보려 애쓰는 와중에도 그 증오스러운 목소리가 내뱉는 외침이 들려왔다. "*다 끝났다, 떠날 시간이야!*" 스네이프가 복도 저쪽 모퉁이를 돌아 사라지고 있었다. 그와 말포이는 아무런 피해 없이 싸움터를 뚫고 지나간 것 같았다. 해리가 그들을 뒤쫓아 쏜살같이 달려갈 때, 전투를 벌이던 자 중 한 명이 싸움에서 벗어나 그를 덮쳤다. 늑대인간 그레이백이었다. 놈은 해리가 마법 지팡이를 들어 올릴 새도 없이 그의 몸 위에 올라탔다. 바닥에 등을 대고 누운 해리의 얼굴에 지저분하고 헝클어진 머리카락이 닿았다. 땀 냄새와 피 냄새가 뒤섞인 악취가 그의 코와 입을 가득 채우고, 탐욕스러운 뜨거운 숨결이 그의 목구멍을……

"페트리피쿠스 토탈루스!"

해리는 그레이백이 몸 위로 쓰러지는 것을 느꼈다. 그가 온 힘을 다해 늑대인간을 바닥으로 밀어낸 순간 녹색 빛줄기가 그에게 날아왔다. 재빨리 몸을 숙이고 빛줄기를 피한 그는 머리를 앞으로 쭉 빼고 싸움터로 뛰어들었다. 그는 뭔가 물컹하고 미끄러운 것을 밟고 비틀거렸다. 시체 두 구가 피 웅덩이 속에 얼굴을 처박고 바닥에 쓰러져 있었다. 하지만 누군지 살펴볼 겨를이 없었다. 해리의 눈앞에서 빨간색 머리카락이 불꽃처럼 휘날리고 있었던 것이다. 지니는 혹이 잔뜩 난 죽음을 먹는 자, 아미쿠스와 싸움을 벌이고 있었다. 그자가 그녀에게 연달아 공격 마법을 날렸고 지니는 그것들을 피하느라 정신이 없었다. 아미쿠스는 이 장난을 즐기며 낄낄대고 있었다. "크루시오…… 크루시오…… 영원히 그렇게 춤출 수는 없을 텐데, 예쁜아."

"*임페디멘타!*" 해리가 소리쳤다.

그가 날린 저주 마법이 아미쿠스의 가슴에 명중했다. 놈은 돼지처럼 꽥 하고 고통의 비명을 내지르더니 붕 날아가 맞은편 벽에 부딪치고는 주르르 미끄러져 론과 맥고나걸 교수와 루핀 뒤쪽 보이지 않는 곳에 쓰러졌다. 그 세 사람은 제각기 죽음을 먹는 자 한 명과 싸우고 있었다. 그들 뒤로 거구의 금발 남자 마법사와 싸움을 벌이는 통스의 모습이 보였다. 그 남자 마법사가 사방으로 저주를 날리는 바람에 저주들이 벽에 맞고 튕겨 나오면서 돌벽에 균열을 만들고 가까이에 있는 유리창을 박살 냈다.

"해리, 어디 있다가 온 거야?" 지니가 울부짖었지만 대답할 시간은 없었다. 해리는 머리를 숙이고 앞으로 돌진하면서, 머리 위에서 터지며 벽의 파편을 소나기처럼 뿌려 대는 폭발을 가까스로 피했다. 스네이프가 도망치게 놔둬서는 안 된다. 스네이프를 잡아야 한다.

"*저거 잡아!*" 맥고나걸 교수가 소리쳤다. 해리는 죽음을 먹는 자인 알렉토가 양팔로 머리를 가리고 복도를 따라 전력 질주하는 모습을 보았다. 그녀의 오빠가 바로 그 뒤를 따르고 있었다. 해리는 재빨리 그자들을 쫓아 내달렸지만 무언가에 발이 걸렸고, 다음 순간에는 누군가의 다리 위에 엎어져 있었다. 돌아보니 네빌의 동그란 얼굴이 하얗게 질린 채 바닥에 납작 눌려 있었다.

"네빌, 괜······?"

"······찮아." 네빌이 배를 움켜잡고 웅얼거렸다. "해리······ 스네이프랑 말포이가······ 저쪽으로 뛰어갔어······."

"알아, 내가 쫓고 있어!" 해리가 소리쳤다. 그는 바닥에 누운 채, 이곳에서 벌어지는 혼란 대부분을 일으키고 있던 거구의 금발 머리 죽음을 먹는 자에게 공격 마법을 조준했다. 그자는 주문을 얼굴에 정통으로 맞고 고통스러운 비명을 내질렀다. 그러더니 몸을 홱 돌려 비틀거리면서 남매를 뒤따라 쿵쿵거리며 달아났다.

해리는 허둥지둥 바닥에서 일어나 복도를 전력 질주하기 시작했다. 뒤에서 들리는 폭발음과 돌아오라는 사람들의 고함, 아직은 운명을 알 수 없는, 바닥에 쓰러진 사람들의 말없는 외침을 무시한 채······.

그는 미끄러지듯 모퉁이를 돌았다. 운동화 밑바닥이 피로 미끄덩거렸다. 스네이프는 훨씬 앞서 달아난 뒤였다. 혹시 벌써 필요의 방에 있는 캐비닛에 들어간 건 아닐까? 아니면 죽음을 먹는 자들이 그곳으로 후퇴하지 못하도록 기사단이 그 캐비닛을 지키고 있을까? 또 다른 빈 복도를 뛰어가는 해리의 귀에는 쿵쿵거리는 그 자신의 발소리와 심장이 두근거리는 소리만 들려올 뿐이었다. 그런데 그때, 최소 한 명의 죽음을 먹는 자가 성 정문을 향해 도망치고 있다는 사실을 알려 주는 피투성이 발자국이 보였다. 어쩌면 필요의 방은 정말로 막혀 있는지도 몰랐다.

해리가 또 한 번 모퉁이를 미끄러지면서 돈 순간 저주 하나가 그에게 날아왔다. 해리는 황급히 갑옷 뒤로 몸을 날렸다. 저주에 맞은 갑옷이 폭발했다. 저 앞에서 죽음을 먹는 자 남매가 대리석 계단을 달려 내려가는 모습을 본 해리가 그들에게 저주를 날렸지만, 층계참에 걸린 초상화 속 가발 쓴 여자 마법사 몇 명만 맞혔을 뿐이었다. 여자 마법사들이 새된 비명을 지르며 옆에 있는 그림으로 도망쳤다. 해리는 폭발한 갑옷의 잔해를 뛰어넘으면서 더 많은 고함과 비명 소리를 들었다. 성안 사람들이 깨어난 것 같았다…….

그는 그 남매를 따라잡고 스네이프, 말포이와의 거리를 좁힐 생각에 지름길로 돌진했다. 스네이프와 말포이는 지금쯤 교정에 도달했을 게 틀림없었다. 숨겨진 계단 중간에 있는 사라지는 칸 하나를 잊지 않고 뛰어넘은 해리는 계단 아래 있는 태피스트리를 뚫고, 잠옷 차림으로 우왕좌왕하는 후플푸프 학생들이 서 있는 복도로 불쑥 뛰쳐나왔다.

"해리! 무슨 시끄러운 소리를 들었어. 그리고 누가 어둠의 징표가 어쩌고……." 어니 맥밀런이 입을 열었다.

"비켜!" 해리가 남학생 두 명을 옆으로 밀치며 소리쳤다. 그는 층계참으로 질주한 다음 남은 대리석 계단을 내려갔다. 오크나무 정문이 산산조각 나 있었다. 돌이 깔린 바닥에는 핏자국이 있었고, 학생 몇 명이 겁에 질린 채 벽 쪽에 모여 서 있었다. 그중 한둘은 아직도 양팔로 얼굴을 감싼 채였다. 커다란 그리핀도르 모래시계는 저주에 맞아 부서져 있었다. 안에 들어 있던 루비가 시끄럽게 달그락거리며 돌바닥 위로 계속 쏟아졌다.

해리는 날듯이 현관홀을 가로질러 어두운 교정으로 뛰쳐나갔다. 세 사람이 잔디밭을 가로질러 달려가는 모습이 간신히 보였다. 그들은 교문을 향해 가고 있었다. 그곳만 넘어가면 순간이동을 할 수 있을 터였다. 보아하니 그 세 사람은 거구의 금발 머리 죽음을 먹는 자와 그 앞을 조금 앞서 달려가는 스네이프와 말포이였다.

그들을 뒤쫓아 있는 힘을 다해 내달리자 차가운 밤공기가 폐를 찢는 듯했다. 멀찍이서 빛이 번뜩이며 순간 해리가 쫓는 자들의 모습을 비췄다. 해리는 그 빛이 어디서 나온 건지 알 수 없었지만 계속 달렸다. 아직 저주를 제대로 겨냥하기에는 거리가 너무 멀었다.

또 한 번 빛이 번뜩이더니 고함 소리가 들리고 반격이라도 하듯 빛줄기가 날아갔다. 해리는 어떤 상황인지 비로소 이해했다. 오두막에서 달려 나온 해그리드가 죽음을 먹는 자들이 도망치지 못하도록 막으려 하고 있었던 것이다. 숨을 들이쉴 때마다 폐가 갈기갈기 찢어지는 것 같고 결리는 가슴이 불처럼 뜨겁게 느껴졌지만, 해리는 머릿속에 저절로 떠오르는 목소리를 들으며 속도를 올렸다. '해그리드는 안 돼…… 해그리드마저 그래선 안 돼…….'

그때 뭔가가 등을 강타하는 바람에 해리는 앞으로 고꾸라져서 땅바닥에 얼굴을 처박았다. 양쪽 콧구멍에서 피가 줄줄 흘러내렸다. 해리는 바닥을 뒹굴면서도, 그가 지름길을 이용해 앞질렀던 남매가 뒤에서 다가오고 있다는 사실을 알아차리고 마법 지팡이를 쓸 준비를 했다.

"*임페디멘타!*" 해리는 또다시 몸을 굴려 어두운 땅바닥에 바짝 엎드리며 소리쳤다. 그가 날린 저주 마법이 기적적으로 둘 중 한 명을 명중시켰다. 그자는 비틀거리다 넘어지면서 옆에 있는 사람까지 발을 걸어 넘어뜨렸다. 바닥에서 벌떡 일어난 해리는 젖 먹던 힘을 다해 스네이프를 뒤쫓았다.

불현듯 구름 뒤에서 드러난 초승달 빛에 비쳐 해그리드의 거대한 윤곽이 보이기 시작했다. 금발의 죽음을 먹는 자가 숲지기를 향해 끊임없이 저주 마법을 날리고 있었지만, 해그리드의 거마어마한 힘과 거인 어머니에게서 물려받은 질긴 피부가 그를 지켜 주고 있는 듯했다. 하지만 스네이프와 말포이는 여전히 달리고 있었다. 그들은 머잖아 교문을 지나 순간이동을 할 수 있게 될 것이다…….

해리는 죽음을 먹는 자와 싸움을 벌이고 있는 해그리드를 쏜살같이 지나쳐 스네이프의 등을 겨누고 소리쳤다. "스튜페파이!"

저주가 빗나갔다. 붉은 빛줄기가 스네이프의 머리를 지나 하늘로 솟구쳤다. 스네이프가 외쳤다. "도망쳐라, 드레이코!" 그러더니 그는 돌아섰다. 그와 해리는 20미터쯤 떨어진 거리에서 서로를 바라보다가 동시에 마법 지팡이를 들어 올렸다.

"크루시……."

하지만 스네이프는 해리가 미처 주문을 마치기도 전에 저주를 쳐 내며 그를 뒤로 날려 버렸다. 해리는 땅바닥을 구르다가 허둥지둥 다시 일어섰다. 그때 그의 등 뒤에서 거구의 죽음을 먹는 자가 소리쳤다. "*인센디오!*" 해리의 귀에 폭발음이 들리더니, 오렌지색 불꽃이 모두의 머리 위로 춤추듯이 쏟아져 내렸다. 해그리드의 오두막이 불길에 휩싸였다.

"팽이 안에 있는데, 이 악랄한……!" 해그리드가 고함을 질렀다.

"*크루시*……." 해리가 춤추는 듯한 불빛이 비추는 사람을 겨누며 또다시 소리쳤지만 스네이프는 이번에도 그의 주문을 막아냈다. 해리의 시야에 비웃음 가득한 스네이프의 얼굴이 들어왔다.

"너는 용서받지 못하는 저주를 쓸 수 없다, 포터!" 스네이프가 솟구치는 불길, 해그리드의 고함 소리, 팽이 사납게 짖어 대는 소리 너머로 외쳤다. "넌 그럴 배짱도, 능력도 안 돼."

"*인카서*……." 해리가 거칠게 소리쳤지만 스네이프는 느긋한 손짓 한 번으로 주문을 튕겨 냈다.

"맞서 싸워!" 해리가 그를 향해 악을 썼다. "맞서 싸우라고, 이 비겁한……."

"내가 비겁하다고, 포터?" 스네이프가 소리쳤다. "네 아버지는 4 대 1이 아니면 결코 나를 공격하지 않았다. 그럼 그놈은 뭐라고 불러야 하지?"

"스튜페……."

"입을 다물고 정신을 차단하는 법을 배우기 전에는 아무리 마법을 써 봤자 계속 막히고, 막히고, 또 막힐 뿐이다, 포터!" 스네이프가 또 한 번 저주를 튕겨 내며 조롱했다. "이제 그만하고 *와라!*" 그가 해리 뒤쪽에 있는 거구의 죽음을 먹는 자에게 외쳤다. "벌써 떠났어야 할 시간이야. 마법 정부 사람들이 나타나기 전에……."

"임페디……."

하지만 주문을 채 끝내기도 전에 마치 고문을 당하는 듯한 고통이 해리를 덮쳤다. 그는 잔디밭 위로 쓰러졌다. 누군가가 비명을 지르고 있었다. 너무나 고통스러워서 꼭 죽을 것만 같았다. 스네이프는 그가 죽거나 혹은 미칠 때까지 그를 고문할 것이다.

"안 돼!" 스네이프의 고함 소리가 들리더니, 시작했을 때만큼이나 갑작스럽게 고통이 싹 사라졌다. 해리는 마법 지팡이를 움켜쥐고 어두운 잔디밭 위에 몸을 웅크린 채 숨을 헐떡였다. 머리 위 어딘가에서 스네이프가 소리를 지르고 있었다. "명령을 잊었나? 포터는 어둠의 왕의 몫이다. 이 녀석은 가만 놔둬야 해! 어서 가라! 가!"

 남매와 거구의 죽음을 먹는 자가 스네이프의 지시에 따라 교문으로 달려가자 해리는 얼굴을 대고 있는 땅바닥이 쿵쿵 울리는 것을 느꼈다. 해리는 분노가 치밀어 알아듣기 어려운 고함을 내질렀다. 그 순간만큼은 죽든 살든 아무래도 상관없었다. 땅을 짚고 다시 몸을 일으킨 그는 스네이프를 향해 무작정 비틀비틀 걸어갔다. 이제는 볼드모트만큼이나 증오하게 된 그 사람에게로…….

 "섹툼……."

 스네이프가 마법 지팡이를 가볍게 휘두르자 저주는 또다시 튕겨 나갔다. 하지만 어느새 그에게서 불과 한 발짝 떨어진 곳까지 다가간 해리는 마침내 스네이프의 얼굴을 똑똑히 볼 수 있었다. 그는 더 이상 비웃거나 조롱하고 있지 않았다. 활활 타오르는 불길이 분노로 가득한 그의 얼굴을 비추고 있었다. 해리는 집중력을 모두 끌어 올리며 생각했다. '레비…….'

 "그렇겐 안 되지, 포터!" 스네이프가 소리쳤다. **쾅** 하는 요란한 소리와 함께 해리는 뒤로 날아가 또다시 땅바닥에 팽개쳐졌다. 이번에는 그의 손에서 마법 지팡이가 날아갔다. 스네이프가 다가왔다. 그는 좀 전의 덤블도어와 마찬가지로 마법 지팡이도 없이 무방비 상태로 쓰러져 있는 해리를 내려다보았다. 해리의 귀에 해그리드가 고함을 지르는 소리와 팽이 울부짖는 소리가 들려왔다. 불타는 오두막 때문에 밝혀진 스네이프의 창백한 얼굴은 덤블도어에게 저주를 날리기 전에 그랬던 것처럼 증오로 가득했다.

"감히 내가 만든 주문을 나한테 사용하는 건가, 포터? 그 주문들을 발명한 건 나다. 나, 혼혈 왕자 말이야! 그런데 내가 만든 주문을 나한테 사용하겠다고? 네 비열한 아버지처럼? 그렇게는 안 되지…… 안 되고말고!"

해리는 마법 지팡이를 향해 몸을 날렸다. 하지만 스네이프가 마법을 쏘자 마법 지팡이는 저 멀리 어둠 속 보이지 않는 곳으로 날아가 버렸다.

"자, 날 죽여." 해리가 헐떡였다. 두려움 따위는 전혀 느껴지지 않았다. 오직 분노와 경멸감만 가득했다. "그분을 죽인 것처럼 날 죽이라고, 이 비겁한……."

"**나를**……." 스네이프가 고함을 질렀다. 그의 얼굴이 갑자기 미친 사람처럼 일그러지더니 야수처럼 변했다. 마치 그들 뒤에서 불타오르는 오두막 안에 갇힌 채 마구 짖어 대며 울부짖는 개만큼이나 고통스러워하는 얼굴이었다. "**……비겁하다고 하지 마라!**"

왕자의 도주

 그러더니 그는 마법 지팡이를 허공에 대고 휙 휘둘렀다. 해리는 이글이글 타오르는 채찍 같은 뭔가가 얼굴을 후려치는 것을 느끼고 뒤로 쿵 나가떨어졌다. 눈앞에서 별이 번쩍거리고 잠깐 동안 몸에서 숨이 모두 빠져나간 것 같았다. 그때 머리 위에서 날개 치는 소리가 들리더니 뭔가 거대한 것이 밤하늘의 별들을 가렸다. 벅빅이 스네이프에게 날아들고 있었다. 면도칼처럼 날카로운 발톱이 공격해 오자 스네이프는 비틀거리며 뒤로 물러났다. 해리는 방금 땅바닥에 머리를 부딪친 충격으로 여전히 멍한 가운데 몸을 일으켜 앉아 스네이프가 죽을힘을 다해 달아나는 모습을 바라보았다. 거대한 짐승이 날개를 퍼덕이며 그를 뒤쫓아 가면서, 해리가 한 번도 들어 본 적 없는 소리로 높게 울부짖고 있었다.

 힘겹게 바닥에서 일어난 해리는 또 한 번 추격전을 벌이고 싶은 마음에 마법 지팡이를 찾아 주위를 둘러보았다. 하지만 손으로 잔디를 더듬거리며 잔가지들을 집었다 내던지면서도 이미 너무 늦었다는 것을 알고 있었다. 아니나 다를까, 마침내 마법 지팡이를 찾아 들고 몸을 돌렸을 때는 교문 주위를 맴도는 히포그리프만 보일 뿐이었다. 스네이프는 학교 경계선을 넘어가자마자 순간이동을 해서 사라진 뒤였다.

"해그리드." 해리가 아직도 정신이 멍한 채 주위를 둘러보며 웅얼거렸다. "**해그리드?**"

그는 비틀비틀 불타는 집을 향해 다가갔다. 그때 어떤 거대한 형체가 팽을 등에 짊어지고 불길 속에서 뛰쳐나왔다. 해리는 감사한 마음에 울음을 터뜨리며 털썩 무릎을 꿇었다. 팔다리가 부들부들 떨리고 온몸이 쑤셨다. 숨을 쉬면 칼로 찌르는 것 같은 고통이 느껴졌다.

"괜찮냐, 해리? 괜찮아? 말을 해 봐, 해리······."

수염 덥수룩한 해그리드의 거대한 얼굴이 해리 위에서 왔다 갔다 하며 별들을 가렸다. 해리는 나무 탄 냄새와 개털이 그을린 냄새를 맡았다. 손을 뻗자 안심될 정도로 따뜻한 살아 있는 팽의 몸이 옆에서 떨고 있는 것이 느껴졌다.

"전 괜찮아요." 해리가 헐떡였다. "아저씨는요?"

"당연히 괜찮지······. 그 정도로는 날 끝장낼 수 없어."

해그리드는 해리의 양팔 아래로 손을 집어넣어 그를 번쩍 들어 올렸다. 해리의 발이 순간적으로 땅에서 떨어지나 싶더니 해그리드가 그를 똑바로 일으켜 세워 주었다. 해리는 해그리드의 한쪽 눈 밑에 깊숙이 난 상처에서 피가 흘러나와 **뺨**으로 줄줄 흘러내리는 것을 보았다. 그 눈은 **빠**

르게 부어오르고 있었다.

"아저씨네 집 불부터 꺼야죠." 해리가 말했다. "주문이 *아구아멘티*……."

"그 비슷한 거였다는 건 안다." 해그리드가 웅얼거리더니, 연기를 피워 올리는 분홍색 꽃무늬 우산을 들고 외쳤다. "*아구아멘티!*"

우산 끝에서 물줄기가 뿜어져 나왔다. 해리도 납덩이처럼 느껴지는 팔로 마법 지팡이를 들고 "*아구아멘티*"라고 중얼거렸다. 그와 해그리드는 마지막 불길이 꺼질 때까지 함께 오두막에 물을 퍼부었다.

"이 정도는 걱정 없어." 잠시 후 해그리드가 연기가 피어오르는 오두막 잔해를 바라보며 희망차게 말했다. "덤블도어 교수님이 못 고치는 건 없으니까……."

그 이름을 듣자 해리는 가슴속이 타오르는 듯한 고통을 느꼈다. 침묵과 정적 속에서 그의 안으로 두려움이 밀려들었다.

"해그리드……."

"놈들이 오는 소리를 들었을 때 나는 보우트러클 두 마리의 다리에 붕대를 매 주고 있었어." 해그리드는 무너져 내린 오두막을 슬픈 듯 바라보면서 말을 이었다. "보우트

러클들은 불타서 잔가지가 되어 버렸을 거야. 불쌍하기도 하지……."

"해그리드……."

"근데 대체 무슨 일이 일어난 거냐, 해리? 난 조금 전의 그 죽음을 먹는 자들이 성에서 달려 나오는 것만 봤을 뿐이야. 망할 놈의 스네이프는 그자들하고 뭘 하고 있었던 거야? 어디로 간 거지? 놈들을 쫓고 있었던 건가?"

"스네이프가……." 해리는 목을 가다듬었다. 두려움과 연기 때문에 목구멍이 바싹 말라 있었다. "해그리드, 스네이프가 죽였어요……."

"죽였다고?" 해그리드가 해리를 내려다보며 큰 소리로 물었다. "누굴? 무슨 소리냐, 해리?"

"덤블도어 교수님요." 해리가 말했다. "스네이프가…… 덤블도어 교수님을 죽였어요."

해그리드는 그를 멀뚱멀뚱 바라보기만 했다. 조금밖에 드러나지 않은 그의 맨 얼굴은 해리의 말을 전혀 이해하지 못하겠다는 듯 멍한 빛을 띠고 있었다.

"덤블도어 교수님이 뭐 어떻게 됐다고, 해리?"

"돌아가셨다고요. 스네이프가 죽였어요……."

"그런 말 마라." 해그리드가 거친 목소리로 말했다. "스네이프가 덤블도어 교수님을 죽이다니…… 바보 같은 소리 하지 마라, 해리. 왜 그런 말을 하는 거냐?"

"제가 봤어요."

"그럴 리가."

"제 눈으로 똑똑히 봤다고요, 해그리드."

해그리드는 고개를 저었다. 믿지 못하는 표정을 짓는 한편 해리를 가엾게 여기는 듯했다. 해리가 머리에 충격을 받고 혼란한 상태라고 생각하는 것이었다. 아니면 저주의 후유증으로 그렇게 됐을지도 모른다고…….

"틀림없이 덤블도어 교수님이 스네이프한테 그 죽음을 먹는 자들이랑 같이 가라고 말씀하셨을 거야." 해그리드가 확신 가득한 말투로 말했다. "계속 위장하고 있으라고 말이야. 자, 학교로 데려다주마. 어서, 해리……."

해리는 더 이상 뭐라고 대꾸하거나 설명하려 들지 않았다. 그는 아직도 걷잡을 수 없이 온몸을 떨고 있었다. 해그리드도 금방 알게 될 것이다. 너무도 금방……. 해그리드와 함께 성으로 발걸음을 향하면서 해리는 성의 수많은 창문에 불이 밝혀져 있는 것을 보았다. 사람들이 이 방 저 방으로 옮겨 다니면서 죽음을 먹는 자들이 학교에 들어왔다는 소식을 전하고, 어둠의 징표가 호그와트 하늘 위에서 빛나고 있다느니, 누군가가 살해당한 게 틀림없다느니 떠들어 대는 광경이 눈앞에 선명하게 떠올랐다.

저 앞에 활짝 열린 오크나무 정문에서 흘러나온 빛이 성으로 향하는 길과 잔디밭을 비추고 있었다. 사람들이 잠옷 바람으로 머뭇머뭇 계단을 천천히 내려와, 죽음을 먹는 자들이 어둠 속으로 도망치면서 남긴 흔적을 찾아 불안하게 주위를 두리번거리고 있었다. 하지만 해리의 눈길은 가장 높은 탑 아래 땅바닥에 붙박여 있었다. 그곳 잔디밭 위에 잔뜩 웅크린 검은 덩어리 하나가 널브러져 있는 광경이 보이는 것만 같았다. 사실 그런 게 보이기에는 아직 너무 멀리 떨어져 있었는데도. 덤블도어의 시신이 쓰러져 있을 거라고 생각되는 곳을 말없이 지켜보고 있는데 사람들이 그쪽으로 움직이기 시작했다.

"다들 뭘 보는 거지?" 해리와 함께 성 앞에 다다랐을 때 해그리드가 말했다. 팽은 될 수 있는 대로 그들의 발꿈치에 바짝 붙어서 쫓아왔다. "저기 잔디밭 위에 있는 게 뭐야?" 이제는 천문탑 아래 사람들이 작게 무리를 이루고 서 있는 곳을 향해 가면서 해그리드가 날카롭게 다시 물었다. "보이냐, 해리? 천문탑 바로 밑에 있는 것 말이야. 어둠의 징표가 떠 있는 곳 아래····· 제기랄······ 누가 떨어진 건······?"

해그리드는 말을 딱 멈췄다. 소리 내어 말하기에는 너무 끔찍한 생각이었던 것이다. 해리는 그와 나란히 걸음을 옮기면서, 30분 동안 다양한 공격 마법에 얻어맞은 얼굴과 다리가 아파 오는 것을 느꼈다. 그런데 희한하게도 근처에 있는 다른 누군가가 그 고통을 겪고 있기라도 한 것처럼 거리감이 느껴졌다. 무엇보다 현실적이고 피할 수 없는 고통은 그의 가슴을 끔찍하게 짓누르는 압박감이었다…….

그와 해그리드는 멍하니 웅성거리는 사람들을 헤치고, 놀라서 할 말을 잃은 학생들과 선생들이 비워 놓은 틈으로 바로 앞까지 다가갔다.

해리는 고통과 충격으로 가득한 해그리드의 신음 소리를 들었지만 멈춰 서지 않았다. 그는 덤블도어가 쓰러져 있는 곳까지 천천히 걸어가 그 곁에 웅크리고 앉았다.

해리는 덤블도어가 그에게 걸어 놓은 전신 묶기 저주가 풀린 그 순간부터 희망이 전혀 없다는 사실을 알고 있었다. 그런 일은 오직 마법을 건 사람이 죽었을 때만 가능하기 때문이었다. 하지만 팔다리를 뻗고 으스러진 채 여기에 쓰러져 있는 덤블도어의 모습을 볼 준비는 되어 있지 않았다. 덤블도어는 해리가 여태껏 만났던, 그리고 앞으로 만나게 될 마법사 가운데 가장 위대한 마법사였다.

덤블도어의 눈은 감겨 있었다. 팔다리가 이상한 각도로 뻗어 있지만 않았다면 잠든 것처럼 보였을 것이다. 해리는 손을 뻗어 구부러진 코에 아무렇게나 걸쳐진 반달 안경을 바로잡고, 입에서 흘러나온 한 줄기 피를 소매로 닦아 냈다. 그런 다음 총기 가득한 그 나이 든 얼굴을 가만히 내려다보며 좀처럼 이해할 수 없는 어마어마한 진실을 받아들이려고 애썼다. 다시는 덤블도어의 목소리를 들을 수 없으리라는 것, 다시는 그에게 도움을 받을 수 없으리라는 것…….

해리의 등 뒤에서 사람들이 웅성거렸다. 길게만 느껴지는 시간이 지나고서야 그는 자기가 뭔가 딱딱한 물건 위에 무릎을 꿇고 앉아 있다는 사실을 알아차리고 아래를 내려다보았다.

몇 시간 전에 겨우 훔쳐 냈던 로켓이 덤블도어의 주머니에서 떨어져 나와 있었다. 땅에 떨어질 때의 충격 탓인지 로켓 뚜껑이 열려 있었다. 이미 느끼고 있는 것 이상의 충격이나 두려움, 슬픔도 느낄 수 없는 상태였지만 그 로켓을 집어 들던 해리는 뭔가 잘못됐다는 것을 깨달았다…….

그는 손에 든 로켓을 뒤집어 보았다. 이 로켓은 펜시브에서 본 것만큼 크지도 않았고, 겉에 슬리데린의 상징이라고 여겨지는 정교한 'S'자는커녕 아무런 표시도 새겨져 있지 않았다. 게다가 그 안에는 사진을 넣을 자리에 꼬깃꼬깃 접어서 쑤셔 넣어져 있는 양피지 조각 말고는 아무것도 들어 있지 않았다.

해리는 자기가 뭘 하는지도 모른 차 무의식적으로 양피지 조각을 꺼내서 펼친 다음, 이제는 그의 등 뒤를 밝히고 있는 수많은 마법 지팡이 불빛에 비춰 보았다.

어둠의 왕에게.

나는 당신이 이걸 읽기 한참 전에 죽을 테지만, 당신의 비밀을 밝혀 낸 사람이 바로 나라는 사실을 알려 주고 싶었소.

나는 진짜 호크룩스를 훔쳐 냈고 가능한 한 빨리 그것을 파괴할 생각이오.

당신이 다시 한 번 필멸의 몸이 되어 호적수를 만나길 바라며 나는 이만 죽음을 맞이하겠소.

R.A.B.

해리는 이 메시지가 무엇을 뜻하는지 알 수 없었고 관심도 없었다. 오직 한 가지 사실만이 중요했다. 이건 호크룩스가 아니라는 것. 덤블도어는 아무 의미도 없이 그 끔찍한 마법약을 마시고 힘을 잃은 것이다. 해리는 손에 쥔 양피지를 구겨 버렸다. 그의 눈에 뜨거운 눈물이 차올랐다. 등 뒤에서 팽이 울부짖기 시작했다.

29장
불사조의 비가

"이리 와라, 해리……."

"싫어요."

"여기 계속 있을 수는 없어, 해리……. 이제 그만 가자……."

"싫어요."

그는 덤블도어의 곁을 떠나고 싶지 않았다. 그곳이 어디든 가고 싶지 않았다. 그의 어깨에 놓인 해그리드의 손이 부들부들 떨렸다. 그때 또 다른 목소리가 들렸다. "해리, 어서."

훨씬 작고 따뜻한 손이 그의 손을 잡아 일으켰다. 그는 아무 생각 없이 그 힘에 몸을 맡겼다. 멍하니 다시 사람들을 헤치고 걸어갈 때에야 그는 공기 중에 떠도는 꽃향기의 흔적 덕분에 그를 성으로 이끌고 있는 사람이 지니라는 사실을 깨달았다. 알아들을 수 없는 목소리들이 그의 귀를 두드리고 흐느끼는 소리와 고함 소리, 울부짖는 소리가 어둠을 꿰뚫었지만 해리와 지니는 계속 걸음을 옮겨 현관홀로 들어가는 계단을 올랐다. 해리의 시야 양옆으로 사람들의 얼굴이 어른거렸다. 그들은 수군거리면서 어리둥절한 얼굴로 그를 뚫어지게 쳐다보고 있었다. 대리석 계단을 향해 가는데, 그리핀도르 모래시계에서 쏟아져 나온 루비들이 바닥에서 반짝거렸다.

"병동으로 갈 거야." 지니가 입을 열었다.

"나 안 다쳤어." 해리가 대꾸했다.

"맥고나걸 교수님 명령이야." 지니가 말했다. "다들 거기에 있어. 론도, 헤르미온느도, 루핀 교수님도, 모두······."

또 한 번 두려움이 해리의 가슴속을 휘저어 놓았다. 그가 뒤로하고 떠났던, 그 움직이지 못하던 사람들을 잊고 있었다니.

"지니, 또 누가 죽었어?"

"걱정 마, 우리 중에 죽은 사람은 아무도 없어."

"하지만 어둠의 징표가······ 말포이가 누군가의 시체를 밟았다고 했는데……."

"말포이가 밟고 지나간 건 빌이야. 하지만 괜찮아, 빌은 살아 있어."

하지만 해리는 그녀의 목소리에 안 좋은 일일 게 뻔한 어떤 조짐이 깃들어 있는 것을 알아차렸다.

"진짜야?"

"당연하지……. 그저 좀…… 좀 상태가 안 좋을 뿐이야. 그레이백한테 공격당했거든. 폼프리 선생님은 오빠가…… 오빠가 더 이상 전과 같은 모습은 아닐 거라고……." 지니의 목소리가 약간 떨렸다. "사실 어떤 후유증이 있을지는 아무도 몰라. 그러니까 내 말은, 그레이백이 늑대인간이긴 하지만 공격 당시에 변신한 상태는 아니었으니까."

"그럼 다른 사람들은…… 바닥에 쓰러져 있는 사람들이 또 있었는데……."

"네빌이 병동에 있긴 한데 폼프리 선생님 말로는 문제없이 회복될 거래. 플리트윅 교수님도 정신을 잃으셨지만 괜찮아. 조금 불안정하시긴 하지만. 빨리 가서 래번클로 애들을 돌봐야 한다고 계속 고집을 부리시거든. 그리고 죽음을 먹는 자 한 명이 죽었어. 그 덩치 큰 금발 머리가 사방으로 날린 살해 저주에 맞아서. 해리 네가 준 펠릭스 마법약이 없었으면 우리 모두 죽었을 거야. 하지만 공격이란 공격은 죄다 우리를 그냥 비껴가는 것 같았어."

두 사람은 병동에 도착했다. 병동 문을 열자, 문 근처 침대에 잠들어 있는 네빌이 보였다. 론과 헤르미온느, 루나, 통스, 루핀은 병동 저 끝에 있는 다른 침대 주위에 모여 있었다. 문 열리는 소리에 모두가 고개를 들고 그쪽을 쳐다보았다. 헤르미온느가 달려와 해리를 껴안았다. 루핀도 걱정스러운 얼굴로 앞으로 나섰다.

"괜찮니, 해리?"

"전 괜찮아요······. 빌은요?"

아무도 대답하지 않았다. 해리는 헤르미온느의 어깨 너머를 바라보았다. 빌의 베개 위에 누워 있는 그 얼굴은 너무나 심하게 베이고 뜯긴 탓에 누군지 알아볼 수 없는 건 둘째 치고 기괴해 보일 정도였다. 폼프리 선생이 웬 고약한 냄새가 나는 녹색 연고를 그의 상처에 살살 발라 주고 있었다. 해리는 스네이프가 섹툼셈프라 주문에 당한 말포이의 상처를 손쉽게 치료했던 것을 떠올렸다.

"일반 마법 같은 걸로 치료할 수 없나요?" 그가 폼프리 선생에게 물었다.

"이 상처에는 그 어떤 일반 마법도 통하지 않는단다." 폼프리 선생이 말했다. "내가 아는 건 다 시도해 봤지만, 늑대인간한테 물린 상처에는 치료법이 없어."

"하지만 보름달이 떴을 때 물린 게 아니잖아요." 바라보고만 있으면 빌이 낫기라도 할 것처럼 형의 얼굴을 뚫어지게 내려다보던 론이 말했다. "그레이백은 변신을 하지 않은 상태였어요. 그러니까 당연히 빌이 진짜 그, 그렇게 될 리는……?"

그는 머뭇거리며 루핀을 바라보았다.

"그래, 빌이 진짜 늑대인간이 될 것 같지는 않다." 루핀이 말했다. "하지만 그렇다고 전혀 감염되지 않았을 거라는 뜻은 아니야. 이건 저주받은 상처다. 완전히 치유될 가능성은 굉장히 낮아. 그리고…… 그리고 이제부터 빌은 어느 정도 늑대 같은 성향을 갖게 될지도 모른다."

"그래도 덤블도어 교수님이 손을 쓰면 뭔가 통할지도 몰라요." 론이 말했다. "덤블도어 교수님은 어디 계세요? 빌은 덤블도어 교수님의 명령에 따라 그 미친놈들하고 싸운 거예요. 덤블도어 교수님은 형한테 빚이 있다고요. 이런 상태로 그냥 내버려 두면 안 되죠."

"론…… 덤블도어 교수님은 돌아가셨어." 지니가 말했다.

"그럴 리가!" 루핀은 미친 듯이 지니에게서 해리에게로 눈을 돌렸다. 마치 해리가 지니의 말에 반박하기를 바라기라도 하는 듯했다. 하지만 해리가 아무 말도 하지 않자, 루핀은 두 손에 얼굴을 묻으며 빌의 침대 옆에 있는 의자에 무너지듯 주저앉았다. 해리는 루핀이 이렇게 자제력을 잃은 모습은 여태껏 처음 보았다. 마치 개인의 은밀한 사생활을 함부로 침범한 듯한 기분이 든 그는 얼른 고개를 돌려 대신 론과 눈을 마주쳤다. 그들은 말없이 시선을 주고받으며 지니가 한 말이 사실임을 확인했다.

"어떻게 돌아가셨어?" 통스가 속삭였다. "어쩌다 그런 일이 생긴 거지?"

"스네이프가 죽였어요." 해리가 말했다. "제가 거기 있었어요. 제 눈으로 똑똑히 봤어요. 덤블도어 교수님이랑 저는 어둠의 징표가 떠 있는 것을 보고 천문탑으로 올라갔어요……. 덤블도어 교수님은 상태가 많이 안 좋았고 허약해진 상태였지만 계단을 뛰어올라 오는 발소리를 들었을 때는 그게 함정이라는 걸 깨달으신 것 같아요. 교수님이 저한테 마법을 줄어서 꼼짝도 못 하게 되는 바람에 저는 아무것도 할 수 없었어요. 전 투명 망토를 뒤집어쓴 상태였고요……. 그때 말포이가 들어와서 교수님을 무장해제시켰어요."

헤르미온느가 입을 틀어막았고 론은 신음했다. 루나의 입술이 파르르 떨렸다.

"죽음을 먹는 자들이 몇 명 더 도착했고…… 스네이프가…… 스네이프가 교수님을 죽였어요. 아바다 케다브라로." 해리는 더 이상 말을 잇지 못했다.

폼프리 선생이 울음을 터뜨렸다. 지니 말고는 누구도 폼프리 선생을 신경 쓰지 않았다. 지니가 속삭였다. "쉿! 들어 보세요!"

폼프리 선생은 꿀꺽 울음을 삼키며 눈을 휘둥그렇게 뜨고 손을 들어 입술을 눌렀다. 어둠에 휩싸인 바깥 어디에선가 불사조의 노랫소리가 들려왔다. 해리가 한 번도 들어 본 적 없는 그 노래는 처절할 정도로 아름답고 비탄에 젖어 있는 비가였다. 해리가 예전에도 느꼈던 것처럼, 불사조의 노래는 바깥 어딘가가 아니라 그의 몸 안에서 들려오는 것 같았다. 그 자신의 슬픔이 마법처럼 노래로 변해 성의 창문들을 뚫고 학교 전체에 울려 퍼지는 듯했다.

해리는 얼마나 오랫동안 그 자리에 서서 노래를 듣고 있었는지, 비통한 마음의 소리에 귀 기울이는 일이 어째서 그들의 고통을 조금이나마 덜어 주는 것처럼 느껴지는지 알지 못했다. 하지만 병동 문이 다시 열리고 맥고나걸 교수가 병동에 들어섰을 때는 꽤 오랜 시간이 지난 것처럼 느껴졌다. 다른 사람들과 마찬가지로 그녀에게도 조금 전까지 전투를 치른 흔적이 남아 있었다. 얼굴은 긁힌 상처투성이였고 로브는 찢겨서 너덜너덜해져 있었다.

"몰리와 아서가 오고 있습니다." 그녀가 말하자 음악의 마법은 깨져 버렸다. 모두 최면 상태에서 깨어나기라도 한 듯 정신을 가다듬고 다시 고개를 돌려 빌을 바라보거나 눈을 비비면서 고개를 흔들었다. "해리, 어떻게 된 일이냐? 해그리드 말로는 네가 덤블도어 교수님과 같이 있었다던데, 그분이…… 그 일이 일어났을 때 말이다. 해그리드는 스네이프 교수가 관련돼 있다고……."

"스네이프가 덤블도어 교수님을 죽였어요." 해리가 말해 주었다.

그녀는 잠시 그를 뚫어지게 바라보더니 걱정스러울 정도로 휘청거렸다. 어느새 제정신을 차린 듯한 폼프리 선생이 얼른 달려와 허공에서 의자 하나를 만들어 내더니 맥고나걸 뒤에 밀어 놓았다.

"스네이프가……." 맥고나걸이 의자에 주저앉으며 희미한 목소리로 되풀이했다. "우리는 모두 의아하게 여겼지만…… 그분은 항상…… 믿으셨는데…… 스네이프가…… 믿을 수가 없어…….”

"스네이프는 매우 뛰어난 오클루먼스였습니다." 루핀이 그답지 않게 야멸찬 목소리로 말했다. "우리 모두 예전부터 알고 있던 사실이죠."

"하지만 덤블도어 교수님은 스네이프가 우리 편이라고 맹세까지 하셨잖아." 통스가 속삭였다. "그래서 난 항상 덤블도어 교수님이 스네이프에 대해 우리가 모르는 뭔가를 알고 계시는 게 틀림없다고 생각했는데…….”

"덤블도어 교수님은 늘 스네이프를 믿는 데는 철석같은 이유가 있다고 넌지시 말씀하시곤 했습니다." 맥고나걸 교수가 가장자리에 격자무늬가 들어간 손수건으로 눈물이 흐르는 눈가를 훔치며 중얼거렸다. "그러니까…… 스네이프의 이력도 그렇고…… 사람들이 의심하는 게 당연한데…… 하지만 덤블도어 교수님은 나한테 스네이프는 분명 진심으로 뉘우쳤다고 확실하게 말씀하셨어요……. 스네이프에게 불리한 말은 아예 듣지 않으려고 하셨습니다!"

"스네이프가 도대체 무슨 말을 했길래 덤블도어 교수님이 그렇게 굳은 믿음을 갖게 됐는지 정말 궁금하네요." 통스가 말했다.

"저는 알아요." 해리가 말했다. 모두가 고개를 돌려 그를 바라보았다. "볼드모트가 우리 엄마 아빠를 추적할 수 있도록 그자에게 정보를 넘긴 자가 바로 스네이프였어요. 그래 놓고 덤블도어 교수님한테 자기가 무슨 짓을 저지른 건지 몰랐다고, 그런 짓을 한 것을 정말 후회한다고 말하면서 두 분이 돌아가신 것을 안타까워했대요."

"그런데 덤블도어 교수님이 그 말을 믿었다고?" 루핀이 그랬을 리가 없다는 듯 말했다. "제임스가 죽어서 안타깝다는 스네이프의 말을 덤블도어 교수님이 믿었단 말이냐? 스네이프는 제임스를 증오했는데……."

"그리고 엄마도 하찮은 존재로 여겼죠." 해리가 말했다. "우리 엄마는 머글 태생이었으니까요. 그자는 엄마를 '머드블러드'라고 불렀어요……."

해리가 그 사실을 어떻게 알았는지 묻는 사람은 아무도 없었다. 모두가 사건의 어마어마한 진실을 받아들이려 애쓰며 엄청난 충격에 잠겨 있는 듯했다.

"이건 전부 내 잘못입니다." 맥고나걸 교수가 불쑥 입을 열었다. 그녀는 혼란에 빠진 듯 눈물 젖은 손수건을 배배 꼬았다. "내 잘못이에요. 오늘 밤 내가 필리우스한테 스네이프를 데려와 달라고 했습니다. 내가 스네이프에게 사람을 보내 빨리 와서 도와 달라고 말했다고요! 스네이프에게 무슨 일이 벌어지고 있는지 알리지 않았더라면 그자가 죽음을 먹는 자들에게 가세하는 일은 아예 없었을지도 모릅니다. 필리우스가 연구실에 가서 말해 주기 전까지는 죽음을 먹는 자들이 학교에 와 있다는 것도 몰랐을 거예요. 놈들이 오고 있는 줄도 몰랐을 텐데."

"교수님 잘못이 아닙니다." 루핀이 단호하게 말했다. "우리한테는 더 많은 도움이 필요했습니다. 스네이프가 도와주러 오는 줄 알고 다들 기뻐했잖아요……."

"그러니까, 스네이프가 싸움터에 도착해서 죽음을 먹는 자들 편에 가담했다는 건가요?" 스네이프의 이중성과 파렴치함을 낱낱이 파헤치려는 마음에 해리가 물었다. 그는 스네이프를 증오하고 그자에게 복수를 맹세할 구실을 하나라도 더 찾고 싶었다.

"정확히 무슨 일이 벌어졌는지는 모르겠다." 맥고나걸 교수가 마음이 산란한 듯 말했다. "모든 게 너무 혼란스럽구나……. 덤블도어 교수님은 우리에게 당신은 몇 시간 정도 학교를 비울 테니 만약을 대비해서 복도를 순찰해야 한다고 말씀하셨다……. 리머스, 빌, 님파도라가 우리와 함께하기로 되어 있었어. 그래서 우리는 순찰을 했다. 모든 게 고요하기만 했지. 우린 학교 밖으로 나가는 모든 비밀 통로를 감시했어. 우리가 알기로는 누구도 빗자루를 타고 학교로 날아들어 올 수 없었고. 성의 입구마다 강력한 마법이 걸려 있었지. 난 아직도 죽음을 먹는 자들이 대체 어떻게 들어올 수 있었는지 모르겠다……."

"그건 제가 알아요." 해리가 말했다. 그는 사라지는 캐비닛 한 쌍과 그것들이 서로 연결되어 만들어지는 마법 통로에 대해 간단히 설명했다. "그자들은 그런 식으로 필요의 방으로 들어온 거예요."

해리는 무심결에 론과 헤르미온느를 힐끔 바라보았다. 둘 다 큰 충격을 받은 표정이었다.

"내가 일을 망쳤어, 해리." 론이 암담한 목소리로 말했다. "우린 네가 말한 대로 했어. 도둑 지도를 살펴보다가 말포이가 보이지 않길래 그 자식이 필요의 방에 있는 게 틀림없다고 생각했어. 그래서 나랑 지니, 네빌이 그곳을 지켜보러 갔고……. 근데 말포이가 우리를 따돌렸어."

"우리가 지켜보기 시작한 지 한 시간쯤 지난 뒤에 필요의 방에서 나오더라." 지니가 말했다. "혼자 있었어. 그 괴상하게 쭈그러든 팔을 움켜쥐고……."

"영광의 손 말이야." 론이 말했다. "들고 있는 사람한테만 빛을 비춰 주는 그거, 기억나지?"

"아무튼" 하고, 지니가 말을 이었다. "분명 말포이는 죽음을 먹는 자들이 밖으로 나오기 전에 주위에 장애물은 없는지 확인했던 걸 거야. 걔가 우리를 보자마자 공중에 뭔가를 던지니까 사방이 온통 깜깜해졌거든."

"페루산 즉석 암흑 가루였어." 론이 씁쓸하게 말했다. "프레드랑 조지의 작품이지. 대체 사려는 사람이 누군지는 알고 물건을 파는 건지 따져야겠어."

"우리는 온갖 마법을 써 봤어. '루모스'에, '인센디오'에……." 지니가 말했다. "하지만 어떤 마법도 그 어둠을 밝히지 못했어. 우리가 할 수 있는 거라곤 손으로 앞을 더듬거리면서 그 복도를 빠져나오는 것뿐이었지. 그러는 동안 사람들이 우리를 지나쳐서 달려가는 소리가 들렸어. 말포이는 그 손인지 뭔지 하는 것 때문에 확실히 앞을 볼 수 있었고 그걸로 그 사람들을 안내하고 있었어. 하지만 우리는 혹 서로를 맞히게 될까 봐 저주든 뭐든 감히 쓸 수가 없었어. 그리고 마침내 밝은 복도에 도착했을 때 놈들은 이미 사라지고 없었어."

"다행히……." 루핀이 쉰 목소리로 말했다. "론, 지니, 네빌과 곧바로 마주친 덕분에 우리는 무슨 일이 벌어졌는지

다 알게 됐다. 그러고 조금 이따가 죽음을 먹는 자들이 천문탑 쪽으로 가는 걸 발견했지. 말포이는 분명 더 많은 사람이 감시하고 있었을 거라고는 예상 못 했을 거야. 어쨌든 가지고 있던 암흑 가루는 다 써 버린 것 같았지. 싸움이 시작되자 그자들은 사방으로 흩어졌고 우리는 추격을 시작했다. 그중 한 명인 기번이 우리의 포위망을 빠져나가서 천문탑 계단을 올라갔어."

"어둠의 징표를 쏘아 올리려고요?" 해리가 물었다.

"그래, 틀림없이 그랬겠지. 필요의 방을 나서기 전에 미리 계획을 세워 두었을 거야." 루핀이 말했다. "하지만 기번은 천문탑 위에서 혼자 덤블도어를 기다리고 싶지는 않았던 것 같아. 싸움에 가담하려고 다시 계단을 달려 내려오다가 나를 아슬아슬하게 비껴간 살해 저주에 맞고 말았거든."

"론이 지니, 네빌과 함께 필요의 방을 감시하고 있었다면……." 해리가 헤르미온느에게 고개를 돌리며 말했다. "넌……?"

"그래, 스네이프의 연구실 앞을 지키고 있었어." 헤르미온느가 눈에 눈물이 그렁그렁한 채 속삭였다. "루나랑 같이. 우린 연구실 앞을 엄청 오래 서성거리고 있었는데 아무 일도 일어나지 않았어……. 도둑 지도는 론이 갖고 있었으니까 위층에서 무슨 일이 벌어지는지도 몰랐고……. 플리트윅 교수님이 지하 감옥으로 달려 내려오신 건 자정이 다 되었을 때였어. 성에 죽음을 먹는 자들이 들어왔다고 소리치고 계셨는데, 루나랑 내가 거기 있다는 건 알아채지 못하신 것 같아. 그냥 스네이프의 연구실로 뛰어들어가셔서 스네이프한테 자기랑 같이 가서 도와야 한다고 말씀하시는 소리가 들렸어. 그런 다음 쿵 하는 요란한 소리가 들리더니 스네이프가 연구실에서 뛰어나오다가 우리를 봤고…… 그리고……."

"그리고 뭐?" 해리가 그녀를 재촉했다.

"내가 너무 멍청했어, 해리!" 헤르미온느가 새된 목소리로 속삭였다. "스네이프는 플리트윅 교수님이 쓰러졌다면서 우리한테 연구실에 들어가서 그분을 돌봐 드리라고 했어. 자기는 가서 죽음을 먹는 자들과 싸우는 걸 돕겠다고……."

그녀는 부끄러움에 얼굴을 가리더니 손가락 사이로 말을 이었다. 그 바람에 말소리를 알아듣기가 어려웠다.

"우리는 플리트윅 교수님을 도와 드리려고 스네이프의 연구실로 들어갔어. 그리고 교수님이 정신을 잃고 바닥에 쓰러져 있는 걸 봤어……. 그리고, 아, 지금 생각해 보니 너무 뻔한 일이야. 스네이프가 플리트윅 교수님한테 기절 마법을 건 거야. 하지만 그때는 몰랐어, 해리. 그때는 몰랐다고. 우린 그냥 스네이프가 가도록 내버려 둔 거야!"

"네 잘못이 아니다." 루핀이 단호하게 말했다. "헤르미온느, 네가 스네이프 말에 순순히 비키지 않았더라면 그자는 아마 너와 루나를 죽였을 거야."

"그래서, 그다음에 위로 올라온 거구나." 해리가 말했다. 그는 마음속 눈으로 대리석 계단을 달려 올라가는 스네이프를 지켜보았다. 언제나처럼 등 뒤로 검은색 로브를 펄럭이며, 계단을 오르는 길에 망토 아래서 마법 지팡이를 꺼내 든 그를……. "그리고 다들 싸움을 벌이고 있던 장소를 발견했고……."

"힘든 상황이었어. 우리가 밀리고 있었거든." 통스가 나직한 목소리르 말했다. "기번은 쓰러졌지만 나머지 죽음을 먹는 자들은 죽기를 각오하고 싸우는 것처럼 보였어. 네빌은 다치고, 빌은 그레이백에게 무자비하게 공격당하고…… 온틍 어두운 데다 사방으로 저주가 날아다니고…… 그 와중에 말포이 녀석이 사라진 거야. 그 자리를 몰래 빠져나가 계단을 통해 천문탑으로 올라간 게 틀림없었지. 그다음 더 많은 자들이 그 애를 뒤쫓아 뛰어갔고 그중 한 명이 무슨 저주를 걸어서 계단을 막았어……. 네빌이 거기에 뛰어들었다가 공중에 내팽개쳐지고 말았지."

"아무도 거길 뚫고 지나갈 수가 없었어." 론이 말했다. "그 덩치 큰 죽음을 먹는 자가 여전히 사방에 저주를 날리고 있었고, 그 마법들이 벽에 맞고 튕겨 나와서 우리를 아슬아슬하게 비껴갔어."

"그때 스네이프가 온 거야." 통스가 말했다. "그러더니 금방 사라졌어……."

"스네이프가 우리한테 달려오는 걸 봤는데, 그 직후에 그 덩치 큰 죽음을 먹는 자가 날린 저주가 나를 스쳐 지나가는 바람에 몸을 숙여야 했고 그때부터는 어떻게 됐는지 알 수가 없었어." 지니가 말했다.

"내가 보니까 스네이프는 저주로 만든 방어막이 아예 거기에 있지도 않은 것처럼 곧장 지나쳐 달려가더구나." 루핀이 말했다. "내가 뒤를 쫓으려 했지간 네빌과 마찬가지로 내동댕이쳐지고 말았지."

"우리가 모르는 주문을 알고 있었던 게 틀림없습니다." 맥고나걸이 속삭였다. "어쨌거나, 스네이프는 어둠의 마법 방어법 교수였으니까요……. 난 그냥 스네이프가 천문탑으로 도망친 죽음을 먹는 자들을 쫓는 줄만 알았는데……."

"그랬죠." 해리가 매섭게 말했다. "놈들을 막으려는 게 아니라 돕기 위해서였지만요……. 그리고 장담하는데, 그 방어막을 지나가려면 어둠의 징표가 있어야 했을 거예요. 아무튼, 스네이프? - 다시 내려온 다음에는 어떻게 됐어요?"

"그 덩치 큰 죽음을 먹는 자가 그 순간 공격 마법을 마구 날려서 천장을 반쯤 무너뜨리고 계단을 막고 있던 저주도 깨뜨렸다." 루핀이 말했다. "우린 모두 앞으로 달려갔어. 어쨌거나, 그때까지 버티고 있던 사람들은 말이다. 그때 스네이프랑 그 말도이 녀석이 먼지구덩이 속에서 튀어나왔다. 당연히 우리 중 누구도 그들을 공격하지 않았지."

"그냥 지나가게 놔뒀어." 통스가 공허한 목소리로 말했다. "그 둘이 죽음을 먹는 자들에게 쫓기고 있는 거라고 생각했거든. 그다음엔 또 다른 죽음을 먹는 자들과 그레이백이 나타나서 우린 다시 싸움을 벌였지. 스네이프가 뭐라고 소리치는 걸 들은 것 같은데, 뭐라고 했는지는 모르겠어."

"'끝났다'라고 소리쳤어요." 해리가 말했다. "하려던 일을 끝냈으니까."

모두 침묵에 휩싸였다. 폭스가 부르는 비가가 아직도

창밖 어두운 교정에 메아리치고 있었다. 그 노래가 허공에 울려 퍼지는 가운데, 예상치 못한 데다가 달갑지도 않은 생각들이 해리의 머릿속으로 슬금슬금 밀려들어 왔다……. 사람들이 덤블도어 교수님의 시신을 탑 아래에서 모셔 왔을까? 그다음에는 어떻게 할까? 덤블도어 교수님은 어디에 묻히지? 그는 주머니 속에서 주먹을 꽉 쥐었다. 오른손 손마디에 작고 차가운 가짜 호크룩스가 닿았다.

병동 문이 벌컥 열리는 바람에 모두가 깜짝 놀라 펄쩍 뛰었다. 위즐리 부부가 병동 안으로 허겁지겁 걸어 들어왔고 플뢰르가 그들을 바로 뒤따라 들어왔다. 그녀의 아름다운 얼굴은 잔뜩 겁에 질려 있었다.

"몰리…… 아서……." 맥고나걸 교수가 벌떡 일어나 그들을 맞이했다. "뭐라고 해야 할지……."

"빌." 위즐리 부인은 엉망진창이 된 빌의 얼굴을 보자마자 맥고나걸 교수를 쏜살같이 지나쳐 침대로 다가가며 속삭였다. "아, 빌!"

루핀과 통스가 재빨리 일어나 위즐리 부부가 침대에 가까이 다가갈 수 있도록 물러났다. 위즐리 부인은 아들 위로 몸을 숙이고 피투성이가 된 이마에 입술을 가져다 댔다.

"그레이백한테 공격을 당했다고 하셨습니까?" 위즐리

씨가 정신 나간 사람처럼 맥고나걸 교수에게 물었다. "그런데 놈이 변신한 상태는 아니었다고요? 그게 무슨 뜻입니까? 빌은 어떻게 되는 거죠?"

"아직 모릅니다." 맥고나걸 교수가 힘없이 루핀 쪽을 바라보며 말했다.

"아마 어느 정도 감염이 됐을 겁니다, 아서." 루핀이 말했다. "이건 특수한 경우예요. 유일한 경우일지도 모르죠……. 빌이 깨어났을 때 어떤 행동을 보일지는 알 수가 없습니다."

위즐리 부인이 폼프리 선생에게서 고약한 냄새가 나는 연고를 받아 들고 빌의 상처에 살살 바르기 시작했다.

"그리고 덤블도어 교수님이……." 위즐리 씨가 말했다. "미네르바, 그게 사실입니까……? 그분이 정말로……?"

맥고나걸 교수가 고개를 끄덕일 때 해리는 지니가 옆을 지나가는 것을 느끼고 그녀를 바라보았다. 그녀는 살짝 가늘게 뜬 눈으로, 빌을 내려다보는 플뢰르의 딱딱한 얼굴을 빤히 쳐다보고 있었다.

"덤블도어 교수님이 돌아가셨다니." 위즐리 씨가 중얼거렸지만 위즐리 브인의 눈에는 그녀의 맏아들밖에 보이지 않는 것 같았다. 그녀가 흐느껴 울기 시작하자 엉망진창이

된 빌의 얼굴 위로 눈물이 뚝뚝 떨어졌다.

"물론 빌의 얼굴이 어떻게 되든 그건 중요하지 않아……. 외모는 저, 정말로 중요한 게 아니니까……. 하지만 그렇게 잘생긴 어, 얼굴이…… 정말 잘생긴 아이였는데…… 곧 겨, 결혼도 하려고 했는데!"

"그게 무슨 뜻이죠?" 플뢰르가 불쑥 큰 소리로 내뱉었다. "결혼을 하려고 했다니 그게 무슨 뜻이에요?"

위즐리 부인은 깜짝 놀란 표정을 지으며 눈물로 얼룩진 얼굴을 들었다.

"그거야…… 그냥……."

"빌이 더 이상 저랑 결혼하길 윙하지 않을 거라고 생각하시능 겅가요?" 플뢰르가 따지듯 물었다. "늑대인간항테 물린 상처 때뭉에 절 사랑하지 않을 거라고 생각하세요?"

"아니, 그런 뜻이 아니라……."

"빌응 여전히 저를 사랑할 거예요!" 플뢰르는 몸을 꼿꼿이 세우고 은빛 도는 풍성한 금발을 뒤로 젖히며 말했다. "늑대인간 따위가 저에 대항 빌의 사랑을 막을 수능 없다고요!"

"뭐, 그래. 나도 그렇게 생각한다." 위즐리 부인이 말했다. "하지만 내 생각엔 어쩌면…… 빌이 저렇게…… 저렇게 돼서……."

"제가 빌이랑 결혼하고 싶어 하지 않을 거라 생각하싱 겅가요?" 플뢰르는 화가 나서 씩씩거리며 말했다. "빌의 얼굴이 어떻게 되등 제가 그걸 상관할 것 같응가요? 우리 둘항테는 제 아름다움만으로도 충분하다고 생각해요! 이 흉터들응 제 남편이 용감한 사람이라능 걸 보여 주능 증거예요! 그리고 약 발라 주능 건 제가 할게요!" 그녀는 사납게 덧붙이더니 의즐리 부인을 옆으로 밀치고 연고를 빼앗아 들었다.

위즐리 부인은 뒤로 밀려나 남편에게 기댄 채 아주 묘한 표정을 지으며, 플뢰르가 빌의 상처를 닦아 주는 모습을 지켜보았다. 누구도 입을 열지 않았다. 해리는 감히 움직일 수가 없었다. 모두와 마찬가지로 그 또한 뭔가 터져 나오기를 기다리고 있었다.

"우리 뮤리엘 왕고모님께……." 위즐리 부인이 꽤 오랜 침묵 끝에 입을 열었다. "아주 아름다운 왕관 머리 장식이 있단다. 고블린이 만든 거야. 내가 말씀드리면 결혼식 때 너에게 그걸 빌려주실 거야. 뮤리엘 왕고모님은 빌을 매우 예뻐하시거든. 네 머리카락이랑 잘 어울려서 아주 사랑스러워 보일 거야."

"고맙습니다." 플뢰르가 딱딱한 목소리로 말했다. "분명 사랑스럽겠죠."

다음 순간, 두 여자는 울면서 서로를 껴안고 있었다. 해리는 어쩌다 그런 일이 일어났는지 정확히 이해할 수 없었다. 그는 세상이 이상하게 돌아가는 건 아닐까 궁금해하면서 한껏 당황한 얼굴을 딴 데로 돌렸다. 론은 해리만큼이나 충격을 받은 표정이었고, 지니와 헤르미온느는 놀란 눈길을 주고받고 있었다.

"봐!" 왠지 절박하게 들리는 어떤 목소리가 말했다. 통스가 루핀을 노려보고 있었다. "빌이 물렸는데도 결혼하고 싶어 하잖아! 상관하지 않는다고!"

"이건 경우가 달라." 루핀은 갑자기 긴장한 얼굴로 입술을 거의 움직이지 않고 말했다. "빌은 완전한 늑대인간이 되지는 않을 거야. 엄연히 경우가……."

"하지만 나도 상관없어. 상관없다고." 통스가 루핀의 로브 앞자락을 쥐고 흔들어 대며 말했다. "백만 번은 말했잖아……."

그러자 형태가 변한 통스의 패트로누스와 그녀의 쥐색 머리카락, 누군가가 그레이백에게 공격을 당했다는 소문이 돌았을 때 그녀가 덤블도어를 만나려고 황급히 달려온 이유가 해리의 머릿속에서 선명해졌다. 통스가 사랑에 빠진 사람은 시리우스가 아니었던 것이다.

"나도 백만 번은 말했어." 루핀은 통스와 눈을 마주치지 않으려고 바닥을 뚫어지게 바라보며 말했다. "난 당신에 비해 너무 나이가 많고, 너무 가난하고…… 너무 위험하고……."

"당신이 이 문제에 대해 터무니없는 변명만 늘어놓고 있다고 내가 누누이 말했죠, 리머스." 플뢰르의 등을 토닥여 주던 위즐리 부인이 그녀의 어깨 너머로 말했다.

"터무니없는 변명을 하는 게 아닙니다." 루핀이 꿋꿋하게 말했다. "통스는 더 젊고 멀쩡한 사람과 함께할 자격이 있어요."

"하지만 통스는 당신을 원하잖아요." 위즐리 씨가 살짝 미소를 지으며 달했다. "그리고 어쨌거나, 리머스, 젊고 멀쩡한 사람이라도 언제까지나 그 상태일 거라는 보장은 없어요." 그는 그들 사이에 누워 있는 자기 아들을 애처롭게 손짓했다.

"지금은…… 그런 얘기를 할 때가 아닙니다." 루핀은 모두의 눈길을 피하면서 심란한 듯 주위를 둘러보았다. "덤블도어 교수님이 돌아가셨어요……."

"덤블도어 교수님은 이 세상에 서로 사랑하는 사람들이 조금이라도 더 존재한다는 걸 알면 누구보다도 기뻐하셨을 겁니다." 맥고나걸 교수가 딱 잘라 말했다. 바로 그때 병동 문이 열리며 해그리드가 들어왔다.

그의 얼굴에서 머리카락이나 턱수염에 가려지지 않은 얼마 안 되는 부분은 눈물로 흠뻑 젖고 퉁퉁 부어 있었다. 그는 큼직한 물방울무늬 손수건을 든 채 눈물을 흘리며 몸을 부르르 떨고 있었다.

"마…… 마무리했습니다, 교수님." 그가 목멘 목소리로 말했다. "오, 옮겨 드렸어요. 스프라우트 교수님이 학생들을 침실로 돌려보냈고요. 플리트윅 교수님은 누워 계시지만 조금만 있으면 괜찮아지실 거라고 하고, 슬러그혼 교수님은 정부에 연락을 취하셨다고 했어요."

"애썼습니다, 해그리드." 맥고나걸 교수가 곧바로 의자에서 일어서더니 침대 주위에 모여 있는 사람들을 둘러보며 말했다. "정부에서 사람들이 오면 내가 그들을 맞이해야 할 겁니다. 해그리드, 기숙사 담임 교수님들한테…… 슬리데린 기숙사는 슬러그혼 교수님이 대신 맡아 줄 수 있을 겁니다. 즉시 내 연구실에서 만나 뵈었으면 좋겠다고 전해 주세요. 당신도 같이 참석했으면 좋겠습니다."

해그리드가 고개를 끄덕이며 돌아서서 힘없이 걸어 나가자 맥고나걸 교수가 해리를 내려다보았다.

"교수님들을 만나기 전에 잠깐 얘기 좀 나눴으면 좋겠구나, 해리. 같이 가- 주겠니……?"

해리는 자리에서 일어나 론과 헤르미온느와 지니에게 "좀 있다 보자"라고 중얼거리고는 맥고나걸 교수를 따라 병동을 나섰다. 병동 바깥의 복도는 텅 비어 있었고, 들리는 것이라고는 으직 아득히 울려 퍼지는 불사조의 노랫소리뿐이었다. 그들이 지금 향하고 있는 곳이 맥고나걸 교수의 연구실이 아니라 덤블도어의 연구실이라는 사실을 해리가 알아차린 건 시간이 조금 지나서였다. 그리고 곧, 당연히 맥고나걸 교수가 교장 대행이 되었다는 사실도 깨달았다……. 이제 그녀는 분명 교감이 아니라 교장이었다……. 그러니 가고일 석상이 지키고 있는 연구실도 이제 그녀의 것이었다…….

그들은 아무 말 없이 움직이는 나선형 계단을 타고 올라가 둥근 연구실에 들어섰다. 해리는 자신이 뭘 기대했던 건지 알 수가 없었다. 연구실에 검은 휘장이 둘러져 있거나, 어쩌면 덤블도어의 시신이라도 안치되어 있을지 모른다고 생각했을까? 사실 연구실은 겨우 몇 시간 전 그와 덤블도어가 그곳을 떠날 때와 거의 똑같은 모습이었다. 은제 기구들은 다리가 가는 탁자들 위에서 웅웅거리며 증기를 뿜어냈고, 유리 상자에 들어 있는 그리핀도르의 검이 달빛을 받아 빛나고 있었으며, 기숙사 배정 모자는 책상 뒤 선반에 놓여 있었다. 하지만 폭스의 횃대는 비어 있었다. 폭스는 아직도 교정을 향해 애도의 노래를 부르고 있었다. 그리고 세상을 떠난 역대 호그와트 교장들 사이에 새로운 초상화가 더해져 있었다……. 책상 의에 있는 황금색 액자 속에서 덤블도어가 꾸벅꾸벅 졸고 있었다. 구부러진 코에 반달 안경을 걸친 채 평화롭고 아무 걱정 없는 표정으로…….

맥고나걸 교수는 그 초상화를 한차례 힐끗 쳐다본 다음 마음을 다잡듯 이상한 동작을 취하고 책상을 빙 돌아가서 해리를 바라보았다. 팽팽하게 긴장한 얼굴에 주름이 잔뜩 져 있었다.

"해리." 그녀가 말했다. "너랑 덤블도어 교수님이 오늘 저녁 학교를 비우고 뭘 하고 있었던 건지 알고 싶구나."

"그건 말씀드릴 수 없어요, 교수님." 해리가 말했다. 그는 이 질문을 예상했고 이미 대답을 준비해 두었다. 덤블도어는 바로 이 방에서 그에게 론과 헤르미온느 외에는 누구에게도 수업 내용에 대해 털어놔서는 안 된다고 말했다.

"해리, 중요한 일일지도 모른다." 맥고나걸 교수가 다시 말했다.

"중요한 일 맞아요." 해리가 말했다. "아주 중요한 문제예요. 하지만 덤블도어 교수님이 아무한테도 말하지 말라고 하셨어요."

맥고나걸 교수가 그를 뚫어지게 바라보았다.

"포터. (해리는 그녀가 그를 다시 '포터'라는 성으로 불렀다는 사실을 깨달았다.) 덤블도어 교수님이 돌아가셨으니 너도 상황이 조금 달라졌다는 사실을 알아야 할 거다."

"저는 그렇게 생각하지 않아요." 해리가 어깨를 으쓱하며 말했다. "덤블도어 교수님은 당신이 돌아가시면 더 이상 지시를 따르지 않아도 된다고 말씀하신 적 없어요."

"하지만……."

"하지만 정부 사람들이 도착하기 전에 교수님이 꼭 아셔야 할 게 한 가지 있어요. 로즈메르타 씨는 임페리우스 저주에 걸려 있어요. 로즈메르타 씨가 말포이와 함께 죽음을 먹는 자들을 돕고 있었어요. 그래서 그 목걸이랑 독을 탄 벌꿀술이……."

"로즈메르타가?" 맥고나걸 교수가 믿을 수 없다는 듯 말했다. 하지만 그녀가 말을 이을 새도 없이 뒤에서 문 두드리는 소리가 들리더니 스프라우트, 플리트윅, 슬러그혼 교수가 터덜터덜 연구실 안으로 들어왔다. 여전히 눈물을 펑펑 쏟아 내고 있는 해그리드가 거대한 몸을 슬픔으로 부르르 떨며 그 뒤를 따랐다.

"스네이프가!" 슬러그혼이 다짜고짜 내뱉었다. 그는 누구보다도 충격받은 얼굴로 하얗게 질린 채 땀을 뻘뻘 흘리고 있었다. "스네이프 그놈이! 내가 그 녀석을 가르쳤어! 그놈을 잘 안다고 생각했는데!"

하지만 누군가가 대꾸할 겨를도 없이 벽 저 높은 곳에서 날카로운 목소리가 들려왔다. 검은색 머리카락에 앞머리를 짧게 자른 병색이 완연한 얼굴의 남자 마법사가 비어 있던 자기 캔버스로 막 돌아온 것이다.

"미네르바, 곧 총리가 도착할 거요. 방금 정부에서 순간이동 하더이다."

"고맙습니다, 에버라드." 맥고나걸 교수가 답례하고는 재빨리 교수들을 향해 눈을 돌렸다.

"총리가 도착하기 전에 호그와트를 어떻게 할지 얘기해 봤으면 합니다." 그녀가 빠르게 말을 이었다. "저는 개인적으로 다음 학기에 과연 학교를 열어야 할지 확신이 서지 않습니다. 우리 동료 교수 중 한 사람의 손에 교장 선생님이 목숨을 잃은 일은 호그와트의 역사에 남을 치명적인 오점입니다. 너무나 끔찍한 일이에요."

"덤블도어 교수님이라면 분명 학교를 계속 열어 놓기를 바라셨을 거예요." 스프라우트 교수가 말했다. "단 한 명의 학생이라도 오고 싶어 한다면 학교는 그 학생을 위해 문을 열어 놔야 한다고 생각합니다."

"하지만 이런 일이 있었는데 학교에 오고 싶어 하는 학생이 한 명이라도 있겠소?" 슬러그혼이 이제는 땀이 흐르는 이마를 비단 손수건으로 가볍게 훔치며 말했다. "학부모들은 자식을 곁에 붙잡아 두고 싶어 할 거고, 그걸 탓할 수도 없소. 나야 개인적으로 호그와트가 다른 곳보다 특별히 더 위험할 거라고는 생각하지 않지만 학부모들도 그렇게 생각하기를 기대할 수는 없지. 그들은 가족끼리 모여 있고 싶어 할 거요. 그건 자연스러운 일이지."

"저도 같은 의견입니다." 맥고나걸 교수가 말했다. "어쨌거나 덤블도어 교수님께서 호그와트가 문을 닫는 상황을 한 번도 그려 보지 않았다고 하면 그건 사실이 아니겠지요. 비밀의 방이 다시 열렸을 때 덤블도어 교수님은 학교를 닫는 것까지 그려했었습니다. 그리고 저에게는 덤블도어 교수님이 살해당한 일이 성안 깊숙한 곳에 슬리데린의 괴물이 살고 있다는 소식보다 더 충격적입니다……."

"학교 이사들과 의논해야 해요." 플리트윅 교수가 특유의 꽥꽥거리는 목소리로 작게 말했다. 그는 이마에 큰 멍자국이 있었지만 그 외에는 스네이프의 연구실에서 당한 일로 상처를 입지는 않은 것 같았다. "정해진 절차를 따라야지요. 성급하게 결정해서는 안 됩니다."

"해그리드, 당신은 아무 말도 하지 않는군요." 맥고나걸 교수가 말했다. "어떻게 생각합니까? 호그와트를 계속 열어 두어야 할까요?"

대화가 계속되는 동안에도 큼직한 물방울무늬 손수건에 얼굴을 묻고 조용히 흐느끼고 있던 해그리드가 이제야 빨갛게 부은 눈을 들고 쉰 목소리로 말했다. "잘 모르겠습니다, 교수님…… 그건 기숙사 담임 교수님들과 교장 선생님이 결정하실 일이라……."

"덤블도어 교수님은 항상 당신의 의견을 귀담아들으셨습니다." 맥고나걸 교수가 다정하게 말했다. "나도 마찬가지고요."

"글쎄요, 저는 남을 겁니다." 해그리드가 말했다. 여전히 그의 눈에서 굵직한 눈물이 흘러나와 엉킨 턱수염으로 흘러내리고 있었다. "호그와트는 제 집이에요. 열세 살 때부터 쭉 그랬죠. 그리고 저에게 배우고 싶어 하는 아이들이 있다면, 전 가르칠 겁니다. 하지만…… 모르겠어요……. 덤블도어 교수님이 안 계신 호그와트라니……."

그가 침을 꿀꺽 삼키고는 또 한 번 손수건에 얼굴을 묻자 한동안 침묵이 이어졌다.

"잘 알겠습니다." 맥고나걸 교수가 창밖의 교정을 쓱 내다보고 총리가 오고 있는지 확인하면서 말을 이었다. "그럼 저는 이사들과 의논하는 게 옳다는 필리우스의 의견에 따르도록 하지요. 이사들이 최종 결정을 내릴 겁니다. 그리고 학생들을 집으로 돌려보내는 문제는…… 늦추기보다 빨리 처리하는 게 좋다는 의견이 있습니다. 필요하다면, 내일이라도 호그와트 급행열차가 오도록 조치할 수 있……."

"덤블도어 교수님의 장례식은요?" 해리가 마침내 입을 열었다.

"글쎄……." 활기가 조금씩 줄어들면서 맥고나걸 교수가 떨리는 목소리로 말했다. "내가…… 내가 알기로 덤블도어 교수님은 이곳, 호그와트에 묻히길 바라셨지만……."

"그럼 그렇게 하면 되잖아요?" 해리가 격한 어조로 말했다.

"정부에서 그것이 적절하다고 판단하면 그럴 수 있다." 맥고나걸 교수가 말했다. "다른 교장 선생님은 어떤 분도……."

"어떤 교장 선생님도 덤블도어 교수님만큼 이 학교에 헌신하지는 않았어요." 해그리드가 거칠게 내뱉었다.

"덤블도어 교수님의 마지막 안식처는 호그와트가 되어야 해요." 플리트윅 교수가 말했다.

"그렇고말고요." 스프라우트 교수가 맞장구를 쳤다.

해리가 말했다. "그렇다면, 장례식이 끝날 때까지는 학생들을 집으로 돌려보내시면 안 돼요. 다들 하고 싶은 말이…… 그러니까……."

마지막 말이 목구멍에 걸려 나오지 않았지만 스프라우트 교수가 해리 대신 문장을 맺어 주었다.

"작별 인사 말이구나."

"말 한번 잘했다." 플리트윅 교수가 꽥꽥거렸다. "정말 잘했어! 우리 학생들은 경의를 표해야 해요. 그게 맞아요. 집으로 돌아가는 방법은 언제든지 마련할 수 있어요."

"저도 같은 의견입니다." 스프라우트 교수가 힘주어 말했다.

"내 생각에는…… 그래요……." 슬러그혼이 조금 고민되는 목소리로 말했고, 해그리드는 동의한다는 뜻으로 숨 막힌 듯 흐느끼는 소리를 냈다.

"오고 있군요." 맥고나걸 교수가 교정을 내려다보며 불쑥 말했다. "총리가…… 보아하니, 파견단을 이끌고 온 것 같습니다……."

"전 가도 될까요, 교수님?" 해리가 곧바로 물었다.

오늘 밤에는 루퍼스 스크림저를 만나거나 그에게 취조당하고 싶은 마음이 전혀 없었다.

"가도 좋다." 맥고나걸 교수가 말했다. "서두르거라."

그녀는 성큼성큼 걸어가 해리를 위해 문을 열어 주었다. 해리는 빠르게 나선형 계단을 내려가서 텅 빈 복도로 접어들었다. 투명 망토를 천문탑 꼭대기에 두고 왔지만, 상관없었다. 복도에는 그가 지나가는 것을 볼 사람이 아무도 없었다. 필치도, 느리스 부인도, 피브스도 보이지 않았다. 그는 그리핀도르 휴게실로 향하는 통로에 다다를 때까지 누구와도 마주치지 않았다.

"사실이냐?" 그가 다가가자 뚱뚱한 귀부인이 속삭였다. "그게 정녕 사실이냐? 덤블도어가…… 죽었다는 게?"

"네." 해리가 대답했다.

그녀는 소리 내어 울부짖더니, 암호를 듣지도 않고 앞으로 홱 젖혀져 해리를 들여보내 주었다.

예상한 대로 휴게실은 사람들로 북적였다. 그가 초상화 구멍으로 들어오자 순간 휴게실이 찬물을 끼얹은 듯 조용해졌다. 딘과 셰이머스가 근처에 다른 아이들과 함께 앉아 있는 게 보였다. 이는 틀림없이 침실이 텅 비어 있거나, 아니면 거의 비어 있을 거라는 뜻이었다. 해리는 누구에게도 말을 걸지 않고, 누구와도 눈을 마주치지 않고 곧장 휴게실을 가로질러 남학생 기숙사로 통하는 문으로 들어갔다.

그가 바라던 대로 론이 아직 옷도 갈아입지 않고 침대에 앉아 기다리고 있었다. 해리가 자신의 사주식 침대에 앉자 그들은 잠깐 동안 그저 서로를 바라보았다.

"학교를 닫는다는 얘기가 나왔어." 해리가 말했다.

"루핀이 그럴 거라고 하더라." 론이 말했다.

잠시 침묵이 흘렀다.

"그래서?" 가구들이 엿듣기라도 한다는 것처럼 론이 아주 나지막한 목소리로 물었다. "찾았어? 갖고 왔어? 그…… 호크룩스 말이야."

해리는 고개를 저었다. 그 검은 호수에서 일어난 모든 일이 이제는 오래된 악몽처럼 느껴졌다. 그런 일이 일어난 게 정말로 겨우 몇 시간 전이란 말인가?

"못 가져왔다고?" 론이 의기소침해진 표정으로 물었다. "거기에 없었어?"

"응." 해리가 대답했다. "누가 벌써 가져가고, 그 자리에다가 가짜를 남겨 뒀어."

"벌써 가져갔다고?"

해리는 말없이 주머니에서 가짜 로켓을 꺼내 뚜껑을 열고 론에게 건네주었다. 자세한 이야기는 나중에도 할 수 있었다……. 오늘 밤에는 전혀 중요하지 않은 이야기였다……. 끝, 그 의기 없는 모험의 끝, 덤블도어 삶이 끝났다는 사실 말고는 어떤 것도 중요하지 않았다…….

"R.A.B." 론이 중얼거렸다. "그런데 이 사람은 누굴까?"

"모르겠어." 해리는 옷을 입은 그대로 침대에 벌렁 드러누워 멍하니 위를 바라보았다. 그는 R.A.B.가 누구인지 전혀 궁금하지 않았다. 앞으로 다시 호기심을 느끼기는 할지 의심스러웠다. 가만히 누워 있던 해리는 문득 교정이 조용해진 것을 깨달았다. 어느새 폭스의 노랫소리가 멈춰 있었다.

그리고 그는, 그걸 어떻게 알았는지는 모르겠지만, 불사조가 떠나 버렸다는 것을 깨달았다. 폭스는 호그와트를 영원히 떠나 버렸다. 덤블도어가 학교를, 이 세상을…… 해리 곁을 떠나 버린 것처럼.

30장
하얀무덤

　수업이 모두 중단되고 시험도 전부 연기되었다. 이어지는 며칠 사이 몇몇 학생이 부모들의 손에 이끌려 허둥지둥 호그와트를 떠났다. 쌍둥이 파틸 자매는 덤블도어가 죽은 다음 날, 아침 식사 시간이 되기도 전에 가 버렸고, 재커라이어스 스미스는 거만해 보이는 그의 아버지가 직접 성에서 데리고 나갔다. 한편 셰이머스 피니건은 학교로 찾아온 어머니와 함께 집으로 돌아가기를 대놓고 거부했다. 두 사람은 현관홀에서 큰 소리로 말다툼을 벌였고, 그 다툼은 셰이머스의 어머니가 아들에게 장례식이 끝날 때까지 학교에 남아 있어도 된다고 허락했을 때에야 일단락되었다. 셰이머스가 해리와 론에게 해 준 말에 따르면 셰이머스의 어머니는 호그스미드에서 숙소를 잡느라 무척 애를 먹었다. 수많은 마법사가 덤블도어의 장례식에 참석하고자 마을로 쏟아져 들어왔던 것이다.

장례식 전날 늦은 오후, 날개 달린 거대한 팔로미노 말 열두 마리가 끄는 집채만 한 담청색 마차가 하늘에서 날아와 금지된 숲 가장자리에 내려앉자, 지금껏 그런 광경을 한 번도 본 적 없는 저학년 학생들 사이에서 흥분이 일었다. 해리는 창문을 통해 올리브빛 피부에 검은 머리카락을 가진 훤칠한 여자가 마차 계단을 내려와 기다리고 있던 해그리드의 품안에 뛰어드는 모습을 지켜보았다. 한편 마법 정부 총리를 포함한 공무원 파견단은 성안에서 지내고 있었다. 해리는 그들 중 누구와도 마주치지 않으려고 신경 썼다. 그는 머잖아 덤블도어가 마지막으로 호그와트를 비웠던 일에 대해 설명하라는 요구를 또 한 번 받게 될 거라고 확신했다.

해리, 론, 헤르미온느, 지니는 모든 시간을 함께 보내고 있었다. 눈부시도록 아름다운 날씨가 꼭 그들을 조롱하는 것 같았다. 해리는 만약 덤블도어가 살아 있었더라면 이 시간을 어떻게 보냈을지를 머릿속에 그려 보았다. 지니의 시험이 끝나고 숙제의 압박도 사라진 뒤 모두가 함께 연말을 보내고 있었을 텐데……. 그는 시간이 지날수록 해야만 하는 말을 하고 옳다고 생각하는 행동을 하기를 자꾸만 미뤘다. 그의 가장 큰 위안의 원천을 놓아 버리기가 너무나 힘들었기 때문이었다.

그들은 하루에 두 번 병동을 방문했다. 네빌은 퇴원했지만 빌은 계속 폼프리 선생의 치료를 받고 있었다. 그의 상처는 여전히 심각한 상태였다. 다행히 두 눈과 두 다리가 달려 있기는 했지만, 사실 이제 그는 매드아이 무디와 비슷해 보였다. 하지만 성격만은 예전과 다름없는 것 같았다. 달라진 듯 보이는 것은, 그가 이제 날것에 가까운 스테이크를 엄청나게 좋아하게 됐다는 사실뿐이었다.

"……그러니까 빌이 나랑 결혼하게 된 건 정말 행운이야." 플뢰르가 빌의 베개를 탁탁 두드려 모양을 바로잡아 주면서 기쁜 듯 말했다. "내가 예전에도 말했지망, 영국 사람들응 고기를 지나치게 익혀서 덕으니까."

"빌이 정말로 쟤랑 결혼한다는 사실을 받아들여야 하나 봐." 그날 늦은 저녁 지니가 해리, 론, 헤르미온느와 함께 그리핀도르 휴게실의 열린 창가에 앉아 땅거미가 지는 교정을 내다보면서 한숨을 쉬었다.

"플뢰르도 그렇게 나쁜 사람은 아니야." 해리가 말했다.

"못생기긴 했지만." 지니가 눈썹을 치켜올리자 그가 얼른 덧붙였다. 지니는 마지못해 킥킥 웃었다.

"뭐, 엄마가 참아 줄 수 있다면 나도 참을 수 있을 거야."

"우리가 아는 사람 중에 또 죽은 사람 있어?" 론이 《석간 예언자일보》를 읽고 있던 헤르미온느에게 물었다.

헤르미온느는 일부러 센 척하는 그의 말투에 얼굴을 찡그렸다.

"아니." 그녀가 신문을 덮으며 나무라듯 말했다. "아직 스네이프를 찾고 있지만 아무런 흔적도 없대……."

"당연히 없겠지." 해리가 말했다. 그는 이 일이 불쑥 언급될 때마다 화가 났다. "볼드모트를 찾기 전에는 스네이프를 찾지 못할 거야. 그리고 여태까지 볼드모트를 찾아내지 못한 걸 보면……"

"난 가서 자야겠다." 지니가 하품을 했다. "그날 이후로 잠을 잘 못 잤거든. 그러니까 이제 좀 자야 할 것 같아."

그녀는 해리에게 입을 맞추고(론은 고개를 홱 돌렸다) 다른 두 사람에게 손을 흔들어 인사한 뒤 여학생 기숙사로 향했다. 지니의 등 뒤로 문이 닫힌 순간, 헤르미온느가 굉장히 헤르미온느 같은 표정을 짓고 해리 쪽으로 몸을 기울였다.

"해리, 내가 오늘 아침 도서관에서 뭔가를 찾아냈어."

"R.A.B?" 해리가 몸을 똑바로 펴고 앉으며 말했다.

예전에는 그토록 자주 느꼈던 기분, 흥분되고 궁금하고 의지에 불타고 수수께끼의 밑바닥까지 들어가 보고 싶은 기분 같은 건 들지 않았다. 그의 앞에 펼쳐진 어둡고 구불구불한 길을 더 따라가기 전에 진짜 호크룩스에 대한 진실을 알아내는 임무를 완수해야 한다는 것만 알 뿐이었다. 그와 덤블도어가 함께 출발한 길을 이제는 혼자 가야 한다는 사실 또한 알고 있었다. 저 바깥 어딘가에 여전히 네 개의 호크룩스가 남아 있을 테고, 일단 그것들을 하나하나 찾아서 제거해야 볼드모트를 죽일 수 있는 가능성이나마 생길 것이었다. 그는 그 이름들을 나열하면 호크룩스들을 손닿는 곳으로 불러올 수 있기라도 한 것처럼 계속 되뇌었다. "로켓…… 잔…… 뱀…… 그리핀도르나 래번클로의 어떤 물건…… 로켓…… 잔…… 뱀…… 그리핀도르나 래번클로의 어떤 물건……."

이 주문은 해리가 밤에 잠들었을 때도 그의 머릿속에서 고동치는 듯했다. 꿈에는 덤블도어가 그를 도와주려고 밧줄 사다리를 건네주었는데도 손이 닿지 않는 잔과 로켓, 그리고 온갖 신비한 물건들이 잔뜩 등장했다. 그나마도 그

밧줄 사다리는 해리가 기어오르기 시작하자마자 뱀으로 변해 버렸다……

그는 덤블도어가 죽은 다음 날 아침 헤르미온느에게 로켓 안에 들어 있던 편지를 보여 주었다. 자기가 읽어 본 책에 나오는 어느 두명 마법사의 이름 머리글자라고 당장 알아본 것은 아니었지만, 그때 이후로 헤르미온느는 숙제가 없는 사람치고는 지나칠 정도로 자주 도서관으로 달려가곤 했다.

"아니." 그녀가 안타깝다는 듯 대답했다. "해리, 노력은 하고 있는데 아직까진 아무것도 못 찾았어. 똑같은 머리글자를 가진 유명한 마법사들은 몇 명 있어. 로절린드 안티고네 벙스라거나…… 루퍼트 '액스뱅어' 브룩스탠튼이라거나……. 하지만 이 사람들은 전혀 아닌 것 같아. 그 편지의 내용으로 미루어 보면 호크룩스를 훔쳐 간 사람은 볼드모트와 아는 사이였던 것 같은데, 벙스나 액스뱅어가 볼드모트와 무슨 관련이라도 있었다는 증거는 한 조각도 찾지 못했거든……. 사실 내가 하려는 말은…… 음, 스네이프에 관한 거야."

그녀는 그 이름을 다시 언급하는 것만으로도 불안해하는 기색이었다.

"스네이프가 왜?" 해리는 다시 의자에 주저앉으며 무겁게 물었다.

"그게, 그러니까 혼혈 왕자에 대해서는 뭐랄까, 내 말이 맞았다는 거야." 그녀가 머뭇거리며 말했다.

"그걸 꼭 들먹여야겠냐, 헤르미온느? 지금 내 기분이 어떨 것 같아?"

"아니, 아니야, 해리. 그런 뜻이 아니야!" 헤르미온느가 서둘러 덧붙였다. 그녀는 혹 엿듣는 사람이 없는지 확인하려고 주위를 둘러보았다. "그러니까, 그 책이 아일린 프린스 것이었다는 내 생각이 맞았다는 거야. 있잖아…… 프린스는 스네이프의 어머니였어!"

"어쩐지 생긴 게 별로더라니." 론이 말했다. 헤르미온느는 그 말을 못 들은 체했다.

"옛날 《예언자일보》를 마저 살펴보고 있었는데 아일린 프린스가 토바이어스 스네이프라는 남자랑 결혼한다는 소식이 실려 있더라고. 그리고 나중에는 아일린이 아기를 낳았다는 소식도 실렸어. 그 아기가……."

"살인자지." 해리가 내뱉었다.

"뭐…… 그래." 헤르미온느가 말했다. "그러니까…… 뭐랄까, 내 생각이 맞았어. 스네이프는 분명 '반쪽짜리 프린스'인 게 자랑스러웠을 거야. 《예언자일보》를 보니까 토바이어스 스네이프는 머글이었어."

"그래, 말 되네." 해리가 말했다. "루시우스 말포이 같은 놈들이랑 어울리려고 순수 혈통 편을 든 거야……. 볼드모트랑 똑같아. 순혈 어머니에 머글 아버지……. 자신의 핏줄을 수치스러워하면서 어둠의 마법을 이용해 사람들이 자기를 두려워하게 만들고, 자기 자신에게 그럴듯한 새 이름을 지어 주고…… 볼드모트 '경'이니 혼혈 '왕자'니 하면서 말이야. 어떻게 덤블도어 교수님이 그런 사실을 놓칠 수 있지?"

그는 창밖을 내다보며 말을 멈췄다. 스네이프에 대한 덤블도어의 용납할 수 없을 만큼 엄청난 믿음이 그의 머릿속을 끊임없이 맴돌았다……. 하지만 헤르미온느가 방금 무심코 일깨워 준 것처럼 해리 자신 또한 똑같이 속지 않았던가……. 책에 휘갈겨 놓은 주문들이 점점 잔혹해져 가는데도 그는 그토록 많은 도움을 준 그 똑똑한 소년을 나쁘게 생각하지 않으려고 했다.

'도움을 줬다니…….' 지금 와서 돌이켜보니 생각만 해도 도저히 견딜 수가 없었다…….

"스네이프는 왜 네가 그 책을 사용한 걸 까발리지 않은 걸까?" 론이 말했다. "네가 그 지식을 다 어디서 얻고 있는지 뻔히 알았을 텐데."

"그래, 알고 있었어." 해리가 이를 으드득 갈며 말했다. "내가 섹툼셈프라를 썼을 때 알았어. 사실 레질리먼시를 쓸 필요도 없었지……. 그전에 알았을지도 몰라. 슬러그혼 교수님이 내가 마법약 수업에서 얼마나 뛰어난 실력을 보였는지 칭찬을 줄줄이 늘어놨을 때 말이야……. 그러게 옛날에 쓰던 책을 저장고 바닥 같은 데 놔두지 말았어야지."

"근데 왜 그 사실을 밝히지 않았을까?"

"자기가 그 책이랑 연관돼 있다는 걸 밝히고 싶지 않았던 것 같아." 헤르미온느가 말했다. "덤블도어 교수님이 알았다면 별로 좋아하지 않으셨을 테니까. 스네이프가 자기 책이 아닌 척하더라도 슬러그혼 교수님은 그 글씨를 보자마자 알아차렸을 거야. 어쨌거나 그 책은 스네이프가 예전에 쓰던 교실에 있던 거고, 덤블도어 교수님은 분명 스네이프 어머니의 성이 '프린스'라는 걸 아셨을 테니까."

"덤블도어 교수님한테 그 책을 보여 드렸어야 했어." 해리가 말했다. "덤블도어 교수님은 그동안 줄곧 나한테 볼드모트가 학창 시절부터 얼마나 사악했는지 보여 주고 계셨어. 그리고 나한테는 스네이프도 똑같이 사악하다는 증거가 있었고······."

"'사악하다'는 달은 좀 센데." 헤르미온느가 조용히 말했다.

"그 책이 위험하다고 귀가 따갑도록 말했던 건 너잖아!"

"해리, 내가 하려는 말은 네가 너무 자책하고 있다는 거야. 나는 혼혈 왕자의 장난이 좀 심하다고 생각하긴 했지만 그자가 잠재적인 살인자일 거라고는 전혀 예상 못 했어."

"누가 생각이나 했겠어? 스네이프가······ 뭐, 그런 짓을 할 거라고 말이야." 론이 말했다.

침묵이 내려앉았다. 모두 각자 자기만의 생각에 잠겨 있었다. 하지만 해리는 그들 또한 자신과 마찬가지로 덤블도어의 육신이 영원한 안식에 들게 될 다음 날 아침을 생각하고 있다는 확신이 들었다. 해리는 여태껏 장례식에 참석해 본 적이 한 번도 없었다. 시리우스가 죽었을 때는 묻어 줄 시신이 없었다. 그는 어떤 일이 벌어질지 짐작도 할 수 없었고, 어떤 것을 보게 될지, 그리고 어떤 기분이 들지 조금 걱정되기도 했다. 장례식이 끝나고 나면 덤블도어의 죽음이 좀 더 현실감 있게 다가올지 궁금했다. 물론 그 끔찍한 사실에 압도당할 것 같은 위협적인 순간들도 있었다. 하지만 대체로 무감각한 시간만 멍하니 길게 이어졌고, 성

안에서 들리는 것이라곤 온통 그 이야기뿐인데도 그 시간이 이어지는 동안에는 덤블도어가 정말로 죽었다는 사실을 좀처럼 믿기 힘들었다. 분명 그는 시리우스가 죽었을 때처럼 절박하게 덤블도어가 어떻게든 돌아올 수 있는 빈틈 같은 것을 찾지는 않았다……. 그는 주머니에 손을 넣어 그 가짜 호크룩스의 차가운 쇠줄을 만져 보았다. 이제 그는 그 로켓을 부적 같은 것이 아니라, 그것 때문에 어떤 대가를 치러야 했고 아직 어떤 임무가 남아 있는지를 일깨워 주는 물건인 양 항상 지니고 다녔다.

해리는 다음 날 짐을 싸기 위해 아침 일찍 일어났다. 장례식이 끝나고 한 시간 뒤에 호그와트 급행열차가 출발하기로 되어 있었다. 아래층에 내려가 보니 대연회장의 분위기는 무겁게 가라앉아 있었다. 모두가 정장 로브를 입고 있었고 누구도 배가 고프지 않은 듯했다. 맥고나걸 교수는 교직원 식탁 한가운데 있는 왕좌 같은 의자를 그대로 비워 두었다. 해그리드의 의자도 비어 있었다. 해리는 해그리드가 차마 아침 식탁에 앉을 수 없었던 거라고 생각했다. 하지만 스네이프의 자리에는 루퍼스 스크림저가 떡하니 앉아 있었다. 스크림저가 노란 눈으로 대연회장을 쭉 훑자 해리는 얼른 그의 시선을 피했다. 스크림저가 그를 찾고 있다는 느낌이 들어서 불편했다. 해리는 스크림저가 끌고 온 파견단 사람들 가운데서 빨간 머리카락에 뿔테 안경을 쓴 퍼시 위즐리를 발견했다. 론은 유독 난폭하게 훈제 청어를 마구 찔러 댔을 뿐 퍼시를 의식하는 티를 전혀 내지 않았다.

건너편 슬리데린 식탁에서는 크래브와 고일이 머리를 맞댄 채 수군거리고 있었다. 둘 다 덩치가 엄청난 소년들이었지만, 그들 사이에서 이래라저래라 하는 키 크고 허여멀건 얼굴의 말포이가 없으니 이상하게 처량 맞아 보였다. 해리는 말포이 생각은 별로 하지 않았다. 그의 적개심은 오로지 스네이프를 향해 있었다. 해리는 탑 꼭대기에서 들었던 말포이의 목소리에 두려움이 깃들어 있었다는 사실을 잊지 않았다. 말포이가 다른 죽음을 먹는 자들이 도착하기 전에 마법 지팡이를 내렸다는 사실도 잊지 않았다. 말포이가 덤블도어를 죽였을 것 같지는 않았다. 그는 어둠의 마법에 사로잡힌 말포이가 여전히 경멸스러웠지만, 이제 그 싫어하는 마음에는 측은한 마음도 아주 조금 섞여 있었다. 말포이는 지금 어디에 있을까? 볼드모트가 그와 그의 부모를 죽이겠다고 위협하면서 이번에는 또 뭘 시키고 있을까?

지니가 옆구리를 쿡 찌르는 바람에 해리는 생각에서 빠져나왔다. 맥고나걸 교수가 자리에서 일어나 있었다. 애절한 웅성거림으로 가득 찼던 대연회장이 순식간에 조용해졌다.

"시간이 다 됐습니다." 그녀가 말했다. "모두 기숙사 담임 교수님들을 따라 교정으로 나오세요. 그리핀도르 학생들은 나를 따라옵니다."

그들은 침묵에 잠긴 채 의자 뒤에서 줄지어 나갔다. 해리는 슬리데린 줄 맨 앞에 서 있는 슬러그혼을 힐끔 바라보았다. 그는 은색 실로 수를 놓은 에메랄드 색깔의 멋들어진 긴 망토를 입고 있었다. 후플푸프 담임인 스프라우트 교수가 그렇게 깔끔한 차림을 하고 있는 것도 처음 보았다. 그녀의 모자에는 기운 자국 하나 없었다. 현관홀에 도착하자 핀스 선생과 필치가 나란히 서 있는 모습이 보였다. 핀스 선생은 무릎까지 내려오는 두꺼운 검은 베일을 쓰고 있었으며, 필치는 좀약 냄새를 풀풀 풍기는 아주 오래된 검은 정장에 넥타이를 매고 있었다.

현관홀에서 교정으로 이어지는 돌계단을 내려갈 때 해리는 그들이 호수로 향하고 있다는 사실을 알아차렸다. 말없이 맥고나걸 교수를 따라 수백 개의 의자가 줄지어 놓여 있는 곳으로 나아가는데 따뜻한 햇살이 해리의 얼굴을 어루만졌다. 의자들로 둘러싸인 공간에는 대리석 탁자가 놓여 있었다. 의자들은 모두 앞에 있는 탁자를 마주하고 있었다. 눈부시게 아름다운 여름날이었다.

초라한 사람들과 세련된 사람들, 늙은이들과 젊은이들, 아주 다양한 사람들이 이미 의자의 절반 정도를 채우고 있었다. 대부분 해리가 모르는 사람들이었지만, 불사조 기사단 단원들을 비롯해 낯익은 사람도 몇 명 있었다. 킹슬리 샤클볼트, 매드아이 무디, 기적처럼 머리카락이 아주 생기 넘치는 분홍색으로 돌아온 통스, 그런 그녀의 손을 잡고 있는 듯 보이는 루핀 위즐리 부부, 플뢰르의 부축을 받고 있는 빌이 있었고, 짙은색 용 가죽 재킷을 걸친 프레드와 조지도 있었다. 그리그 혼자서 의자 두 개 반을 차지하고 앉아 있는 막심 교장과 리키 콜드런 주인인 톰, 해리의 스큅 이웃인 아라벨라 피그, 마법사 밴드인 운명의 세 여신의 머리숱 풍성한 베이스 연주자, 나이트 버스 기사인 어니 프랭, 다이애건 앨리에 있는 로브 가게 주인 말킨 부인이 보였다. 호그스 헤드의 바텐더와 호그와트 급행열차에서 간식 손수레를 끌고 다니는 여자 마법사처럼 해리가 얼굴만 아는 사람들도 몇 명 있었다. 성에 사는 유령들도 와 있었는데, 밝은 햇빛 아래에서 그들의 모습은 거의 눈에 보이지 않았다. 움직일 때에만 환한 공기 속에서 희미하게 구분할 수 있었을 뿐이다.

해리, 론, 헤르미온느, 지니는 호수 옆 끝자리에 나란히 앉았다. 사람들이 서로 소곤거리는 소리가 마치 산들바람에 풀이 살랑살랑 흔들리는 소리처럼 들렸다. 그보다는 새들의 노랫소리가 훨씬 컸다. 사람들이 계속 몰려들었다. 루나의 도움을 받아 자리에 앉는 네빌을 본 해리는 두 사람을 향한 뜨거운 애정이 솟구치는 것을 느꼈다. 덤블도어가 죽은 날 밤, 헤르미온느의 부름에 응했던 사람은 오직 그 두 사람뿐이었다. 해리는 그 이유를 알고 있었다. 그들이야말로 D.A.를 가장 그리워했던 사람들이었기 때문이다……. 아마 모임이 또 열릴까 싶어 꾸준히 동전을 확인한 사람도 그들뿐이었을 것이다…….

코닐리어스 퍼지가 그들을 지나쳐 앞줄로 걸어갔다. 그는 참담한 표정으로 여느 때처럼 녹색 중산모자를 빙글빙글 돌리고 있었다. 리타 스키터의 모습도 보였다. 그녀가 손톱을 빨갛게 칠한 손으로 취재 노트를 움켜쥐고 있는 것을 보자 해리는 분노가 치밀었다. 그리고 잠시 후 덜로리스 엄브리지의 모습이 눈에 들어오자 더한층 분노가 끓어오르는 것을 느꼈다. 엄브리지는 회색 곱슬머리 위에 검은색 벨벳 리본을 얹은 채 그 두꺼비 같은 얼굴에 가식적인 슬픔을 드러내고 있었다. 그녀는 호숫가에 보초병처럼 서 있던 켄타우로스 피렌지의 모습을 보고 화들짝 놀라더니 멀찍이 떨어진 곳으로 허둥지둥 자리를 옮겼다.

마침내 교직원들이 자리를 잡았다. 진지하고 위엄 있는 표정을 짓고 있는 맥고나걸 교수와 함께 앞줄에 앉아 있는 스크림저의 모습이 보였다. 해리는 과연 스크림저를 비롯한 주요 인사들 중에 덤블도어의 죽음을 진심으로 슬퍼하는 사람이 한 명이라도 있을지 궁금했다. 하지만 잠시 후 마치 다른 세상에서 들리는 것만 같은 이상한 노랫소리가 들려오자 그는 정부 사람들을 향한 증오는 잠시 잊고 소리의 근원지를 찾아 주의를 둘러보았다. 해리만 그런 게 아니었다. 많은 사람들이 약간 경계하는 기색으로 고개를 돌리며 주위를 두리번거렸다.

"저기야." 지니가 해리의 귀에 대고 속삭였다.

그리고 그는 햇살이 비치는 깨끗한 초록색 호수 속에 있는 그들을 보았다. 수면 바로 아래 있는 그들의 모습이 인페리우스를 떠올리게 해서 해리는 순간 소름이 쫙 끼쳤다. 인어 합창단이 해리가 모르는 이상한 언어로 노래를 부르고 있었다. 그들의 파르스름한 얼굴에 물결이 일렁였다. 보라색 머리카락은 사방으로 흐느적거렸다. 그 노랫소리는 해리의 목덜미 털이 쭈뼛 서게 만들었지만 불쾌하게 느껴지지는 않았다. 그 노래는 아주 분명하게 상실감과 절망을 이야기하고 있었다. 해리는 노래를 부르는 그 사나운 얼굴들을 내려다보면서, 적어도 이들은 덤블도어의 죽음을 진심으로 슬퍼하고 있다는 느낌을 받았다. 그때 지니가 또다시 옆구리를 쿡 찌르는 바람에 해리는 뒤를 돌아보았다.

해그리드가 의자들 사이의 통로를 천천히 걸어오고 있었다. 마냥 조용하게 울고 있는 그 얼굴이 눈물로 번들거렸다. 그리고 그의 팔에는 황금색 별 모양 반짝이가 달린 자줏빛 벨벳 천으로 감싼 무언가가 안겨 있었다. 해리가 알기로 그것은 덤블도어의 시신이었다. 그 모습을 보자 해리의 목구멍으로 날카로운 고통이 솟구쳤다. 한순간, 그 이상한 노랫소리와 더불어 덤블도어의 시신이 이토록 가까이 있다는 사실이 그날의 온기를 모두 앗아 가 버리는 것 같았다. 론은 하얗게 질린 채 충격받은 표정을 짓고 있었다. 지니와 헤르미온느의 무릎 위로 굵은 눈물방울이 툭툭 떨어졌다.

앞에서 무슨 일이 벌어지고 있는지 잘 보이지 않았다.

해그리드가 시신을 조심스럽게 탁자에 올려놓은 것 같았다. 이제 그는 요란하게 나팔 부는 듯한 소리를 내며 코를 풀면서 의자들 사이로 물러났다. 그 소리에 몇몇 사람이 괘씸하다는 표정을 지었다. 해리가 보니 엄브리지도 그런 표정이었지만…… 정작 덤블도어는 그런 것에 신경 쓰지 않았을 거라는 사실을 해리는 알고 있었다. 그는 지나가는 해그리드에게 친근한 손짓을 보내려고 했지만, 해그리드의 눈이 어찌나 퉁퉁 부어 있었는지 앞이나 제대로 볼 수 있을지 의문스러울 지경이었다. 해리는 맨 뒷줄로 걸어가는 해그리드를 힐끗 보고 그가 어디를 향하고 있는지 깨달았다. 그곳에는 각각이 작은 천막만 한 재킷과 바지를 입은 거인 그롭이 있었다. 그롭은 커다란 바위 같은 못생긴 머리를 숙이고 인간에 가까운 모습으로 얌전하게 앉아 있었다. 해그리드가 옆에 가서 앉자 그롭이 그의 머리를 세게 내리쳤다. 그 바람에 해그리드가 앉은 의자 다리가 땅속에 박혀 들었다. 해리는 순간 웃음을 터뜨리고 싶은 충동을 느꼈다. 하지만 그때 노래가 멈췄고 그는 다시 고개를 돌려 앞을 바라보았다.

 수수한 검은색 로브를 입은 머리가 덥수룩한 조그만 남자가 자리에서 일어나 덤블도어의 시신 앞에 서 있었다.

해리는 그가 뭐라고 말하는지 알아들을 수가 없었다. 수백 명의 머리 위로 이상한 말들이 둥실둥실 떠왔다. "고귀한 영혼"…… "지적인 공헌"…… "위대한 심성"……. 그런 말들은 그다지 의미가 없었다. 해리가 아는 덤블도어와는 별 상관 없는 말이었다. 갑자기 그의 머릿속에 덤블도어가 쓸 법한 몇 가지 단어가 떠올랐다. "멍청이", "찌꺼기", "울보", "속물". 그래 놓고 해리는 또 한 번 입가에 번지는 웃음을 애써 참았다. ……대체 내가 왜 이러지?

왼쪽에서 작게 첨벙거리는 소리가 들렸다. 인어들 또한 수면 위로 머리를 내밀고 귀 기울이는 모습이 보였다. 해리는 2년 전, 그가 지금 앉아 있는 곳에서 아주 가까운 물가에 웅크리고 앉아 인어 족장과 인어어로 대화를 나누던 덤블도어의 모습을 떠올렸다. 해리는 덤블도어가 인어들의 말을 어디에서 배웠을지 궁금했다. 덤블도어에게 물어보지 않았던 것이 너무나 많았고 그에게 해야만 했던 말도 너무나 많았다…….

바로 그때, 아무런 예고도 없이, 가혹한 진실이 그를 휩쓸었다. 그것은 그 어느 때보다도 더욱 철저하고 부정할 수 없는 진실이었다. 덤블도어는 죽었다. 그의 곁을 떠나버렸다……. 그는 차가운 로켓을 손이 아플 정도로 꽉 움켜쥐었지만 눈에서 뜨거운 눈물이 쏟아지는 것을 막을 수는 없었다. 검은 로브를 입은 조그만 남자가 장황하게 말을 이어 가는 동안 그는 지니와 다른 사람들에게서 눈을 돌려 호수 건너편 금지된 숲 쪽을 바라보았다. ……숲에서 뭔가 움직임이 일었다. 켄타우로스들도 조의를 표하기 위해 와 있었던 것이다. 그들은 숲에서 나와 사람들에게 모습을 드러내지는 않았지만, 활을 옆으로 늘어뜨리고 그늘 속에 몸을 반쯤 감춘 채 가만히 서서 마법사들을 지켜보고 있었다. 해리의 머릿속에 처음 금지된 숲으로 떠났던 악몽 같은 기억이 떠올랐다. 그때 그는 온전한 몸을 갖게 되기 전의 볼드모트와 처음으로 마주쳤다. 그가 어떻게 볼드모트에게 맞섰고, 그로부터 오래 지나지 않아 덤블도어와 함께 질 게 뻔해 보이는 이 싸움에 어떻게 대처해야 할지 이야기 나눴던 일도 떠올랐다. 덤블도어는 싸우고 또 싸우고 계속 싸우는 것이 중요하다고 말했다. 오직 그때에야 악은 완전히 뿌리 뽑히지는 않을지라도 최소한 저지될 수 있다면서…….

뜨거운 태양 아래서 해리는 그를 아꼈던 사람들, 어머니와 아버지, 대부, 마침내 덤블도어까지 그 모든 사람이 그를 지키기 위해 어떻게 차례차례 그의 앞을 막아섰는지 똑똑히 깨달았다. 하지만 그런 일은 이제 끝이었다. 더 이상 누구도 그와 볼드모트 사이에 끼어들게 놔두지 않을 것이다. 그는 한 살이라는 나이에 진작 잃었어야 했던 환상, 부모님의 품안에 숨어 있는 한 그를 해칠 수 있는 건 아무것도 없다는 그 환상을 버려야 했다. 이제는 악몽에서 그를 깨워 줄 사람도 없었고, 실제로 그는 안전하다고, 이 모든 게 상상일 뿐이라고 어둠 속에서 위로해 주는 속삭임도 없었다. 그를 지켜 주던 마지막 사람이자 가장 위대한 사람이 죽었다. 그는 그 어느 때보다도 철저하게 혼자였다.

검은 로브를 입은 조그만 남자가 마침내 말을 멈추고 자리에 앉았다. 해리는 또 다른 사람이 자리에서 일어나기를 기다렸다. 아마도 총리의 연설이 있을 거라고 생각했지만 움직이는 사람은 아무도 없었다.

그때 몇몇 사람이 비명을 질렀다. 덤블도어의 시신이 놓여 있던 탁자 주위에서 눈부신 하얀 불길이 뿜어 나왔던 것이다. 불길은 점점 높이 치솟아 시신을 가려 버렸다. 하얀 연기가 나선을 그리며 허공으로 피어오르더니 이상한 모양들을 만들어 냈다. 심장이 멎을 것만 같은 한순간 해리는 불사조가 푸른 하늘을 향해 즐겁게 날아가는 모습을 본 것 같았다. 하지만 다음 순간 불길은 어느새 사라지고,

그 자리에는 덤블도어의 시신과 그가 안치된 탁자가 들어 있는 하얀색 대리석 무덤만 남았다.

화살들이 하늘을 가르고 쏟아지자 여기저기서 놀란 비명들이 튀어나왔지만 그 화살들은 사람들이 있는 곳에서 멀찍이 떨어져 내렸다. 해리는 그것이 켄타우로스들이 덤블도어에게 표하는 조의라는 것을 알았다. 몸을 돌린 그들의 꼬리가 다시 그늘진 숲속으로 사라지는 모습이 보였다. 마찬가지로 인어들 또한 천천히 녹색 물속으로 가라앉아 모습을 감췄다.

해리는 지니, 론, 헤르미온느를 바라보았다. 론은 햇빛 때문에 앞이 잘 보이지 않는 것처럼 얼굴을 잔뜩 찌푸리고 있었고, 헤르미온느의 얼굴은 온통 눈물로 번들거렸다. 하지만 지니는 더 이상 울지 않았다. 그녀는 해리 없이 퀴디치 우승컵을 차지한 후 그를 껴안았을 때처럼 결의에 불타는 듯한 눈으로 해리를 마주 보고 있었다. 그 순간 해리는 그들이 서로를 완벽하게 이해하고 있다는 것을 깨달았다. 그리고 그가 이제부터 뭘 하려는지 말한다 하더라도 그녀가 '조심해'라거나 '그러지 마'라고 말하지 않고 그의 결정을 받아들여 주리라는 것도 알았다. 그녀가 해리에게 기대하는 건 그것 말고는 아무것도 없을 테니까. 그래서 해리는 마음을 다잡고 덤블도어가 세상을 떠난 뒤 반드시 해야만 했던 말을 꺼냈다.

"지니, 할 얘기가 있어……." 주위에서 웅성대는 소리가 점점 커지고 사람들이 하나둘 자리에서 일어나기 시작할 때 그가 아주 나직한 목소리로 말했다. "난 더 이상 너랑 사귈 수 없어. 우린 이제 그만 만나야 해. 함께할 수 없어."

그녀가 묘하게 비틀린 미소를 지으며 말했다. "웬 멍청하고 고귀한 이유 때문이지?"

"너와 함께한 몇 주 동안…… 마치 다른 사람의 삶을 사는 것 같았어." 해리가 말했다. "하지만 난 안 돼……. 우린 그렇게 될 수가 없어……. 이제는 나 혼자서 해야만 하는 일들이 있어."

그녀는 울지도 않고 그저 그를 바라만 볼 뿐이었다.

"볼드모트는 자신의 적과 가까운 사람들을 이용해. 그자는 이미 너를 한 번 미끼로 쓴 적이 있는데, 그건 단지 네가 내 가장 친한 친구의 동생이기 때문이었어. 우리가 이 관계를 계속하면 네가 얼마나 위험해질지 생각해 봐. 볼드모트는 알게 될 거야. 알아낼 거야. 그자는 너를 이용해서 나한테 접근하려고 할 거야."

"그러든 말든 상관없다면?" 지니가 날카롭게 물었다.

"난 상관없지 않아." 해리가 말했다. "이게 네 장례식이고…… 네가 나 때문에 그렇게 된 거라면 내 기분이 어떨 것 같아?"

그녀는 해리에게서 눈을 돌려 호수 건너편을 바라봤다.

"난 사실 널 포기한 적이 없어." 그녀가 말했다. "속으로는 말이야. 나는 항상 기대를 품고 있었어……. 헤르미온느는 나한테 이제 그만하고 내 인생을 살라고, 다른 사람들하고도 사귀어 보고 네가 옆에 있어도 좀 편하게 있으라고 했어. 전에 너랑 같은 공간에 있을 땐 한 마디도 할 수 없었거든. 기억나? 헤르미온느는 네가 나한테 관심 갖게 될 거라고 생각했어. 내가 좀 더…… 나다워진다면 말이야."

"정말 똑똑하다니까, 헤르미온느는." 해리가 애써 미소 지으며 말했다. "그냥 너한테 좀 더 일찍 사귀자고 할 걸 그랬다는 생각뿐이야. 그럼 아주 오랫동안 함께할 수 있었을 텐데…… 여러 달…… 어쩌면 몇 년 동안 말이야……."

"근데 넌 마법사 세계를 구하느라 늘 너무 바빴잖아." 지니가 살며시 미소 지으며 말했다. "뭐…… 솔직히 놀랐다고는 못 하겠어. 결국은 이런 일이 일어날 줄 알고 있었어. 난 네가 볼드모트를 쫓지 않으면 행복할 수 없다는 걸 알아. 어쩌면 그렇기 때문에 내가 널 이토록 좋아하는지도 모르고."

 해리는 이런 말을 도저히 듣고 있을 수가 없었다. 그녀의 곁에 계속 앉아 있으면 자신의 결심을 지킬 수 없을 것 같았다. 론을 보니 그는 이제 그의 어깨에 기대 흐느끼는 헤르미온느의 머리를 쓰다듬어 주고 있었다. 그의 긴 코끝에서도 눈물이 뚝뚝 떨어졌다. 해리는 참담한 기색으로 자리에서 일어나 지니, 그리고 덤블도어의 무덤을 뒤로하고 호수를 빙 둘러 걸어가기 시작했다. 가만히 앉아 있는 것보다 움직이는 쪽이 훨씬 견딜 만했다. 되도록 빨리 호크룩스를 추적하고 볼드모트를 죽이는 일을 시작하는 것이 그 일을 기다리는 것보다 더 마음 편한 것처럼…….

 "해리!"

 해리는 뒤돌아보았다. 루퍼스 스크림저가 지팡이를 짚은 채 절뚝거리며 호숫가를 돌아 빠르게 다가오고 있었다.

 "잠깐 얘기를 나누고 싶었다. ……같이 좀 걸어도 될까?"

 "네." 해리는 무뚝뚝하게 대답하고 다시 걷기 시작했다.

 "해리, 이건 무시무시한 비극이다." 스크림저가 조용히 말했다. "이 소식을 듣고 내가 얼마나 경악했는지 이루 말할 수가 없을 정도다. 덤블도어는 참으로 위대한 마법사였어. 너도 알다시피 우리는 서로 의견이 좀 다르기는 했지만 나보다 그를 더 잘 아는 사람은······.”

"무슨 일 때문에 그러시죠?" 해리가 딱 잘라 물었다.

스크림저는 언짢은 듯했지만, 얼른 얼굴을 바꿔 조금 전과 같은 이해심 가득한 슬픈 표정을 지어 보였다.

"당연히 충격이 설할 테지." 그가 말했다. "네가 덤블도어와 아주 가까운 사이였다는 건 알고 있다. 넌 아마 덤블도어가 가장 총애하는 학생이었을 거야. 두 사람의 유대감은······.”

"원하시는 게 뭐냐고요." 해리가 멈춰 서며 다시 말했다.

스크림저도 멈춰 서서 지팡이에 몸을 의지하고 해리를 바라보았다. 이제 그는 예리한 표정을 짓고 있었다.

"덤블도어가 죽은 날 밤, 너와 함께 학교를 비웠다는 말이 있더구나."

"누가 그래요?" 해리가 말했다.

"덤블도어가 사망한 다음 누군가가 탑 꼭대기에서 죽음을 먹는 자에게 기절 마법을 걸었다. 그곳에는 빗자루도 두 개 놓여 있었지. 정부에서도 기본적인 계산은 할 줄 안다, 해리."

"그렇다니 다행이네요." 해리가 말했다. "뭐, 덤블도어 교수님이랑 어디에 갔든 우리가 무슨 일을 했든 그건 제 문제예요. 덤블도어 교수님은 사람들한테 그 일을 알리고 싶어 하지 않으셨어요."

"그런 의리는 물론 존경할 만한 것이지." 스크림저가 말했다. 치밀어 오르는 화를 겨우 참고 있는 것 같았다. "하지만 덤블도어는 세상을 떠났다, 해리. 떠나 버렸어."

"덤블도어 교수님은 그분에게 충실한 사람이 아무도 없을 때에만 학교를 떠나실 거예요." 해리는 자기도 모르게 미소를 지으며 그렇게 말했다.

"얘야, 아무리 덤블도어라도 죽음에서 살아 돌아올 수는 없……."

"그런 뜻이 아니에요. 총리님은 이해 못 하시겠죠. 아무튼 전 할 얘기 없어요."

스크림저는 잠깐 망설이다가 배려하는 것처럼 들리게 하려는 의도가 분명한 목소리로 말했다. "해리, 정부에서는 말이다, 너에게 온갖 보호 수단을 제공할 수 있다. 기꺼이 오러 두어 명을 보내서 너를 지키게……."

해리는 웃음을 터뜨렸다.

"볼드모트는 자기 손으로 직접 절 죽이고 싶어 해요. 오러들은 그자를 막지 못할 거예요. 말씀은 고맙지만, 사양

하겠습니다."

"그럼······." 스크림저가 어느새 차가워진 목소리로 말했다. "크리스마스 때 내가 했던 부탁은······."

"무슨 부탁요? 다, 맞다······ 총리님이 얼마나 일을 잘하고 있는지 세상에 알려 달라는 부탁이었죠. 그 대가로······."

"모두의 사기를 북돋기 위해서야!" 스크림저가 쏘아붙였다.

해리는 잠시 그를 빤히 쳐다보았다.

"스탠 션파이크는 돌려 주셨나요?"

붉으락푸르락하게 변한 스크림저의 얼굴은 유난히 버넌 이모부를 떠올리게 했다.

"잘 알겠다, 너는······ "

"머리끝부터 발끝까지 덤블도어의 사람이죠." 해리가 말했다. "맞아요."

스크림저는 다시 한 번 그를 노려보더니 더 이상 아무 말도 없이 몸을 홱 돌려 절뚝절뚝 멀어져 갔다. 퍼시를 비롯한 정부 직원들이 스크림저를 기다리면서, 아직도 자리에 앉아 흐느끼는 해그리드와 그룹을 초조하게 힐끔거리는 모습이 해리의 눈에 띄었다. 론과 헤르미온느가 사람들

쪽으로 향하는 스크림저를 지나쳐 황급히 해리에게 다가왔다. 해리는 몸을 돌리고 그들이 따라잡기를 기다리며 계속 천천히 걸음을 옮겼다. 마침내 두 사람은 지금보다 행복했던 시절에 함께 앉아 시간을 보내곤 했던 너도밤나무 그늘 아래에서 해리를 따라잡았다.

"스크림저가 뭐래?" 헤르미온느가 속삭였다.

"크리스마스 때 했던 거랑 똑같은 얘기였어." 해리가 어깨를 으쓱했다. "나더러 덤블도어 교수님과 관련된 내부 정보를 주고 정부의 새 마스코트가 되어 달래."

론은 잠깐 참을성을 발휘하려 애쓰는 듯하더니 헤르미온느에게 큰 소리로 말했다. "저기, 나 다시 가서 퍼시를 한 대 때려 줘야겠어!"

"안 돼." 그녀가 그의 팔을 잡으며 단호하게 말했다.

"그래야 분이 좀 풀릴 것 같단 말이야!"

해리가 웃음을 터뜨렸다. 헤르미온느마저 살짝 미소 지었지만 성을 올려다보면서는 그 웃음이 희미해져 있었다.

"다시 돌아오지 못할 수도 있다고 생각하면 견딜 수가 없어." 그녀가 조용히 말했다. "어떻게 호그와트가 문을 닫을 수 있지?"

"닫지 않을지도 몰라." 론이 말했다. "집에 있다고 해서 여기에 있는 것도다 더 안전한 건 아니잖아? 지금은 어디나 똑같아. 나라면 호그와트가 더 안전하다고 얘기하겠어. 여기에는 이곳을 지킬 마법사들이 더 많으니까. 해리, 네 생각은 어때?"

"나는 학교가 다시 문을 연다고 해도 돌아오지 않을 거야." 해리가 말했다.

론은 입을 쩍 벌린 채 그를 바라봤지만 헤르미온느는 슬픔에 잠긴 목소리로 이렇게 말했다. "네가 그렇게 말할 줄 알았어. 하지만 그럼 뭘 할 생각인데?"

"더즐리네로 다시 들어가야지. 덤블도어 교수님은 내가 그러길 바라셨으니까." 해리가 말했다. "하지만 아주 잠깐 동안만 머물러 있다가 영원히 떠날 거야."

"하지만 학교로 돌아오지 않으면 어디로 가려고?"

"고드릭 골짜기에 가 볼까 생각했어." 해리가 웅얼거렸다. 그는 덤블도어가 죽은 날 밤 이후로 계속 그 생각을 품고 있었다. "나한테는 이 모든 일이 거기서부터 시작된 셈이야. 그냥 그곳에 가야겠다는 느낌이 들었어. 그리고 부모님 무덤도 찾아갈 수 있을 거야. 그러고 싶어."

"그런 다음에는?" 론이 물었다.

"그런 다음에는 나머지 호크룩스들을 찾아야겠지?" 해

리가 말했다. 그의 눈길은 호수 저편 물속에 비친 덤블도어의 하얀 무덤에 머물러 있었다. "덤블도어 교수님이 내가 하길 바라셨던 일이 그거야. 그래서 그 모든 얘기를 해 주셨던 거야. 덤블도어 교수님 생각이 맞다면…… 난 분명 맞을 거라고 생각하지만, 저 바깥 어딘가에는 아직도 네 개의 호크룩스가 남아 있어. 나는 그걸 찾아서 파괴해야 해. 그런 다음에는 볼드모트의 일곱 번째 영혼 조각을 추적할 거야. 아직 그자의 몸속에 들어 있는 조각 말이야. 그리고 그러는 길에 세베루스 스네이프를 만난다면……." 그가 덧붙였다. "나한테는 엄청난 행운이고 그자한테는 엄청나게 불운한 일이겠지."

긴 침묵이 이어졌다. 이제는 사람들이 거의 흩어진 뒤였다. 해그리드가 슬픔에 울부짖는 소리가 여전히 호수 건너편까지 울려 퍼졌다. 거대한 몸집의 그룹이 그를 끌어안자, 뿔뿔이 흩어지던 사람들이 멀찌감치 자리를 피했다.

"우리도 같이 갈게, 해리." 론이 말했다.

"뭐?"

"네가 너희 이모네 집에서 나왔을 때 말이야." 론이 말했다. "그런 다음에는, 네가 어딜 가든 너와 함께할 거야."

"안 돼……." 해리가 다급히 입을 열었다. 이런 반응이

나올 줄은 생각도 못 했다. 해리는 대단히 위험한 이 여행을 자기 혼자 떠나야 한다고 그들을 이해시키려 했다.

"전에 네가 그랬지?" 헤르미온느가 조용히 말했다. "우리가 원한다면 아직 돌아갈 시간은 있다고 말이야. 우린 그 시간을 지났어. 안 그래?"

"무슨 일이 있어도 우리는 너와 함께할 거야." 론이 말했다. "하지만 친구, 고드릭 골짜기에 가든 뭘 하든 그전에 우리 엄마 아빠 집에 들러야 할 거야."

"왜?"

"빌이랑 플뢰르의 결혼식이 있잖아. 기억 안 나?"

해리는 깜짝 놀라서 그를 바라보았다. 결혼식 같은 평범한 일이 아직도 있을 수 있다는 것이 신기하면서도 멋지게 느껴졌다.

"그래, 그건 빠질 수 없지." 해리가 마침내 말했다.

그의 손이 무의식적으로 가짜 호크룩스를 움켜쥐었다. 하지만 지금까지 일어난 그 모든 일에도 불구하고, 그의 앞에 펼쳐져 있는 어둡고 험난한 길에도 불구하고, 한 달이 될지 아니면 1년 후 혹은 10년 후가 될지는 모르지만 언젠가는 반드시 오고야 말 볼드모트와의 마지막 만남에도 불구하고, 해리는 론, 헤르미온느와 함께 즐길 수 있는

찬란하고 평화로운 날이 마지막으로 하루 남아 있다는 생각에 가슴이 두근거리는 것을 느꼈다.

(제7권《해리 포터와 죽음의 성물 1》에서 계속됩니다.)

알버스 덤블도어

◆ 그리핀도르 ◆

호그와트의 존경받는 교장으로, 볼드모트가 두려워하는 유일한 적수라고 평가받는 알버스 덤블도어는 모든 시대를 통틀어 가장 위대한 마법사 중 한 명으로 알려져 있습니다. 덤블도어가 남긴 지혜의 말 몇 마디를 읽어 보세요.

"연회를 시작하기 전에 몇 마디 하고 싶군요. 바로 이겁니다.
멍청이! 울보! 찌꺼기! 속물!"

※

"적에게 맞서는 데도 어마어마한 용기가 필요하지만,
친구들에게 맞서는 데도 마찬가지의 용기가 필요하지요."

※

"어떻게 태어났는지가 아니라 어떻게 자랐는지가 중요하다는 걸
깨닫지 못한 거요!"

※

"우리는 단합하는 만큼 강해지며 분열하는 만큼 약해질 것입니다."

※

"우리의 목표가 같고 마음이 열려 있다면 관습과 언어의 차이는
아무것도 아닙니다."

※

"죽은 자들을 불쌍히 여기지 말아라, 해리. 산 자들을 가엾게 여기고,
무엇보다도 사랑 없이 사는 사람들을 가엾게 여기거라."

알버스 덤블도어

☀ 마법사 세계의 마법 책들 ☀

◆ 그리핀도르 ◆

나름대로 생명을 가지고 으르렁거리며 이빨을 딱딱거리는 두꺼운 책에서부터 저주받고 핏자국이 남아 있는 책에 이르기까지, 책은 호그와트 마법 교육의 필수적인 요소입니다. 1학년생들은 금세 도서관에 끌리게 되죠. 수만 권의 책으로 가득한 이 보물 창고 안에서도 제한구역만큼 매력적인 곳은 없습니다. 특히 해리는 제한구역의 유혹에 저항하기 어려워합니다. 어둠의 마법에 관한 먼지 낀 책들이 꽂혀 있는 제한구역의 책꽂이는 해리가 투명 망토를 입고 처음 찾아간 곳이기도 합니다. 도서관은 핀스 선생님이 맹렬히 지키는 공간이지만, 의심 많고 독수리 같은 사서인 핀스 선생님조차 속임수에 넘어가지 않는 것은 아닙니다. 해리, 론, 헤르미온느가 《최강의 마법약》을 빌리기 위해 잘못된 방법으로 허가서를 얻어 내면서 이 점을 증명했죠.

책은 마법사 세계의 비밀을 알려 주는 열쇠입니다. 머글 태생인 헤르미온느 그레인저는 손에 닿는 모든 마법 책을 게걸스럽게 읽어 대면서 책벌레로서의 욕구를 만족시킵니다. 《호그와트의 역사》를 읽은 몇 안 되는 학생 중 한 명인 헤르미온느는 처음 호그와트에 왔을 때 대연회장의 아찔한 천장에는 바깥 하늘과 똑같은 모습으로 보이도록 하는 마법이 걸려 있다고 다 안다는 듯 속삭입니다.

헤르미온느는 케닐워디 위스프가 쓴 《퀴디치의 역사》를 소개해 주면서 마법 책에서 얻는 기쁨을 해리와도 나눕니다. 최고의 플레이와 흔한 반칙 등 퀴디치에 관한 필수적인 조언이 담겨 있는, 스포츠의 정석이라고 할 수 있는 이 책은 100년 만의 최연소 그리핀도르 수색꾼이 되어 하늘로

날아오르게 된 1학년 시절 해리가 가장 좋아하는 책이 됩니다. 해리는 악의를 품은 스네이프 교수에게 이 책을 압수당한 뒤 간절히 되찾고 싶어 합니다.

마법에 관해 더 배우고 싶은 호기심 많은 그리핀도르 학생들은 다이애건 앨리에 있는 플러리시 앤 블러츠 서점에 갈 수 있습니다. 빼곡한 책꽂이를 보면, 늑대인간고- 관련된 체험담(《북슬북슬한 주둥이, 인간의 마음》)에서부터 독학을 위한 책(《용을 지나치게 사랑한 사람들》), 그리고 《음유시인 비들 이야기》처럼 아주 오래된 마법 전설이 담겨 있는 책에 이르기까지 온갖 관심사를 다루는 책들이 나오는, 마법사 세계의 번창하는 출판 환경을 알 수 있습니다.

강동혁은 서울대학교 영문학과와 사회학과를 졸업하고 같은 학교 대학원에서 영문학 석사학위를 받았다. 옮긴 책으로는 《신비한 동물사전 원작 시나리오》, 《일곱 건의 살인에 대한 간략한 역사》, 《레스》, 《이 소년의 삶》 등이 있다.

해리 포터와 혼혈 왕자 2(그리핀도르 기숙사 에디션)

초판 1쇄 인쇄 2023년 6월 12일
초판 1쇄 발행 2023년 7월 12일

지은이 | J.K. 롤링
옮긴이 | 강동혁
발행인 | 강봉자, 김은경

펴낸곳 | (주)문학수첩
주소 | 경기도 파주시 회동길 503-1(문발동 633-4) 출판문화단지
전화 | 031-955-9088(마케팅부), 9532(편집부)
팩스 | 031-955-9066
등록 | 1991년 11월 27일 제16-482호

홈페이지 | www.moonhak.co.kr
블로그 | blog.naver.com/moonhak91
이메일 | moonhak@moonhak.co.kr

ISBN 979-11-92776-49-1 04840
      978-89-8392-469-8 (세트)

* 파본은 구매처에서 바꾸어 드립니다.